Andreas M. Sturm

Blutrausch

Andreas M. Sturm

Blutrausch

Ein Dresden-Krimi mit Wolf und König

Band 6

edition krimi

Ein Dresden-Krimi

Sturm, Andreas M.: Blutrausch. Ein Dresden-Krimi mit Wolf und König. Hamburg, edition krimi 2020

1. Auflage 2020
ISBN: 978-3-946734-59-8

Dieses Buch ist auch als eBook erhältlich und kann über den Handel oder den Verlag bezogen werden.
ePub-eBook: ISBN 978-3-946734-60-4

Lektorat: Angellika Büntzel, Friedrichsdorf
Umschlaggestaltung: © Annelie Lamers, edition krimi
Umschlagmotiv: © Kerstin Müller

Bibliografische Information der Deutschen Nationalbibliothek: Die Deutsche Nationalbibliothek verzeichnet diese Publikation in der Deutschen Nationalbibliografie; detaillierte bibliografische Daten sind im Internet über https://dnb.d-nb.de abrufbar.

Die edition krimi ist ein Imprint der Bedey Media GmbH, Hermannstal 119k, 22119 Hamburg.

---

https://www.edition-krimi.de
Gedruckt in Deutschland

Montag, 14. Juli, 21.15 Uhr

Heute Nacht würde er eine gute Jagd haben, davon war Norbert Weise felsenfest überzeugt. Beide Hände auf das Fensterbrett gestützt, weidete er sich am Schauspiel der heraufziehenden Dämmerung. Der Mond war zu einer kümmerlichen Sichel geschrumpft, doch für das, was er vorhatte, genügte das fahle Licht vollkommen.

Die schnell dahinziehenden Wolkenfetzen verrieten Norbert, dass in den oberen Luftlagen ein kräftiger Wind wehte. Eigentlich erstaunlich, dachte er, in Anbetracht der absoluten Stille hier am Boden. Da er kein Meteorologe war, hatte er nicht die geringste Ahnung, was der Grund dafür sein könnte. Es interessierte ihn auch nicht sonderlich, stattdessen betrachtete er weiter die im wechselhaften Grau des Himmels zerfasernden Wolken. Wie bizarre Gestalten aus einem Fantasyfilm zogen sie über das Firmament.

»Gut so«, flüsterte er nickend. »Licht und Schatten.«

Verdeckten die Wolkengebilde den Mond, würden ihn die Schatten der Nacht vor neugierigen Blicken verbergen. Lag der Mond frei, half ihm das Licht, die Beute zu beobachten.

Norbert konnte es deutlich spüren, die kommende Nacht würde ergiebig werden, neue Trophäen würden in seine Sammlung Einzug halten. Die Vorfreude ließ sein Herz vor Erregung schneller schlagen. Nur mühsam gelang es ihm, die aufsteigende Ungeduld zu zügeln. Er hob den Arm und schaute zur Uhr. Nach einem weiteren Blick zum Himmel nickte er erneut. In einer knappen Stunde könnte er mit der Pirsch beginnen. Schwungvoll löste er sich von der Fensterbank, diese Zeitspanne galt es zu nutzen.

Mit größter Sorgfalt packte er sein Equipment in den Rucksack. Seine Anforderungen an diesen Rucksack waren hoch und er hatte lange suchen müssen, ehe er den richtigen gefunden hatte. Zuallererst musste der Rucksack dunkel sein. Bei einer Jagd zu leuchten wie ein Straßenbauarbeiter mit Warnweste, war tabu. Das Teil war gerade so groß, dass Norbert alles, was er für seine nächtlichen Pirschgänge benötigte, darin transportieren konnte. Mehr passte nicht hinein, musste auch nicht. Schließlich unternahm er keine ausgedehnten Wanderungen, die Proviant und Wasser erforderlich machten. Sein Revier war überschaubar und die zwei bis vier Stunden hielt er ohne Nahrung durch. Zusätzlich musste der Rucksack robust sein und fest schließen. An die Orte seiner Tätigkeit zurückzukehren, um verloren gegangene Dinge einzusammeln, verbot sich von selbst.

Nachdem Norbert sämtliche Teile verstaut und sich überzeugt hatte, dass sie keine Geräusche verursachten, stellte er den Rucksack griffbereit neben die Haustür.

Die Vorfreude löste ein so heftiges Glücksgefühl in ihm aus, dass er sich nicht zurückhalten konnte, die Tür öffnete und gierig die Luft einsog. Begeistert rieb er sich die Hände. Der Wettergott meinte es gut mit ihm. In dieser Nacht würde kein Tropfen Wasser vom Himmel fallen.

Mit wenigen Schritten war er in der Küche, suchte den Müll zusammen und lehnte den gut gefüllten Plastikbeutel an seinen Rucksack. Wenn er später das Haus verließ, konnte er gleich das Angenehme mit dem Nützlichen verbinden.

Abermals konsultierte er seine Uhr. Er musste nicht hetzen. Dreißig Minuten reichten für seine Vorbereitungen aus, aber ablenken lassen durfte er sich nicht mehr. Wenn Norbert in seinem Leben eins gelernt hatte, war es, dass Hast zu Fehlern führte, und die konnten bei seinem Vorhaben verhängnisvolle Folgen haben.

Er stieg ins Obergeschoss, zog sich nackt aus, legte seine Hauskleidung ordentlich auf einem Stuhl ab, lief ins Bad und wusch sich sorgfältig mit einer parfümfreien Seife. Während seiner Jagden war er bereits in Situationen geraten, bei denen er nur durch sofortiges Abtauchen einer Katastrophe entgangen war. Und Norbert war schlau genug, potenzielle Verfolger nicht durch eine Duftwolke auf sein Versteck hinzuweisen.

Im Schlafzimmer nahm er sich frische Unterwäsche aus dem Schrank. Schlüpfte anschließend in seine Camouflage Hose und in das ebenfalls tarnfarbene Sweatshirt. Diese Kleidungsstücke wusch Norbert gewissenhaft nach jedem seiner Einsätze und lüftete sie auf seinem Balkon gründlich durch. Als Letztes griff er sich seine Sturmhaube und steckte sie in eine der Beintaschen.

Norbert öffnete das Fenster und der Kontrollblick zum Außenthermometer sagte ihm, dass eine Jacke heute Nacht nicht notwendig war. Seiner Erfahrung nach würde die Temperatur bis in die frühen Morgenstunden nicht unter 17 Grad fallen und ohne Jacke war er beweglicher. Zusätzlich würde das Fieber der Jagd in ihm pulsieren und seinen Körper aufheizen.

In dem Moment, als er das Fenster schloss und der Riegel einrastete, drangen Geräusche an seine Ohren. Zuerst ein dumpfer Ton und dann das Rascheln von Plastik.

Mist, fluchte Norbert in sich hinein, mein Rucksack ist umgefallen. Hoffentlich ist der Müllbeutel nicht aufgegangen.

Unerwartete Verzögerungen mochte er überhaupt nicht. Er kannte die Gewohnheiten seiner Zielobjekte und bei einigen von ihnen war das Zeitfenster für einen guten Fang relativ klein.

Eilig stieg er die Treppe zu seinem Wohnzimmer hinab und blickte in Richtung Tür. Müllbeutel und Rucksack lehnten unversehrt an der Wand.

Erleichtert und schulterzuckend tat Norbert die Angelegenheit ab. Einer der Schränke wird geknarrt haben oder die Treppe. Egal, was auch immer die komischen Geräusche verursacht hatte, es war nicht wichtig. Er hatte diesen Gedanken kaum vollendet, als er erneut das merkwürdige

Rascheln hörte. Jetzt war das Geräusch hinter ihm und so nah, dass sein Körper vor Panik zu beben begann.

Erschrocken wirbelte er herum.

Doch es dauerte einige Sekunden, bis sein Gehirn den Anblick verarbeitete, der sich seinen entsetzten Augen bot. Als er endlich realisierte, was da auf ihn zukam, begriff Norbert, wodurch das Geraschel ausgelöst wurde.

»Was zum Teufel …«, brachte er gerade noch heraus, bevor ein grässlicher, reißender Schmerz in seinem Bauch all das, was er dachte und fühlte, gegenstandslos werden ließ.

Dienstag, 15. Juli, 13.10 Uhr

Erst nachdem Kriminalhauptkommissarin Karin Wolf sich nicht mehr in Sichtweite des Nagelstudios befand, blieb sie stehen, setzte ihre Lesebrille auf und musterte erfreut ihre Nägel. »Wow«, entfuhr es ihr und sie strahlte. »Das sieht ja richtig geil aus. Hätte ich viel früher machen lassen sollen.«

Den Gutschein für die exklusive Maniküre mit allem Drum und Dran hatte ihr Sandra, ihre Partnerin, anlässlich des fünfjährigen Jahrestags ihres Kennenlernens geschenkt. Beim Weiterlaufen überlegte Karin, womit sie ihrer Geliebten eine Freude machen könnte. Aber das war kein großes Problem für sie. Sie hatte Sandras Elsterblick, den diese neulich vor einem Juwelierladen aufgesetzt hatte, sehr wohl zu interpretieren gewusst.

Von ihrem spontanen Einfall total begeistert, machte Karin kehrt und marschierte in Richtung Elbe. Sie würde an ihrem freien Nachmittag am Fluss entlang zum Schillerplatz laufen, dort in aller Ruhe durch die Geschäfte stöbern und auf dem Rückweg dem Konsum, einem Einkaufsmarkt im alten Straßenbahnhof, einen Besuch abstatten. Wenn sie an das reichhaltige Käseangebot dachte, lief ihr das Wasser im Mund zusammen. Baguette und Wein würden ihren Einkauf abrunden und den romantischen Abend mit Sandra perfekt machen.

Voller Vorfreude vor sich hin summend, kehrten ihre Gedanken zu Frau Schubert zurück, bei der sie die letzte Stunde verbracht hatte. Während sich die Dame an Karins Händen zu schaffen gemacht hatte, hatte ihr Mund keine Sekunde stillgestanden. Die kurze Zeitspanne hatte der Nageldesignerin gereicht, ihr gesamtes Leben vor ihrer neuen Kundin auszubreiten. Karin kannte jetzt die Stärken und Schwächen von Frau Schuberts Gatten, konnte sich im Haus und Garten der Familie heimisch fühlen, wusste um deren Interessen, von dem Stress mit der Steuererklärung und dem Mehraufwand, den das Renovieren ihres Kosmetik- und Nagelstudios mit sich gebracht hatte.

Es war Karin schleierhaft, wie jemand sich vor einer wildfremden Frau derart öffnen konnte. Die unfassbare Menge an Informationen, welche die Kosmetikerin freiwillig preisgegeben hatte, fand sie besorgniserregend. Mit Sicherheit hatte diese Frau noch nicht mit den dunklen Abgründen der Gesellschaft Bekanntschaft gemacht, war in ihrem Leben dem Hinterhältigen und Bösen noch nie begegnet.

Beneidenswert, dachte Karin. Aber auf der anderen Seite quälte sie der kleine Stachel des Neides, weil sie selbst nicht in der Lage war, mit fremden Menschen eine so lockere Unterhaltung zu führen. Dazu war sie viel zu verschlossen und misstrauisch. Sie versteckte sich lieber hinter ihrem selbst geschaffenen Panzer.

»Was soll's«, murmelte sie leicht frustriert. »Ich muss kein Charmebolzen sein, schließlich ist ein hoher Prozentsatz meiner Kunden mausetot und denen ist es völlig egal, dass ich ein Muffel bin.«

Ganz konnte sie die Befürchtung jedoch nicht unterdrücken, dass sie durch ihr abweisendes Schweigen einen negativen Eindruck hinterlassen haben könnte.

Hoffentlich erzählt die nette Kosmetikerin Sandra nicht, was ich für ein Stinkstiefel gewesen bin. Schnell unterdrückte Karin diesen Gedanken und dachte an etwas Schönes, an den bevorstehenden Abend mit Sandra.

Dienstag, 13.30 Uhr

Melanie Bergmann machte sich Sorgen um ihren Chef, in erster Linie aber um sich selbst.

Als sie vor fünf Jahren ihr Jurastudium beendet hatte, war es schwer gewesen, einen Job zu finden. Nicht wegen ihres Abschlusses, auf ihrem Bachelor-Zeugnis prangten immerhin elf Punkte, doch die Tatsache, dass sie eine alleinerziehende Mutter war, hatte alle potenziellen Arbeitgeber zurückschrecken lassen, als hätte sie offene Tuberkulose.

Nach einem quälend langen und zutiefst deprimierenden Bewerbungsmarathon stand Melanie schließlich kurz vor der Privatinsolvenz und begrub allmählich ihre Hoffnungen, eine Anstellung entsprechend ihrer Qualifikation zu finden. Ein Vorstellungsgespräch stand noch aus, danach würde sie sich artfremd bewerben und versuchen, über die Runden zu kommen. Jedenfalls hatte sie sich das fest vorgenommen.

Doch sie schien bei Justitia einen Stein im Brett zu haben, denn die Göttin des Rechts führte sie in die Kanzlei von Norbert Weise. Von ihrer fachlichen Kompetenz äußerst angetan, versicherte ihr Weise, dass die Aufgaben, die sie täglich zu erledigen hätte, bequem innerhalb der Arbeitszeiten zu schaffen wären. Allerdings, und auf diesem Punkt bestand er nachdrücklich, sei Diskretion das wichtigste Kriterium für eine Einstellung.

Bereits an ihrem ersten Arbeitstag verstand Melanie, weshalb dieser Fakt für ihren neuen Chef so maßgeblich war. Seine Geschäfte bewegten sich zwar im Rahmen der Legalität, waren moralisch jedoch mehr als fragwürdig. Als sie begriff, dass sie sich zur Gehilfin in einem dreckigen Spiel machte, focht Melanie mit ihrem Gewissen einen harten

Kampf aus. Ihre prekäre finanzielle Situation, verbunden mit der Aussichtslosigkeit in einer anderen Kanzlei eine Beschäftigung zu finden, trug den Sieg über die mahnende Stimme in ihrem Inneren davon.

Seit dieser Zeit war sie für Norbert Weise als Fachangestellte tätig. Er war ein angenehmer Chef, der stets ein freundliches Wort und jedes halbe Jahr eine Gehaltserhöhung für sie bereit hielt. Zudem hatte er sein Versprechen gehalten, Überstunden waren die absolute Ausnahme. Und so konnte sie Arbeit und Kindererziehung ohne Probleme managen. Melanie fand, dass es ein annehmbarer Ausgleich für die Tatsache war, dass sie sich manchmal nicht im Spiegel anschauen konnte.

Heute, um 13 Uhr, stand ein wichtiger Termin an. Als Norbert Weise, der ein Pünktlichkeitsfanatiker durch und durch war, zur Mittagszeit noch nicht erschienen war, stieg ein erster Anflug von Panik in Melanie auf. Sie hatte ihn auf dem Festnetz und auf dem Handy angerufen. Keine Reaktion, außer der Mailbox. Hektisch sagte sie im letzten Augenblick den Termin ab, dabei überkam sie das Gefühl, in einem Auto zu sitzen, das ohne Bremsen auf einen Abgrund zuraste.

Zu gut klangen ihr die einmal im Scherz gesagten Worte ihres Chefs noch in den Ohren: »Wenn ich mal einen Termin nicht einhalte, bin ich entweder tot oder so krank, dass ich mich nicht fortbewegen kann.«

Das wäre eine Katastrophe. Ihre Tochter war erst zehn und da Melanie Bergmann eine pragmatisch denkende Frau war, wusste sie, dass sie wenigstens noch sechs Jahre bei Weise durchhalten musste. Erst dann würde ihre Tochter der mütterlichen Fürsorge entwachsen sein und sie könnte sich nach einem anderen Tätigkeitsfeld umschauen. Doch bis dahin brauchte sie die Anstellung in Weises Kanzlei, andenfalls würde sich die entspannte und sorglose Zweisamkeit mit ihrem süßen Mädchen schnell in eine ferne Utopie verwandeln.

Nachdem eine weitere Stunde ohne jedes Lebenszeichen von Weise verstrichen war, hatte Melanie seine Eltern kontaktiert. Die hatten das letzte Mal am Wochenende mit ihrem Sohn telefoniert und konnten ihr nicht weiterhelfen. In ihrer Verzweiflung fragte sie bei Weises Tennispartner Heiko Klügel nach. Da der ebenfalls ratlos war, wählte sie nacheinander die Nummern sämtlicher Krankenhäuser von Dresden und Umgebung. Weder wurde ein Norbert Weise noch ein unbekannter Mann in den letzten Tagen eingeliefert.

Eine letzte Möglichkeit gab es noch: Weise könnte in seiner Wohnung liegen, zu krank, um selbst Hilfe zu rufen.

Melanie setzte sich gerade hin, atmete mehrmals tief durch und massierte ihre Schläfen. Ruhiger geworden, gelang es ihr, das Bild einer düsteren Zukunft in den hintersten Winkel ihres Seins zu verbannen. Entschlossen packte sie ihre Sachen zusammen, verließ das Büro und fuhr nach Weißig, wo ihr Chef ein Haus besaß.

Nach zehn Minuten Sturmklingeln schaute Melanie misstrauisch die Straße hoch und runter. Da sie niemanden entdecken konnte, kletterte sie rasch über das Eingangstor. Nach einem kurzen Stoßgebet, die Haustür möge bitte nicht verschlossen sein, drückte sie kräftig gegen diese und hätte beinah aufgeheult, weil ihr Wunsch nicht erhört worden war.

Erneut riss sie sich zusammen und lief um das Haus herum. Dabei klopfte sie an die Fensterscheiben und versuchte, einen Blick ins Innere zu erhaschen. Zurück an der Vorderseite hob sie ihre Faust und donnerte mit aller Kraft gegen die Haustür. Als das nichts brachte, griff sie sich ihr Handy und rief einen Schlüsseldienst. Der Mann am anderen Ende der Leitung versicherte ihr, Hilfe sei unterwegs, aber da alle Leute im Einsatz waren, müsste sie sich auf eine Wartezeit von mindestens einer Stunde einrichten.

Melanie überlegte kurz, ob sie lieber gleich die Polizei verständigen sollte, ließ es dann aber. Wenn Weise nicht krank oder verletzt in seinem Haus lag und sie blinden Alarm auslöste, stünde sie wie eine hysterische Idiotin da.

Um die Wartezeit mit halbwegs heilen Nerven zu überstehen, drehte sie eine Runde in der Nachbarschaft und erkundigte sich unauffällig in der Apotheke nach Weise. Dort hatte man jedoch noch nie von dem Mann gehört. Über diese Auskunft verwundert, denn ihres Wissens nach lebte der Anwalt seit mehreren Jahren in diesem Viertel, setzte sich Melanie auf einen Stein vor dem Haus ihres Chefs. Und obwohl sie nicht an Gott glaubte, ließ sie ein weiteres Stoßgebet los. Inständig bat sie darum, dass der Mann vom Schlüsseldienst jung war. Immerhin musste sie den Handwerker um den Finger wickeln, damit der ihr die Tür öffnete, obwohl sie zu diesem Haus keine Zugangsberechtigung hatte. Käme ein älterer und erfahrener Mann oder gar eine Frau, hätte Melanie ein Problem.

Traurig blickte sie in den Vorgarten, der mehrere gepflegte Rosenstöcke beherbergte, bis endlich das Auto des Schlüsseldienstes um die Ecke bog. Diesmal wurde ihr Gebet erhört. Der Handwerker war Anfang dreißig, so kostete es Melanie nur ein paar laszive Blicke und dahingeschnurrte Bemerkungen über die muskulösen Schultern des jungen Mannes und der öffnete ihr die Tür in wenigen Augenblicken. Zähneknirschend beglich sie die gepfefferte Rechnung, unterdrückte mühsam ihre Ungeduld und winkte dem Monteur fröhlich nach. Kaum war das Fahrzeug außer Sicht, stürzte Melanie durch die Tür ins Haus. Mit ihrem ersten Schritt stand sie bereits im Wohnzimmer, in Weises Heim gab es keinen Flur.

Ihren Chef entdeckte sie auf Anhieb. Sein Körper lag ausgestreckt auf dem Boden. Melanie lief zu ihm. Mit viel Glück konnte sie das Verhängnis vielleicht noch abwenden, Norbert Weise retten und ihre Zukunft sichern.

Doch der Anblick, der sich ihrem entsetzten Blick bot, war schlimmer, als sie befürchtet hatte. Tränen der

Verzweiflung schossen in ihre Augen, als sie erkannte, dass sie zu spät kam.

Benommen wandte sie sich ab und taumelte durch den Raum hinaus ins Freie. Dort reaktivierten die glühende Sonne und das grelle Licht ihre Lebensgeister.

Melanies Verzweiflung schlug in wütende Empörung um. »Lässt der Idiot sich einfach umlegen«, schimpfte sie laut. »Hätte der nicht wenigstens noch sechs Jahre warten können?«

Dienstag, 16.10 Uhr

Nachdem sich die Tür hinter der letzten Kundin für heute geschlossen hatte, dachte Marleen Schubert noch einmal an Frau Wolf zurück. Die Frau war zur Mittagszeit bei ihr gewesen und obwohl bereits mehrere Stunden vergangen waren, ging ihr die neue Kundin nicht aus dem Kopf.

Eine außergewöhnliche Frau, so höflich und bescheiden. Schade, dass nicht alle meine Kunden so sind, dachte Marleen.

Sie warf einen Blick auf das ausgefüllte Datenblatt, rechnete kurz nach und machte vor Erstaunen große Augen. Die muss sich verschrieben haben, schoss es ihr durch den Kopf. Diese Frau ist niemals neunundvierzig. Die sieht ja knuspriger aus als ich und ich bin neun Jahre jünger.

Marleen schüttelte fassungslos den Kopf. Für das Aussehen dieser Frau würde sie, ohne zu zögern, zehn Jahre ihres Lebens hergeben. Na ja, fünf – vielleicht?

Mein Gott, und was für schöne Hände die Frau hat. Makellos schlanke lange Finger und so zarte Haut.

Marleen hielt ihre Hände hoch und betrachtete sie kritisch. Dann seufzte sie tief, doch bevor sie sich groß Gedanken machen konnte, riss sie ein leises Rascheln, das nach dem Zusammenknäulen von Folie klang, aus ihren Gedanken.

Sie erhob sich und wollte in den hinteren Raum gehen, aus dem das merkwürdige Geräusch zu ihr gedrungen war, da sah sie aus den Augenwinkeln den weißen Oktavia mit ihrem Mann Dirk am Steuer auf den Parkplatz fahren.

Pünktlich wie immer, freute sie sich und verschob auf der Stelle ihren Erkundungsgang auf den nächsten Tag. Eine Tüte mit Kosmetikpads wird heruntergefallen sein, darum kümmere ich mich morgen, sagte sie zu sich selbst.

Schnell warf Marleen Schlüssel, Telefon und Portemonnaie in ihre Handtasche, nahm die Tageseinnahmen aus der Geldkassette, verließ den Laden, verschloss gründlich die Tür hinter sich und eilte zu ihrem Mann.

Dienstag, 16.30 Uhr

Er empfand weder Enttäuschung noch Wut. Inzwischen hatte er sich an dieses Gefühl gewöhnt. In gewissen Situationen hatte er gar den Eindruck, wie ein unbeteiligter Beobachter neben sich selbst zu stehen, so wenig brachten ihn die Vorgänge und das Leben in der Stadt aus dem Gleichgewicht. Dabei war er weder phlegmatisch noch an seiner Umwelt desinteressiert. Zurückschauend musste er sich eingestehen, dass das nicht immer so gewesen war. In der Kindheit und Pubertät hatte ihn nichts von seinen Klassenkameraden unterschieden. Er hatte mit ihnen gelacht und war über Ungerechtigkeiten ebenso empört gewesen wie die anderen.

Jetzt, mit einem gewissen Abstand, glaubte er, dass die Ereignisse, die sein Leben verändert hatten, kein Zufall gewesen waren und ihn neu geformt hatten.

Es war Schicksal.

Er war auserwählt worden und hatte Macht in die Hände gelegt bekommen. Dieser Macht musste er sich würdig erweisen und furchtlos den neuen Weg beschreiten.

Natürlich war die Veränderung nicht von heute auf morgen über ihn hereingebrochen. Es war ein langwieriger Prozess gewesen, voller Selbstzweifel, Angst und Wut. Ein schwächerer Mensch wäre mit Sicherheit an dieser Metamorphose zugrunde gegangen – er jedoch war wie ein Phönix aus der Asche gestärkt ins Leben zurückgekehrt.

So machte es ihm heute nicht das Geringste aus, dass die Kosmetikerin nicht die ihr zugewiesene Rolle gespielt hatte. Dabei kostete es endlose Mühe einen Plan auszuarbeiten und wenn dann wegen einer Kleinigkeit das Vorhaben scheiterte, wäre es nur natürlich, wenn die Emotionen in ihm hochkochen würden.

Warum musste die Frau ausgerechnet heute ihr Geschäft überpünktlich verlassen? Für gewöhnlich machte sie sich noch einen Kaffee und räumte auf. Er wüsste zu gern, was sie zu der ungewöhnlichen Hast getrieben hatte. Vermutlich würde er das nie erfahren und eigentlich kümmerte ihn das auch nicht. Wenn er in sich hineinhorchte, stellte er fest, dass er die Sache entspannt sah. Morgen war auch noch ein Tag.

Genieße deine vierundzwanzig geschenkten Stunden, Mädchen!

Gerade als er das Kosmetikstudio verlassen wollte, fiel ihm im letzten Moment ein, dass Frau Schubert ihn gehört haben könnte. Es war nicht erforderlich, ihr Misstrauen zu wecken. Unnötiges Grübeln gräbt Falten in die Haut und schadet dem guten Aussehen und schließlich wusste er, mit welcher Sorgfalt die Kosmetikerin ihr Äußeres pflegte.

Über seinen Witz grinsend, nahm er eine Tüte mit Kosmetikpads aus einem offenstehenden Schrankfach und ließ sie zu Boden fallen.

Das gelegentliche Rascheln, das sich bei seiner Arbeit trotz größter Vorsicht nicht vermeiden ließ, war ein Ärgernis. Aber eine andere Möglichkeit, sauber und diskret zu arbeiten, sah er nicht.

Nach einem letzten prüfenden Blick, dass er auch keine Spuren hinterließ, verließ er das Studio durch die Hintertür, durch die er es zuvor betreten hatte. Dabei versäumte er es nicht, den Schlüssel zweimal im Schloss umzudrehen. Genauso, wie es Frau Schubert stets tat.

Dienstag, 16.40 Uhr

Ständig zur Uhr schauend, eilte Karin nach Hause. Die letzten Meter rannte sie. Im Konsum, an der Käsetheke, hatte sie zu lange getrödelt und beim Juwelier hatte sie länger als geplant warten müssen, bis sich zwei blutjunge, ständig kichernde Mädchen endlich für zwei identische Halsketten entschieden hatten. Zusätzlich war die Kommissarin eine Haltestelle später aus der Bahn gestiegen, um beim Gemüsehändler auf der Österreicher Straße Blumen zu kaufen.

»Wäre ich doch nur mit dem Auto gefahren«, schimpfte sie leise und suchte mit ihren Blicken misstrauisch die Straße hinter ihrem Wohnblock ab.

Erleichtert stieß Karin die Luft aus. Sandras himmelblauer SEAT parkte noch nicht auf der Straße – ihr blieb eine Gnadenfrist.

Wie von Furien gejagt, hetzte sie die Treppe in das vierte Stockwerk hinauf, schleuderte achtlos ihre Sandaletten von den Füßen, schaltete ihren Rechner an und verstaute Käse und Wein im Kühlschrank. Im Küchenschrank fand sie eine passende Vase für den Blumenstrauß. Der kleine Umweg hatte sich gelohnt. Onkel Vu hatte die schönsten Blumen in der ganzen Gegend.

Atemlos wählte sie anschließend am Monitor ein hübsches Porträtfoto von Sandra aus, druckte es auf Fotopapier und befestigte die gerade erworbenen Ohrstecker an den Ohrläppchen, die unter den Haaren hervorlugten. Ein kurzer prüfender Blick auf ihr Werk, dann huschte sie ins Wohnzimmer und versteckte das Bild mit dem Schmuck in der Schrankwand hinter den Büchern, damit sie es im passenden Moment zur Hand hatte.

Jetzt kam die große Ruhe über Karin. Zufrieden lächelnd, zog sie sich aus und marschierte ins Bad. Fünfzehn Minuten später stand sie frisch geduscht vor dem Spiegel und föhnte ihre Haare. Durch das Rauschen des Haartrockners bemerkte sie Sandras Ankunft erst, als sich die Badtür öffnete und zwei große braune Augen sie anstrahlten.

Karin schaltete den Föhn aus, legte ihn auf der Waschmaschine ab, spitzte ihre Lippen und bot sie Sandra zum Begrüßungskuss. Danach hielt sie der Freundin vor Stolz strahlend ihre Hände entgegen.

»Wow«, meinte Sandra beeindruckt. »Jetzt sehen deine Nägel nicht mehr aus, als hätte ein besoffener Biber dran rumgeknabbert.«

Karin holte tief Luft, der Protest erstarb jedoch auf ihren Lippen. Mit all ihren Sinnen spürte sie Sandras Blicke, die jeden Quadratzentimeter ihres nackten Körpers abtasteten.

Verführerisch lächelnd, trat Sandra nah an sie heran und legte ihr die Hand auf den Po. »Wenn du mich im Evakostüm empfängst, brauchst du dich nicht wundern, wenn ich spitz werde wie Nachbars Lumpi.«

In Karins Unterleib wuchs ein wohlig warmes Gefühl. »Vor dem Essen?«

Statt einer Antwort lächelte Sandra, zog ihr Shirt über den Kopf und fuhr sich mit der Zunge über die Lippen. »Ich glaube, du hast dich umsonst geduscht. In spätestens einer halben Stunde bist du wieder durchgeschwitzt.«

In diesem Moment klingelte Karins Telefon.

Dienstag, 17.10 Uhr

Glücklich kniff Patricia die Augen zusammen und lächelte. Der Abend versprach wunderschön zu werden. Eigentlich schade, dachte sie ein wenig wehmütig, dass ich mich nicht auf meinen kleinen Balkon setzen und bei einem Glas Roten die Dämmerung genießen kann. Verdient hätte ich es, nach der Schinderei im Fitnesscenter. Doch sie tröstete sich schnell, die Nacht würde auch so lustig werden.

Mit der Sonne um die Wette strahlend, bückte sie sich zu ihrem Fahrrad, öffnete das Schloss und radelte los. Vor zwei Tagen hatte sie die Annonce im Supermarkt entdeckt, kurzerhand die angegebene Nummer gewählt und war nur wenige Stunden später stolze Besitzerin eines flotten Drahtesels geworden. Patricia lächelte stolz. *Drahtesel*, was für tolle Vokabeln sie inzwischen beherrschte. Ihr Deutsch wurde von Tag zu Tag besser.

Sie konnte sich nicht beschweren. Alle Projekte, die sie in den letzten sechs Monaten angepackt hatte, haben sich zu Senkrechtstartern gemausert.

Vor drei Jahren war Patricia von Brighton nach Dresden gezogen. Hatte ihr Architekturstudium begonnen und es vor einem halben Jahr abgebrochen. Sie weinte dem Campus keine Träne nach. Das Entwerfen von Gebäuden hatte ihr nicht wirklich Spaß gemacht, ihr zu Beginn als Nebenerwerb geplantes Kellnern dagegen schon. Jeden Abend lernte sie in der Bar neue Leute kennen, jeden Abend neues Leben, neue Geschichten. Patricia fühlte sich wie geschaffen für diese bunte Welt. Die Trinkgelder, die sie allabendlich einstrich, waren okay und von der Aushilfe war sie zur fest angestellten Kellnerin aufgestiegen. Sie konnte sich eine eigene Wohnung leisten, der WG den Rücken kehren und obwohl ihr Nest noch nicht fertig eingerichtet war, fühlte sie sich pudelwohl.

Ein ihr mit Blaulicht entgegenkommender Wagen ließ sie am Straßenrand anhalten. Sie blickte verwundert hinterher. Tatsächlich, die Polizei bog in ihre Straße ein. Was können die in dem friedlichen Viertel nur wollen? Am liebsten hätte sie kehrtgemacht und nachgesehen. Aber das konnte sie vergessen, sie war ohnehin viel zu spät.

Den Muskelkater ignorierend, trat sie kräftig in die Pedale, rief einer Nachbarin ein fröhliches »Hallo« zu und vergaß den Streifenwagen. Es gab wichtigere Dinge, bekam sie doch heute endlich die Gelegenheit, der Welt ihren neuen Sommeroverall zu präsentieren. Auch gab ihr die lange Fahrt zur Arbeit die Möglichkeit, ein wenig ihren Träumen nachzuhängen. Und davon hatte Patricia jede Menge. Sobald sie genügend Geld auf die hohe Kante gelegt hatte, wollte sie eine Ausbildung zum Sommelier beginnen. Patricia schmunzelte vergnügt. Später war vielleicht, mit einem Spritzer Glück, ein eigenes feines Weinrestaurant für sie drin.

Ja, das Leben meinte es gut mit ihr und Patricia war sich sicher, sollte eine Wahrsagerin zu ihrer Zukunft eine Kristallkugel befragen, würde diese rosarot aufglühen.

Dienstag, 18.20 Uhr

Hauptkommissarin Karin Wolf stieg aus ihrem Ford Fiesta und schaute missmutig in die Runde. Dabei streifte ihr Blick eine Harley Davidson, die aufgebockt am Straßenrand stand. Ihre Augen verengten sich zu Schlitzen und sie schnaufte empört. Zum wiederholten Mal hatte sie das Wettrennen gegen das schwere Motorrad des Rechtsmediziners verloren.

Während sie versuchte, ihre Niederlage zu vergessen, musterte sie die Umgebung. Der Tatort lag im Nordosten von Dresden, im Stadtteil Weißig. Die Bautzner Landstraße war einen halben Kilometer entfernt und die einzigen Geräusche wurden von den Kollegen der KTU beim Entladen ihrer Gerätschaften verursacht.

Der Nachmittag mit seinen hochsommerlichen Temperaturen war einem milden Sommerabend gewichen. Ideal für ein gemütliches Abendessen, für Käse, Baguette und Wein. Idylle pur. Karin seufzte tief. Sie war müde und sehnte sich nach einem schönen Abend mit Sandra. Warum zum Teufel mussten die Leute sich umbringen lassen, wenn sie gerade auf Wolke sieben schwebte?

Natürlich war Sandra gleichfalls enttäuscht gewesen, hatte ihre gute Laune inzwischen aber wiedergefunden. Mit einem strahlenden Lächeln begrüßte die Hauptkommissarin ihre Kollegin Oberkommissarin Heidelinde Grün. »Bist du schon mal mit Karin gefahren, wenn sie mies drauf war?«

»Ja, und bei diesen Gelegenheiten habe ich eine Menge neuer Schimpfworte gelernt.«

Karin tat, als hätte sie nichts gehört und kam zur Sache. »Und? Wer versaut uns diesen Abend?«

Da Heidelinde aufgrund ihres fotografischen Gedächtnisses kein Notizbuch benötigte, fasste sie die bisherigen Erkenntnisse aus dem Kopf zusammen. »Norbert Weise, vierundvierzig. Anwalt mit eigner Kanzlei.«

»Oh Gott.« Sandra verdrehte die Augen. »Da gibt es sicher eine Million Verdächtige.«

Ohne sich aus dem Konzept bringen zu lassen, fuhr Heidelinde in ihrem Telegrammstil fort: »Wohnhaft war Norbert Weise hier. Haus und Grundstück gehören ihm. Ob er noch andere Immobilien, Grundstücke, Wohnwagen oder dergleichen besitzt, weiß ich noch nicht. Bringe es aber in Erfahrung. Gefunden hat ihn Melanie Bergmann, die er in seiner Kanzlei als Assistentin beschäftigte.« Heidelinde wies mit einem knappen Nicken zu einer jungen Frau, die ruhelos neben dem Haus auf und ab tigerte. »Die dort mit dem sauren Gesicht. Sie geht uns allen auf die Nerven, fragt alle paar Minuten, ob sie endlich nach Hause zu ihrer Tochter gehen kann. Ich habe sie aber bis jetzt dabehalten, da ich nicht wusste, ob du sie noch befragen willst«, sagte sie an Karin gewandt.

Die schüttelte nur den Kopf und gähnte ausgiebig. »Wenn du mit ihr gesprochen hast, ist alles okay. Mir erzählt sie auch nicht mehr. Lass sie gehen, wir melden uns morgen bei ihr. Hat der Mann Angehörige?«

»Nur die Eltern. Ich habe Brückner zu ihnen geschickt.«

Karin zog erstaunt die Augenbrauen in die Höhe.

»Du musst nicht so kritisch gucken. Mit älteren Herrschaften kann er sehr gut umgehen.«

Karin, die wusste, dass Oberkommissar Brückner bei seinen Eltern lebt, biss sich nachdenklich auf die Unterlippe und segnete Heidelindes Entscheidung ab.

»Da Weise in seiner Kanzlei keinen Partner hat, sich also niemand querstellen kann«, Heidelindes Wangen überzogen sich mit einer zarten Röte, »und ich nicht abwarten konnte, bis ihr hier auftaucht, habe ich deiner Entscheidung vorgegriffen, Karin.«

Obwohl Karin wusste, was jetzt kommen würde, und sie mit Heidelindes Vorgehen einverstanden war, konnte sie es wieder mal nicht lassen, ihre Kollegin an der Nase herumzuführen. Sie unterdrückte ein Grinsen und setzte eine strenge Miene auf.

Verunsichert sprach Heidelinde weiter: »Da ich hoffe, dass wir in seinen Unterlagen relevante Informationen finden, habe ich Jan mit Frau Bergmanns Schlüssel losgeschickt, damit er sich in der Kanzlei umsieht.«

Karin holte tief Luft, doch Sandras Faustschlag auf ihren Oberarm stoppte sie. »Quäl die arme Heidi nicht so. Siehst du nicht, wie sehr es sie mitnimmt, dass sie sich nicht an die Vorschriften gehalten hat? Du hättest es genauso gemacht, allerdings hättest du im Gegensatz zu Heidi kein schlechtes Gewissen.« Sandra trat zu der blonden Kommissarin und legte ihre Hand auf deren Arm. »Du hast alles richtig gemacht, Heidi. Und du musst auch nicht unbedingt mit Karin sprechen. Ich habe denselben Dienstgrad und vielleicht werde ich die Leitung der Morduntersuchung übernehmen.«

Jetzt lächelte Heidelinde. Zum Teil aus Erleichterung, aber auch weil sie Sandras Gedanke amüsierte. Allen war klar, dass nur außergewöhnliche Umstände ihren Chef, Kriminalrat Haupt, davon abhalten würden, Karin mit der Ermittlungsleitung zu betrauen.

»Eigentlich wollte ich nur sichergehen«, setzte Heidelinde ihren Bericht fort, »vermutlich hat das Verbrechen nichts mit der Arbeit des Anwalts zu tun. Alle Indizien deuten darauf hin, dass Weise einen Einbrecher überrascht hat und ihm das zum Verhängnis wurde. Doch ich will nicht vorgreifen. Am besten ihr seht euch die Bescherung selbst an.«

Karin und Sandra ließen sich von einem Kriminaltechniker Schutzanzüge geben, schlüpften hinein und betraten das Haus. Sie sahen auf den ersten Blick, dass Heidelindes Theorie nicht aus der Luft gegriffen war. Die Kabel für den Fernseher und den DVD-Player lugten traurig hinter dem gläsernen Rack hervor und eine leere Laptop-Tasche neben der Couch sprach Bände. Die Fächer und Schubladen der Wohnwand zeigten ebenfalls Anzeichen einer gründlichen Suche.

Karin blieb in der Mitte des Raumes stehen und ließ die Atmosphäre des Zimmers auf sich wirken. Ein süßlicher Geruch lag in der Luft. Süßlich und leicht metallisch. Der Geruch des Todes. Obwohl sie die Leiche ausblendete, glaubte sie einen kalten Hauch auf ihrer Haut zu spüren. So, als würde der Geist des Toten neben ihr stehen. Augenblicklich stellten sich die Härchen auf ihren Unterarmen auf. Ein Verbrechen verändert einen Ort, fuhr es ihr durch den Kopf. Nicht nur äußerlich, in Form von Blut und dem Chaos einer Durchsuchung, sondern auch in der Ausstrahlung. Die Wände, der Fußboden, alles sandte bedrohliche Signale aus. Sie schüttelte die Empfindung ab und ging zu Sandra, die gerade zu dem Opfer getreten war.

Dr. Bretschneider, der Rechtsmediziner, widmete sich mit Hingabe der Leiche. Karin nickte dem Doktor knapp zu, Sandra dagegen beugte sich zu ihm hinunter und flüsterte – laut genug, dass es alle Anwesenden hören konnten – in sein Ohr. »Hallo Mario, hast du Karins Zähne knirschen gehört, als du uns kurz nach Bühlau überholt hast?«

»Gehört nicht, gedacht habe ich es mir allerdings. Hallo, Karin.« Er winkte der schwarz gekleideten Hauptkommissarin fröhlich zu.

Die klappte mental die Ohren zu und das vertraute Gefühl von Frustration überkam sie bei der Erinnerung an Dr. Bretschneider, der mit einem eleganten Schlenker an ihnen vorbeigezogen war. Was konnte sie dafür, dass ihr Fiesta keine Chance gegen eine Harley hatte?

Ohne die beiden Scherzkekse eines Blickes zu würdigen, richtete sie ihre Aufmerksamkeit auf den Toten. Das schmerzverzerrte Gesicht und die vor Entsetzen weit aufgerissenen Augen holten Karin auf der Stelle in die Realität einer Mordermittlung zurück. Das Bild schockierte sie in seiner Brutalität so sehr, dass sie ihre Augen abwenden musste. Sie hatte in ihrer langen Dienstzeit viele schrecklich zugerichtete Leichen sehen müssen, aber ein derart gewaltsames Vorgehen war nicht alltäglich. Dieser Mann war einen qualvollen Tod gestorben. Die Blutlache neben dem Körper und die verkrampften Hände, die der Anwalt im Todeskampf an seinen Bauch gepresst hatte, verrieten der erfahrenen Kommissarin eine Menge über die Art seines Todes.

Mühsam löste Dr. Bretschneider die Finger des Opfers und unterzog die großflächige Wunde einer näheren Betrachtung. »Es sieht so aus, als hätte ihm der Täter das Messer in den Unterbauch gerammt und es anschließend nach oben gerissen. Anders kann ich mir die starke Blutung nicht erklären. Näheres erfahrt ihr morgen.«

»Kannst du schon sagen, wann er ermordet wurde?«

»Dass ihr es nie abwarten könnt.« Bretschneider wiegte nachdenklich den Kopf. »Festlegen will ich mich nicht, aber da die Totenstarre voll ausgeprägt ist, liegt er mindestens zwölf Stunden hier – wahrscheinlich sogar länger. Anhand der Körper- und Umgebungstemperatur tippe ich auf zwanzig bis fünfundzwanzig Stunden. Morgen kann ich es euch genau sagen.«

Von Sandra war sämtliche Fröhlichkeit abgefallen. Bedrückt starrte sie auf den Toten und hatte nur den Wunsch, sich fest an Karin zu klammern. Bei den vielen Kollegen im Raum verbot sich das jedoch von selbst. Dass Karin und sie ein Paar waren, wusste außer ihren engsten Mitarbeitern niemand. Wenn die Polizeiführung von ihrer Beziehung erfahren würde, dürften sie nicht mehr in derselben Abteilung arbeiten. Und das wollten die beiden um jeden Preis vermeiden.

Karin überwand ihre Schwäche und zwang sich, den Toten gründlich zu mustern. Jede Kleinigkeit prägte sie sich ein und wusste dabei genau, dass dieser grässliche Anblick sie in den kommenden Nächten in die schwärzesten Träume schicken würde. »Der hatte gestern Abend auf jeden Fall noch etwas vor«, sagte sie mehr zu sich selbst, »die Camouflage Klamotten sind definitiv zu unbequem für einen gemütlichen Abend vor dem Fernseher.«

»Vielleicht wollte er sich einen Kriegsfilm ansehen. Authentizität ist bei einem aktiven Zuschauer ein Muss.«

Der schwarze Humor des Gerichtsmediziners vertrieb Karins Beklommenheit. Dankbar grinste sie Dr. Bretschneider von der Seite an und zeigte auf die Pantoffeln, die der tote Anwalt noch an den Füßen trug. »Müsste er da nicht zackige Armeestiefel tragen?«

Ehe der Doktor antworten konnte, meldete sich Sandra. »Neben der Haustür stehen ein Paar blitzblank geputzte Wanderschuhe. So sauber, wie dieses Wohnzimmer ist, lief der niemals mit Straßenschuhen durchs Haus.«

Karin presste die Lippen aufeinander. Dieses Detail war ihr entgangen.

Die schweren Tritte von Günther Lachmann, dem Chef der KTU, stoppten ihre Selbstvorwürfe. Er kam die Treppe hinuntergestiegen. »Mir reicht es langsam mit diesem Mist. Ich glaube, ich habe in meinem Leben genug Leichen und Tatorte gesehen. Dieser Fall ist definitiv mein letzter.« Er holte tief Luft. »Es ist höchste Zeit für meinen Ruhestand.«

Karin hatte schon lange mit dieser Ankündigung gerechnet, die Entscheidung war längst überfällig, doch jetzt, da er es klar formulierte, wurde sie traurig. Verstehen konnte sie ihren alten Freund gut. Er wollte seinen Lebensabend mit Frau, Kindern und Enkeln verbringen und nicht mehr ständig mit den Händen in Dreck, Blut und Kot wühlen. Es würde einen Abschied geben und Karin wusste, dass trotz aller Beteuerungen, man würde sich ja oft treffen, dieser Abschied endgültig wäre.

Doch hier und heute war es noch nicht so weit. Betont fröhlich begrüßte sie ihn und fragte: »Dürfen wir uns bereits in den oberen Räumen umsehen?«

»Könnt ihr, wir haben alle Spuren gesichert. Viel gibt's da aber nicht zu sehen.«

Wie Günther es gesagt hatte, bot die obere Etage keine Überraschungen.

»Sieht gar nicht nach einer Junggesellenwohnung aus«, stellte Sandra nach dem Rundgang durch Bad, Arbeits- und Schlafzimmer fest. »Eigentlich recht geschmackvoll eingerichtet, sauber und ordentlich.«

Karin war derselben Meinung. »Dass die Buden von alleinstehenden Männern unaufgeräumte Drecklöcher sind, ist ein Klischee. Hier stimmt eigentlich alles. Wenn nicht gerade ein Mord in diesem Haus passiert wäre, könnte ich es mir durchaus vorstellen, hier einzuziehen.« Sie seufzte tief. »Allerdings wäre es mir lieber gewesen, eine verschrobene Hütte vorzufinden. Ein paar makabre Wohnaccessoires, zum Beispiel Schrumpfköpfe oder stapelweise Pornofilme, würden ungemein bei der Erstellung einer Charakterstudie helfen.«

»Schade, dass sein Computer weg ist. Da findet man solche schönen Dinge, vor allem bei Menschen mit Vorzeigewohnungen.«

Karin gab Sandra im Stillen recht und ging ein weiteres Mal langsam durch die Räume. Im Schlafzimmer blieb sie stehen. Eine Jogginghose und ein Sweatshirt fesselten ihren Blick. Die Kleidungsstücke lagen ordentlich über einem Stuhl. Sie nahm die Sachen und schnüffelte daran.

»Frisch gewaschen oder getragen?« Sandra sah ihre Partnerin erwartungsvoll an.

»Eindeutig benutzt. Vermutlich wollte er sie nach seiner Rückkehr sofort wieder überstreifen. Ich würde zu gern wissen, wohin er noch wollte.«

Sandra hob die Schultern. »Kann uns das nicht egal sein? Er ist in seinem Haus überfallen worden und fertig.«

Da Karin kein Gegenargument einfiel, überging sie die Bemerkung. »Ich kann nichts Außergewöhnliches entdecken. Sobald die KTU mit dem Haus fertig ist, lassen wir Jan von der Leine. Er ist ein absoluter Pedant. Wenn es etwas zu finden gibt, spürt er es auf.«

Sandra nickte zustimmend und stieg mit Karin die Holztreppe in das große Wohnzimmer hinunter.

Da die KTU noch mitten in der Arbeit steckte, war an ein Herumschnüffeln nicht zu denken. Die beiden Kommissarinnen sahen sich lächelnd an, hier kamen sie erst mal nicht weiter. Vielleicht war ihr gemeinsamer Abend noch zu retten.

Karin wollte gerade Heidelinde zu sich rufen, um ihr Anweisungen für das weitere Vorgehen zu geben, da winkte Günther Lachmann sie zu sich. »Schaut mal, was ich hinter dem Müllsack gefunden habe.« Er hatte den Inhalt eines Rucksacks auf dem Fußboden ausgebreitet und wirkte hocherfreut. »Das wirft ein besonderes Licht auf den Abendspaziergang unseres Anwalts.«

»Wow, ein Infrarot-HD-Digital-Nachtsicht Monokular.« Sandra war in ihrem Element. Alles, was mit Technik auch nur im Entferntesten in Verbindung stand, zog sie magisch an. »Mit dem Teil kannst du Filme und Fotos in 4K-Auflösung aufnehmen. Super Qualität, muss sauteuer gewesen sein. Wieso hat der Einbrecher das nicht mitgehen lassen? Aha, weil er es hinter dem Rucksack nicht gesehen hat«, beantwortete sie selbst ihre Frage.

»Damit kannst du nachts filmen? Wie mit einem Nachtsichtgerät?«, wollte Karin wissen.

»Definitiv.« Sandra hatte sich bereits das nächste Gerät geschnappt und unterzog es einer eingehenden Betrachtung. »Der Herr Anwalt muss Großes vorgehabt haben. Zusätzlich zur Kamera hatte er ein digitales Nachtsichtgerät mit 7-facher Vergrößerung dabei. Also jetzt interessiert es mich schon, was er in der Dunkelheit getrieben hat. Dürfen wir die Teile schon mitnehmen?«, fragte sie Günther und sah ihn hoffnungsvoll an.

Der fand die Frage amüsant. »Natürlich nicht. Wir müssen noch Fingerabdrücke nehmen und Daten sichern.«

Einer der Techniker kam ins Haus und trat zu ihnen. »Wir haben neben einem Rosenstock einen Fußabdruck gefunden, der nicht zum Hausherrn passt.« Ohne einen Kommentar abzuwarten, drehte er sich um und ging zurück ins Freie.

Günther folgte ihm gespannt mit Karin und Sandra auf den Fersen. Vor dem Abdruck blieb er stehen und schüttelte bestätigend den Kopf. »Der ist eindeutig nicht vom Anwalt. Der hat maximal Größe 43 und das hier ist wenigstens eine 48.«

»Das sind keine Schuhe mehr, das sind Kindersärge.« Sandra ging vor der Fußspur in die Knie und grinste. »Das sieht aus wie gemalt, sogar das Profil ist ganz deutlich. Der Täter muss es sehr eilig gehabt haben, dass er hier auf die weiche Erde gelatscht ist.«

Lachmann brummte zustimmend. »Der wollte sicher vermeiden, dass ihn ein aufmerksames Auge beim Verlassen des Hauses bemerkt.«

Karin gab keinen Kommentar ab, nachdenklich zog sie die Unterlippe zwischen die Zähne, dann zuckte sie mit den Schultern, ging zu Heidelinde und übertrug ihr die Verantwortung vor Ort. Mit einem kurzen »Kommst du?« in Sandras Richtung lief sie zu ihrem Fahrzeug.

In dem Moment als Karin ihre Hand auf den Türgriff legte, machte Günther mit einem Winken auf sich aufmerksam und kam schnell zu ihnen gelaufen. »Fast hätte ich es vergessen. Da ist noch eine Sache, die mir Magendrücken verursacht. Wir konnten weder an der Tür noch an den Fenstern Einbruchsspuren entdecken. Was das bedeutet, müsst ihr euch selbst zusammenreimen.«

Karin nickte düster. Bereits in der Wohnung hatte sie ein merkwürdiges Gefühl beschlichen. Doch vorerst behielt sie ihre Befürchtungen für sich, denn dieser Gedankengang war so absurd und ungeheuerlich, dass sie ihn sofort aus ihrem Kopf verbannte. Diesmal musste ihr Instinkt sich einfach irren. Jedenfalls hoffte sie das mit jeder Faser ihres Herzens.

Bevor Karin ins Auto stieg, ließ sie ihren Blick über die Häuser wandern, die die abgelegene Straße säumten. Ein paar Zaungäste hatten Posten an den Fenstern bezogen und schauten dem Treiben der Polizisten zu. Doch das war nicht mit den Ansammlungen vergleichbar, die sich innerhalb weniger Minuten in der Innenstadt zusammenrotteten, wenn es galt, sich an dem Leid anderer zu laben.

Weder sie noch einer ihrer Kollegen bemerkten das unscheinbare Fahrzeug am Straßenrand, in dem ein Mann saß, der interessiert das Treiben auf dem Grundstück des Anwalts beobachtete.

Mittwoch, 16. Juli, 06.45 Uhr

Cooles Anwesen, stellte Jan Klingenberg fest, nachdem er eine Runde um das Haus und durch den gepflegten Garten des Anwalts gedreht hatte. Er konnte es sich durchaus vorstellen, in so einer feudalen Bude zu leben. Leider würde dieser Wunsch mit den Bezügen eines Kriminalkommissars eine Utopie bleiben.

Gestern am späten Abend hatte ihn Karin angerufen, ihn über den Ermittlungsstand informiert und gebeten, das Haus zu checken, sobald die Techniker mit ihrer Arbeit fertig waren. Einen Schlüssel zum Haus hatte sie für ihn in der Polizeidirektion hinterlegt.

Sofort hatte Jan seine Chance gewittert. Wenn es ihm gelang, ein wichtiges Beweisstück aufzuspüren, würde ihn das der lang ersehnten Beförderung zum Oberkommissar ein Stück näherbringen. Gründlich, wie er war, hatte er seine Ermittlungen in der Kanzlei zu Ende gebracht, war dann nach einem Umweg über die Polizeidirektion nach Hause gefahren und hatte den Wecker auf 5 Uhr gestellt.

Der Chef der KTU war nicht amüsiert gewesen, als Jan ihn fünf nach fünf aus dem Schlaf gerissen hatte und von ihm wissen wollte, ob er endlich mit seinen Ermittlungen beginnen konnte.

Günther kriegt sich schon wieder ein, tröstete sich Jan, während er das Polizeisiegel entfernte und eine erste Besichtigungstour durch die Räume startete. Zurück am Ausgangspunkt seiner Wanderung, setzte er sich auf das Wohnzimmersofa und dachte nach. Ein Haus auf den Kopf zu stellen, wenn man nicht weiß, nach was man sucht und ob es überhaupt etwas zu finden gibt, ist wie die Nadel im Heuhaufen zu suchen, ohne zu wissen, ob es eine Nadel gibt.

Denn wenn der Anwalt sich nicht bedroht gefühlt hatte, bestand für diesen keine Veranlassung, Zeit und Mühe aufzuwenden, um einen Gegenstand zu verstecken.

Erneut lief Jan langsam durch das Haus, um sich ein Bild von dem ehemaligen Bewohner zu machen. Der Mann war ordentlich gewesen, aber nicht pedantisch. Das Haus war sauber, aber nicht klinisch rein. Ein ganz normaler Typ also.

Als Erstes wollte Jan in Erfahrung bringen, ob der Anwalt handwerklich begabt gewesen war. Das konnte ein entscheidender Hinweis über die Art eines Verstecks sein. Da es keinen Keller gab, forschte Jan in der Küche.

Er hatte den Bewohner richtig eingeschätzt, genau wie bei ihm zu Hause stand der Werkzeugkasten in einem Wandschrank. Mit einiger Mühe beförderte Jan einen Alu-Koffer mit einem kompletten Werkzeug-Set ans Tageslicht. Beim Öffnen musste er unwillkürlich grinsen. Jedes einzelne Werkzeug glänzte ihn mit strahlender Unbenutztheit an. Gleich oben, in einem Fach für Kleinteile, lag sogar noch der Kassenzettel. Weise hatte das Werkzeug-Set vor vierzehn Jahren erworben. Es war wie eine Versicherung, die man kauft und von der man hofft, dass man sie nie benötigt. Bevor Jan den Koffer zurückstellte, unterzog er das Fach einer akribischen Musterung. Außer einem halb leeren Eimer mit Wandfarbe konnte er nichts entdecken. Neugierig geworden hielt Jan nach Pinseln oder einer Malerrolle Ausschau. Fehlanzeige. Er zuckte mit den Schultern, vermutlich nach Gebrauch entsorgt. Verwendbar war die Farbe aber noch, das ergab zumindest Jans Schütteltest.

Punkt eins war somit geklärt, in diesem Haus war es nicht erforderlich Abflüsse auseinanderzunehmen, Geräte zu öffnen und Schubfächer auf doppelte Böden zu untersuchen. Wenn es ein Versteck geben sollte, hatte der Anwalt mit Sicherheit eine unkompliziert zugängliche Position dafür gewählt. Mit Grausen erinnerte sich Jan an eine Drogenrazzia, bei der er gezwungen gewesen war, den Abfluss einer Toilette zu demontieren. Er lächelte erleichtert, das würde ihm in dieser Wohnung nicht passieren.

Seiner größten Sorge ledig, konnte sich Jan auf den nächsten Punkt seiner Liste konzentrieren. Die Indizien wiesen eindeutig auf einen Raubmord hin, somit blendete Jan die Existenz eines Geheimverstecks vorerst aus. Folglich bestand seine Aufgabe darin, Informationen zu sammeln.

Bei Wohnungsdurchsuchungen ließ Jan sich gern von seinen Gefühlen leiten. Er nahm an, dass das Verhalten eines Menschen von den tief in seiner Seele verborgenen Begierden bestimmt wird. Die Bestätigung für diese Annahme hoffte er, im Schlafzimmer des Anwalts zu finden.

Er stieg die Treppe hoch und widmete sich den oberen Räumen. Gleich zu Beginn wollte er die uninteressanten Bereiche abhaken und betrat die Veranda.

Überwältigt blieb er stehen, der Ausblick auf Bäume und Felder faszinierte ihn. Von seinem heimischen Balkon sah er bloß den Mietern des gegenüberliegenden Blocks in die Fenster. Erneut überkam ihn ein Anflug von Neid. Doch er verdrängte das Gefühl rasch und ließ seinen Blick über die Einrichtung wandern. Außer einem Klapptisch und einem Liegestuhl, der ordentlich in Folie verpackt an der Wand lehnte, und einer Flasche Sonnenmilch gab es nichts zu sehen. Allerdings erzählten diese Dinge dem Kommissar eine ganze Menge über den Menschen, der hier gelebt hatte. Der Anwalt wollte mit einer sportlichen Bräune glänzen und war gern für sich.

Im Wintergarten mit den üppigen Grünpflanzen fand Jan eine weitere Bestätigung für seine zweite Schlussfolgerung: An einem Tisch stand ein einsamer Stuhl.

Das Badezimmer entlockte Jan nur noch ein müdes Lächeln. Die Serie setzte sich fort: Keine zweite Zahnbürste und die Kosmetik – ausnahmslos von Hugo Boss – war für einen einzelnen Mann bestimmt.

Die Überprüfung des Arbeitszimmers war gleichfalls erfolglos. Lustlos blätterte Jan durch Aktenordner, fand jedoch nur Weises Steuererklärungen, Unterlagen der Krankenkasse und alle möglichen Dokumente zu dessen Haus. Das alles waren Dinge, die ihn nicht wirklich interessierten, und er war froh, dass nicht er sich mit Weises privaten Unterlagen befassen musste. Das gesamte Material würde auf Heidelindes Schreibtisch landen, genau wie Jans private Steuererklärung. Für eine gute Flasche Roten war die Kollegin jedes Jahr bereit, ihm diese Last abzunehmen.

Nach einem Computer hielt er im Arbeitszimmer vergeblich Ausschau. Vermutlich hat der Anwalt für seine Arbeiten den Laptop benutzt, der aus seinem Wohnzimmer geklaut worden war, schlussfolgerte er.

Mit leicht gedämpftem Optimismus öffnete er die Tür zum Schlafzimmer. Das Bett sah komfortabel und teuer aus, gemütlich für eine Person, zu schmal für ein Paar. Die Kleiderschränke offenbarten Weises Faible für hochpreisige Schuhe und Designeranzüge von Gucci. Eigentümlich wirkten die daneben liegenden Stapel mit Camouflage Klamotten. Bemerkenswert dabei war, dass die Sachen penibel nach den jeweiligen Jahreszeiten geordnet waren.

Da ist jemand gern und oft auf die Pirsch gegangen, dachte Jan und wandte sich dem Nachttisch neben dem Bett zu. Diesen hatte er sich bis zum Schluss aufgehoben. Der Inhalt enttäuschte ihn jedoch maßlos. Verwundert kratzte sich Jan am Kopf. Statt der erwarteten Pornosammlung oder Sexspielzeug war er nur auf gewöhnliche Dinge gestoßen: eine Taschenlampe, Aspirin, Lesebrille und ein Buch. Mit letzter Hoffnung las Jan den Titel – es könnte immerhin ein Pornoroman sein –, zu seinem Kummer war es ein Krimi.

Für einen Moment sah Jan wie ein kleiner Junge aus, der gerade erfahren hatte, dass es Einhörner nur im Märchen gab. Doch das war nur ein kurzer Augenblick, denn wenn man Jan eine Eigenschaft zugestehen musste, dann war das Hartnäckigkeit.

»Nein, mein Freund«, sagte er laut in die Stille des Schlafzimmers hinein, »den Heiligen kaufe ich dir nicht ab. Was sagte Karin, wie alt du warst? Vierundvierzig? Und nie Besuch, der dir in einsamen Nächten einheizte? Warte, mein Freund, dir komme ich schon auf die Schliche.«

Zurück im Parterre, widmete sich Jan zunächst der großen Wohnküche, dann dem zweiten Bad. Er hatte nicht mit einem Treffer gerechnet und so blieb die Enttäuschung aus. Alles wie gehabt: gemütlich und praktisch eingerichtete Räume – für einen Bewohner.

Ehe Jan das Wohnzimmer betrat, blieb er an der Treppe stehen und schüttelte seinen Kopf. Er hatte seine Meinung geändert. Er wollte nicht in einem so großen Haus leben, da müsste er ja ständig nur putzen. Er fingerte sein Smartphone aus der Gesäßtasche und machte sich eine Notiz.

Mit einem gemurmelten »Jetzt kriege ich dich bei den Eiern« begann Jan seine Runde durch den Raum. Am Fernsehschrank blieb er stehen. Das Antennen- und HDMI-Kabel hatte der Räuber zurückgelassen, die Netzkabel fehlten. Ausgehend von der Exklusivität der Einrichtung, fiel es Jan nicht schwer, sich vorzustellen, was für Geräte hier vor anderthalb Tagen gestanden hatten. Der Räuber hatte einen guten Fang gemacht. Jan tippte eine zweite Notiz.

Im untersten Regalfach des Racks stand in Reih und Glied Weises DVD-Sammlung. Abermals stieß Jan nicht auf die erhoffte Erotik. Alte Kriegsfilme, Action- und Thrillerserien waren alles, was er fand.

»Hm«, brummte er, »richtige Männerfilme eben.« Er nickte andächtig, Weise hatte einen guten Filmgeschmack, die meisten der Streifen mochte Jan ebenfalls.

Die Schränke zu filzen, konnte er sich schenken. Begleitet von mehreren deftigen Flüchen, hatte ihm Günther Lachmann versichert, dass die Kriminaltechniker den Inhalt der

Schubladen auf das Gründlichste durchsucht hatten. Die Theorie eines Raubmordes sollte nachgewiesen werden und das komplette Fehlen von Bargeld und Schmuck sowie eine aufgebrochene Geldkassette lieferten eindeutige Indizien dafür.

Eine letzte Chance war Jan geblieben. Sorgfältig begann er mit der Musterung der bequemen Sitzecke. Als er abgewetzte Stellen an einer Armlehne und eine ausgesessene Kuhle bemerkte, freute er sich. Egal, wie teuer Möbel sind, dem Kreislauf des Lebens entgehen auch sie nicht. Der junge Kommissar machte es sich exakt auf der Stelle, die der Anwalt bevorzugt hatte, gemütlich.

Die Füße auf den vor ihm stehenden Wohnzimmertisch gelegt, tastete er mit seinen Blicken das Umfeld ab. Das Rack stand vis-à-vis und rechts neben ihm, leicht mit der Hand zu erreichen, stand eine Truhe aus Massivholz. Ohne sich verrenken zu müssen, konnte Jan die Truhe öffnen und hineinsehen. Der Anblick einer Rolle Küchentücher ließ sein Herz höherschlagen. Er lachte leise. »Hab ich dich!«, flüsterte er und seufzte süffisant.

Nun musste er nur noch entdecken, wo Weise sich die Anregungen für sein Entspannungsprogramm geholt hatte. Also wühlte er in der Truhe, doch alte Tageszeitungen und Illustrierte schienen ihm ungeeignet, um als Stimulanz zu dienen. Eigentlich blieb nur der Fernseher, dummerweise war der weg. Natürlich war es möglich, zu erfragen, ob Weise Kunde bei diversen Pornokanälen gewesen war, aber den großen Durchbruch für Jans Karriere würde das nicht bringen.

Er wollte und konnte sich nicht damit abfinden. Jan spürte es genau, hier war etwas, hier musste einfach etwas sein.

Er sprang auf, war mit zwei großen Schritten bei dem TV-Rack, bückte sich und schaute unter das Glasregal. Auf den ersten Blick konnte er nichts entdecken, dazu war es unter dem Rack zu dunkel. Federnd kam er in die Höhe, jagte die Treppe zum Schlafzimmer hoch, schnappte sich die Taschenlampe aus dem Nachttisch, stürmte ins Wohnzimmer zurück, ging in die Knie und leuchtete jeden Quadratzentimeter unter dem TV-Regal aus.

Die SD-Karte, von der nur eine winzige Ecke unter der Schlaufe eines Antennenkabels hervorguckte, trieb Jan Freudentränen in die Augen.

Mittwoch, 07.30 Uhr

»Weißt du noch, hier irgendwo in der Gegend hat Jan seine erste große Flamme kennengelernt?«, sagte Karin zu Sandra, als sie mit ihr zusammen durch die Wilsdruffer Vorstadt zur Wohnung von Frau Bergmann lief.

»Ja, du hast recht.« Dieses Thema weckte Sandras Lebensgeister. »Bei einer Befragung. Mein Gott, war der verknallt.« Sie hielt sich die Hand vor den Mund, um ein Gähnen dahinter zu verstecken. »Ich bin vielleicht müde, kein Wunder bei der unchristlichen Zeit.«

Karin gab ihr im Stillen recht. Gestern war es spät geworden und ihre Kopfschmerzen sowie der brennende Durst sagten ihr, dass sie möglicherweise ein Glas Rotwein zu viel getrunken hatte. Der Gedanke an die Nacht mit Sandra verdrängte das Unwohlsein auf der Stelle. Sie holte mit dem Hintern aus und stupste gegen Sandras Po. Doch statt des erwarteten Lächelns entdeckte sie eine tiefe Traurigkeit in den Augen der Freundin.

»Ich kann mich noch gut erinnern, dass Jan vollkommen am Ende war, als sie mit ihm Schluss gemacht hat.«

»So geht es vielen in unserem Job.« Karins Stimme klang bitter. Bei diesem Thema kamen immer die Erinnerungen an ihre eigene Ehe hoch. »Viele Partner kommen eben nicht damit klar, dass wir kaum zu Hause sind. Das Schlimme ist nur, dass Jan das Erlebnis nie richtig verarbeitet hat. Jetzt zahlt er anderen Frauen diese eine Zurückweisung heim. Sobald er eine neue Freundin hat, betrügt er sie, kaum das zwei Tage vergangen sind.«

»Aus Jan ist ein Zyniker geworden«, stimmte ihr Sandra zu. »Und der Ehrgeiz frisst ihn langsam auf. Manchmal könnte ich ihn packen und schütteln, bis der liebe und nette

Junge wieder zum Vorschein kommt, der er mal gewesen ist.«

»Wir müssen gut auf ihn aufpassen, dass er sich nicht irgendwann mal tief in die Scheiße reitet«, pflichtete Karin ihr bei und blieb stehen. »Hier ist es. Frau Bergmann wohnt in Haus Nummer 7.«

Obwohl die Sonne loderte und der Wetterbericht fast 30 Grad vorhergesagt hatte, empfing sie Frau Bergmann in einem eleganten Businesskostüm, als wäre heute ein ganz normaler Arbeitstag.

Sie bat die beiden Kommissarinnen in eine blitzsaubere Wohnung und der Geruch nach Reinigungsmitteln, der noch in den Räumen hing, verriet deutlich, dass die Putzaktion erst vor kurzer Zeit stattgefunden hatte.

Melanie Bergmann hob entschuldigend die Hände. »Den Gestank von dem Zeug bekommt man erst durch stundenlanges Lüften weg. Ich konnte nicht schlafen und da habe ich eben die Wohnung sauber gemacht. Kann ich Ihnen etwas anbieten? Kaffee vielleicht?«

Sandra nahm dankend an, Karin bat um ein Glas Wasser.

Während Frau Bergmann in die Küche verschwand, um die Getränke zu holen, ließ Karin ihren Blick wandern. Die Hausherrin besaß einen erlesenen Geschmack, den sie sich einiges kosten ließ. Schlecht hat die Gute beim Anwalt nicht verdient, zog sie ihre ersten Schlüsse. Eventuell lief da sogar noch mehr zwischen Chef und Mitarbeiterin. Und wenn es so ist, kitzle ich es auf jeden Fall aus ihr heraus.

Die Rückkehr von Melanie Bergmann riss Karin aus ihren Gedanken. Ihr Augenmerk richtete sich auf die Füße der Frau. Eindeutig eine 38, maximal 39, schätzte sie. Der Abdruck neben dem Rosenstock stammte zweifelsfrei nicht von ihr.

Sie bedankte sich für das Wasser, beäugte misstrauisch das kleine Glas, das in krassem Widerspruch zu ihrem großen Durst stand, und trank es halb leer. Um nicht zu gierig zu erscheinen, stellte sie das Glas kommentarlos vor sich auf den Tisch. »Eine hübsche Wohnung haben Sie. Leben Sie allein mit Ihrer Tochter?«

»Danke.« Ein Lächeln vertrieb den traurigen Ausdruck aus Frau Bergmanns Gesicht. Sie deutete auf das gerahmte Foto eines Mädchens. »Das ist mein Sonnenschein. Wir zwei müssen uns allein durchschlagen. Als Frau mit Kind ist es schwer, einen Partner zu finden.«

Karin und Sandra nickten verständnisvoll.

Zeit zur Sache zu kommen, dachte Karin und forderte die junge Frau auf, ihnen Schritt für Schritt die Ereignisse des gestrigen Tages zu schildern.

Nach einem Schluck Kaffee fasste Frau Bergmann mit leiser Stimme die Abläufe für die Beamtinnen zusammen. Sie endete mit den Worten: »Muss ich jetzt mit Konsequenzen rechnen? Ich meine, ich habe mir immerhin unerlaubt Zutritt zu Herrn Weises Haus verschafft.«

»Von unserer Seite nicht«, beruhigte sie Karin. »Haben Sie in der Wohnung etwas angefasst oder sonst irgendwie verändert?«

Vehement schüttelte Frau Bergmann den Kopf. »Gleich, nachdem ich das Haus betreten hatte, fiel mir der komische Geruch auf. Da war es noch keine Gewissheit, eher eine böse Ahnung, aber ich war auf der Stelle wachsam. Als ich dann meinen Chef auf dem Boden liegen sah, dachte ich nur noch an Flucht. Ich wollte raus aus diesem Haus und hatte furchtbare Angst, dass der Mörder noch da sein könnte.«

»Das spart Ihnen und uns eine Menge Arbeit«, stellte Karin trocken fest. »Nur wenn unsere Techniker außer Herrn Weises weitere Fingerabdrücke finden, müssten wir uns deswegen noch mal bei Ihnen melden. Seit wann arbeiten Sie bereits für Herrn Weise?«

»Seit fünf Jahren.«

»Während einer so langen Zeit erfährt man so einiges über seinen Chef. Wissen Sie, ob er eine Freundin oder einen Freund hatte?«

»Tut mir leid, diese Frage kann ich Ihnen nicht beantworten.«

»Ach kommen Sie. Nach fünf Jahren weiß man doch über das Liebesleben der Kollegen Bescheid.« Zum ersten Mal abergriff jetzt Sandra das Wort. »Bestimmt wurde er mal abgeholt oder Sie sind ungewollt Zeugin eines Telefonats geworden.«

Frau Bergmann reagierte pikiert und versteifte sich. »Unser Kontakt beschränkte sich ausschließlich auf die Arbeit. In den ersten Monaten habe ich versucht, die Atmosphäre aufzulockern, und von mir und meiner Tochter erzählt. Von ihm kam jedoch nie etwas zurück, da habe ich es gelassen.«

»War er nur in dieser Beziehung abweisend oder im Allgemeinen schwierig im Umgang?«, schob Sandra die nächste Frage nach.

»Abgesehen vom Privaten war mein Chef stets freundlich und zuvorkommend.« Sie dachte einen Moment nach. »Wir sind eigentlich gut klargekommen.«

»Wie gut?« Karin sah sie vielsagend an.

»Nicht was Sie jetzt denken. Leider.« Frau Bergmann schien die Angelegenheit locker zu sehen. »Ich bin Single, Norbert war recht attraktiv ... Nun, ich wäre nicht abgeneigt gewesen, aber er hat nicht einmal den Versuch eines Flirts gestartet.«

»Sie sind eine hübsche Frau. Haben Sie eine Vermutung, weshalb er Sie links liegen ließ? War er eventuell nicht an Frauen interessiert?«

Ohne wirklich etwas wahrzunehmen, glitt Frau Bergmanns Blick zum Fenster. Sie versuchte, in Worte zu fassen, was sich tief in ihrem Bewusstsein verbarg. Schließlich atmete sie tief ein und sagte: »Komisch ist es mir ja auch vorgekommen und da habe ich mir natürlich meine Gedanken gemacht. Ich denke aber, an Frauen war Norbert durchaus interessiert. Es gab die eine oder andere Klientin, der er mit begehrlichem Blick nachgestarrt hatte, aber …« Sie stockte. »Ich kann es schwer beschreiben, irgendetwas war seltsam an ihm. Fragen Sie mich aber bitte nicht was.« Sie hob die Hände.

Karin nickte, ließ das Gesagte so stehen und wechselte das Thema. »Lassen wir Herrn Weises Liebesbeziehungen mal beiseite. Mit wem pflegte er soziale Kontakte?«

»Da fällt mir nur Heiko Klügel ein. Herr Klügel ist Notar, hat gemeinsam mit meinem Chef studiert und traf sich einmal die Woche mit ihm zum Tennis. Und natürlich seine Eltern. Zu denen hatte Herr Weise ein gutes Verhältnis. Jedes zweite Wochenende war er bei ihnen zum Mittagessen.«

»Mehr nicht?«, hakte Sandra nach. »Das ist ein ungewöhnlich kleiner Bekanntenkreis.«

Frau Bergmann hob die Schultern. »Meine Sozialkontakte beschränken sich auch nur auf eine Freundin. Verkehren Sie mit mehr Leuten?«

Die Worte der Frau brachten eine Saite in Sandra zum Klingen. Wenn sie es recht bedachte, hatte sie außerhalb des Jobs nur zu Karin Kontakt. Ist auch nicht schlimm, tröstete sie sich. Auf meine Süße achtzugeben, lastet mich vollkommen aus.

Während Sandra diesem Gedanken nachgegangen war, hatte sich Karin die Anschrift von Heiko Klügel geben lassen. »Welcher Art waren die Fälle, die Norbert Weise vertrat?«, fragte sie und steckte ihr Notizbuch weg.

Das Verhalten der Bergmann änderte sich schlagartig, sie presste die Lippen aufeinander und begann mit der linken Hand an ihrer Bluse herumzuzupfen. »Er übernahm die Vormundschaft und Fürsorge für Menschen, die dazu selbst nicht mehr in der Lage waren.«

Karin lehnte sich zurück und zog interessiert die Augenbrauen in die Höhe. »Was muss ich mir darunter konkret vorstellen?«

»Es kommt vor, dass Menschen bedingt durch Alter oder Krankheit geistig oder körperlich nicht mehr imstande sind, für sich selbst zu sorgen. Sind dann keine Angehörigen da oder mit dieser Aufgabe überfordert, wird ein staatlicher Betreuer gestellt. Derartige Fälle hat Herr Weise rechtlich betreut.«

»Könnte er sich in diesem Zusammenhang Feinde gemacht haben? Gab es da eventuell jemanden, der nicht betreut werden wollte?«

»Haben Sie eine ungefähre Vorstellung davon, wie viele Formulare ich unterzeichnen musste, die mich zur Verschwiegenheit verpflichten?« Frau Bergmann versuchte sich an einem Lächeln, bis in die Augen kam es jedoch nicht. »Ohne eine richterliche Verfügung beantworte ich keine diesbezüglichen Fragen. Ich lege mir die Schlinge doch nicht selbst um den Hals.«

Sie wollte nach ihrer Tasse greifen, aber als sie das Zittern ihrer Finger bemerkte, ließ sie es. »Ich bin heute früh sehr zeitig zur Kanzlei gefahren, weil ich wenigstens meinen Schreibtisch aufräumen und die letzten Berichte abschließen wollte. Sobald alles geklärt ist, müssen die Akten an Herrn Weises Nachfolger übergeben werden und dafür wollte ich alles vorbereiten. Daraus wurde nichts, ein Polizeisiegel stoppte mich an der Tür. Sie wissen schon, dass Sie das nicht dürfen?«

»In einer Mordermittlung …«, setzte Karin an.

Frau Bergmann hob die Hand und schnitt Karin das Wort ab. »Das können Sie jemand anderem erzählen, aber nicht mir. Ich habe einen Abschluss als ›Bachelor of Laws‹.« Die tückischen Wasser waren erfolgreich umschifft und Melanie Bergmann war in ihrem Element. Lächelnd lehnte sie sich im Sessel zurück und schlug die Beine übereinander. »Wäre in der Kanzlei ein Verbrechen verübt worden oder bestände der Verdacht, dass Mitarbeiter der Kanzlei in kriminelle Machenschaften involviert sind und Spuren beseitigen wollen, dann, und nur dann, hätten Sie das Recht, die Räume zu versiegeln. Ich fordere Sie auf, das Polizeisiegel umgehend zu entfernen!«

»Ein paar Stunden werden Sie sich schon gedulden müssen. Die zuständige Staatsanwältin prüft die Angelegenheit gerade«, log Sandra mit einem treuherzigen Lächeln und das sehr überzeugend, wie Karin fand.

»Kommen wir auf Herrn Weise zurück«, rückte Sandra die Prioritäten zurecht. »Beschränkten sich Herrn Weises Tätigkeiten auf die von Ihnen beschriebenen Fälle oder war er auch auf anderen Gebieten tätig?«

»Er vertrat zusätzlich Klienten bei Erbschaftsfragen.« Frau Bergmann schwieg nach diesen Worten. Eine nervtötende Stille breitete sich aus.

Sandra sah sich das fünf Minuten an, dann machte sie eine ungeduldige Handbewegung. »Und weiter?«

»Da gibt es kein Weiter. Auf mehr Hochzeiten tanzte Herr Weise nicht.«

Sandra seufzte leicht genervt. »Gab es bei den Erbschaftsangelegenheiten verärgerte Klienten? Oder dürfen Sie sich dazu auch nicht äußern?«

»Da Ihre Frage allgemein gehalten ist, beantworte ich sie«, sagte Frau Bergmann mit herablassendem Lächeln. »Die Erben waren immer nur aufeinander sauer. Die Gesetze sind eindeutig, da hat ein Anwalt wenig Spielraum.«

Karin, die gerade den Rest ihres Wassers trank, musste lachen und verschluckte sich prompt. »Machen Sie Scherze? Wir wissen doch alle, wie biegsam Gesetze sind.«

»Wenn Sie sich so gut auskennen.« Frau Bergmanns Kinn hob sich trotzig und abwehrend.

Karin hielt es für klüger, die Sache zu übergehen. »Hatte Herr Weise außerhalb seiner Arbeit Feinde? Hat ihn jemand bedroht?«

»Da ist mir nichts bekannt.«

Karin schloss für einen Augenblick ergeben die Augen. »Nur noch eine Frage, dann sind Sie uns los. Eigentlich ist es nur eine Formalie, um Sie gleich zu Beginn der Ermittlungen als Täterin auszuschließen. Wo haben Sie sich am Montag zwischen 18 und 23 Uhr aufgehalten?«

Frau Bergmann lächelte, offensichtlich erleichtert. »Zu Hause.« Das Lächeln wurde breiter. »Und ich habe sogar Zeugen, jedenfalls bis Dienstag 1 Uhr. Eine Schulfreundin meiner Tochter war bei uns. Die Mädchen haben sich eine DVD angesehen.«

Sandra sah Frau Bergmann irritiert an. »Ich schätze Ihre Tochter auf sechs bis acht Jahre. Hat sie eine Freundin, die so alt ist, dass sie nach Mitternacht allein draußen rumstromern darf?«

»Leonie geht in die Klasse meiner Tochter.« Sie grinste hinterhältig. »Natürlich war sie in Begleitung ihrer Mutter. Nicht, dass Sie mir jetzt die Fürsorge auf den Hals hetzen. Während die Kinder ihren Spaß hatten, haben wir uns einen gemütlichen Mädelsabend gemacht. Janina ist die Freundin, die ich vorhin erwähnte.«

Karins Blick wurde eisig. »Sie müssen nicht so aggressiv sein, wir sind nicht Ihre Feinde. Für den Namen und die Adresse Ihrer Freundin wären wir dankbar.« Erneut zückte sie ihr Notizbuch und, nachdem sie die Daten notiert hatte, verabschiedeten sich die Kommissarinnen kühl.

»Jan ist doch ein Schlitzohr, versiegelt der einfach die Räume«, sagte Sandra zu Karin auf dem Rückweg zur Polizeidirektion. »Hoffentlich hat er auch ein paar wichtige Akten fotografiert. Du wirst doch gnädig mit ihm sein?«

»Jan hat eindeutig seine Befugnisse überschritten. Du hast die ›Bachelor of Laws‹ ja gehört. Ich denke mal, zwei Tage Knast sind das Minimum«, antwortete Karin mit einem Bühnenzwinkern.

Lachend boxte Sandra sie in die Seite, wurde aber sofort ernst. »Die Bergmann war ganz schön schräg drauf. Wenn die ein reines Gewissen hat, fresse ich einen Besen.«

»Du warst aber auch nicht gerade Princess Charming, das entspricht gar nicht deiner einfühlsamen Art. Wolltest wohl auch mal ›Böser Bulle‹ spielen?«

Sandra zuckte mit den Schultern. »Traust du der Bergmann etwa über den Weg?«

Auf Karins Lippen malte sich ein müdes Lächeln.

Mittwoch, 09.30 Uhr

»Guten Morgen«, wünschte Karin träge, nachdem sie Platz genommen hatte. Die euphorischen Mienen der Kollegen verrieten ihr, dass sie mit einem raschen Fahndungserfolg rechneten. Sie selbst klammerte sich ebenfalls an diese Hoffnung. Alles deutete auf einen Raubmord hin und ein Täter, der derart brutal vorging, würde über kurz oder lang einen Fehler machen. Doch ein böser Verdacht pochte in der hintersten Ecke ihres Gehirns. Im Haus des Anwalts war etwas gewesen. Etwas Unbestimmtes, schwer Greifbares, das sich in ihrem Unterbewusstsein eingenistet hatte und keine Ruhe gab.

Karin schüttelte das Gefühl ab. Sie hatte eine Ermittlung zu leiten und konnte sich nicht von einer nebulösen Eingebung ablenken lassen.

»Der Chef kann leider nicht an der Sitzung teilnehmen, ist bei einer Versammlung im Führungsstab.« Karin zuckte mit den Schultern. »Wir kommen auch so zurecht. Er hat mich zur Ermittlungsleiterin bestimmt und für die Öffentlichkeitsarbeit unserer Gruppe den Namen ›Anwalt‹ verpasst. Das Team besteht bis auf Weiteres aus uns.« Sie nickte Sandra, Heidi, Rolf und Jan zu. »Wir müssen ohne den Doktor anfangen, unser Gerichtsmediziner steckt noch mit beiden Händen in der Arbeit.« Sie merkte selbst, dass ihr Witz lausig war, und wechselte deshalb schnell das Thema. Mit knappen Worten informierte sie die Kollegen über die Befragung von Frau Bergmann und schloss mit den Worten: »Wir trauen der Dame nicht über den Weg, aber ob sie mit der Ermordung des Anwalts zu tun hat, können wir nicht sagen.« Karin hob die Hände.

Mit einem leisen Hüsteln machte Oberkommissar Rolf Brückner auf sich aufmerksam. »Eins stimmt schon mal nicht. Laut Aussage der Eltern von Weise haben die ihren Sohn vor einem halben Jahr zuletzt gesehen. Der war also nicht alle vierzehn Tage bei ihnen zum Essen. Entweder die Bergmann hat euch angelogen oder sie wusste es nicht besser. Der Kontakt beschränkte sich im Wesentlichen auf Geburtstags- und Weihnachtskarten.«

»Kann ja sein, dass er seiner Mitarbeiterin das innige Verhältnis nur vorgeschwindelt hat, um wenigstens einigermaßen als Mensch durchzugehen«, warf Sandra ein.

»Möglich ist es, aber wir merken uns das gut. Eventuell war doch mehr zwischen den beiden als nur eine simple Chef-Angestellten-Beziehung«, gab Karin zu bedenken. »Wie haben die Eltern den Tod des Sohnes verkraftet? War es sehr schlimm für dich?« Sie sah Rolf mitfühlend an.

»Sie waren auf ihre Art traurig, es hielt sich aber in Grenzen. Obwohl beide das Rentenalter erreicht haben, sind sie noch schwer aktiv, und das war wohl schon immer so. Der Vater ist Mediziner und in der Forschung tätig, die Mutter bezeichnet sich als Mäzenin.« Rolfs Oberlippe kräuselte sich verächtlich. »Sie organisiert Kunstausstellungen. Ich hab nicht ganz verstanden, was sie da macht. Sie findet ihre Arbeit jedenfalls bedeutend. Nach meinem Empfinden war für den Sohn kein Platz im Leben der Eltern. Mit zwölf Jahren kam er auf ein Internat, danach kam das Studium.« Er stieß ein kurzes freudloses Lachen aus. »Kein Wunder, wenn der Filius auf Abstand gegangen ist.« Er lehnte sich zurück und verschränkte die Arme, mehr hatte er nicht beizusteuern.

Karin nickte Rolf anerkennend zu. »Gute Arbeit. Durch deine Infos können wir den Menschen hinter dem Anwalt wesentlich besser einschätzen.« Sie drehte sich im Stuhl und lächelte Jan auffordernd an.

Der hatte nur auf Karins Signal gewartet und legte begeistert los: »Weise hat seinen Beruf streng vom

Privatleben getrennt. Obwohl …« Jan machte eine vage Handbewegung. »Den Laptop aus seinem Haus hat der Mörder mitgenommen. Wir können also nicht sagen, ob er zu Hause gearbeitet hat oder nicht. Die Unterlagen, die ich in seinem Arbeitszimmer entdeckt habe, waren aber ausschließlich privater Natur. Wer die sichten darf, ist deine Entscheidung, Karin.« Er warf einen listigen Blick in Heidelindes Richtung.

Die präsentierte ein Pokerface und tat, als hätte sie nichts gehört.

»Den Rechner aus seiner Kanzlei habe ich gleich eingesackt.« Er langte unter den Tisch und legte eine Laptop-Tasche vor Heidelinde auf den Tisch. »Für dich. Ich hab natürlich reingesehen. Ist nicht Passwort gesichert und eine Fundgrube für unsere Spezialistin.«

»Schleimer«, entgegnete Heidelinde, ohne eine Miene zu verziehen.

Karin hüstelte dezent. »Wir haben bereits die erste Beschwerde wegen dir bekommen, Jan. Eine ›Bachelor of Laws‹ hat angemerkt, dass die Kanzlei versiegelt ist, und das ohne Gerichtsbeschluss. Wenn die wüsste, dass du dir den Laptop gekrallt hast, würde die am Rad drehen.«

Jan grinste spitzbübisch und schnippte eine SD-Karte über den Tisch zu Heidelinde. »Ich hab mir gedacht, wenn ich einmal da bin, kann ich gleich ein paar Akten fotografieren. Nicht, dass irgendein Anwalt um die Ecke kommt und uns den Zugang zur Kanzlei verwehrt. Allerdings steht dort so einiges in den Regalen, daher habe ich mich auf die letzten zwei Jahre beschränkt, sonst würde ich immer noch in der Kanzlei rumhängen.«

Heidelinde beäugte die Karte mit einem kritischen Blick und legte sie dann ordentlich neben die Laptoptasche.

Karin reckte Jan den ausgestreckten Daumen entgegen.

Vor Zufriedenheit strahlend holte Jan tief Luft und wollte mit dem Bericht der Hausdurchsuchung weitere Pluspunkte sammeln, da stoppte ihn Günther Lachmanns Hand, die sich schwer auf seine Schulter legte.

Unbemerkt war der Chef der KTU in den Raum geglitten und hatte still auf die Gelegenheit gewartet, sich zu Wort zu melden. Er beugte sich vor und klopfte auf den Tisch, ließ die andere Hand aber weiter auf Jans Schulter ruhen. »Sollte sich jemand von euch über die tiefen Augenringe wundern, die mein Gesicht zieren, ich habe bis zum frühen Morgen gearbeitet. Und kaum hatte ich mich hingelegt, reißt mich dieser Lümmel hier aus dem Schlaf. Sag mal«, er zog die Augenbrauen drohend zusammen und schaute Jan strafend in die Augen, »du gönnst es mir wohl nicht, dass ich wenigstens drei Stunden Schlaf bekomme?«

Jan spielte den Zerknirschten und stammelte eine Entschuldigung.

Knurrend nahm Günther seine Hand von Jans Schulter, wandte sich ab und ließ sich auf einen Stuhl fallen. »Wenn du hier fertig bist, bringst du mir einen Kaffee, stark und mit viel Milch, ist magenfreundlicher. Und wehe du schleppst die Automatenbrühe an. Geh zu Tchibo auf den Pirnaischen Platz und beeile dich auf dem Rückweg. Wenn der Kaffee kalt wird, musst du noch mal los.«

Jan wagte keine Widerrede. Froh, so billig davongekommen zu sein, nickte er wortlos.

Günther lehnte sich zurück und streckte sich, dass die Gelenke knackten. Dann grinste er freundlich in die Runde. »Wenn ihr auf Hinweise hofft, dann muss ich euch enttäuschen. Sämtliche Fingerabdrücke im Haus stammen vom Toten und einer zweiten, vermutlich weiblichen Person.«

»Was macht dich so sicher, dass die anderen Abdrücke von einer Frau stammen?«, wollte Karin wissen.

»Sind für Männerhände zu schmal.« Zur Bestätigung hielt er eine seiner Pranken in die Höhe. »An der Eingangstür haben wir Abdrücke zweier weiterer Personen gefunden. Den einen Satz Abdrücke konnten wir bereits zuordnen. Sie passten wie die Faust aufs Auge zu den Fingern des Herrn vom Schlüsseldienst. Den habe ich heute Morgen aufgesucht, um ihn zum Zustand des Türschlosses zu befragen. Viel konnte er nicht sagen, nur dass weder Tür noch Schloss Anzeichen von Beschädigungen aufwiesen. Das zweite Paar Fingerabdrücke wird von der Frau stammen, die das Verbrechen entdeckt hat. Das zu überprüfen, ist eure Sache. Tja, und zusätzlich hat der liebe Günther das Türschloss genau unter die Lupe genommen. Ein geschickter Einbrecher ist durchaus in der Lage, es mithilfe eines Picks zu öffnen. Da hat der Anwalt wohl an der falschen Stelle gespart.« Er zuckte mit den Schultern. »Wir haben Haare und Hautschuppen aufgelesen. Mit der Auswertung der DNA-Spuren kann ich allerdings frühestens morgen dienen.«

»Könnt ihr nicht einmal so schnell sein wie die Jungs bei CSI?« Sandra spielte die Genervte und verdrehte die Augen.

Günther ignorierte die Bemerkung. »Das Einzige, was ich anzubieten habe, ist der Fußabdruck. Ja, der ist wirklich schön, Größe 48 und stammt von einem Dunlop Langschaftgummistiefel. Die Fotos und entsprechenden Daten liegen auf dem Server. Ihr müsst nur noch die dazugehörigen Füße auftreiben. So«, er stemmte sich hoch, »das war es für mich. Ich erledige noch den Schreibkram und dann mache ich Feierabend. Die Zeiten, in denen ich ungestraft eine Nacht durchmachen konnte, sind vorbei.« Bevor er den Raum verließ, formte er mit ausgestrecktem Zeige- und Mittelfinger ein V, zeigte zuerst auf seine, dann auf Jans Augen und nickte bedeutungsvoll.

»Was?«, fragte Jan, nachdem er sich das Grinsen seiner Kollegen eine Weile angesehen hatte. »Ich wollte nur von ihm wissen, ob die Techniker das Haus freigegeben haben.«

Karin unterdrückte ein Grinsen und winkte ab. »Ist das, was du gefunden hast, einen Kaffee wert?«

»Und ob!« Jan war die Begeisterung über seine Ergebnisse deutlich anzusehen. »Zuerst das Offensichtliche. Haus und Garten waren mustergültig gepflegt. Ich tippe auf eine Reinigungskraft und einen Gärtner.«

»Der Gärtner ist immer der Mörder«, trällerte Sandra los.

Jan holte tief Luft. »Wenn ich dann weiter machen dürfte?«

Sandra verbiss sich ein Grinsen und blickte angestrengt auf ihre Schuhe.

»Jedenfalls denke ich nicht, dass der feine Herr Anwalt selbst geputzt und Unkraut gezupft hat.«

Karin machte sich eine Notiz.

»Der Täter hat nur das Antennen- und HDMI-Kabel zurückgelassen«, sprudelten die Worte weiter aus Jan heraus. »Die Netzkabel hat er mitgenommen. Der weiß genau, dass selbst der dümmste Ankäufer hellhörig wird, wenn jemand ein Gerät ohne Netzkabel auf den Ladentisch stellt. Wir sollten die An- und Verkäufe kontaktieren und nach hochpreisigen Geräten fragen.«

Karins Notizzettel füllte sich.

»Weise lebte allein und hatte wahrscheinlich nie Gäste«, fuhr Jan fort und untermauerte seine Behauptung durch die gemachten Beobachtungen. »Das hatte er auch nicht nötig, denn er holte sich das pralle Leben in die heimische Klause«, ließ er gleich darauf die Bombe platzen.

Seinen Worten folgte eine angespannte Stille. Vier Augenpaare starrten ihn gespannt an.

Nach einer Kunstpause beschrieb Jan genüsslich und detailliert das Auffinden der SD-Karte, bis er zum Kern der Sache kam. »Vermutlich lag die SD-Karte im Rack und der Mörder hat sie runtergerissen, als er die Geräte rauszerrte. Natürlich habe ich es nicht ausgehalten und mir den Inhalt der Karte angesehen. Weise hat mehrere Leute beim Sex gefilmt.« Jan holte Luft. »Der musste ein super Equipment haben, die Aufnahmen sind gestochen scharf.« Er fasste in seine Hosentasche und legte die SD-Karte vor Sandra. »Ich hoffe, da sind keine Viren drauf, sonst habe ich jetzt ein Problem.«

Sandra winkte lächelnd ab. »Wenn ja, mache ich deinen Rechenknecht im Handumdrehen wieder flott.« Danach berichtete sie vom Inhalt des gefundenen Rucksacks.

»Okay«, sagte Jan gedehnt, »Weise konnte sich solche Teile leisten. Damit ist auch das Rätsel der Camouflage Klamotten gelüftet, im Gucci Anzug kriecht man nachts nicht durch die Büsche.«

Karin hob die Hand, bedankte sich mit einem Lächeln bei Jan für die gute Arbeit und fasste die Ergebnisse zusammen. »Damit haben wir bis jetzt zwei Tatmotive. Erstens, das Offensichtliche: Raubmord. Zweitens ist es möglich, dass einer der Gefilmten nicht damit einverstanden war, dass er in seinen intimsten Momenten abgelichtet wurde. In diesem Zusammenhang kann es sein, dass unser lieber Anwalt nebenbei ein kleines Erpressungsgeschäft am Laufen hatte. Ich schlage vor, dass wir in alle Richtungen ermitteln.«

Karin stand auf und begann im Raum hin und her zu laufen. »Bevor wir loslegen, möchte ich, dass sich jeder die Filme ansieht. Wir werden in den nächsten Tagen mit einer Menge Leute sprechen und da ist es von Vorteil zu wissen, ob einer von denen Darsteller in den Filmchen ist. Jan und Rolf, ihr macht euch im Anschluss nach Weißig auf und sprecht mit den Nachbarn. Findet heraus, ob es in der Gegend Einbrüche gegeben hat und ob Weise eine Putzfrau und einen Gärtner beschäftigt hat. Solltet ihr auf jemanden treffen, den ihr in Weises Filmen gesehen habt, versucht mit viel Fingerspitzengefühl herauszubekommen, ob derjenige davon wusste. Und vergesst nicht, den Leuten auf die Füße zu gucken. Ach ja, fahrt auf dem Hinweg bei Frau Bergmann vorbei und lasst euch ihre Fingerabdrücke geben.« Karin überlegte kurz und schnaufte gleich darauf genervt. »Sollte unsere Super-Juristin sich weigern, nehmt sie mit aufs Revier.«

»Wenn es eine Haushaltshilfe gibt, dann könnte es durchaus sein, dass diese durch Zufall oder gezieltes

Schnüffeln die Filme entdeckt hat«, klang plötzlich Heidelindes Stimme durch den Raum. »Möglich ist ebenfalls, dass diese Person sich wiedererkannt und sehr ungehalten reagiert hat.«

»Guter Einwand.« Karin nickte ihrer Kollegin zu und schaute dann Jan und Rolf eindringlich an. »Berücksichtigt das. Aber bitte, seid diplomatisch und stellt niemanden unter Generalverdacht.«

Rolf seufzte deutlich genervt. »Wir machen das nicht zum ersten Mal, weißt du.«

Karin nickte, nahm die Kritik wortlos entgegen und fuhr fort: »Heidi, du mit deiner langjährigen Erfahrung in Wirtschaftskriminalität nimmst dir die Akten und den Rechner vor. Immerhin besteht die Möglichkeit, dass er mit seiner Anwaltstätigkeit ein weiteres Mordmotiv heraufbeschworen hat.«

Heidelinde nickte eifrig, woraufhin ihre Ohrringe zu schaukeln begannen.

»Sandra, du durchforstest die sozialen Netzwerke nach der Bergmann und Weise. Manchmal stellen die Leute die unmöglichsten Dinge online. Und überprüfe bitte das Alibi der Bergmann. Danach nimmst du dir die An- und Verkäufe in Dresden und Umgebung vor. Ich werde dem Tennisfreund von Weise einen Besuch abstatten und auf dem Rückweg ein Plauderstündchen mit unserem Doc abhalten.« Karin klatschte in die Hände. »Auf geht's, die Uhr tickt. Wir haben einen Mörder zu fangen.«

Als Heidelinde aufstand, pfiff Sandra erstaunt. »Hübsches Kleid, Heidi. So etwas solltest du öfter tragen, du hast ein megascharfes Fahrgestell.«

Ihre Worte bewirkten, dass die blonde Oberkommissarin auf einmal im Fokus des allgemeinen Interesses stand. Bisher war sie ausschließlich in Hosen zur Arbeit erschienen. Heute trug sie ein weinrotes Minikleid, das ihre schlanke Figur betonte.

Eine feine Röte überzog Heidelindes Wangen. »Danke«, hauchte sie kaum hörbar.

»Aber was hast du denn mit deinen Haaren angestellt? Ist das Farbe?« Sandra trat zu ihr, schnappte sich eine der langen blonden Strähnen und hielt sie gegen das Licht.

»Das habe ich ganz vergessen, euch zu erzählen. Ich ziehe um. Der lange Weg von Moritzburg, und das jeden Tag, wird mir einfach zu beschwerlich. Ich habe mir eine hübsche Dreizimmerwohnung in Johannstadt besorgt. Eigentlich wollte ich selbst renovieren, habe aber schnell gemerkt, dass das nichts für mich ist. Jetzt malert mir ein Profi die Wände.«

Karin konnte es nicht fassen. »Warum hast du denn nichts gesagt? Ich hätte dir gern geholfen. Und wieso musst du eigentlich renovieren, heutzutage sind die Wohnungen doch bezugsfertig?«

»Nur, wenn man es mag, in langweiligen, weiß eingeschlagenen Zimmern zu hausen. Da kann ich ja gleich in einen Briefumschlag kriechen.«

Sämtliche Anwesenden pflichteten ihr wortlos bei. Besser hätte Heidelinde es nicht formulieren können.

Mittwoch, 14.30 Uhr

Tief in Gedanken griff er nach dem Gurt, klinkte ihn ein und startete den Wagen. In das Motorgeräusch mischte sich sofort Herbert Grönemeyers Stimme. Er brauchte das. Brauchte die ständige Berieselung.

Beim Verlassen des Parkplatzes grinste er selbstzufrieden. Der heutige Tag hatte es erneut gezeigt, Kalle hatte unrecht.

In vielen Dingen.

Inzwischen wusste er das.

In seiner übertriebenen Vorsicht hatte Kalle bei Brüchen stets nur Bargeld mitgenommen. Schmuck, eine teure Münzsammlung oder hochpreisige Heimelektronik hatte er immer links liegen lassen, auch wenn es wehtat. Beharrlich war er auf Nummer sicher gegangen. Alles, was sich zurückverfolgen ließ, mied Kalle wie den Gang aufs Arbeitsamt.

Er lachte so laut, dass sein Gelächter im Auto widerhallte.

Was Kalle doch für ein Kleingeist war!

Hätte der nur einen winzigen Blick über den Tellerrand riskiert, hätten sie damals doppelt und dreifach abkassieren können.

Natürlich verbot es sich von selbst, einfach in den nächstgelegenen Laden zu marschieren, um dort die Geräte zu verticken. Wenn man die Sache so dämlich anging, konnte man sich gleich selbst stellen.

Gut, dass er mit einem wachen Verstand ausgestattet war, sich neue Horizonte erschloss und dadurch das Risiko-Nutzen-Verhältnis optimierte.

Ein Ausflug hinter die Grenze hatte genügt. In einer abgelegenen Seitenstraße in Ústí nad Labem hatte er ein Fachgeschäft für Elektrotechnik entdeckt. Ein kurzes Gespräch mit dem Besitzer und sie waren sich schnell handelseinig geworden.

Bei der ersten Verkaufsaktion vor einem Jahr war ihm noch übel vom Geruch seiner eigenen Angst geworden. Ein Mann von seinem Metier konnte nie sicher sein, an wen er geriet. Der Händler hätte durchaus ein Polizeispitzel sein können. Doch ohne mit der Wimper zu zucken, hatte ihm der Mann den teuren Gaming-Laptop abgekauft. 800 Euro hatte er für den Rechner gezahlt. Das klang viel, doch in Anbetracht der Lage, dass so ein Teil neu über zweitausend kostete, waren es Peanuts. Aber er war nicht in der Position für Verhandlungen. Friss oder verzieh dich, lautete das Gesetz in diesem Gewerbe.

Heute, bei seiner zweiten Transaktion, war er gelassen geblieben. Der Verkauf war inzwischen Routine. Es gab nur einen einzigen Wermutstropfen. Wortreich beteuerte der Händler, dass Euros in seiner Kasse zurzeit Mangelware seien, und zahlte ihm den Verkaufserlös in Kronen aus.

Schlitzohr, hatte er gedacht und bereits nach einer Lösung für dieses unerwartete Problem gesucht. Kurz war ihm die Idee durch den Kopf gegangen, die Kronen in Meth umzuwandeln, das er mit anständigem Profit in Dresden an den Mann bringen konnte. Da er leider niemanden kannte, der Crystal konsumierte oder dealte, verwarf er diesen Einfall.

So fuhr er kurzerhand in den nächsten Supermarkt und besorgte sich Getränke für die nächsten Wochen. Ein zweiter Stopp bei einem Baumarkt ließ den Kronen-Vorrat in seinen Taschen beträchtlich schmelzen.

Er war zufrieden mit sich, souverän hatte er das Währungsproblem aus der Welt geschafft. Einige der Artikel waren hinter der Grenze wesentlich billiger als in Deutschland. So konnte er den Erlös aus dem Verkauf der Geräte ordentlich in die Höhe treiben.

Mittlerweile war er in Pirna angelangt. Der zähe Verkehrsfluss gab ihm die Möglichkeit, seinen Blick wandern zu lassen. Er sah Leute an einer Ampel die Straße überqueren und andere auf dem Gehweg zu ihren Zielen eilen.

Nachdenklich nickend, bestätigte er einmal mehr seine Theorie. Diese schnelllebige Zeit trieb die Menschen gnadenlos an und zwang sie ständig, zu neuen Terminen zu hetzen.

Er hatte es schlauer angestellt, war ein Ruhepol in dieser quirligen Gesellschaft. Seine Arbeit brachte ihm keine Reichtümer ein, sie gab ihm aber, was er schätzte, ein ruhiges, sorgloses Leben.

Der Preis, den er dafür zahlen musste, war Einsamkeit.

Doch wenn er es recht bedachte, hatte diese Seite seines Daseins viel für sich. Er verquatschte sich nicht und weckte kein Misstrauen.

Es war nicht so, dass er nicht versucht hatte, Kontakte zu knüpfen. Doch die geistlosen Gespräche in der Kneipe hatten ihn angewidert. Sie waren eine Beleidigung für seinen Intellekt.

Beim Passieren des Ortsausgangsschildes lächelte er. Vor einem Jahr hatte er die Bekanntschaft einer Pirnaerin gemacht. Zuerst war es eine reine Geschäftsbeziehung, später wurde sie spezieller.

Er zuckte die Schultern. Die junge Frau war tot.

Und die Toten waren begraben, sie gingen ihn nichts mehr an.

Als sich der Stop-and-go-Verkehr auch nach Pirna nicht auflöste, verlor er seine Geduld und sah zur Uhr. Zwar konnte er sich seine Zeit frei einteilen, doch er hatte drei Projekte gleichzeitig am Laufen und eines davon war außerordentlich dringend.

Bloß gut, dachte er, dass ich bereits gestern mit den Vorarbeiten begonnen habe.

Mittwoch, 17.15 Uhr

Gegen Mittag war das Thermometer auf 29 Grad geklettert; aber obwohl sich die Sonne alle Mühe gab, die Dresdner mit Wärme und Helligkeit zu verwöhnen, zog Karin ein saures Gesicht. Die Straßen waren verstopft und jede Ampel grinste die Kommissarin mit rotem Licht an. Außerdem ärgerte sie sich über die verlorene Zeit am heutigen Morgen, denn den Abstecher zu Heiko Klügel hätte sie sich sparen können.

Der Mann konnte absolut nichts zur Aufklärung beitragen. Ja, er hatte gemeinsam mit Weise studiert. Einmal die Woche spielten sie zusammen Tennis, sonst gab es keinerlei Kontakt. Nur einmal vor Jahren, als Weise sein Haus bezogen hatte, war Klügel bei ihm gewesen. Sie hatten zusammen Bier getrunken und gequatscht, aber eigentlich wollte Norbert bloß mit seiner Bude angeben. Klügels Bekanntschaft mit Frau Bergmann beschränkte sich auf Telefonate, die geführt wurden, wenn es eine Terminänderung erforderte. Die Eltern von Weise kannte Klügel nicht. Über Feinde und private Kontakte konnte er ebenso keine Auskünfte erteilen.

Karins diplomatische Frage nach Weises Frauenbekanntschaften, auch während der Studienzeit, hatte Klügel ein trockenes Lachen entlockt. Da gab es nichts zu berichten. Weises Sexualleben glich dem eines Mönchs.

Karin hatte Klügel während des Gesprächs scharf gemustert. Und obwohl sich seine Trauer über Weises Tod in Grenzen hielt, war sie sich sicher, dass der Mann ihr die Wahrheit gesagt hatte. Es war eine Zweckgemeinschaft gewesen, um fit zu bleiben, ohne die geringste Spur einer Freundschaft.

Wäre ja zu schön gewesen, erhellende Informationen gleich zu Beginn einer Ermittlung zu erhalten. Karins Lachen klang bitter; um sich aufzuheitern, drehte sie den Lautstärkeregler nach rechts. *W.A.S.P.* legten volle Kraft mit *Into The Fire* los. Die intensive Musik lenkte ihre Gedanken von den unangenehmen Themen ab. Begeistert malträtierte sie im Takt der Musik den Knauf ihrer Gangschaltung.

Um einiges froher steuerte Karin ihren Fiesta auf das Gelände des Uni-Klinikums. Mit einem stummen Lächeln hielt sie dem Wachschutz an der Schranke ihren Dienstausweis vor die Nase und wurde kommentarlos durchgewunken.

Karin fragte sich, ob es kleinlich von ihr war, ihr bisschen Macht zu genießen, dennoch kostete sie es schamlos aus, ihren Wagen einfach vor dem Institut für Rechtsmedizin abstellen zu können.

»Hallo Mario, hast du bei deiner Skalpellfuchtelei einen Hinweis gefunden, der uns weiterbringt?«, fragte Karin beim Eintreten und schaute den Gerichtsmediziner schelmisch an.

Dr. Mario Bretschneider zog die Augenbrauen in die Höhe und holte tief Luft. »Wenn du so charmant fragst, muss ich ja liefern, sonst laufe ich Gefahr, von dir übers Knie gelegt zu werden.« Bretschneider lehnte sich hinter seinem Schreibtisch im Stuhl zurück und lächelte ironisch.

Karin war nicht im Geringsten verlegen. Ohne große Umstände setzte sie sich mit einer Hinterbacke auf die Tischkante, holte ein Original Harley-Davidson-Shirt aus ihrem Rucksack und legte es vor den Doktor auf den Tisch. »Das ist mir letztens bei einer Internetauktion über den Weg gelaufen. Größe L, müsste dir doch passen?«

Sprachlos strich Dr. Bretschneider mit den Fingern über den schwarzen Stoff und zog andächtig die Konturen des Logos nach. »Womit habe ich das denn verdient?«

»Na ja«, Karin wickelte sich eine Haarsträhne um den Finger, »zum Beispiel musst du meine Frechheiten ertragen und außerdem bist du der beste Gerichtsmediziner weit und breit.«

»Okay, wenn du das sagst, da werde ich mich mal anstrengen.« Der Doktor griff sich einen Kunststoffbeutel und hielt ihn vor Karins Nase. »Dieses modische Accessoire habe ich in der Beintasche des Toten entdeckt. Da Anwälte selten in der linksextremistischen Szene aktiv sind und du es bestimmt schon wüsstest, wenn er bei einer Spezialeinheit gewesen wäre, bleibt eigentlich nur eine Möglichkeit.«

»Darf ich?«, fragte Karin. Nachdem Bretschneider genickt hatte, öffnete sie den Beutel und zog eine schwarze Sturmhaube heraus. Sie pfiff leise und zog schnell die richtigen Schlüsse.

Bretschneider trommelte ungeduldig mit den Fingern auf dem Tisch. »Lässt du mich an deinen Erkenntnissen teilhaben?«

»Was war eigentlich deine dritte Vermutung?« Karin grinste anzüglich.

»Fetischist.«

»Nah dran, Mario, aber nicht ganz.« Mit wenigen Worten setzte Karin den Gerichtsmediziner über die gefundenen Spannerfilme in Kenntnis. Danach betrachtete sie erneut die schwarze Mütze, dabei schob sie ihre Finger in die Öffnungen für Augen und Mund. »Widerlich, wenn du mich fragst. Andere Menschen beim Sex filmen, wenn die nichts davon wissen, ist einfach nur krank. Jedenfalls komplettiert die Sturmhaube sein Tarn-Outfit. Darf ich das Teil mitnehmen?«

Bretschneider nickte. »Ich habe Haare entnommen und ins Labor geschickt. Morgen habt ihr den DNA-Abgleich.«

Karin bedankte sich mit einem Lächeln und hob auffordernd die Brauen, damit er fortfuhr.

Mario, der gänzlich in seinem Beruf aufging, ließ sich nicht lange bitten. »Zuerst die allgemeinen Informationen. Der Mann war kerngesund. Nichtraucher, keine Anzeichen für Alkoholmissbrauch. Seine Muskulatur ist sehr gut ausgebildet, das lässt auf regelmäßigen Sport schließen.«

»Tennis«, kommentierte Karin trocken.

Der Doktor ließ sich nicht aus dem Konzept bringen. »Todesursache ist eine tiefe und lange Wunde im Bauchraum. Sie wurde dem Mann mit einer mindestens 15 Zentimeter langen, scharfen Klinge beigebracht. Weise hat vermutlich durch Schmerz und Schock schnell das Bewusstsein verloren, das ist jedoch nur eine Annahme, es hängt immer von der physischen und psychischen Konstitution des Opfers ab.« Er räusperte sich. »Da der Täter die Schlagader schwer verletzt hat, ist der Anwalt binnen Minuten verblutet. An der Stelle wird es interessant …« Um seine Augen und den Mund trat ein angespannter Zug. »Ich bin kein Psychologe, aber so viel weiß ich, wenn ein Einbrecher überrascht wird, kann es zu einer Kurzschlusshandlung kommen, die eine Katastrophe auslöst. In so einem Fall sticht der Täter einmal oder mehrmals auf sein Opfer ein, je nach Höhe seines Stress-Levels. Und genau das trifft auf den Mörder des Anwalts nicht zu. Dieser Mann hat kaltblütig und überlegt gehandelt. Er hat das Mordinstrument kraftvoll und gleichmäßig, ohne das Messer abzusetzen, im Körper des Opfers nach oben gezogen und dadurch die Wunde bewusst vergrößert. Es liegt auf der Hand, dass er seinem Opfer absichtlich eine schwere Wunde zufügen wollte.«

Karin war sprachlos, mit dieser Wendung hatte sie nicht gerechnet. Ein leises Grauen wuchs in ihr und die Härchen auf ihren Armen richteten sich auf. »Bist du dir sicher?«, fragte sie mit belegter Stimme.

Mario nickte. Sein Blick wurde so eisig wie das Grab, in dem die Leiche des Anwalts bald ruhen würde. »Angst macht mir auch der Umstand, dass ich keinerlei Abwehrverletzungen an den Händen von Weise gefunden habe. Immerhin war er kräftig und 1,82 Meter groß. Durchtrainierte Männer stehen nicht starr vor Angst da und warten demütig auf den Todesstoß, sie wehren sich.«

Nach diesen Worten stieß Karin die Luft aus, die sie unbewusst angehalten hatte. Das mulmige Gefühl, das sie bereits in der Wohnung des Anwalts befallen hatte, vertiefte sich urplötzlich. Verzweifelt kämpfte sie gegen ihren Instinkt an, der ihr deutlich zu verstehen gab, dass sie mit ihrem Gefühl in der Wohnung des Opfers richtig gelegen hatte. Der Fall hielt viel Schlimmeres für sie bereit, als sie je zu denken gewagt hätte. »Es könnte also sein, dass der Mord nicht zufällig geschehen ist. Eventuell eine sorgfältig geplante Racheaktion?«, fragte sie mit einem letzten Rest kläglicher Hoffnung.

»Möglich.« Der Doktor machte eine vage Handbewegung. »Bei einem derart grausamen Mord kommen mehrere Motive infrage.« Er musterte Karin mit einem besorgten Blick. »Aber das glaube ich nicht. Der Täter ist ein eiskalter Killer und wenn ich richtig liege, macht ihm das Töten Spaß.«

Zurück auf der Straße, zückte Karin ihr Handy und wählte Sandras Nummer.

Mailbox.

Sicher ist sie in die Kantine marschiert, um sich ein Stück Kuchen zu holen, und natürlich hat sie ihr Telefon auf dem Schreibtisch liegen lassen. Über Karins Gesicht zog ein Lächeln, sie kannte den grenzenlosen Appetit ihrer Freundin nur zu gut.

Als Nächstes probierte sie es bei Heidelinde. Die Oberkommissarin nahm sofort ab und war hocherfreut über Karins Anruf. Enthusiastisch fasste sie zusammen, was sie über die Geschäftspraktiken des Anwalts herausgefunden hatte.

Der Bericht verschlug Karin den Atem. »Gib Sandra Bescheid. Ich fahre sofort dorthin. Und Heidi, gute Arbeit.«

Mit dieser Wendung hatte Karin nicht im Traum gerechnet. Mit einem Fünkchen Glück konnten sie den Fall noch heute zu den Akten legen.

Mittwoch, 17.30 Uhr

Vom vielen Reden durstig und der mangelhaften Ausbeute deprimiert, bog Oberkommissar Rolf Brückner nach Stunden in die gefühlt tausendste Straße ein. Um seinen Gedanken bei der nervtötenden Befragung der Anwohner wenigstens etwas Sinnvolles zu tun zu geben, versuchte er sich die Gesichter ins Gedächtnis zu rufen, die er aus Weises Spannervideos kannte. Es war ein vergebliches Unterfangen, Weise hatte unzählige Menschen beim Sex gefilmt. Im Schnelldurchlauf waren über 20 Stunden Filmmaterial vor Rolfs Blick dahingerast. Wie Geisterschemen huschten die Bilder in seinem Kopf umher und je mehr er versuchte, sie zu fangen, umso schneller entwischten sie ihm. Wenn ein Opfer des Anwalts vor mir steht, werde ich es schon merken, tröstete er sich und lenkte sich mit den Gedanken an den zurückliegenden Vormittag ab.

Aus Sicherheitsgründen hatte Sandra den Inhalt von Weises USB-Stick nicht ins Netzwerk eingespeist, deshalb hatte sie für jedes Teammitglied ein Duplikat erstellt. Beim Aushändigen betonte sie mit todernster Miene und gefährlich blitzenden Augen, dass der Inhalt topsecret sei. Drohend fügte sie hinzu, dass sich jeder, der sich nicht an diese Vorgabe hielt, in Zukunft nicht einmal mehr den Verkehr regeln dürfte.

Rolf kannte Sandra schon einige Jahre und er traute es ihr durchaus zu, diese Warnung in die Tat umzusetzen.

Wenig später saßen die Kollegen vor ihren Monitoren und betrachteten die Ausbeute von Weises nächtlichen Ausflügen. Entsprechend der persönlichen Anschauung nahm jeder die erzwungene Pornoschau auf seine Weise auf. Jan überspielte seine Verlegenheit mit einem Grinsen. Karin warf wütende Blicke um sich. Sandras Lächeln fror ein und Heidelinde wurde noch stiller als gewöhnlich. Rolf selbst wurde nachdenklich. Er war der festen Meinung, dass Voyeure hinter Gitter gehörten. Die Privatsphäre anständiger Menschen war für ihn schon immer ein heiliges Gut. Schade, dass der Anwalt schon tot war. Rolf hätte ihm die Zeit im Knast, die einem Typ mit dieser Neigung bevorstand, von Herzen gegönnt.

Um Doppelbefragungen zu vermeiden, hatte er Jan zur Seite genommen und mit ihm im Vorfeld die Straßen von Weises Wohnviertel aufgeteilt.

Jetzt setzte er einsam einen Fuß vor den anderen, während ihm der Schweiß in dünnen Bächen über den Rücken lief. Doch auch in diesem Straßenzug waren die Ergebnisse mehr als dürftig. Einige Anwohner waren nicht daheim, die anderen wussten von nichts.

Rolf sah zur Uhr und seufzte tief. Langsam taten ihm die Füße weh.

Der Anblick, der sich ihm beim nächsten Anwesen bot, ließ seine Frustration verwehen wie ein Blütenblatt im Sommerwind. Eine Frau, Rolf schätzte sie Anfang vierzig, bekleidet mit ultrakurzen Shorts und einem Bikini Oberteil, saß auf der Treppe vor dem Haus und arrangierte Blumen zu Sträußen.

Mit offenem Mund blieb der Oberkommissar am Zaun stehen und versuchte, das wunderschöne Bild zu verarbeiten. Das kann nur eine Fata Morgana sein, flüsterte eine Stimme in seinem Kopf. So gut meint es das Schicksal an diesem miesen Tag nicht mit dir, dass dir so ein schnuckliges Wesen über den Weg läuft. Er kniff die Augen fest zusammen und riss sie wieder auf.

Die Frau saß immer noch da und beobachtete ihn amüsiert. »Wollen Sie zu mir?«

Rolf musste schlucken, dann nickte er eifrig und hielt seinen Dienstausweis in die Höhe. »Kommissar Brückner, Kriminalpolizei. Ich hätte ein paar Fragen an Sie.«

Mit einer geschmeidigen Bewegung kam die Frau in die Höhe. »Das Tor ist offen, kommen Sie rein.« Lächelnd und ohne die geringste Spur von Verlegenheit wies sie auf ihre dreckigen Hände und hielt Rolf ihren Ellbogen entgegen.

Vollkommen überrumpelt drückte Brückner sanft ihren Unterarm und versuchte, die Begehrlichkeit aus seiner Mimik zu verbannen.

»Sie sehen aus, als hätten Sie Durst«, stellte die Gärtnerin mit Bestimmtheit fest. »Machen Sie es sich hinter dem Haus bequem, da wartet eine Sitzecke auf Sie.«

Mit einem wohligen Stöhnen streckte Rolf seine Beine unter den Tisch und lauschte dem Summen der Bienen, die emsig von einer Blüte zur nächsten flogen. Hier auf diesem kleinen Fleckchen Erde schien die Welt noch intakt zu sein. Er selbst verstand nicht viel von Gartengestaltung, hatte sich noch nie dafür interessiert und das Grundstück seiner Eltern war mehr von Pragmatismus als von Schönheitsempfinden geformt. Diese kleine Anlage sah hingegen ganz anders aus. Die Besitzerin, und Rolf zweifelte keine Sekunde daran, dass es sich dabei um die junge Frau handelte, hatte es verstanden, aus dem kleinen Gelände ein Schmuckstück zu machen. Ein hübsch angelegter Weg mäanderte zwischen Beeten mit Kräutern, Ziergräsern und Blumen entlang.

Rolf genoss das üppige Grün und fühlte ein angenehm warmes Gefühl in seinen Beinen emporsteigen.

Die Rückkehr der hübschen Gärtnerin, die zwei schäumende Weizenbiere auf den Tisch stellte, ließ sein Wohlbefinden ungeahnte Höhen erklimmen.

»Sind alkoholfrei«, erklärte sie und zwinkerte ihm verschwörerisch zu.

Rolf bedankte sich, prostete ihr zu und nahm einen gewaltigen Schluck, dabei musterte er sie über den Glasrand. Zu seinem Bedauern hatte sie eine Bluse übergezogen.

Als er sein Glas absetzte, jagte ein Blitz durch sein Gedächtnis. Ein Gesicht kristallisierte sich aus den wirren

Geisterschemen heraus, die ihr neckisches Spiel mit seinem Verstand trieben. Erst vor ein paar Stunden hatte er seine Gastgeberin in voller Aktion gesehen. Sie war eine der Protagonistinnen in Weises Spannerfilmen.

Obwohl er unschuldig an den abartigen Begierden des Anwalts war, schämte sich der Oberkommissar. Er saß dieser arglosen Frau gegenüber und kannte dermaßen intime Details von ihr, die absolut nicht für fremde Augen bestimmt waren.

So gut es ihm möglich war, überspielte er seine Verlegenheit. »Ich habe ganz vergessen, Ihr Klingelschild anzusehen, Frau …?«

»Beatrice Wittig. Sagen Sie einfach Bea zu mir.« Das strahlende Lächeln, das ihre Worte begleitete, drang Rolf bis ins Mark.

»Gern, wenn Sie Rolf zu mir sagen.« Er trank einen weiteren Schluck, wischte sich den Schaum von den Lippen und kam zur Sache: »Ich ermittle in einem Mordfall, der hier in Weißig verübt wurde. Eventuell kannten Sie das Opfer sogar. Der Mann hieß Weise. Norbert Weise.«

Frau Wittig fuhr zusammen. Ihre Augen wurden groß. Fahrig begann sie, das vor ihr stehende Glas hin und her zu schieben. »Ich habe für Herrn Weise gearbeitet«, sagte sie nach einer langen Pause. »Seinen Garten gepflegt und sein Haus geputzt.«

Die aufsteigende Freude tief in seinem Inneren verbergend, bemühte sich Rolf um ein mitfühlendes Gesicht. Gleich drei Gründe waren es, die ihn fröhlich stimmten. Er hatte endlich einen Treffer gelandet, vor ihm stand ein noch halb volles Glas Bier und er durfte weiterhin Beas Gesellschaft genießen.

»Sie müssen wissen, ich habe früher in der Informatik gearbeitet. Programmierung«, sagte Beatrice scheinbar zusammenhanglos. »An meinem Gehalt gab es nichts auszusetzen, aber die Arbeitszeiten waren jenseits von Gut und

Böse. An dem Punkt, als mein Konto immer dicker wurde, ich jedoch praktisch keine Gelegenheit hatte, das Geld auszugeben, zog ich einen Schlussstrich.« Sie deutete mit einer knappen Kopfbewegung zum Haus. »Die Raten sind abbezahlt und ich habe ein finanzielles Polster.« Sie unterbrach sich und lachte gleich darauf. »Warum erzähle ich Ihnen das eigentlich? Diese Informationen sind für Sie ja nicht von Bedeutung.« Sie zuckte mit den Schultern. »Vielleicht unterhalte ich mich in letzter Zeit zu oft mit den Blumen? Und die sind maulfaul bis zum Gehtnichtmehr, das können Sie mir glauben.«

Rolf konnte ihr nicht zustimmen. Erstens hörte er ihre Stimme gern und zweitens fand er ihre Ausführungen sehr interessant. Für eine Informatikerin wäre es ein Leichtes, den Rechner des Arbeitgebers auszuspionieren. Doch die Konsequenzen dieses Gedankens verdrängte er schnell. Das durfte einfach nicht sein.

Bevor er sich in Spekulationen erging, beschloss er seinen Fragenkatalog abzuarbeiten. Leider enttäuschte ihn Frau Wittig. Ihr Wissen über den Anwalt ging gegen null. Es hatte keinerlei privaten Kontakt gegeben und sie wusste nichts über Liebschaften oder andere Beziehungen des Mannes. Auch über Einbrüche im Wohnviertel war ihr nichts bekannt.

Bis zum Schluss hatte Rolf die Frage nach dem Alibi der Frau vor sich hergeschoben. Schließlich fiel ihm nichts mehr ein, was sein Bleiben rechtfertigen könnte. »Es tut mir leid«, begann er vorsichtig, »ich muss Sie bitten, sich morgen Vormittag in der Polizeidirektion einzufinden. Wir benötigen Ihre Fingerabdrücke zum Abgleich.«

Beatrice winkte schmunzelnd ab. »Kein Problem, ich muss morgen sowieso in der Stadt einkaufen.«

Die nächste Frage richtete Rolf an seine Schuhe, er brachte es nicht über sich, Bea in die Augen zu sehen. »Es ist mir sehr unangenehm, Ihnen diese Frage zu stellen. Aber um Sie als

Täterin auszuschließen, bitte ich Sie mir zu sagen, wo Sie sich am Montagabend zwischen 18 und 23 Uhr aufgehalten haben.«

Bea wirkte nicht im Geringsten pikiert. Mit gespielter Erleichterung stieß sie die Luft aus. »Da hab ich ja noch mal Schwein gehabt.« Sie kicherte in sich hinein. »Bis 20 Uhr, das weiß ich genau, weil der Baumarkt da schließt, habe ich mit meiner Freundin Anja gefachsimpelt. Sie ist Verkäuferin in der Gartenabteilung und kennt sich aus, was Pflanzen angeht. Nachher sind wir zu mir gefahren, weil ich ein Problem mit meinen Rosen habe. Tja«, sie hob die Schultern und lächelte entwaffnend, »und danach haben wir gemeinsam zwei Flaschen Rotwein niedergemacht. Weil Anja dann zu breit war, um mit dem Auto nach Hause zu fahren, hat sie bei mir übernachtet.«

Unendlich erleichtert, weil Bea die Angelegenheit so locker sah, setzte Rolf nach: »Fein, da brauche ich nur noch Adresse und Telefonnummer der Gartenfee und dann sind Sie mich auch schon los.«

»Gebe ich Ihnen. Aber da ist noch etwas.« Sie hob die Hand und stoppte den Oberkommissar, der sich erheben wollte. »Deshalb habe ich vorhin um den heißen Brei geredet, weil mir die Sache ein bisschen unangenehm ist.« Mit einem Schlag war Beas Ton todernst. »Beim Putzen in Weises Haus habe ich vor ungefähr einem halben Jahr eine offen herumliegende Mappe entdeckt, und da ich neugierig bin, habe ich einen Blick hineingeworfen.«

Mit sachlichem Tonfall berichtete Beatrice Wittig, was sie beim Stöbern in den Dokumenten des Anwalts gelesen hatte.

Zu Beginn entspannt zurückgelehnt, versteifte sich Rolf mit jedem ihrer Worte mehr. Was er erfuhr, jagte ihm einen Schauer über den Rücken, begleitet von einer lodernden Wut.

Mittwoch, 19.50 Uhr

Nur wenige Minuten Fußmarsch von ihrem Ziel entfernt, fand Karin eine Parklücke in einer ruhigen Seitenstraße. Sie wollte mit Herrn Oswald sprechen, dessen Name ihr von Heidelinde als Opfer von Weises fragwürdigen Geschäftspraktiken genannt worden war.

Der Mann wohnte im Stadtteil Gorbitz, ausgerechnet am Amalie-Dietrich-Platz. Dieser Ort hatte aufgrund von Randalen und offenem Drogenhandel eine traurige Berühmtheit erlangt.

Bis die Dämmerung das Gesindel aus ihren Winkeln hervorlockte, würde noch einige Zeit vergehen. Da Karin nicht einschätzen konnte, wie lange sich ihr Gespräch mit Oswald hinziehen würde, wollte sie die Unversehrtheit ihres Fiestas nicht aufs Spiel setzen und hatte ihn deshalb weitab vom Amalie-Dietrich-Platz abgestellt. Sie liebte ihr kleines Auto sehr. Deshalb wollte sie nicht riskieren, dass es als Ziel für leere Bierflaschen oder Steine herhalten musste. Im schlimmsten Fall würde ihr Auto als gigantische Fackel zur Belustigung einer johlenden Meute dienen.

Karin drückte den Klingelknopf und hoffte inständig, dass Oswald zu Hause war. Träfe sie ihn nicht an, hätte sie sich umsonst neun Kilometer durch die mit Autos verstopfte Stadt gequält. Es war dämlich von ihr gewesen, diese Fahrt völlig überstürzt anzutreten. Aber was sollte sie tun? Ihr lief die Zeit davon! Mit jeder verstrichenen Stunde sanken die Chancen, den Mörder des Anwalts zu fassen. Normalerweise rief Karin vor einem Gespräch an und verabredete einen Termin. Da Oswald aber keinen Festnetzanschluss besaß und es Heidelinde trotz umfangreicher Recherche nicht gelungen war, seine Mobilfunknummer zu ermitteln, hatte Karin alles auf eine Karte gesetzt und sich spontan auf den Weg gemacht.

Als nach dem dritten Klingeln eine heisere Stimme nach ihrem Begehr fragte, fielen die Befürchtungen wie überflüssiger Ballast von ihr ab.

Karin orientierte sich kurz im Eingangsbereich und stellte fest, dass Herrn Oswalds Wohnung in der 4. Etage lag. Ein Schild am Aufzug erklärte den Mietern, dass sie bis auf Weiteres laufen mussten. Das interessierte Karin nicht, sie nahm ohnehin lieber die Treppe. Der Schriftzug A.C.A.B., der im 2. Stockwerk an der Wand prangte, entlockt ihr ein müdes Lächeln. »*All cops are bastards*, von wegen! Mein Vater ist nun nicht gerade *der* Sympathieträger, aber meine Eltern waren ordentlich getraut«, flüsterte sie.

Zwei Etagen höher stand ein kleiner Mann – Karin schätzte ihn auf Mitte fünfzig – in der offenen Tür und schaute sie neugierig an. In seinem linken Mundwinkel wippte eine Zigarette.

»Guten Tag. Ich bin Kriminalkommissarin Wolf. Sind Sie Herr Oswald?«

Der Mann musterte Karin von oben bis unten, fuhr sich mit der Zungenspitze über die vertrockneten Lippen und nickte.

»Ich würde Ihnen gern ein paar Fragen stellen …« Karin ließ den Rest des Satzes in der Luft hängen.

Oswald trat zur Seite, hielt ihr die Tür auf und bat sie mit einer linkischen Bewegung in den Flur. »Wenn 'ne Frau so aussieht wie Sie, ist's mir egal, ob sie von den Bullen oder Zeugen Jehova kommt. Hauptsache sie kommt.« Er kommentierte seine Worte mit einem meckernden und von Husten unterbrochenen Lachen.

Aus der Wohnung schlug Karin ein Geruchsgemisch aus kaltem Rauch, schalem Fuseldunst, abgestandener Luft und Männerschweiß entgegen. Der Duft nach Freiheit und Abenteuer, dachte sie sarkastisch lächelnd und versuchte flach zu atmen.

Wider Erwarten war das Wohnzimmer, in das Oswald sie führte, relativ sauber. Nachdem Karin den Bezugstoff misstrauisch beäugt hatte, setzte sie sich in einen Sessel und stellte fest, dass der zwar abgewetzt, aber recht bequem war.

Ehe sie darum bitten konnte, schaltete Oswald den Fernseher aus und ließ sich in einen Sessel gegenüber der Flimmerkiste sinken.

Karin, die ihren Aufenthalt in diesen Räumen nicht unnötig ausdehnen wollte, kam sofort zur Sache. »Danke, dass Sie Ihre Zeit opfern. Da Ihr Name in einer Mordermittlung aufgetaucht ist, möchte ich gern einige offene Fragen mit Ihnen besprechen.«

»Woll'n Sie 'nen Wodka mit mir trinken, lockert die Stimmung.« Vollkommen unbeeindruckt griff sich Oswald die Flasche, die neben seinem Fernsehplatz parat stand, pustete in sein Glas und schenkte randvoll ein.

Lächelnd schüttelte Karin den Kopf.

»Ein Bierchen vielleicht? Tut gut bei der Hitze.«

Karin hätte tatsächlich liebend gern ein kühles Blondes gezischt, sie musste aber noch fahren und der Geruch in dieser Wohnung raubte ihr den Appetit. »Vielen Dank, ich bin im Dienst. Ich nehme an, der Name Weise sagt Ihnen etwas.«

Jetzt hatte sie Oswalds volle Aufmerksamkeit. »Den Namen kenn ich, hab ja auch schon vom Teufel gehört.« Er dachte kurz nach, dann wuchs ein Grinsen in seinem Gesicht. »Woll'n Sie etwa zart andeuten, dass jemand Weises Licht ausgeknipst hat? Hätte nie gedacht, dass heute mein Glückstag ist.« Begeistert kippte er die klare Flüssigkeit und sein Grinsen wurde noch breiter. »Da spaziert 'ne gut aussehende Tusse in mein trautes Heim und, um das Kraut fett zu machen, erzählt sie mir, dass jemand das Scheusal plattgemacht hat. Ich wünsch dem Samariter, der das getan hat, alles Gute. Der Mann hat 'n Orden verdient.«

Gleich darauf war er erneut mit Flasche und Glas zugange und Karin nutzte die Gelegenheit. »Ich möchte Sie bitten, mir alles zu erzählen, was Sie über Herrn Weise wissen.«

»Das Herr können Sie ruhig streichen. Das war 'n Arschloch.« Er nickte bekräftigend. »Schaun Sie sich um! So leb ich heute. Vor 'n paar Monaten noch wohnte ich im Haus meiner Eltern.« Oswald schnippte mit den Fingern. »Weg. Einfach so. Die Knete vom Verkauf hat sich der Weise eingesteckt, hat alles sauber eingefädelt.«

»Was ist geschehen?«

»Lange Geschichte. Woll'n Sie die wirklich hören?« Der Mann konnte sein Glück kaum fassen. Endlich jemand, der ihm zuhörte. »Bevor der Weise aufkreuzte, ging es uns gut, Mama und mir. Ich hatte zwar keine Arbeit, aber wir kamen zurecht. Mamas Rente und die Stütze reichten geradeso. Miete mussten wir nich zahlen, das Haus gehörte Mama. Demenz hatte sie, sagte der Arzt. Aber ich war ja da, hab mich um sie gekümmert, hatte ja Zeit. Und Mama war zufrieden, saß bei schönem Wetter vorm Haus auf der Bank und guckte nach den Leuten. Alles lief gut.« Er schüttelte den Kopf und lachte freudlos. »Dann kam der feine Herr Anwalt, sagte, ich könnte mich nicht um meine Mama kümmern, sie bräuchte professionelle Hilfe. So 'n Quatsch, 's ging ihr doch gut. Fragte nach der Vorsorgevollmacht. Sowas hatte ich nicht, weiß nicht mal, wie man das macht. Ich hab nich lang gefackelt und ihm gesagt, er solle verschwinden. Machte er auch. Kam aber zurück und zeigte mir so 'nen Wisch, auf dem stand, dass er sich ab jetzt um Mama kümmert. Wäre besser für sie. Mama hat das gehört und war natürlich stocksauer. Hat ihn angespuckt, ist hoch von der Bank und hat ihren Stock geschwungen. Da hat er 'ne Biege gemacht, der feige Hund.« Die Erinnerung an diesen Vorfall zauberte ein Lächeln auf Oswalds Gesicht, es hielt nicht lange an und wich einer grenzenlosen Bitterkeit.

»Das nächste Mal kam er mit großem Gefolge. Krankenwagen, Polizei, Arzt. Mama wollte nicht mit, hat sich gewehrt, um sich geschlagen. Der dämliche Weißkittel hat ihr 'ne Spritze verpasst, da wurde sie still. Sie haben Mama in 'nen Rollstuhl gesetzt, dabei konnte sie immer gut laufen. Als die Kerle sie in den Wagen schoben, schlief sie schon. Ich hab die Polizisten gefragt, ob die das dürften. Die haben mir irgend so 'nen Wisch gezeigt und gesagt, dass man da nichts machen könnte.« Weiter kam er nicht, die Erinnerung an den Tag holte ihn ein. Dumpf vor sich hinbrütend, stierte er in sein Glas.

Karin hörte den tiefen Atemzug, der seinen Körper beben ließ. Schlichte Worte, doch das menschliche Leid dahinter, schien grenzenlos. Sie störte Herrn Oswald nicht, ließ ihm die Zeit, die er brauchte. Und obwohl sie keine Schuld an den Vorfällen trug, schämte sie sich. Zu oft hatte sie miterleben müssen, dass gewissenlose Typen Lücken in den Gesetzen suchten und fanden, um sie schamlos auszunutzen und sich zu bereichern.

»Eigentlich brauch ich jetzt noch 'n Schnaps«, holte Oswalds Stimme Karin aus ihren Gedanken. »Aber mein Limit liegt bei vier pro Tag und die hatte ich heute schon.«

Karin kniff überrascht die Augen zusammen. Man lernt eben nie aus, dachte sie.

»Tja.« Müde hob Oswald seine Hände. »Dann kamen die Rechnungen angeflattert. Jeden Monat. Zuzahlung fürs Heim. Als das Sparbuch leer war, wurde das Haus zwangsversteigert.« Traurig schielte er zu seinem Glas und kämpfte einen stillen Kampf, schob es jedoch mit einer trotzigen Bewegung beiseite. »Stütze und Wohngeld reicht zum nicht Krepieren und für all das hier.« Er warf einen bezeichnenden Blick in die Runde. »Ich versteh nich viel von solchen Sachen, komm auch mit dem Geschreibsel nich klar, hab mich an einen Rechtshilfeverein gewandt. Die haben alles geprüft, konnten aber nichts machen.«

Oswald schwieg eine Weile, doch Karin spürte die Trauer, die in ihm wühlte.

»Kurz nachdem das Haus futsch war, verlegte der Anwalt Mama in ein Heim nach Tschechien. Jetzt kann ich sie nur noch einmal im Monat besuchen. Für mehr langt das Geld nich.« Er sah Karin traurig an und rieb Daumen und Zeigefinger aneinander. Nach kurzer Stille verschwand der Kummer aus seinen Augen und ihm entfuhr ein hörbarer Schnaufer der Freude. »Jedenfalls werd ich heut Nacht besser schlafen, weil das Schwein tot ist.«

Die mit schlichten Worten erzählte Geschichte hatte sich eiskalt auf Karins Seele gelegt. Trotz der dumpfen Wärme in der Wohnung begann sie zu frieren. Fast hilflos sagte sie zu Oswald: »Es tut mir leid, aber ich muss Sie das fragen. Wo waren Sie letzten Montag zwischen 18 und 23 Uhr?«

Zu ihrer Verblüffung blieb Oswalds Miene fröhlich. Schelmisch grinsend schlug er seine rechte Faust in die linke Handfläche und fuhr mit so viel Schwung aus seinem Sessel, als hätte sich eine der Federn selbstständig gemacht und ihn hinauskatapultiert. »Kommen Sie!« Er winkte mit dem Finger und latschte, ohne sich umzusehen, zur Wohnungstür.

Karin musste sich beeilen, um den Anschluss nicht zu verlieren. Trotz ihrer Hast holte sie Oswald erst im Treppenhaus ein. Der stand feixend vor der Tür der Nachbarwohnung und klingelte Sturm.

Das lockte einen Mann mit einem beeindruckenden Bauch, über dem ein Feinrippunterhemd spannte, aus seiner Bude. Er war etwa in Oswalds Alter, hatte dünnes graues Haar, das er mit einer Menge Haarwasser in Form gebracht hatte. »Was 'n los?«

Oswald machte eine übertrieben förmliche Verbeugung in Karins Richtung und stellte sie vor. »Das is 'ne Lady von der Polizei und sie will wissen, wo ich am Montagabend war.«

»Warum?«, fragte der Unterhemdenträger, den Karin anhand des Klingelschildes inzwischen als Herrn Bertram identifiziert hatte.

»Laber nich rum, erklär ich dir später.«

Bertram kratzte sich nachdenklich den Kopf und brachte seine Frisur dadurch ernstlich in Gefahr. »Wir ham Wrestling im Fernsehen geguckt und Bier getrunken. War'n paar gute Kämpfe mit dabei. Wieso will die Tusse das wissen?«

Oswald verdrehte die Augen. »Wart's ab. Hab dir doch gesagt, dass ich dir nachher alles erzähle.«

»Herr Bertram, wann genau haben Sie mit Herrn Oswald ferngesehen?«, schaltete sich Karin ein.

Das erneute Kratzen förderte zwar die Antwort zutage, zerstörte die Haartracht jedoch endgültig. »Na ... so von halb acht bis eins, schätz ich.«

Karin hatte genug gehört. Sie bedankte sich bei Oswald für die Auskünfte und wollte sich auf den Rückweg machen, aber der Mann hielt sie zurück und streckte ihr die Hand entgegen.

»Alles Gute für Sie.« Oswald zögerte kurz. »Aber ich hoffe, dass Sie den nie schnappen, der den Weise umgelegt hat.«

Tief in Gedanken versunken lief Karin den leicht ansteigenden Weg zurück zu ihrem Fiesta. Die heiße Sonne hatte sich längst verzogen und der Himmel hing schwer wie ein drohendes Unheil über dem abendlichen Gorbitz.

Abgelenkt durch Oswalds aufwühlenden Bericht achtete Karin nicht auf ihre Umgebung. Die zwei entgegenkommenden Männer, die gerade um die Ecke gebogen waren, nahm sie nur am Rande wahr. Erst als einer der beiden an sie herantänzelte und ihr geschickt ein Bein stellte, realisierte sie die Gefahr. Karin geriet ins Straucheln und wollte sich abfangen, doch es war zu spät, sie verlor das Gleichgewicht und schlug hart auf dem Boden auf.

Mittwoch, 20.05 Uhr

Mit bleierner Müdigkeit in den Beinen verließ Patricia die in der Dresdner Innenstadt gelegene Bar durch den Hintereingang. Nach der gestrigen Nachtschicht hatte sie sich ein paar Stunden aufs Ohr gelegt, um am späten Vormittag sofort wieder zum Kellnern anzutreten.

Sie stellte sich neben ihr Fahrrad, das treu auf sie gewartet hatte, presste die Hände auf die Hüften und drückte den Rücken durch. Nach mehreren tiefen Atemzügen, die den verräucherten Dunst aus den Lungenflügeln vertrieben, ordnete sie fröhlich ihren Pferdeschwanz und kniff zufrieden lächelnd die Augen zusammen. Das Bild, das sie aus dem Rückspiegel angriente, ähnelte einer Katze. Einer sehr süßen Katze, wie sie erfreut feststellte. Patricia war klar, dass ihr hübsches Gesicht und ihre schlanke Figur maßgeblich an der Höhe der Trinkgelder beteiligt waren. Auch heute hatten die Gäste reichlich aufgerundet.

Nach einem Blick zur Uhr schwang sie sich auf ihr Fahrrad und radelte los. Mit etwas Glück würde sie die Straßenbahn am Postplatz noch erwischen und konnte sich von da bequem bis zum Schillerplatz kutschieren lassen. Der Bus würde sie das letzte Stück bis Weißig bringen. Auf den schweißtreibenden Anstieg die Grundstraße hoch verspürte sie nicht die geringste Lust. Das fehlte gerade noch, dass sie ihren Beinen diese Marter antat.

Patricia hatte Glück. In letzter Minute wuchtete sie ihr Rad in die Bahn und sank mit einem Seufzer der Erleichterung auf einen Sitz.

Eigentlich hätte sie bester Stimmung sein müssen, da die warmen Temperaturen einen wundervollen Tagesausklang auf ihrem Balkon verhießen, irgendetwas bereitete ihr aber

Sorgen. Etwas, das sie nicht genau benennen konnte. Um sich abzulenken, schaute sie aus dem Fenster auf die vorbeirauschende Stadt und dachte an die vergangenen Stunden in der Bar zurück.

Auch heute hatte sie fast ausschließlich Laufkundschaft bedient – Touristen, die sich eine Pause zwischen Zwinger und Rathausturm gönnten.

Abends und nachts dagegen hockten die ihr vertrauten Trinker auf den Stühlen. Die meisten waren fröhlich, hauptsächlich die, die in Gesellschaft kamen. Die verzweifelten und traurigen waren immer allein da. Einsam saßen sie auf ihren Plätzen und suchten den Sinn des Lebens im Glas. Wenn Patricia ein paar Minuten ihrer Zeit abzweigen konnte, setzte sie sich zu ihnen und lauschte der Unzahl von Problemen und den Geschichten von verfahrenen Beziehungen.

Sie fand, dass gerade das Zuhören ihre Arbeit ausmachte. Um keinen Preis wollte sie ihren Job auf das Servieren von Getränken reduzieren.

Warum sie sich in der vergangenen Nacht nicht zu dem Neuen gesetzt hatte, wusste sie selbst nicht so genau. Eigentlich war sie neugierig gewesen, weil seine gesamte Erscheinung Einsamkeit pur ausstrahlte, aber etwas an dem unauffälligen Mann hatte sie abgeschreckt. Vielleicht waren es seine ausdruckslosen eisgrauen Augen? Denn an seinem Verhalten konnte es nicht gelegen haben. Er war höflich und sein Trinkgeld großzügig gewesen. Dass er Patricia auf eine unbestimmte Weise bekannt vorgekommen war, hatte ihr ungutes Gefühl noch verstärkt. Vor allem, weil es ihr nicht gelang den Typ einzuordnen.

Der Schillerplatz mit seinem Menschengewühl holte sie aus ihren Überlegungen. Patricia schüttelte die unangenehme Empfindung ab und vergaß den Unbekannten.

Eine halbe Stunde später stand sie am Gasthof Weißig. Manchmal verfluchte Patricia ihren elend langen Arbeitsweg, aber sie war jedes Mal glücklich, wenn sie von Weißig wie von einer lieben Freundin empfangen wurde, und dass sie in diesem schönen und ruhigen Stadtteil leben durfte.

Jetzt waren es nur noch ein paar Meter, ihr Heim lockte und Patricia trat kräftig in die Pedale. Zudem wartete eine schöne Flasche Rioja auf sie und sie glaubte, diesen himmlischen Rebensaft bereits auf ihrer Zunge zu schmecken.

Als sie vor ihrem Haus aus dem Sattel stieg, streifte sie kurz der Gedanke an das Polizeiauto, das sie hier gestern bemerkt hatte. Ein fröhliches Lächeln huschte über ihr Gesicht. Ihre Wetter-App hatte für übermorgen einen trockenen Sommertag angekündigt und es müsste schon mit dem Teufel zugehen, wenn sie beim Blumengießen nicht auf ihre nette Nachbarin Marlies stoßen würde. Und wenn es in dieser Sache etwas zu erfahren gab, dann kannte Marlies mit Sicherheit jedes Detail.

Nachdem Patricias lustig schwingender Pferdeschwanz im Haus verschwunden war, kam Leben in den Mann, der in seinem Auto auf die junge Frau gewartet hatte. Ohne eine Miene zu verziehen, notierte er ihre Ankunftszeit, startete dann sein Fahrzeug, wendete in der schmalen Straße und fuhr davon.

Mittwoch, 21.40 Uhr

Von dem schweren Sturz benommen, versuchte sich Karin in die Höhe zu stemmen. Als ihr dabei ein scharfer Schmerz durch die Handballen fuhr, konnte sie einen leisen Wehlaut nicht unterdrücken. Fassungslos, regelrecht betäubt starrte sie auf die rostfarbenen Abdrücke, die ihre Hände auf den schmutzigen Pflastersteinen hinterlassen hatten. Erst als sie den blutigen Speichelfaden bemerkte, der aus ihrem Mund lief, versuchten ihre Sinne sich in die Realität zurückzukämpfen. Doch bevor sie dazu kam, ihre Lage zu analysieren, packten sie starke Hände und ehe sie zu einer Gegenwehr in der Lage war, wurde sie über die Straße geschleift. Vor Angst wie gelähmt bekam sie gerade noch mit, dass sie eine kleine Treppe hinauf in einen Park gezerrt wurde. Wie einen Sack Abfall ließen die Kerle sie in der hintersten Ecke der Anlage zu Boden fallen. Gefangen in ihrer Schockstarre blieb Karin einfach liegen, bis ein ekelerregender Gestank ihre Lebensgeister weckte. Sie fuhr mit einer Hand unter ihre Wange und ertastete ein muffig riechendes Tempotaschentuch. Angeekelt schob sie das feuchte Papier weg, biss die Zähne zusammen und versuchte sich aufzurichten. Doch ein harter Tritt in ihren Rücken presste sie zurück auf den Boden. Eine Hand krallte sich in ihre Haare und riss ihr den Kopf so brutal in den Nacken, dass ihre Halswirbel vor Schmerzen aufschrien. Zum zweiten Mal entwich Karins Lippen ein klägliches Wimmern.

»Was haben wir denn hier für ein piepsendes Vögelchen?« Die Stimme klang kalt und gefühllos.

»Gut sieht sie aus, die Schlampe.« Ein starker Akzent begleitete die Worte des zweiten Mannes.

Eindeutig Russisch, fuhr es Karin durch den Kopf. Weiter kam sie mit ihren Überlegungen nicht. Der Fuß verschwand und sie wurde roh nach oben gezerrt. Ihre Augen erfassten das picklige Gesicht eines jungen Mannes, dessen Augen sie mitleidlos taxierten. Er zog ihren Kopf ganz nah an sich heran, griff sich eine ihrer langen Haarsträhnen, nahm sie in den Mund und leckte sie wollüstig grinsend ab.

Der Ekel, der Karin packte, war derart intensiv, dass ihre Ängste in den Hintergrund traten. Sie konnte dem Brechreiz nichts entgegensetzen und erbrach sich würgend.

Offensichtlich erlebte ihr Angreifer diese Situation nicht zum ersten Mal. Geistesgegenwärtig sprang er zurück, um dem Schwall auszuweichen, und weidete sich grinsend an ihrer Qual.

»Guck, was du für Dreckschlampe bist.« Auch der Russe schien an Karins Elend Gefallen zu finden. Dreckig feixend trat er näher, entblößte zwei lückenhafte Reihen gelber Zähne und ließ seine Zunge begehrlich über die Lippen gleiten.

Dieser Anblick bewirkte, dass Karins Nerven erneut verrücktspielten. Ihr Magen presste sich schmerzhaft zusammen, sie sank in die Knie und ein weiterer Schwall ihres Mageninhalts landete im Gras.

Pickelgesicht trat Karin in die Seite und schnauzte sie an: »Los, zieh dein vollgekotztes Shirt aus und wisch dir die Schnauze ab! Denkst du, wir woll'n deine Scheißkotze an unseren Schwänzen haben?«

Seine drohenden Worte lösten blankes Entsetzen in Karin aus. Doch ehe die aufsteigende Panik sie lähmen konnte, schalteten ihre Sinne auf Selbsterhaltung um. Nicht mit mir, dachte sie. Ihre Angst gerann zu eisiger Ruhe und eine grenzenlose Wut stieg in ihr hoch, die sie in Verbindung mit einem enormen Adrenalinschub wie eine Droge durchraste. Sie schob die Unterlippe vor, blies ihre Haare aus dem Gesicht, kam federnd hoch und griff an.

Als Ersten nahm sie Pickelschnauze aufs Korn. Ehe der reagieren konnte, stand Karin vor ihm und versetzte ihm einen harten Kopfstoß ins Gesicht. Der harte Zusammenprall schleuderte den Kopf des jungen Burschen nach hinten und Blut strömte aus seiner Nase. Wie in Zeitlupe schwang sein Kopf zurück nach vorn und er stierte seine Gegnerin blöde an.

Karin ging kein Risiko ein. Noch ehe er den Gedanken an Gegenwehr fassen konnte, drosch sie ihm ihr Knie mit aller Kraft in die Hoden. Er erstarrte, als der Schmerz mit brutaler Wucht in ihm zu wüten begann, und sank aufheulend auf die Knie. Gleich darauf verdrehte er die Augen und fiel mit dem Gesicht zuerst in den Dreck.

Verblüfft hatte sein Kumpan die Szene beobachtet. Eingeschüchtert blinzelte er ungläubig mit den Augenlidern. Mit dieser Wendung hatte er nicht im Traum gerechnet.

Karin fuhr herum und warf ihm einen drohenden Blick zu, doch der Kerl hatte genug gesehen. Ohne zu zögern, drehte er sich auf dem Absatz um und gab Fersengeld.

Erleichtert stieß Karin die Luft aus. In ihrem ramponierten Zustand genügte ihr ein Gegner vollkommen. Sie verzog ihr Gesicht, rieb sich die schmerzende Stirn, starrte dann ungläubig auf ihre mit Blut beschmierte Hand und fingerte mechanisch das Smartphone aus der Hosentasche. Zischend zog sie die Luft ein, als ihr aufgeschürfter Handballen dabei über den Stoff der Jeans schabte.

Dann wählte sie zuerst Sandras und anschließend die Nummer der Einsatzzentrale.

Am Ende ihrer Kräfte angelangt, wankte sie zu einem der Metallstühle, die Besucher des Parks zu einer Rast einluden, und sank darauf nieder. Dankbar lehnte sich Karin an, schloss die Augen, atmete tief durch und versuchte, ihre Kopfschmerzen auszublenden. Jetzt musste sie nur noch warten und sollte der Typ aufwachen, bevor die Kollegen eintrafen – Karin lächelte böse –, dann würde sie ihn mit Freuden zurück in den Tiefschlaf schicken.

Mittwoch, 21.40 Uhr

Na, das sieht doch recht manierlich aus, freute sich Oberkommissarin Heidelinde Grün, nachdem sie den Anstrich in ihrem Arbeitszimmer begutachtet hatte. Sie selbst hatte das helle Grün ausgewählt, weil es beruhigend wirkte und sie fand, dass der zarte Pastellton ihrer analytischen Denkweise sehr entgegenkam.

Ja, überlegte sie, hier werden meine Gedanken ungehindert fließen können. Selig lächelnd schloss sie ihre Augen und stellte sich den noch kargen Raum möbliert vor. Eine Woche – so hatte das Einrichtungshaus jedenfalls zugesichert – dann würden ihr neuer Schreibtisch, die Schränke und der ergonomische Bürostuhl geliefert werden.

Und vielleicht, wenn ich sie ganz lieb bitte, stiftet mir Karin ein paar schöne Fotos zum Dekorieren. Bei ihrem letzten Besuch in Karins und Sandras Zuhause hatte sich Heidelinde gar nicht an den Bildern, die die Wände der beiden zierten, sattsehen können. Für Motive hat Karin den ganz speziellen Blick, fand Heidelinde. Sie könnte ihr Geld durchaus als Fotografin verdienen.

Es fiel der jungen Oberkommissarin schwer ihre Ungeduld zu bezähmen, am liebsten hätte sie sofort Hand angelegt und die Renovierung noch in dieser Nacht vollendet. Ein wenig wurmte es sie, dass sie die paar Tage warten musste, aber mit einem »Was soll's?« beschloss sie, dass Geduld eine Tugend ist, und drehte beglückt eine Runde durch ihr neues Reich.

Wohn- und Schlafzimmer sowie Küche und Bad waren bereits fertig gemalert und eingerichtet. Spielerisch ließ die Kommissarin ihre Finger über die neuen Möbel gleiten und schnüffelte verzückt den Duft von frischer Farbe. Alles roch neu und genauso wollte sie es haben.

Heidelinde hatte ihr vergangenes Leben komplett hinter sich gelassen, wollte ohne alten Ballast neu durchstarten und hatte deshalb kein einziges Möbelstück aus ihrem Haus mitgenommen.

Drei Jahre waren seit dem Tod ihres Mannes vergangen. Heidelinde hatte lange um ihn getrauert, aber mit neununddreißig fühlte sie sich definitiv zu jung, um den Rest ihres Lebens als einsame Witwe zu verbringen.

Ihr langer Arbeitsweg war nur ein Grund für den Tapetenwechsel. In den letzten Monaten war ihr das Haus zu einem Verlies geworden. Leer wie ein Grab und ebenso still. Zusätzlich war sie es leid gewesen, diese überdimensionierte Gruft sauber halten müssen. Vom Keller bis zum Dachboden, fast jedes Wochenende hatte sie damit zugebracht. Sie war doch nicht eins dieser verstörten Heinzelmännchen, die eine abartige Freude beim Putzen empfanden.

Damit war jetzt Schluss. Einmal pro Woche würde sie mit Staubsauger und -wedel durch die Räume gehen und ihre Dreizimmerwohnung wäre blitzblank.

Der Handwerker hatte sich an die Absprache gehalten. Auf dem Küchentisch fand Heidelinde die Rechnung und den Wohnungsschlüssel, den sie ihm überlassen hatte, damit er auch in ihrer Abwesenheit malern konnte.

Schön, dass auf manche Menschen Verlass ist, dachte Heidelinde und nahm sich vor, den Betrag noch heute zu überweisen.

Ihre Laune wurde noch besser, als sie aus dem Fenster sah. Wie immer schlug sie die Aussicht auf die Elbe und den am anderen Ufer gelegenen Rosengarten in ihren Bann. Allein wegen dieses Ausblicks wollte sie demnächst eine Einweihungsfeier für die Kollegen geben. Dann würde wenigstens für einen Abend Leben in ihre neue Behausung einziehen, überlegte sie seufzend und ihr Stimmungshoch bekam einen Knacks.

Nicht einmal in ihren Selbstgesprächen konnte sie es schönreden: Die Einsamkeit war zu ihrer ständigen Begleitung geworden. Lief sie durch ihr neues Wohnviertel, kam sie sich wie eine Verstoßene vor. Allein zog sie ihre Runden, niemand grüßte sie oder nahm sie zur Kenntnis. Dass die Ursache für dieses Dilemma bei ihr selbst lag, war ihr durchaus bewusst. Auf der einen Seite suchte sie verzweifelt nach Nähe und misstraute doch zugleich ihren Mitmenschen. Heidelinde hatte ihre Situation genau analysiert. Wenn sie verhindern wollte, dass sie in absehbarer Zeit seelischen Schaden nahm, musste sie dringend ihre Lebensumstände ändern. Zu ihrer Überraschung war ihr eine simple Lösung für das Problem in den Sinn gekommen. Es gab da eine Seelenverwandte und Heidelinde beschloss, genau die um Rat zu fragen.

Erleichtert über diese Erkenntnis kam sie auf ihre Einweihungsparty zurück. Sie war noch unentschlossen, wen sie einladen sollte. Karin und Sandra auf jeden Fall. Jan natürlich ebenfalls. Den Chef konnte sie schlecht übergehen. Dumm war nur, dass Heidelinde Hemmungen hatte, ihn anzusprechen, denn bisher hatte sie noch kein privates Wort mit Kriminalrat Haupt gewechselt. Ach ja, und Günther Lachmann sollte natürlich dabei sein. Ihr größtes Problem war jedoch Rolf Brückner. Lud sie ihn nicht ein, gäbe es böses Blut im Team. Das wollte sie nicht riskieren. Es gab da nur ein klitzekleines Hindernis: Der große, muskulöse Oberkommissar besuchte sie jede Nacht in ihren Träumen und was in diesen Träumen geschah, war alles, nur nicht jugendfrei. Erschwerend kam hinzu, dass Rolf zunehmend auch durch ihre Tagträume geisterte. Deshalb mied Heidelinde, wo es nur ging, den näheren Kontakt zu ihm. Denn mehr als einmal bei der gemeinsamen Arbeit hatte ihr Rolfs animalische Anziehungskraft eine verräterische Röte auf Hals und Wangen gezaubert. Dass diese Tatsache Sandras scharfem Auge bisher entgangen war, grenzte an ein Wunder.

Heidelinde mochte sich lieber nicht vorstellen, welchen Verlauf ein gemeinsamer Abend nehmen könnte, an dem zusätzlich der Alkohol in Strömen floss. Jedenfalls nahm sie sich fest vor, das Beisammensein entspannt anzugehen und die Contenance zu wahren. Sie würde ihrer Libido Handschellen anlegen, damit ihr Geheimnis gewahrt bliebe. Ob ihr das gelingen würde, da hatte sie so ihre Zweifel, denn bereits, wenn sie an Rolf dachte … Schnell blendete Heidelinde die aufsteigenden Gefühle aus. Das ist nur eine vorübergehende Phase, weiter nichts. Das geht vorbei! Es muss vorbeigehen, betete sie sich täglich vor.

Vorerst tröstete sie sich mit dem Gedanken, dass bis zur Einweihungsparty noch ein paar Wochen ins Land gehen würden. Ausreichend Zeit also, sich eine gute Strategie zurechtzulegen. Entspannt rollte sie ihre Schultern mehrmals vor und zurück und verschob das Problem auf später. Es gab Wichtigeres zu tun.

Heidelinde kochte eine Kanne Kräutertee und belegte zwei Scheiben Brot mit Käse. Im Wohnzimmer ließ sie sich wohlig aufseufzend in ihren bequemen Sessel sinken, legte ihre Füße auf den Hocker und blätterte in der Tageszeitung, während sie mit großem Appetit ihr Abendbrot verspeiste. Nach dem Essen wanderten die Zeitung in den Papiermüll und der Teller in die Spülmaschine.

Bewaffnet mit einer Schale Knabberzeug, kehrte Heidelinde zu ihrem Sessel zurück, legte ihr Laptopkissen auf die Oberschenkel und startete den Rechner. Heute kurz vor Feierabend hatte sie geschwankt, ob es effizienter war im Büro oder von zu Hause aus weiterzuarbeiten, doch der Lockruf der neuen vier Wände hatte alle anderen Stimmen zum Verstummen gebracht. Dank Sandras Anleitung konnte sie sich jetzt bequem von zu Hause in den Polizeirechner einloggen. Deshalb hatte sie keine Sekunde gezögert, als die Kollegin sie gebeten hatte, ihr ein wenig Arbeit abzunehmen.

Sandras Suche nach gleichartigen Verbrechen hatte sich als viel umfangreicher herausgestellt, als anfangs vermutet. Bei den Mordfällen hielt sich die Recherche zwar in Grenzen, aber die Zahl der Einbrüche mit Gewaltanwendung fiel höher aus. Karin hatte jedoch ausdrücklich darauf bestanden, sämtliche schweren Einbruchsdelikte genau unter die Lupe zu nehmen, um jede mögliche Verbindung aufzuspüren.

Da Sandra sämtliche Morde und relevanten Einbrüche der letzten zehn Jahre für das Stadtgebiet Dresden abgearbeitet hatte, startete Heidelinde ihre Suche im Umland von Dresden. Sie zog einen imaginären Kreis um die Stadt und arbeitete ein Polizeirevier nach dem anderen ab. Beginnend mit Radeburg, checkte sie im Uhrzeigersinn die Delikte der umliegenden Städte und Ortschaften.

Stunden später, nachdem sie den Großteil der Nacht Verbrechen auf Parallelen überprüft hatte, schwand ihr Enthusiasmus zusehends. Alle untersuchten Gewalttaten waren durchs Raster gefallen und Heidelinde begann, gähnend und mit schweren Lidern, gegen die Müdigkeit anzukämpfen.

Nur noch ein Bericht, dann gehe ich ins Bett, dachte sie und renkte sich beim Gähnen fast den Kiefer aus. Es fiel ihr schwer, die Augen offenzuhalten, und so begann sie lustlos zu lesen. Doch bereits die ersten Sätze ließen ihr Herz bis zum Hals schlagen. Ihre Augen fraßen sich an dem Bericht des Polizeireviers Pirna fest und zischend zog sie die Luft ein.

Donnerstag, 17. Juli, 01.15 Uhr

Heiß, hart an der Schmerzgrenze, prasselte das Wasser auf Karins Körper. Wie oft sie ihre Haare gewaschen und wieder ausgespült hatte, wusste sie nicht. Doch egal wie sehr sie Haut und Haar schrubbte, das Ekelgefühl hing an ihr wie ein alter schmieriger Pullover.

Nach endlosen Versuchen stellte Karin das Wasser ab, stieg aus der Dusche und rubbelte sich trocken. Sie würde zu drastischeren Maßnahmen greifen müssen.

Nackt ging sie in die Küche und warf die Latexhandschuhe, die ihre Verbände vor dem Wasser geschützt hatten, in den Müll. Danach nahm sie ein Glas aus dem Schrank, goss sich drei Finger hoch Whisky ein und kippte die braune Flüssigkeit mit wenigen Schlucken. Der Alkohol half Karin, die Angst und die Wut zu betäuben. Er vertrieb die Kälte, die sich in ihrem Körper eingenistet hatte und nicht einmal der Dusche hatte weichen wollen.

Sie schenkte sich einen weiteren Whisky ein und füllte den Rest des Glases mit eiskaltem Tonic auf. Entspannt lehnte sie sich gegen den Küchenschrank und ließ die Ereignisse der vergangenen Nacht vor ihrem inneren Auge vorüberziehen.

Nachdem sie sich in Gorbitz neben dem Körper des von ihr ins Reich der Träume beförderten Rowdys auf den Metallstuhl gesetzt hatte, hatte sie den zusammengekrümmt im Dreck liegenden Kerl mit hasserfüllten Blicken gemustert. Ihre Angst war in Aggression umgeschlagen und da sie nicht wusste wohin mit der angestauten Wut, hoffte sie verzweifelt, dass der Schläger wieder zu sich kommen und sie sich an ihm abreagieren konnte.

Sandra, die sich völlig verstört neben sie setzte, erlöste Karin mit ihrem Eintreffen. Die Finger der Freundin, die sie zärtlich abtasteten, vertrieben Wut und Schmerz.

»Dich kann man doch keine Sekunde aus den Augen lassen«, flüsterte sie und versuchte, durch ihre Tränen hindurch zu lächeln.

»Also diesmal bin ich wirklich unschuldig. Ich …«

Sandra legte einen Finger auf Karins Lippen und stoppte deren Redefluss. »Das kannst du mir alles später erzählen. Wichtig sind jetzt nur deine Verletzungen.«

»Nur ein paar Kratzer.« Karin versuchte sich an einem Lächeln, zuckte jedoch sofort zusammen, als sich der Schmerz in ihrer aufgeschlagenen Lippe meldete. Ihr Grinsen fiel schief aus, während sie mit einer abfälligen Handbewegung auf das leblose Bündel neben sich deutete. »Frag lieber, wie's dem geht. Der wird in den nächsten Monaten freiwillig keine Frau vergewaltigen.«

Sandra atmete erleichtert aus. Ihrer Liebsten schien es so weit gut zu gehen. »War das Stück Dreck allein?«

»Sein Kumpan hat die Mücke gemacht.« Karin sagte es wie nebenher, doch Sandra konnte sehr wohl den gefährlichen Unterton aus ihrer Stimme heraushören.

Das Eintreffen der Einsatzkräfte beendete ihren Wortwechsel. Da Karin um keinen Preis ins Krankenhaus wollte, nähte ihr die Notärztin die Unterlippe, versorgte die Wunden an den Handflächen und verpflasterte die kleine Platzwunde auf der Stirn. Die Streifenwagenbesatzung nahm Karins Aussage auf und kümmerte sich um den Abtransport des Schlägers, der gerade die ersten Lebenszeichen von sich gab.

Während Karin die Ereignisse der letzten Nacht aufs Neue durchlebt hatte, hatte sie aus dem Fenster in den schlafenden Innenhof geschaut und ihr Glas geleert. Sie schrieb noch eine Notiz für Sandra, dass sie etwas länger schlafen wollte, und legte den Termin für die Dienstberatung auf 10 Uhr fest.

Müde rieb sie ihr Gesicht. Jetzt hatte sie die nötige Bettschwere und hoffte, trotz des traumatischen Erlebnisses tief und fest schlafen zu können.

Zwei Entschlüsse hatte sie jedenfalls im Verlauf der letzten Stunde gefasst und einen davon würde sie gleich morgen in die Tat umsetzen.

Donnerstag, 03.35 Uhr

Wie spielende Kätzchen huschten die Augen unter Patricias geschlossenen Lidern umher. Sie lächelte im Schlaf und träumte ihren Lieblingstraum, der in dieser Nacht jedoch vom gewohnten Weg abwich:

Inmitten einer begeisterten Kundschaft präsentierte sie Spitzenweine in ihrem eigenen kleinen aber feinen Restaurant. Nur einer der Gäste nahm nicht an der Verkostung teil. Ständig drückte er sich in dunklen Winkeln herum und entzog sich ihren Blicken.

Patricia stellte eine Flasche ab und wollte zu ihm gehen, dabei stieß sie gegen den Tisch, ein gefülltes Glas geriet ins Taumeln, fiel auf den Boden und zerschellte. Der rote Wein war mit einem Mal überall. Wie Blut besudelte er die Gäste, die darüber in Zorn gerieten und Patricia einkreisten.

Von ihrem eigenen Schrei aus dem Schlaf gerissen, fuhr Patricia verstört im Bett hoch und zog ängstlich die Decke bis an ihr Kinn. Ihr Nachthemd war vom Schweiß durchnässt, das Herz hämmerte gegen die Rippen und sie hatte schreckliche Angst. Mit weit aufgerissenen Augen versuchte sie, die Finsternis zu durchdringen. Die Ziffern des Radioweckers zogen ihre Blicke magisch an: 3.35 Uhr.

Die sachliche Information beruhigte Patricia, sie ließ die Traumwelt hinter sich und begann, ihre Gedanken zu sortieren. Warum war sie aus dem Traum aufgeschreckt? Was hatte sie in solche Panik versetzt, dass ihr Körper in den Alarmmodus schaltete?

Patricia glaubte, dass ein ungewohntes Geräusch sie geweckt haben könnte. Ein Laut, der nicht in ihre Wohnung gehörte. Einige Geräusche stören den Schlaf, werden aber vom Gehirn einfach ausgeblendet. Dieses jedoch hatte sie aus den Tiefen ihres Albtraums geholt. War der Laut nur ein Teil ihres Traums?

Still blieb sie sitzen und lauschte angestrengt. Hoffte, das Geräusch ein weiteres Mal zu hören und der Umgebung ihrer Wohnung zuordnen zu können. Gleichzeitig betete sie, dass sie sich geirrt hatte und der Ton nie wieder an ihre Ohren drang.

Nachdem ihr der Wecker mitgeteilt hatte, dass fünf Minuten vergangen waren, entspannte sich Patricia. Erleichtert wollte sie sich zurücksinken lassen, da hörte sie es abermals: Ein leises Rascheln, das irgendwie nach Plastik klang.

Patricia schlug die Hand vor den Mund und erstickte einen Angstschrei. Dieses Rascheln gehörte eindeutig nicht in ihre vier Wände. Ihr Hirn arbeitete auf Hochtouren, um eine Erklärung für das undefinierbare Geräusch zu liefern. Als es erneut den Weg zu ihren Ohren fand, realisierte sie, dass es aus ihrem Flur kam und dass es sich bewegte. Die Angst begann in ihr zu wühlen. Sie spürte es mit allen Sinnen, da war jemand in ihrer Wohnung und lauerte auf sie.

Ohne Zeit mit der Frage nach dem Warum zu vergeuden, schlug Patricia die Decke zur Seite und schlüpfte geräuschlos aus ihrem Bett. Barfuß huschte sie zur Tür, die sie immer einen Spalt offen ließ. Sie öffnete sie vorsichtig und lauschte in den Flur. Als sie nichts hörte, wurde sie mutiger, glitt aus dem Schlafzimmer und schlich in Richtung Wohnungstür. Ihr Plan war denkbar einfach: Sie wollte sich ins Freie retten, bevor der Eindringling zuschlug.

Kurz kam ihr das Smartphone in den Sinn, aber das lag in der Küche und Patricia hatte nicht die geringste Lust, sich auf Wanderschaft durch das Feindgebiet zu wagen.

Mit dem Rücken zur Wand pirschte sie an der Tür zum Wohnzimmer vorbei, verharrte kurz, hielt die Luft an, lauschte und da sie nichts hörte, setzte sie ihre Flucht fort.

Vergeblich versuchte sie, das Dunkel im Flur mit ihren Blicken zu durchdringen. Die Umzugskisten, die sie noch nicht ausgeräumt und zu hohen Stapeln aufgetürmt hatte, standen wie graue Wächter einer feindlichen Macht herum. In diesem Labyrinth einen fremden Schatten auszumachen war unmöglich.

Schritt um Schritt näherte sich Patricia der erlösenden Tür, nur noch zwei Meter trennten sie von der Freiheit. Ihr Fluchtreflex siegte über die Vorsicht, sie spannte die Muskeln an und wollte mit einem raschen Sprung die Distanz bewältigen, da hörte sie das Rascheln erneut. Es war genau vor ihr, hinter einem Kistenstapel. In ihren Ohren gellte das leise Geräusch wie der Schrei einer Todesfee.

Stocksteif blieb sie stehen und dachte fieberhaft nach. Sie musste den Eindringling außer Gefecht setzen, wenn auch nur für einen Augenblick. Patricia kniff die Augen zusammen, tastete mit zittrigen Fingern nach dem Lichtschalter und drückte ihn. Vorsichtig hob sie ihre Lider ein winziges Stück und blinzelte in die gleißende Helligkeit. Jetzt konnte sie den Eindringling deutlich sehen. Verborgen zwischen mehreren Kartons und der Wand stand er nur einen halben Meter vor ihr. Auf Patricia wirkte er wie der Tod persönlich. Vor Angst gefror ihr Herz zu Eis.

Tapfer kämpfte sie die Panik nieder, ließ sich von ihrer Furcht nicht vereinnahmen. Ich habe nichts mehr zu verlieren, raste die Erkenntnis durch ihren Kopf, und wie eine in die Enge gedrängte Ratte will ich nicht verrecken. Sie setzte alles auf eine Karte, hoffte darauf, dass er noch geblendet war, und griff an. Geschickt wich sie der blitzenden Klinge aus und trat dem Angreifer mit aller Kraft gegen das Schienbein. Sein überraschtes und schmerzvolles Jaulen war Musik in ihren Ohren. Sie verlor keine Zeit und schmetterte voller Wut ihre geballte Faust in sein Gesicht. Das Knacken ihrer Knöchel wurde von einem scharfen Schmerz begleitet, der glühend heiß durch ihren Arm raste. Mit zusammengebissenen Zähnen ignorierte Patricia die Tortur, drehte sich um und hechtete zur Tür. Ihre Finger berührten bereits die

Klinke, die Rettung schien zum Greifen nah, da packte sie eine starke Hand im Nacken und zerrte sie mit roher Gewalt in den Flur zurück.

Patricia wollte nach hinten treten, doch ihr Körper wurde herumgewirbelt. Stählern krallten sich kräftige Finger in ihren Hals und pressten ihre Luftröhre zusammen. Krampfhaft schnappte sie nach Luft, ihre Augen weiteten sich. Mit schwindender Kraft zerrte sie an dem Arm. Trotz Aufbietung ihrer gesamten Kräfte konnte sie dieser animalischen Kraft nichts entgegensetzen. Sie fühlte ihre Sinne schwinden und vor ihren angstgeweiteten Augen wirbelten der Angreifer und die Kartonstapel einem verrückt gewordenen Kaleidoskop gleich umher.

Kurz bevor sie das Bewusstsein verlor, ließ die Hand sie los. Pfeifend sog Patricia gierig die Luft ein, wollte schreien, doch der reißende Schmerz, der sich urplötzlich in ihren Unterleib fraß, tötete jeden Widerstandswillen.

Um die Ursache für diese neuen Qualen zu ergründen, sah sie an sich runter. Was sie erblickte, war so entsetzlich, dass ihr Tränen in die Augen schossen. Noch einmal hob sie den Kopf und wollte ihren Mörder fragen, weshalb er ihr so unsagbare Dinge zufügte, aber außer einem leisen Röcheln drang kein Laut aus ihrem Mund.

Müdigkeit überfiel sie und befreite sie endlich von ihrer Pein. Verblüfft stellte Patricia fest, dass ihr alles – der Einbrecher, ihre Träume – gleichgültig geworden war. Mit einem Gefühl der Resignation schloss sie die Augen und sackte in sich zusammen.

Donnerstag, 07.45 Uhr

Es war noch früh. Als wären sie in einem Todesschlaf gefangen, zogen die leeren Fensterhöhlen der ehemaligen Malzwerke Dresden am Zugfenster vorbei. Desinteressiert an dem vorbeirauschenden Panorama von gestorbenen oder wieder zum Leben erweckten Industriebauten starrte Heidelinde hohläugig und müde zurück. Viel Schlaf hatte sie in der letzten Nacht nicht bekommen.

Heidelinde schloss die Augen und rekapitulierte die Ereignisse der letzten Nacht. Mehrmals und mit der ihr eigenen Akribie hatte sie den Polizeibericht studiert. In schonungslosem, unpersönlichem Beamtendeutsch wurde der Mord an einer jungen Frau bis ins kleinste Detail dargestellt. Dabei handelte es sich um die siebenundzwanzigjährige Vanessa Carsten, die in ihrer Wohnung erstochen aufgefunden wurde. Die Kollegen hatten herausgefunden, dass Carsten als freischaffende Prostituierte gearbeitet hatte und vermutlich von einem Freier getötet und beraubt worden war.

Heidelinde war sich auf der Stelle sicher, es musste sich um denselben Täter handeln. Ein Zweifel war ausgeschlossen. Dieselbe kaltblütige Vorgehensweise, dieselbe blutrünstige Grausamkeit, dieselbe große Wunde im Unterbauch. Und die Begleitumstände passten perfekt: keinerlei Spuren am Tatort und keine Einbruchspuren am Türschloss.

Kurz entschlossen hatte Heidelinde zum Telefon gegriffen. Dass es 1 Uhr in der Nacht war, störte sie dabei kein bisschen. Wenn ich noch arbeite, können andere das auch, tat sie ihre diesbezüglichen Bedenken ab.

Nachdem sie eine Stunde lang telefoniert und sich in ganz Pirna aus dem Schlaf gerissene Polizeibeamte zu Feinden gemacht hatte, bekam sie schließlich den richtigen

Ansprechpartner an den Apparat. Zu ihrer grenzenlosen Verwunderung weigerte sich Hauptkommissar Lange allerdings entschieden, den Fall mit ihr zu nachtschlafender Zeit durchzugehen.

Auch gut, dachte Heidelinde und kündigte dem Hauptkommissar ihr Kommen für den nächsten Tag an. Bevor der überhaupt reagieren konnte, legte sie auf.

Nach dem kurzen Gespräch las sie den Bericht ein weiteres Mal durch. Doch die Worte auf dem Monitor genügten ihr nicht. Sie musste mit eigenen Augen den Tatort sehen und mit Lange sprechen. Aus Erfahrung wusste sie, dass es immer Hinweise gab, die nicht im Bericht standen. Als letzte Amtshandlung suchte sie sich die Verbindung für den ersten Zug nach Pirna heraus. Nachdem das geklärt war, stellte sie den Wecker, kroch ins Bett, gähnte und schloss entspannt die Augen.

Das plötzliche Nicken ihres Kopfes riss Heidelinde aus dem Sekundenschlaf und holte sie zurück in die Gegenwart. Sie war gerade noch rechtzeitig wach geworden, der Regionalexpress fuhr gerade in den Bahnhof ein.

Auf dem Bahnsteig kam ihr ein großer, schlanker Mann entgegen. »Guten Morgen. Sie müssen Oberkommissarin Grün sein«, begrüßte er sie und streckte ihr die Hand entgegen.

»Woher …?«, stammelte Heidelinde verblüfft und erwiderte mechanisch den Händedruck.

Er kicherte leise in sich hinein. »Wir hier in Pirna können auch mit dem Computer umgehen, müssen Sie wissen. Außerdem habe ich heute früh Ihren Vorgesetzten, Kriminalrat Haupt, kontaktiert. Von ihm habe ich erfahren, dass Sie mit dem Zug kommen werden. Er hat mir ein wenig Hintergrundwissen vermittelt. Sie waren letzte Nacht ja nicht sehr auskunftsfreudig. Ach, Entschuldigung. Ich vergaß mich vorzustellen, Hauptkommissar Lange.«

Heidelinde steckte die Spitze kommentarlos weg. »Ich möchte gern den Tatort besichtigen. Das ist doch möglich, oder?«

»Sie sind gut. Das Verbrechen liegt zwölf Monate zurück. Was denken Sie, was der Hauseigentümer sagt, wenn die Polizeibehörde die Wohnung so lange absperrt?« Die unverblümte Art der blonden Kommissarin schien ihn aufzuheitern.

Heidelinde holte tief Luft, aber bevor sie etwas sagen konnte, fuhr Lange fort: »In diesem Fall haben Sie allerdings Glück. Wir mussten die Wohnung zwar freigeben, konnten mit dem Eigentümer aber vereinbaren, dass er sie erst renoviert, wenn sich ein Mieter findet.« Er zuckte mit den Schultern. »In die Wohnung will keiner einziehen. Kann ich sogar verstehen, wenn ich ehrlich bin.« Er fasste in seine Hosentasche und klapperte mit einem Schlüsselbund. »Nach dem Gespräch heute Nacht habe ich mir fast gedacht, dass Sie den Tatort sehen wollen. Hab die Schlüssel gleich mitgebracht. Mein Auto steht auf dem Parkplatz hinter dem Busbahnhof, sind nur ein paar Meter.« Ohne ihre Antwort abzuwarten, drehte er sich um und lief mit langen Schritten los.

Heidelinde, die Riemchensandalen mit hohen Absätzen trug, hatte Mühe aufzuschließen. Lange saß bereits in seinem Fahrzeug, als sie auf ihn zu gestöckelt kam. Statt eine ironische Bemerkung vom Stapel zu lassen, musterte er die reizvolle Frau bewundernd.

Heidelinde registrierte seinen Blick mit Erstaunen.

Lange hatte sofort bemerkt, mit was für einer Marke er es zu tun hatte. Sie war hübsch. Schien aber keine Ahnung davon zu haben, und versteckte ihre natürliche Weiblichkeit hinter einer Fassade der Unnahbarkeit. Still in sich hineingrinsend, sagte er: »Lassen Sie die Scheibe unten, sonst kommen wir hier drin um. Die Klimaanlage meiner alten Kutsche hat den Geist aufgegeben.«

Tatsächlich war es heute etwas kühler als gestern. Doch das Innere des Wagens hatte sich aufgeheizt und die Luft war stickig. Zum Glück für Heidelindes Make-up währte die Fahrt nicht lange. Vor einem dreistöckigen Haus fuhr Lange rechts ran und stellte den Motor aus.

Sie stiegen in die zweite Etage und betraten die Wohnung. »Eigentlich ist alles noch so wie am Tag des Mordes. Wir haben großes Glück, dass der Hauseigentümer so entgegenkommend ist. Er hofft, dass er, wenn der Mord aufgeklärt ist, leichter einen Mieter findet. Schauen Sie sich ruhig um. Ich lasse inzwischen frische Luft herein.« Er lief durch die Räume und öffnete mehrere Fenster. Das Zwitschern der Vögel belebte die Wohnung augenblicklich.

Heidelinde blendete sowohl die Vogelstimmen als auch den Hauptkommissar komplett aus. Wie ein Jäger auf der Pirsch streifte sie durch die Zimmer. Das vergangene Jahr hatte einen grauen Staubmantel über die Einrichtung gelegt, doch darunter verbarg sich ein ordentliches und gepflegtes Zuhause. Nichts verriet, welchem Gewerbe die Bewohnerin nachgegangen war. Ausschließlich das zweite Schlafzimmer – mit dem überdimensionierten Bett, den Handschellen mit Plüschbezug, die am Kopfende baumelten, und ein paar herumliegenden Sexspielzeugen – gab Auskunft über den Broterwerb von Frau Carsten.

Die verräterischen rostroten Flecken auf dem Bettzeug und die verfärbte Stelle auf den Dielen sagten Heidelinde mit aller Deutlichkeit, dass die junge Frau in diesem Raum den Tod gefunden hatte. Obwohl das Blut getrocknet war und Sonnenlicht durch das Fenster schien, hatte sich die entsetzliche Angst der ermordeten Frau in dem Zimmer eingenistet.

Nachdenklich knabberte Heidelinde auf ihrer Unterlippe. Die Parallelen zum aktuellen Fall stachen zu sehr ins Auge, als dass sie sie ignorieren konnte.

Er macht weiter, dachte Heidelinde und ein kalter Schauer lief ihr über den Rücken. Um sich in den Griff zu kriegen, schaute sie durch das Fenster in den kleinen Innenhof hinunter.

Der Lufthauch, der sie im Nacken kitzelte, ließ Heidelinde verstört herumfahren. Von ihr unbemerkt war Lange ins Zimmer getreten. »Sie spüren es ebenfalls«, stellte er mehr für sich fest. »Das unsagbare Grauen.«

Heidelinde ging nicht auf seine Worte ein. »Woher wussten Sie, dass Frau Carsten als Prostituierte gearbeitet hat? Der Raum hier hätte ja auch ihre private Spielwiese sein können. War sie gemeldet?«

Lange schüttelte den Kopf. »Die Nachbarn«, sagte er tonlos.

Heidelinde nickte. Es war wie so oft. Aber ohne den Detektiv Öffentlichkeit wären sie bei so mancher Ermittlung aufgeschmissen.

»Wurde außer dem im Bericht erwähnten Schmuck und dem Bargeld etwas gestohlen?« Heidelinde verschränkte abwartend die Arme vor dem Oberkörper.

»Wir wissen es nicht mit Sicherheit, aber ein Freier hat uns von der Spielleidenschaft des Opfers erzählt. Er hat Stein und Bein geschworen, dass sie einen nagelneuen MSI Gaming-Laptop besaß. Er ist Softwareentwickler und kennt sich mit solchen Dingen aus. Seiner Aussage nach hat er für Beratungsleistungen ab und zu eine Gratisnummer bei ihr abgestaubt. Jedenfalls soll das Teil 2000 Euro wert gewesen sein. Da der Fakt nicht bewiesen werden konnte, steht davon nichts im Bericht.«

»Ich habe genug gesehen«, sagte Heidelinde abrupt und wandte sich zum Gehen.

Kurz huschte Verwunderung über Langes Gesicht, doch gleich darauf ließ ein amüsiertes Grinsen seine Mundwinkel zucken. »Kommen Sie, ich fahr Sie zum Bahnhof oder wollen Sie noch mal mit aufs Revier?«

Heidelinde schüttelte stumm den Kopf, blieb aber steif stehen. Ihr war plötzlich ein Gedanke gekommen. »Sagen Sie«, fragte sie leise, »ist irgendeine Kleinigkeit aus den Räumen entwendet worden? Es muss kein Gegenstand von Wert sein.«

Lange runzelte die Stirn. »Hm, wenn Sie so direkt fragen … Frau Carsten wurde eine Haarlocke abgeschnitten. Unsere Rechtsmedizinerin hat es bemerkt. Aber bei der Profession der Frau …«, er kratzte sich am Kopf, »haben wir es als Bestandteil eines Sexspiels abgetan.«

Erstaunt hob Heidelinde eine Braue.

»Na ja, natürlich haben wir die Freier, die wir aufspüren konnten, danach befragt. Aber …«, er hob die Hände, »kein Ergebnis. Da wir die abgeschnittene Locke nicht in Beziehung zu dem Mord setzen konnten und alle Indizien förmlich ›Raubmord‹ schrien, sind wir dieser Spur nicht weiter nachgegangen.«

Dagegen konnte Heidelinde keine Einwände vorbringen. Wilde Spekulationen ohne konkreten Hintergrund bringen keine Untersuchung weiter. Zudem war sie die Erste, die eine Verbindung zwischen zwei Verbrechen erahnte. Und es war nur ein verstörendes Gefühl, das sie überkommen hatte, nur eine vage Vermutung, sonst nichts.

Donnerstag, 09.30 Uhr

Noch nie war ihm das Treppensteigen so schwergefallen. Eine derartige Schwäche war neu und frustrierend. Immerhin war er erst Mitte dreißig, gesund und befand sich aufgrund seiner körperlichen Arbeit in Topform. Dennoch, die Kleine hatte ihn voll am Schienbein erwischt.

»Die hat ausgetreten wie ein Pferd«, murmelte er, grinste dabei und trank einen Schluck Kaffee. Mit der Tasse in der Hand saß er am Küchenfenster und blickte nach draußen. Warm war es immer noch, nur die Sonne hatte sich hinter dunklen Wolken verzogen.

Eine unbedachte Bewegung auf dem Stuhl brachte ihm sein Bein erneut schmerzhaft in Erinnerung.

Ängstlich und vor Schmerzen wimmernd, hatte er Zuhause den Unterschenkel abgetastet. Zu seiner unendlichen Erleichterung schien nichts gebrochen zu sein. Ein Arztbesuch könnte fatale Folgen mit sich bringen, das war ihm klar. Jeder Kampf hinterlässt Spuren und wenn die Bullen die Leiche der McGee untersuchten, würden sie Rückschlüsse ziehen. Dass sie daraufhin die Ärzte und Krankenhäuser abklappern würden, lag für ihn auf der Hand. Mit diesem Prozedere kannte er sich ganz genau aus.

Sein Glück war ihm treu geblieben. Zwei, drei Tage Ruhe mit Hepathrombin Gel und sein Bein wäre wieder einsatzbereit.

Gleich darauf schnaufte er verächtlich. Glück?! Das war etwas für Verlierer. Harte Arbeit war es! Er hielt seinen Körper mit anstrengender Arbeit und Ausdauer- und Bewegungstraining fit. Man musste nicht in ein Fitnessstudio gehen oder gar einem Sportverein beitreten, um ein gefährlicher Kämpfer zu werden. Nein, ganz allein, in den eigenen vier Wänden, ohne Zeugen, stählte er seinen Körper.

Das Hämatom an der Wange, das ihn heute früh beim Rasieren im Spiegel angegrinst hatte, erforderte ebenfalls Stubenarrest. Nie und nimmer konnte er sich damit in der Öffentlichkeit zeigen.

Das war ein weiterer Vorteil, allein zu leben. Es gab keinen, der dumme Fragen stellen konnte.

Gut durchorganisiert, wie er war, hatte er bereits alle Termine verschoben. Der ins Telefon gekrächzte Vorwand einer Grippe hatte Verständnis und gute Wünsche für die Genesung ausgelöst.

Ächzend stemmte er sich hoch und holte sich eine neue Tasse Kaffee. Auf dem Rückweg warf er dem Moderator des Frühstücksfernsehens einen desinteressierten Blick zu. Manchmal nahm er gar nicht wahr, was da eigentlich lief, doch er legte Wert darauf, dass in jedem seiner Zimmer ein TV-Gerät vorhanden war. Die Mattscheiben berieselten ihn mit Informationen und bunten Bildern und vermittelten die Illusion einer lebendigen Umwelt.

Ganz vorsichtig, um ja sein angeschlagenes Bein nicht zu belasten, ließ er sich auf den Stuhl fallen und streckte es unter dem Küchentisch aus. Das kleine Luder hatte ihn für mehrere Tage außer Gefecht gesetzt.

Auch nicht schlimm, dachte er. Die Wohnung war voller Vorräte und durch diesen kleinen Unfall bekam er endlich einmal die Gelegenheit, die neuen DVDs anzusehen. Er lächelte leise. Waren es nicht gerade diese Abenteuer, die seiner Arbeit eine belebende Würze verliehen?

Eigentlich schade um das Mädchen, sie war eine Kämpfernatur. Für Menschen dieses Schlags hatte er eine Schwäche. Aber ihr Tod war notwendig. Hatte sie ihn doch beim Ein- und Ausgehen im Haus des Anwalts beobachtet. Ihre Begegnungen waren nur flüchtig gewesen, aber wenn ein Verbrechen in der Nachbarschaft verübt wurde, tratschten die Leute und das weckte Erinnerungen. Nein, das Risiko, dass die kleine McGee zur Polizei spazierte und eine Beschreibung von ihm abgab, konnte er nicht eingehen.

Fast ehrfürchtig hatte er von den Fotos, die er von der Leiche gemacht hatte, dass Schönste ausgewählt und ausgedruckt. So ein Erinnerungsalbum war doch eine feine Sache. In Mußestunden konnte er darin blättern und sich all die wundervollen Momente ins Gedächtnis rufen.

Er zog die Keksdose zu sich und nahm sich ein köstliches Walnussplätzchen heraus. Dem ersten folgten noch ein zweites und ein drittes. Walnüsse sind sehr gesund, hatte er erst vor Kurzem gelesen. Sogar das Darmkrebsrisiko sollten sie verringern, erklärte eine neue Studie. Spontan beschloss er, heute zu backen. Die Zutaten hatte er alle vorrätig und die meisten Tätigkeiten konnte er im Sitzen ausüben.

Er spülte die Kekse mit mehreren Schlucken Kaffee herunter und freute sich. Seit Langem hatte er keinen Urlaub mehr gehabt. Er würde die Zeit, in der seine Blessuren heilten, so angenehm wie nur möglich verbringen.

Von den zwei ausstehenden Projekten würde er sich nicht drängen lassen. Die Kosmetikerin störte es bestimmt nicht, wenn sie ein paar Tage länger auf der Erde wandeln durfte, und die Vorarbeiten für die andere Aktion waren sowieso noch nicht abgeschlossen. Bei dieser Angelegenheit war es zudem erforderlich sehr achtsam vorzugehen, nicht der geringste Fehler durfte ihm unterlaufen. Denn bei dieser Mission würde er in ein Wespennest stechen und musste dabei höllisch aufpassen, dass die Wespen nicht zurückstachen.

Donnerstag, 09.45 Uhr

»Die beste Therapie ist immer noch: Ausschlafen«, verkündete Karin munter, nachdem die Tür hinter ihr ins Schloss gefallen war. Sie ließ ihren Rucksack achtlos auf den Bürostuhl fallen, stand gleich darauf neben Sandra und hauchte ihr einen Kuss auf die Wange. »Hast du gut geschlafen, Schatz?«

»Wie ein Murmeltier, bloß viel zu kurz.« Erleichterung durchflutete Sandra, die bemerkte, dass es ihrer Partnerin schon wesentlich besser ging. Sie ließ sich ihre Freude nicht anmerken und zog stattdessen die Augenbrauen in die Höhe. »Du hast ja heute Nacht ganz schön gekübelt. Verträgt sich das mit den Schmerzmitteln, die du von der netten Ärztin bekommen hast?«

»Wahrscheinlich nicht.« Karins Zwinkern war eindeutig frech. »Deshalb habe ich sie ja nicht genommen.« Sie hob dozierend den Zeigefinger. »Alkohol reduziert die Schmerzen effektiver als Ibuprofen und schmeckt zudem wesentlich besser.«

Sandra unterdrückte ein Schmunzeln. »Weißt du, was mir heute Morgen ständig durch den Kopf geisterte?«

Karin schob ihren Hintern auf den Schreibtisch ihrer Freundin und schüttelte den Kopf.

»Warum hast du gestern Nacht nicht einfach deine Waffe gezogen und die beiden Schläger damit in Schach gehalten?«

»Oh, du trägst deine neuen Ohrstecker.« Karins Finger spielte an Sandras Ohrläppchen. »Du siehst richtig süß damit aus.«

Sandra lehnte sich zurück und verschränkte die Arme. »Lenk ja nicht ab!«

»Na ja, ich hab in der Hitze des Gefechts einfach nicht an meine Pistole gedacht.« Karin rutschte vom Schreibtisch, ging zu ihrem Stuhl und begann, im Rucksack zu kramen. »Ich habe uns neuen schwarzen Tee mitgebracht.«

»Sag mal«, Sandras Stimme wurde lauernd, »es kann nicht daran gelegen haben, dass du deine Dienstwaffe gar nicht bei dir hattest?«

»Riech mal!« Karin hielt Sandra die geöffnete Teedose unter die Nase. »Neue Sorte, Orangenplätzchen.«

»Ich habe mal einen Blick in deine Schreibtischschublade geworfen. Rate, was ich da entdeckt habe?«

»Es kann schon sein, dass ich die Knarre ausnahmsweise vergessen habe«, räumte Karin ein. »Und vielleicht ist das gut so. Der Angriff kam so plötzlich, dass ich einige Minuten nicht bei mir war. Stell dir vor, was hätte passieren können, wenn die Pistole aus dem Holster gerutscht wäre und die beiden Kerle sich meine Waffe geschnappt hätten. Das hätte leicht ins Auge gehen können.«

»Du bist auch nie um eine Ausrede verlegen.« Sandra seufzte tief. »Über das Ausnahmsweise müssen wir uns bei Gelegenheit mal unterhalten. Übrigens, dein Holster hat ein Riemchen, und wenn du das schließt, kann die Waffe nicht einfach mal eben so rauspurzeln. Aber lassen wir das … eigentlich bin ich schuld, ich muss eben besser auf dich aufpassen.« Sie kam hinter ihrem Schreibtisch hervor und nahm Karins Hände in die ihren. »Apropos aufpassen, zeig mal deine Handflächen. Tun sie noch sehr weh?«

»Geht so.«

»Hm, übersetzt in die Sprache der Menschen heißt das, dass du noch ganz schön Schmerzen haben musst. Die Verbände hast du auch nicht gewechselt.«

Karin entzog Sandra ihre Hände und drehte sie vor den Augen der Freundin hin und her. »Wie soll das denn mit diesen Micky-Maus-Pfötchen gehen, Frau Doktor?«

Kommentarlos verließ Sandra den Raum und kam nach wenigen Minuten mit einem Verbandskasten unterm Arm zurück. Ohne auf Karins Zischlaute beim Abwickeln der Binden einzugehen, wechselte sie die Verbände. Nach getaner Arbeit gab sie Karin auf jede Fingerspitze einen Kuss. »So, jetzt bist du halbwegs wieder einsetzbar. Komm, Süße, wir müssen los, die Kollegen warten bereits.«

Kaum hatte Karin den Sitzungsraum betreten, wurde sie von Jan und Rolf mit Fragen nach dem Tathergang und ihrem gesundheitlichen Zustand bestürmt. Es war ihr peinlich, so im Mittelpunkt zu stehen, deshalb spielte sie die Angelegenheit herunter und kam sofort auf den aktuellen Mordfall zu sprechen. »Beginnen wir mit Weises Sekretärin, Frau Bergmann. Habt ihr die Fingerabdrücke von ihr besorgt?«

Jan hob die Hand. »Erledigt. Die KTU kann ausschließen, dass das zweite Paar der Abdrücke im Haus von ihr stammt.«

Karin holte tief Luft, doch Rolfs Hüsteln unterbrach sie. »Entschuldige, ich will mich nicht vordrängen, aber ehe du weiterrätselst, ich habe Weises Haushaltshilfe und Gärtnerin aufgespürt, Frau Beatrice Wittig. Sie war heute Morgen bereits im Präsidium und hat ihre Abdrücke nehmen lassen. Das zweite Paar in der Wohnung stammt von ihr. So, jetzt kannst du der Reihe nach weitermachen, ich berichte dann später von der Dame, das dauert länger.«

»Klingt gut, Rolf. Ein Problem weniger. Aber zurück zu unserer ›Bachelor of Laws‹. Sandra, hast du das Alibi der Dame gecheckt?«

»Die Freundin der Bergmann hat den DVD-Abend bestätigt. Meine Recherche zum Anwalt und seiner Sekretärin in den sozialen Netzwerken hat übrigens absolut nichts ergeben.« Sandra lächelte sarkastisch. »Bei den Geschäften, die Weise betrieben hat, gehört das Abducken wohl zum guten Ton.«

Karin nickte düster. »Bestell bitte die Bergmann für heute hierher. Wir nehmen sie uns noch mal gründlich zur Brust. Wenn einer weiß, ob von Weises Kunden einer als Mörder infrage kommt, dann sie. Und wenn sie einmal da ist, hinterfragen wir erneut die merkwürdigen Familienverhältnisse des Herrn Anwalts. Die Diskrepanz zwischen ihren vierzehn Tagen und den Aussagen seiner Eltern bezüglich des Besuchsturnus' müssen wir dringend abklären.«

Karin schnappte sich eine der bereitstehenden Wasserflaschen, goss sich ein Glas randvoll und trank es mit mehreren großen Schlucken leer. Sie räusperte sich erleichtert und informierte anschließend die Kollegen über ihren ergebnislosen Besuch bei Weises Tennispartner. Nach einem zweiten Glas Wasser kam sie auf ihren Aufenthalt in der Rechtsmedizin zu sprechen. Sie handelte die trockenen Fakten ab und kam dann zum Kern: »Hundertpro festlegen wollte sich unser Doc nicht, hat aber die Art und Weise des Mordes als kaltblütig und überlegt charakterisiert.« Karin wiederholte die Worte des Doktors.

Als sie geendet hatte, sprach niemand ein Wort. Erst das Aufjaulen einer Polizeisirene im Innenhof zerbrach die beklemmende Stille.

»Damit können wir unsere Theorie von einem Raubmord wohl knicken«, stellte Rolf trocken fest.

»Wäre ja auch zu einfach gewesen«, versuchte Karin die Stimmung aufzuhellen. »Ach, und dieses schicke Accessoire hätte ich beinah vergessen.« Sie holte den Kunststoffbeutel mit der Sturmhaube aus ihrem Rucksack. »Das trug der Herr Anwalt, wenn er nachts vor die Tür ging.«

Die Reaktion der Kollegen bestand in Kopfschütteln und abfälligem Grinsen.

»Unser lieber Doktor hat die DNA aus der Mütze inzwischen untersucht. Eindeutig Weise.«

»Apropos DNA«, meldete sich Sandra. »Die Spuren im Haus stammen von zwei Personen, eine ist natürlich von dem Hausherrn höchstpersönlich.«

»Frau Wittig hat freiwillig eine Speichelprobe abgegeben«, mischte sich Rolf ein. »Schätze, wenn die Auswertung vorliegt, ist diese Frage beantwortet.«

Karin nickte ihm zu und begann ihren Bericht von der Stippvisite bei Herrn Oswald und dessen Freund Bertram. Obwohl sie emotionslos ausschließlich die nackten Tatsachen darlegte, spürten alle, dass sie dieses Gespräch mitgenommen hatte. Nach der Beschreibung des Leidenswegs des betrogenen Mannes platzte schließlich ihre Selbstbeherrschung. »Ich könnte kotzen, wenn ich mir vorstelle, wie viele Menschen dieser erbärmliche Kerl, der den Namen Anwalt nicht verdient, übers Ohr gehauen hat.«

Sandra nickte zustimmend. »Ich befürchte, dass wir den Mörder in diesem Personenkreis finden werden.« Ein Schatten hatte sich über ihr sonst so fröhliches Gesicht gelegt. »Ich mag mir gar nicht vorstellen, so einer gepeinigten Seele Handschellen anzulegen. Ich jedenfalls kann den Täter fast verstehen. Allerdings nur fast«, schränkte sie ihre Aussage schnell ein.

»Das muss nicht zwingend sein«, widersprach Karin sanft. »Wenn ich von Oswald ausgehe, dann hat sich Weise Opfer gesucht, die geistig nicht in der Lage waren, sich gegen seine Machenschaften zur Wehr zu setzen. Unser Killer dagegen scheint ziemlich clever zu sein, sein Modus Operandi spricht eine deutliche Sprache.« Sie nickte bekräftigend. »Oswald hat wahrscheinlich den IQ einer Zwiebel, aber er ist ein anständiger Mann und hat es nicht verdient, so mies behandelt zu werden. Zudem hat sein Kumpel Bertram sein Alibi bestätigt. Und bevor ihr fragt, Bertram wäre zu einer derart komplexen Planung keinesfalls imstande. Ich sag nur, Zwiebel Nummer zwei. Aber wir sollten den Kreis der Personen, denen Weise geschädigt hat, dennoch nicht komplett aus den Augen lassen. Manche Opfer haben Verwandte oder Freunde. Das werden wir noch heute mit der Bergmann abklären und Heidi soll sämtliche Unterlagen akribisch überprüfen.«

Karin sah leicht verwirrt in die Runde, erst jetzt war ihr die Abwesenheit der Kollegin bewusst geworden. Ich hätte vielleicht letzte Nacht nicht so viel trinken sollen, dachte sie und fragte nach dem Verbleib der Oberkommissarin.

Die ratlosen Blicke der Anwesenden sprachen für sich. Heidi war bestimmt wie so oft einem spontanen Einfall nachgegangen und hatte es nicht für nötig befunden, die Kollegen darüber zu informieren.

»Verloren gehen wird sie uns schon nicht«, sagte Karin schulterzuckend, drehte sich zu Brückner und nickte ihm zu.

Der kratzte sich gedankenversunken den Hinterkopf. »Hm«, meinte er schließlich, »das Viertel, in dem der Anwalt gehaust hat, ist sehr ruhig. Manche Nachbarn kennen sich, andere gehen sich aus dem Weg. Alles ganz normal also. Weise allerdings war ein Sonderfall. Irgendwie hat er es verstanden, inmitten der Menschen zu leben, ohne dass diese ihn registrierten. Jan kann das sicher bestätigen, die meisten wussten nicht einmal, dass er existiert hat.«

Der Angesprochene nickte eifrig, dann lachte er hart auf. »Bei seinem Hobby war Tarnung ein absolutes Muss, denn wenn man ihn erwischt hätte, müssten wir jetzt einen Lynchmord aufklären.«

»Wenn es nur so wäre.« Karins Stimme war so düster wie die eines Propheten der Apokalypse.

Verwundert starrten die Kollegen sie an. Doch Karin winkte ab und bat Rolf fortzufahren.

»Unbekannte Leute, die herumlungerten, sind den Nachbarn nicht aufgefallen. Ebenso gab es keine vergleichbaren Einbrüche in letzter Zeit. Dino-Füße Größe 48 sind mir auch nicht über den Weg gelaufen. Tja«, er klang verbittert, »eine Darstellerin von Weises Spannerfilmen habe ich kennengelernt, Beatrice Wittig, die Gärtnerin und Putzfrau des

Anwalts. Bevor du fragst, Karin, ihr Alibi ist bombenfest. Ihre Freundin, die Gartenfee Anja, hat es bestätigt. Allerdings habe ich es nicht über mich gebracht, Frau Wittig über ihre Rolle in Weises Videos aufzuklären.« Hilflos sah er in die Runde. »Was hättet ihr getan? Gesagt: Ach übrigens, ich habe Sie heute schon beim Masturbieren gesehen, war übrigens 'ne geile Nummer.«

Alle schwiegen betreten. Sogar der vorlaute Jan blieb ernst. »Ging mir genauso. Eine bildhübsche Frau, die mir freundlich auf meine Fragen geantwortet und mir einen kühlen O-Saft gereicht hat, ist auf den Filmen mit ihrem Gatten zu sehen.«

Sandra setzte an, eine Frage loszuwerden, doch Jan hob die Hand. »Auf dem Kamin standen Fotos. Ich war ehrlich gesagt froh, dass mir keine weiteren Darsteller über den Weg gelaufen sind. Hab mich bereits bei dem einen Mal in Grund und Boden geschämt.«

Deprimiert drückte Karin ihren Nasenrücken zwischen Daumen und Zeigefinger zusammen. »Vielleicht ist es besser, wenn Sandra die Befragungen im Viertel weiterführt. Wenn jemand feinfühlig ist, dann sie. Wichtig ist es für uns auf jeden Fall, die Leute aufzuspüren, die Weise gefilmt hat. Denn wenn wirklich jemand dahintergekommen ist, was der Kerl getrieben hat, ist das ein sehr plausibles Motiv … Aber du gehst nicht allein«, fügte sie nach kurzem Überlegen schnell hinzu. »Nimm Heidi mit. Manche Typen reagieren echt sauer, wenn man sie des Mordes überführt.«

»Das sagt die Richtige.« Sandra lehnte sich zurück und atmete tief durch die Nase ein.

Karin ignorierte den Einwurf, wandte sich stattdessen erneut an Rolf. »Hat die Gärtnerin sonst noch was Interessantes von sich gegeben?«

»Wie man's nimmt. Sie hat in den Unterlagen des Anwalts geschnüffelt und wusste über seine sauberen Geschäfte Bescheid.«

»Das hat sie dir einfach so erzählt?«, meldete sich Sandra staunend zu Wort.

»Ich war auch ganz perplex. Aber ja, sie hat es von sich aus erzählt. Meinte, es sei für unsere Ermittlungen eventuell von Bedeutung. Eigentlich wollte ich mit diesem Wissen heute Punkte sammeln, Heidi ist mir natürlich wieder mal zuvorgekommen.«

»Was hattest du für einen Eindruck von der Frau? Verbirgt sie etwas?«, forschte Karin nach.

Rolf schüttelte energisch den Kopf. »Die ist sauber.«

»Okay, wenn du das sagst. Ich vertraue auf deine Menschenkenntnis.« Karins Lächeln war ein stummes Dankeschön.

»So, da nun alle fertig sind, komme ich vielleicht auch mal zu Wort.« Sandra schnaufte in gespielter Empörung. »Ich war nämlich nicht ganz untätig, wisst ihr. Zuerst habe ich sämtliche An- und Verkaufsläden in Dresden und Umgebung abgeklappert. Der einzige Fernseher, der in den letzten Tagen über den Ladentisch ging, war ein Billiggerät von LG, also war die ganze Mühe für die Katz.« Sie holte tief Luft. »Die Dunlop Langschaftgummistiefel, die der Täter getragen hat, kann man sogar bei Amazon kaufen, somit haben wir nicht die geringste Chance, an dieser Stelle eine Spur aufzutun. Und gestern Abend habe ich bis zum Anschlag nach Verbrechen recherchiert, die dieselbe oder wenigstens eine ähnliche Vorgehensweise haben.« Sie hob verzweifelt die Hände. »Die Stadt habe ich komplett abgeklappert. Nichts. Null. Und bevor meine Augen für immer viereckig wurden, habe ich Heidi gebeten, sich im Umland umzusehen. Ob sie was entdeckt hat?« Sandra hob die Schultern. »Möglich ist es, ihr wisst ja, dass sie gründlich ist. Wenn die sich in was verbeißt, lässt sie nicht los, bis sie hat, was sie will. Und wenn ich ihre Abwesenheit richtig deute …«

Als hätte sie nur auf dieses Stichwort gewartet, huschte in diesem Moment Heidelinde in den Raum, verschwitzt und außer Atem. »Wenn dieser Scheißzug nicht Verspätung gehabt hätte, wäre ich eher hier gewesen und hätte bei dieser Schwüle nicht noch rennen müssen«, schnaufte sie empört.

Alle Augenpaare im Raum musterten sie erstaunt. Keiner hatte Heidelinde jemals fluchen hören. Von Karin waren sie es gewohnt, aber nicht von Heidelinde.

Ohne die verwunderten Blicke der Kollegen zu beachten, ließ sich die Oberkommissarin wortlos auf einen Stuhl fallen, schnappte sich eine der Wasserflaschen, setzte sie ohne Umstände an, trank durstig und ließ anschließend die Bombe platzen.

Donnerstag, 11.45 Uhr

Dass Heidelinde mit der Verbindung der beiden Mordfälle einen Treffer gelandet hatte, war der Ermittlergruppe nach dem Bericht der Oberkommissarin sofort klar. Bevor eine allgemeine Diskussion ausbrechen konnte, würgte Karin das Stimmengewirr ab und verteilte die Aufgaben. Sandra sollte gemeinsam mit Jan nach Parallelen zwischen den Mordopfern suchen. Immerhin könnte der Anwalt Kunde bei Vanessa Carsten gewesen sein. Pirna lag nicht weit entfernt und um unerkannt zu bleiben, nahmen Freier ganz andere Wege auf sich.

Heidelinde riss umgehend die Recherche nach gleichartigen Verbrechen an sich. Sie hatte ihren imaginären Ring um Dresden noch nicht vollendet und war voller Enthusiasmus, einen weiteren Mordfall aufzuspüren. Nur als Karin ihr Oberkommissar Brückner zur Seite stellte, wurde Heidelinde für einen kurzen Moment unsicher, versteckte diese Regung jedoch auf der Stelle hinter einer Maske der Professionalität.

Karin selbst war zum Chef bestellt worden und ordnete nach einem kurzen Blick zur Uhr an, dass Rolf Frau Bergmann gegen 16 Uhr in die Polizeidirektion bringen sollte.

Auf Sandras verwunderte Frage, ob sich die Besprechung bei Kriminalrat Haupt so lange hinziehen würde, reagierte Karin mit einem entwaffnenden Lächeln und griff, statt eine Antwort zu geben, zur Türklinke.

Da sich Karin nicht der geringsten Schuld bewusst war – immerhin war sie das Opfer –, spazierte sie nach einem forschen Klopfen arglos in Haupts Büro. Die ernste Miene, mit der der Kriminalrat sie empfing, ließ allerdings Befürchtungen in ihr aufsteigen.

Doch das Gefühl verflog, als er sich, ganz Gentleman, erhob, um seinen Tisch herumkam und Karin die Hand reichte. Nach der Begrüßung blieb er weiter vor ihr stehen und hielt ihre bandagierten Hände vorsichtig in seinen großen Pranken. Mitfühlend sah er ihr in die Augen.

»Du kannst dir nicht vorstellen, wie erleichtert ich bin, dass du mit ein paar Blessuren davongekommen bist. Gar nicht auszudenken, was ...« Hastig ließ er Karins Hände los, wandte sich ab, stellte sich vors Fenster und schaute hinaus.

Karin sah ihren Chef verdattert an. So hatte sie ihn noch nie erlebt, bisher hatte er sich auch in den emotionalsten Situationen stets unter Kontrolle. Sie setzte sich in den Besucherstuhl und wartete still ab, bis er sich wieder gefasst hatte.

Das geschah schneller als erwartet. Haupt bewegte die Schultern, als müsse er etwas abschütteln, setzte sich hinter seinen Schreibtisch und präsentierte der Welt wieder sein Chefgesicht. Er nahm eine Aktenmappe zur Hand, legte sie jedoch sofort zur Seite und sah Karin auffordernd an. »Das hat noch Zeit«, meinte er und bat um den aktuellen Stand der Mordermittlung.

Karin liebte Haupts superbequemen Besuchersessel. Zufrieden seufzend drückte sie ihren Rücken in das Lederpolster und berichtete von den bisherigen Ergebnissen und der Verbindung zu dem ein Jahr zurückliegenden Mord in Pirna.

»Aha, deshalb die Anfrage. Unsere Heidi hat bei den Kollegen ganz schön Wellen geschlagen.« Haupt lächelte in sich hinein.

Karin grinste verschwörerisch zurück. Da sie ihre Kollegin gut kannte, musste sie nicht nachfragen, was da in etwa abgelaufen war. Dann wurde sie ernst und gab die Worte von Doktor Bretschneider wieder. »Du bist der Erste, dem ich meine Befürchtungen anvertraue«, setzte sie im Anschluss hinzu. »Bereits im Haus des Anwalts überkam mich so ein merkwürdiges Gefühl. Ich konnte es spüren, dieser Mord war kein spontaner Mord, eher ein Ritual unnötiger Grausamkeit. Die Worte des Docs waren die erste Bestätigung und Heidis Entdeckung der abgeschnittenen Haarlocke lassen eigentlich keine Zweifel mehr zu. Ich sage es nicht gern, aber ich glaube, wir haben es mit einem Serienmörder zu tun.«

Fünfzehn Sekunden verstrichen in bleischwerer Stille, dann atmete Haupt tief ein.

Schnell hob Karin die Hand. »Ich weiß, bei zwei Morden sprechen wir noch nicht von einer Serie, aber mein Instinkt hat mich noch nie in die Irre geführt, und das weißt du.«

Der Kriminalrat musterte seine beste Ermittlerin zutiefst beunruhigt. Dann atmete er schwer aus. »Hoffen wir, dass du diesmal falschliegst. Aber ich gebe dir freie Hand. Tu, was du für richtig hältst.«

Zum zweiten Mal nahm er den Aktenordner in die Hand. »Bevor du dich erneut in die Arbeit stürzt, müssen wir noch die Ereignisse der letzten Nacht besprechen. Die Identität deines Angreifers wurde inzwischen festgestellt«, kam der Kriminalrat ohne Umschweife zur Sache. »Er heißt Fabian Tasler. Vierundzwanzig Jahre alt. Der Bursche ist kein unbeschriebenes Blatt, sein Vorstrafenregister ist länger als eine Python. Bereits im zarten Alter von fünfzehn hat er sein erstes Auto geklaut, ist damit zu einer Tankstelle gefahren, um sie auszurauben. Natürlich ging das schief, aber Tasler hatte Blut geleckt und aufgeben war für ihn nicht drin. Er hat mehrere Einbruchsdelikte und Körperverletzungen auf seinem Konto. Vor drei Jahren wurde er der Vergewaltigung an einer dreißigjährigen Frau überführt und hat bis vor einem Monat im Strafvollzug gesessen. Sein Pech, dass er die neu gewonnene Freiheit mit einer Vergewaltigung feiern wollte und dabei ausgerechnet dir über den Weg gelaufen ist, liebe Karin.«

Ein Lächeln stahl sich in die Miene des Kriminalrats, während er ein anderes Blatt aus dem Ordner nahm. »Ich fasse den Arztbericht für dich zusammen: gebrochenes Nasenbein und eine Gehirnerschütterung. Das jedoch dürften Taslers geringste Probleme sein, denn jetzt wird es interessant: starke Verletzungen am linken Hodensack. Der Riss im Hoden musste operiert werden. Tja«, Haupt ließ den Ausdruck einfach über den Tisch segeln, »wenn ich das Fachchinesisch richtig deute, wird den Halunken eine Weile kein Bedürfnis nach sexueller Betätigung überkommen.«

Sein Lächeln wurde diabolisch. »Mein Mitleid mit ihm hält sich jedenfalls in Grenzen. Es hat ihn ja keiner gezwungen, dir aufzulauern.« Er beugte sich vor und musterte Karin prüfend. »Der Kerl ist circa zehn Zentimeter größer als du und fünfundzwanzig Jahre jünger.« Er lehnte sich vergnügt schmunzelnd zurück und faltete die Hände vor seinem Bauch. »Nun verrate mir mal, wie du das angestellt hast.«

Karin zuckte nur mit den Schultern. »Adrenalin?«

Haupt atmete schwer und sein Lächeln verschwand. »Unser Problem ist nur, dass gewisse Leute bei der Staatsanwaltschaft und der Polizeiführung nicht gut auf dich zu sprechen sind«, grollte er mit vor Ärger gepresster Stimme. »Da gibt es ein paar Phrasendrescher, die nichts Besseres zu tun hatten, als sofort alte Fälle von dir ans Tageslicht zu zerren.« Er lächelte bitter. »Bei dir mussten sie nicht lange suchen. Leider hattest du in der Vergangenheit einige handgreifliche Auseinandersetzungen.« Er schnellte aus seinem Bürostuhl hoch und begann, aufgebracht im Büro hin und her zu marschieren. »Jetzt tun diese Paragrafenreiter so, als wärest du eine Nahkampf-Ninja und sprechen dir die Befähigung ab, unschuldige Bürger zu schützen.«

Karin wollte empört auffahren, doch die Handbewegung ihres Chefs stoppte sie.

»Jedenfalls kommen wir um einen Bericht nicht herum. Da du mitunter etwas ungestüm im Formulieren bist …« Er hielt inne und betrachtete Karin nachdenklich. »Deine

Hände sehen so aus, als wärst du beim besten Willen nicht in der Lage, eine Tastatur zu bedienen oder einen Stift zu halten. Das stimmt doch, oder?«

Karin ging auf sein Angebot ein und nickte eifrig.

»Schön. Klären wir den Vorgang also in Ruhe ab und ich verfasse den Bericht.« Haupt freute sich spitzbübisch. »Dann bekommt deine Aussage gleich mehr Gewicht. Du bist doch einverstanden?«

Dankbar, dass er ihren Kopf aus der Schlinge ziehen würde, nickte Karin erneut. Aber sie war stinksauer. »Haben diese Flachwichser denn nicht geschnallt, dass ich das Opfer bin?«

»Hast du noch nie den Begriff Rechtsverdreher gehört? Also!« Haupt hob die Hände. »Bringen wir es schnell hinter uns. Erzähl mir einfach, was passiert ist.«

Karin gab ihrem Chef im Stillen recht, schluckte ihren Frust runter und berichtete emotionslos von dem Überfall. Über ihren Drang, dem Brutalo im Nachhinein eine saftige Abreibung zu verpassen, ließ sie sich nicht aus.

Als sie geendet hatte, brummte Haupt böse. »Schweine«, kommentierte er knapp und sah Karin mehrere Minuten schweigend an. »Es tut mir leid, ich muss dich das jetzt fragen, einfach aus dem Grund, weil sie dich dasselbe fragen werden. Eine Deeskalation war wohl nicht möglich?«

»Hast recht, ich hätte die beiden zu Entspannungs- und Atemübungen animieren sollen, während sie sich über mich hermachen.«

»Karin, ich bin nicht der Feind.« In Haupts Stimme lag ein tadelnder Unterton.

»Tut mir leid, ich weiß«, gab sie leise zu und erwiderte seinen strafenden Blick mit einem zaghaften Lächeln.

»Mach dir keine Sorgen, ich biege das hin. Und ich werde ein paar sehr deutliche Worte an passender Stelle verlieren. Allerdings muss ich dich darauf hinweisen, dass du dich Tasler nicht nähern darfst. Also verkneife dir zufällige

Besuche in der U-Haft. Sonst kann selbst ich dich nicht mehr schützen.«

Karin war erstaunt, wie gut ihr Chef sie kannte, versteckte ihre Gefühle gekonnt hinter einem Pokerface und hielt stattdessen dagegen: »Was denkst du denn von mir, dass ich den Scheißkerl zusammenschlage?«

Der Kriminalrat schwieg und starrte sie an, als könnte er Gedanken lesen.

Unbehaglich rutschte Karin auf ihrem Stuhl herum. Sie war stinksauer, schluckte aber mühsam ihre Enttäuschung runter. An Tasler gab es kein Herankommen, der zweite Kerl jedoch …

Haupt unterbrach ihren Gedankengang. »Versprich mir, dass du Tasler nicht anrührst oder bedrohst. Und dass du nicht durch die Gegend streifst und nach dem zweiten Halunken suchst!« Er musterte sie auffordernd und streckte ihr die Hand entgegen.

Notgedrungen schlug Karin ein. »Na, du machst es aber feierlich. Ein einfaches Okay hätte wohl nicht genügt.«

»Ich kenne dich gut genug und weiß, dass du immer ein Schlupfloch findest. Dein Wort hast du bisher jedoch nie gebrochen. So, und nun schwirr ab und fang den Killer … Ach, Moment mal, bist du überhaupt diensttauglich mit deinen verletzten Händen?«

»Definitiv.« Ehe ihr Chef nachbohren konnte, stand Karin eilig auf, schlug betont dynamisch mit ihrer Hand auf die Türklinke und huschte nach einem knappen Nicken hinaus.

Auf dem Gang presste sie vor Schmerzen die Zähne zusammen und drückte ihre rechte Hand an die Brust. Mit Tränen verschleierten Augen drehte sie sich zu einem der großen Fenster und schaute in den Innenhof hinunter.

Dass ihr zweiter Angreifer noch auf freiem Fuß war, war für Karin ein unhaltbarer Zustand. Straflos davonkommen würde der nicht. Diesem Arschloch blühte die Abreibung seines Lebens, nahm sie sich fest vor und hatte auch schon genaue Vorstellungen, wie sie das bewerkstelligen konnte, ohne ihr Versprechen zu brechen.

So erfreulich dieser Gedanke auch war, sie schob ihn nach hinten. Jetzt musste sie ein dringenderes Problem bereinigen. Da es ihrer Hand inzwischen einigermaßen gut ging, würde sie sich hinters Steuer setzen. Den Weg heute Morgen zur Polizeidirektion hatte sie ja auch leidlich hinbekommen.

Donnerstag, 15.30 Uhr

Von seiner eigenen Leistung zutiefst befriedigt, klatschte Florian begeistert auf seine nackten Oberschenkel, reckte dann die geballte Faust in die Höhe und gab ein Triumphgeheul von sich, das man auch im Nachbarhaus noch problemlos hören konnte. Obwohl es der erste Film war, den er je bearbeitet hatte, fand Florian das Ergebnis oscarreif.

Mit knapp vierzig Sekunden war der Videostream ziemlich kurz, aber er hatte es in sich, denn dieses Material war wesentlich authentischer und brisanter als der verlogene Mist, den sie immer in den Nachrichten zeigten.

Oh ja, mit diesen vierzig Sekunden würde er den Schweinen alles ihm zugefügte Unrecht heimzahlen!

Und die Rechnung, die er mit dem Bullenpack zu begleichen hatte, war lang. Sehr lang!

Hatten sie doch Norbert brutal im Polizeigriff abgeführt und mit zur Wache geschleppt, nur weil der sein Demonstrationsrecht wahrgenommen und zur Selbstverteidigung Pflastersteine in die Reihen dieser Verbrecher vom SEK geworfen hatte.

Wer hatte ihm das doch gleich erzählt? Ach ja, die süße Ines, mit den schwarzen Haaren und dem geilen Piercing in der Nase. Hatte gemeinsam mit Norbert in dem besetzten Haus im Hechtviertel gewohnt.

Nach Ines' Bericht hatte Florian damals die kalte Wut gepackt. Immerhin war Norbert sein Freund. Na ja, okay, direkt befreundet waren sie eigentlich nicht. Aber zur selben Schule gegangen und das zählte.

Außerdem hatte er persönlich auch schon unter Polizeiwillkür gelitten. Als er vor fünf Jahren seinen dreißigsten Geburtstag gefeiert hatte, hatten die Spaßbremsen im Haus die Bullen gerufen, weil angeblich die Musik zu laut war. Diese Vollpfosten rafften es einfach nicht, dass es unmöglich ist, coolen Hip-Hop im Flüstermodus zu hören. Tja, daraufhin hatten die Cops vor seiner Tür rumgelungert, irgendwelchen Scheiß von Ruhestörung gelabert und seine Party war gelaufen. Nicht auszudenken, wie seine Gäste geschaut hätten – wenn denn welche da gewesen wären.

Florian kratzte sich zwischen den Beinen und grinste durchtrieben. An seinem Vergeltungsschlag würden sie eine Weile zu knabbern haben. Dieses Material konnten sie nicht einfach so weglügen. Die Visage dieser Polizistin war gestochen scharf zu erkennen, eine Verwechslung unmöglich. Er fand, dass es eine Fügung des Schicksals war, dass er die Alte kannte. Vor ein paar Jahren hatte Florian sie im Fernsehen gesehen, wichtigtuerisch hatte sie von irgendeinem Typ berichtet, der durch die Gegend latschte und Tussen umlegte. Als ob das irgendeine Sau interessieren würde.

Florian war sich sicher, die Internet-Gemeinde würde sich seinem Kampf anschließen und wie ein Rudel Wölfe über den gemeinsamen Feind herfallen.

Er richtete sich auf seinem Stuhl kerzengerade auf. Endlich bekam er vom Leben die Rolle zugewiesen, die ihm zukam. Er war der Sheriff von Nottingham, der Rächer der Machtlosen. Oder hieß der Kerl Robin Hood? Scheißegal. Irgendein cooler Kriegername würde ihm schon noch einfallen. Wichtig war nur, dass er die Hand sein würde, die aus dem Dunkeln nach den Schergen einer korrupten Regierung griff und sie niederwarf.

Erfüllt von seiner neuen Heldenrolle zögerte er nicht länger. Ein kurzer Mausklick und das Video war online.

Donnerstag, 15.50 Uhr

Die Erste, die Karin nach ihrer Rückkehr in der Polizeidirektion über den Weg lief, war ihre Kollegin Heidelinde Grün. Die musterte Karin einen Augenblick, zuckte leicht mit einer Augenbraue, zögerte kurz und drückte sie dann mit aller Kraft an sich. »Ich habe gerade erst von dem Überfall auf dich erfahren. Es tut mir so leid, dass du das durchmachen musstest.« Sie löste sich blitzschnell aus der Umarmung, griff vorsichtig nach Karins Fingern, trat einen Schritt zurück und musterte sie erneut. »Geht's dir gut? Hast du starke Schmerzen?«

Karin öffnete den Mund, um zu antworten, aber Heidelinde war gerade richtig schön in Fahrt gekommen. »Wenn ich dir auf irgendeine Art helfen kann, egal womit, sag es einfach.«

Nach diesen im liebevollen und besorgten Tonfall gesagten Worten wurde sie unmittelbar wieder unpersönlich. »Sandra hat mich eben angerufen. Frau Bergmann sitzt im Verhörraum und Sandra möchte, dass ich an der Vernehmung teilnehme.«

Ein warmes Gefühl stieg in Karin auf. Deutlich spürte sie, dass Heidelindes Worte keine nichtssagenden Phrasen, sondern ehrlich gemeint waren. Obwohl sie wusste, dass die Kollegin ihre Emotionen prinzipiell hinter einer Maske versteckte, faszinierte Karin dieses kurze Aufblitzen einer sensiblen und warmherzigen Seele jedes Mal aufs Neue.

Doch wenn es jemanden gab, der seine Empfindungen ebenso gut unter Verschluss halten konnte wie Heidelinde, dann war das Karin. Sie blinzelte ihre Rührung weg und beschränkte sich auf das Dienstliche. »Liegt auf der Hand, du kennst dich mit dem Anwaltskram am besten aus.«

Eine verlegene Pause entstand zwischen den beiden Frauen, betreten lösten sie ihre Hände und gingen mit gebührendem Abstand zum Verhörraum.

Sandra und Frau Bergmann waren bereits anwesend. Sie saßen sich gegenüber, vertieft in belangloses Geplauder, als wären sie zwei Bekannte, die sich zum Kaffee trafen.

Bei Karins Eintreten riss Sandra ihre ohnehin großen Augen noch weiter auf und erstarrte. Sie öffnete ihren Mund, schloss ihn jedoch wieder, ohne etwas zu sagen. Karin und Heidelinde zogen sich Stühle an den Tisch und nahmen neben Sandra Platz. Die hatte sich wieder gefangen, schaltete das Diktiergerät an und sprach Datum, Uhrzeit und die Namen der anwesenden Personen aufs Band. Da sie sich im Vorfeld der Befragung nicht mit Karin hatte kurzschließen können, ernannte sie sich kurzerhand selbst zur Gesprächsleiterin und kam ohne Umschweife zur Sache. »Frau Bergmann, diese erneute Befragung ist notwendig, da sich im Verlauf der Mordermittlung weitere Fragen ergeben haben. Bei der Durchsicht der Unterlagen betreffs der Geschäftsfelder Ihres Arbeitgebers haben sich Fakten herauskristallisiert, die wir gern mit Ihnen besprechen würden.«

»Haben Sie eigentlich einen Durchsuchungsbeschluss für die Räume der Kanzlei?«

Wortlos öffnete Heidelinde eine vor ihr auf dem Tisch liegende Mappe, nahm ein Dokument heraus und schob es über den Tisch zu Frau Bergmann.

Die überflog das amtliche Schreiben, lehnte sich zurück und verschränkte die Arme vor dem Oberkörper.

»Da das geklärt ist, können wir sicherlich fortfahren.« Sandra klang nüchtern und ungerührt. »Wir haben inzwischen herausgefunden, dass einige der Klienten von Herrn Weise nicht begeistert über die Tatsache waren, dass sie oder ihre Angehörigen entmündigt wurden.«

»Mein Chef hat ausschließlich …«

»Ach, kommen Sie«, fiel ihr Karin ins Wort, »selbst wenn wir den moralischen Aspekt vernachlässigen, einer Tiefenprüfung werden mehrere der sauberen Geschäfte Ihres Chefs nicht standhalten, und das wissen Sie ganz genau.«

Frau Bergmann konnte kaum noch an sich halten, sie öffnete den Mund, aber Karin ließ sie nicht zu Wort kommen. »Für Sie gibt es exakt zwei Möglichkeiten: Entweder Sie mauern oder Sie zeigen sich kooperativ. Im letzten Fall bedeutet das Strafminderung, denn dass Sie über die Vorgänge informiert waren, steht außer Zweifel.«

Die Bergmann lachte hart auf. »Ihre Drohungen sind lächerlich. Ich war in keiner Weise in Details von Herrn Weises Arbeit eingeweiht und es wird schwer werden, mir das Gegenteil nachzuweisen. In meinem Arbeitsvertrag wird explizit umrissen, welches meine Tätigkeitsfelder in der Kanzlei waren. Einsicht in einzelne Vorgänge gehörte eindeutig nicht dazu. Wenn Sie mir also keine anderen Fragen stellen wollen, war es das für mich.« Sie machte Miene zu gehen.

Sandra hielt sie zurück. »Bei unserer letzten Befragung haben Sie durchblicken lassen, dass Sie Ihren Chef eigentlich ganz gern mochten. Es müsste also auch in Ihrem Interesse sein, dass sein Mörder gefasst wird. Zudem …«, Sandras Stimme nahm einen besorgten Tonfall an, »sollte das Motiv tatsächlich in der Arbeit Ihres Chefs wurzeln, dann wäre es durchaus möglich, dass es der Täter auch auf Sie abgesehen haben könnte.«

»Vergessen Sie es! Die Masche zieht bei mir nicht.«

»Sie müssen ja keine Interna aufdecken. Ein paar Namen würden genügen. Namen von Personen, die – sagen wir mal – mit Weises anwaltlicher Tätigkeit nicht ganz konform gingen«, mischte sich Heidelinde ein.

Frau Bergmann schüttelte den Kopf. »Wollen Sie mich nicht verstehen? Ich kann Ihnen nicht helfen, einfach weil mich Herr Weise nicht über die genauen Abläufe in Kenntnis gesetzt hat.« Sie machte eine ungeduldige Handbewegung. »Wenn ich nicht verhaftet bin, möchte ich gern gehen.«

»Eins noch.« Karin hob die Hand. »Bei der ersten Befragung haben Sie ausgesagt, dass Herr Weise alle zwei Wochen bei seinen Eltern zu Mittag aß.«

Sie schaute die junge Frau fragend an. Frau Bergmann nickte verwundert.

»Die Sache ist aber die, dass die Eltern ausgesagt haben, dass sich ihr Kontakt zum Sohn auf Weihnachts- und Geburtstagskarten sowie auf gelegentliche Telefonate beschränkt hat.«

Melanie Bergmann sah Karin mit großen Augen an. »Tut mir leid, ich habe nur wiedergegeben, was mir mein Chef erzählt hat. Warum sollte ich wegen so einer banalen Angelegenheit lügen?«

»Gut.« Karin stand auf. »Ich bringe Sie zum Ausgang.«

Auf den Stufen vor dem Eingang zur Polizeidirektion drehte sich Frau Bergmann noch einmal zu Karin. »Übrigens, schicke Frisur. Steht Ihnen, der sportliche Look.« Danach lief sie schnell zum Pirnaischen Platz.

Verblüfft sah Karin der Frau hinterher. Wie konnte die nur so schnell umschalten? Gerade eben war sie ihr voller Feindseligkeit als knallharte Anwältin gegenübergetreten und Minuten später lächelte sie sie so herzlich an, als wären sie die besten Freundinnen. Karin drehte sich schnell um und ging zurück ins Gebäude. Solche Leute fand sie einfach nur zum Kotzen.

Den Umweg über den Verhörraum schenkte sich Karin. Stattdessen steuerte sie geradewegs das Büro an. Wie sie es vermutet hatte, saß Heidelinde auf dem Besucherstuhl und Sandra hockte auf ihrem Lieblingsplatz hinter dem Monitor.

Bei Karins Eintreten riss es die Freundin jäh in die Höhe und mit zwei Schritten stand sie neben ihr. »Na, Bubiköpfchen, was hast du denn mit deinen schönen, langen Haaren angestellt? Bist du untern Rasenmäher gekommen?« Dabei wuschelte sie durch Karins Kurzhaarfrisur.

Karin tauchte schnell unter Sandras Hand weg, ehe die ihr Zerstörungswerk vollenden konnte. »Das ist ein Pixie-Cut und es hat sehr lange gedauert, bis die Friseuse ihn in Form gebracht hat. Also, Finger weg!«

Sandra war nicht im Geringsten beeindruckt. Sie schnappte sich Karins Arme, stellte sich vor sie und musterte sie ausgiebig. Dann lächelte sie und Karin durchfuhr ein tiefes Glücksgefühl. Das Lächeln ihrer Partnerin war wie eine Erfrischung an einem schwülen Tag. »Siehst süß aus«, stellte Sandra nach einigen Minuten fest, »und mindestens zehn Jahre jünger.«

Karin lächelte verlegen zurück. »Wirklich? Ich dachte schon, es gefällt dir nicht.«

Das leise Räuspern von Heidelinde holte die beiden Kommissarinnen auf den Boden der Tatsachen zurück. »Ich störe nur ungern«, sagte sie und um ihre Mundwinkel zuckte es verdächtig, »aber da draußen läuft ein Killer frei herum.«

Betreten schauten sich Karin und Sandra an. Sie mussten vorsichtiger sein. Nicht wegen Heidelinde, die kannte ihr Geheimnis und würde genau wie die anderen Kollegen des Teams schweigen, aber sonst durfte keiner in der Polizeidirektion Wind von ihrer Beziehung bekommen. Es würde das Ende ihrer gemeinsamen Arbeit bedeuten.

Karin stellte den Wasserkocher an und füllte schwarzen Tee in den Filterbeutel. »Habt ihr der Bergmann geglaubt, dass sie keine Ahnung von Weises Lügen über das Essen bei seinen Eltern hat?«

»Ihre Verwunderung schien echt zu sein. Ich vermute, Weise wollte ihr eine heile Welt vorspielen. Warum, das werden wir wohl nie erfahren«, meinte Sandra.

»Mir fällt da schon ein Grund ein«, widersprach Heidelinde. »Eventuell war das Gewissen des Anwalts doch nicht tot und eine gute Beziehung zu den eigenen Eltern relativiert das kaltherzige Verhalten gegenüber wehrlosen Menschen. Sinngemäß: Kann einer, der seine Eltern liebt, anderen alten Menschen etwas Böses antun?«

»Du wirst recht haben«, überlegte Karin laut. »Wir behalten den Fakt einfach im Hinterkopf, aber ich denke eher nicht, dass er für uns von Bedeutung ist. Scheiße ist nur, dass die Ziege mauert. Sobald der Fall abgeschlossen ist, übergeben wir die Unterlagen an die Kollegen der zuständigen Abteilung. Die werden bestimmt einen Weg finden, die Bergmann zur Rechenschaft zu ziehen. Mitwisserschaft zum Beispiel.«

Heidelindes Lächeln wirkte verkniffen. »Das bezweifle ich stark. Die Dame ist clever, die hat sich auf jeden Fall abgesichert und wird als Unschuldslamm aus der Geschichte hervorgehen.«

»Aber beruflich dürfte sie am Ende sein«, war sich Sandra sicher. »Der Tod von Weise und die dazu gehörigen Umstände werden in den Kanzleien von Dresden und Umgebung ganz schnell die Runde machen. Mit dem Schatten auf ihrer Vita stellt die niemand mehr ein.«

Heidelinde zog skeptisch eine Augenbraue hoch, sagte jedoch nichts.

»Was?«, fragte Sandra müde. »Da kann sie sich nun wirklich nicht rauswinden.«

»Tut mir leid, dass ich deine Überzeugung zerstören muss.« Heidelinde schien ehrlich zerknirscht. »Ihr Schweigen wird eine Empfehlung sein, bedeutet es doch absolute Loyalität gegenüber dem Arbeitgeber. Solche Leute stellt jeder mit Handkuss ein, der etwas zu verbergen hat.«

»Leider gibt es von denen eine ganze Menge.« Karin nickte düster und wollte aufstehen, um das Wasser in die Teekanne zu gießen. Doch Sandra war schneller. »Du musst deine Hände schonen.« Sie stellte den Kurzzeitwecker auf drei Minuten und wurde philosophisch: »Weise hat sich bestimmt als genialen Schachspieler gesehen. Als über den Dingen schwebende Macht, die alles bestimmt und im Griff hat. Die Menschen auf seinem Brett waren für ihn nur wertlose Figuren. Haben sie ihre Spielzüge getan, hat er sie vom Brett gefegt.«

»Das könnte hinkommen«, stimmt Heidelinde ihr zu. »Aus Weises Unterlagen geht eindeutig hervor, dass er sich, sobald er die nötigen Vollmachten besaß, den gesamten Besitz dieser armen Menschen unter den Nagel gerissen hat. Wenn sie dann praktisch mittellos waren, hat er sie in irgendeinem Heim in Polen oder Tschechien verrotten lassen.«

Karin lächelte bitter. »Mit nett kommt man nicht weit. Aber zurück zu der ›Bachelor of Laws‹. Mein Gefühl sagt mir, dass wir das berechnende Weibsstück als mögliche Täterin ausschließen können. Die hing finanziell am Tropf von Weise. Heißt im Klartext: Weise tot, Melanie pleite.«

Ihre beiden Kolleginnen nickten zustimmend und Sandra schimpfte leise vor sich hin. Erst das Piepen des Weckers ließ sie aufspringen und den Teebeutel aus der Kanne nehmen. Eine geraume Weile war nur das Rühren von Löffeln zu hören.

Heidelinde brach schließlich die drückende Stille. »Ich habe das Vermögen des Anwalts überprüft. Außer seinem Haus besaß er keine weiteren Immobilien. Auf seinen Konten lagert auch nicht gerade ein Vermögen. Insgesamt 20.000 Euro. Da er keine kostspieligen Hobbys pflegte, von seinem Spanner-Equipment einmal abgesehen, vermute ich stark, dass er seine Barschaft in Übersee geparkt hat. Wenn wir den Fall geklärt haben, übergebe ich sämtliche Unterlagen an die Kollegen der Wirtschaftskriminalität. Das wird bestimmt ein Fest für die.« Sie nippte an ihrem Tee und verdrehte genießerisch die Augen. »Die Recherche zu Gemeinsamkeiten der Mordfälle im Großraum Dresden habe ich inzwischen abgeschlossen. Leider ohne Ergebnis.

Morgen nehme ich mir den Rest von Sachsen vor.« Erneut hob sie die Tasse an die Lippen. »Euer Tee ist ein …«

»Ach du heilige Scheiße!«, fiel ihr Sandra ins Wort, die nur noch mit einem Ohr zugehört und stattdessen auf ihren Monitor gestarrt hatte. Sie sah auf und schaute Karin in die Augen. In ihrem Blick mischten sich Entsetzen und Mitgefühl. »Wir haben ein gewaltiges Problem!«

Donnerstag, 16.00 Uhr

Es wäre gelogen, wenn er den heutigen Tag nicht einen guten nennen würde. Dem Bein ging es schon viel besser und die Kekse waren ihm wirklich gelungen. Das Schönste jedoch war, dass ihm keine Termine im Nacken gesessen und ihn angetrieben hatten. Wenn er es recht bedachte, musste er der kleinen McGee für diesen unverhofften Kurzurlaub richtig dankbar sein.

Er schenkte sich einen weiteren Tschechenschnaps ein und kippte ihn auf ex. Aus jetziger Sicht waren die Kronen, die er für die Geräte bekommen hatte, ein Segen. So preiswert waren seine Drinks noch nie gewesen.

Seine Augen wurden schwer. Sollte er ein Schläfchen machen oder sich eine weitere DVD reinziehen? Der letzte Krimi, den er angeschaut hatte, war nicht wirklich befriedigend gewesen. So dämlich, wie sich der Mörder angestellt hatte, das war ja nicht zum Aushalten. Hatte der doch tatsächlich das Messer, mit dem er die Nutte abgestochen hatte, mit nach Hause genommen und in einer Manteltasche versteckt. Hat der denn nie Bones oder CSI geguckt? Amateur!

Er raffte sich von der Couch hoch und beschloss, weder fernzusehen noch ein Nickerchen zu machen. Die freie Zeit war zu wertvoll, um sinnlos vor sich hinzudämmern. Entschlossen schraubte er den Verschluss auf die Flasche Becherovka, humpelte in die Küche, trank durstig ein Glas Wasser und setzte neuen Kaffee auf.

In der Zeit, die die Kaffeemaschine benötigte, um den aromatischen Trank zuzubereiten, bewegte er sich vorsichtig ins Wohnzimmer zurück, setzte sich in den Sessel und ließ den Anblick des Setzkastens auf sich wirken.

Während heute Vormittag die Kekse im Backofen langsam eine goldbraune Färbung angenommen hatten, hatte er den alten Trödel, an dem vor Jahren noch sein Herz hing, aus den Fächern des Kastens verbannt. Ohne diese Dinge eines weiteren Blickes zu würdigen, hatte er sie in den Müllbehälter geworfen. Die Zeit hatte alte Sammelleidenschaften überlebt und er war ein anderer geworden. Sorgfältig hatte er die Staubschicht aus jedem Fach entfernt, um den Reliquien, die zukünftig dort thronen sollten, einen angemessenen Rahmen zu schaffen. Die Locke seiner Freundin aus Pirna hatte er liebevoll in ein Apothekerglas gelegt und den ihr zustehenden Ehrenplatz im Zentrum des Setzkastens gegeben. Ein Jahr hatte sie in der Dunkelheit einer uralten Zigarrenkiste auf diesen Moment warten müssen.

Einfach war es nicht gewesen, im Haus des Anwalts etwas Adäquates aufzuspüren. Immerhin sollte es ein persönlicher Gegenstand sein, mit dem der Mann oft in Berührung gekommen war, der ihm einiges bedeutet hatte.

Nachdem er trotz langer Suche im Haus kein Andenken hatte aufspüren können, das seinen Ansprüchen genügt hätte, hatte er sich über den Körper des Toten gebeugt und unter dessen Kleidern nach Schmuck gesucht. Außer einer Halskette, die der Mann unter seinem tarnfarbenen Sweatshirt trug, konnte er nichts entdecken. Dieses Schmuckstück jedoch war besonders. An einer massiven Goldkette hing ein Krügerrand. Genau nach so einer Trophäe hatte er Ausschau gehalten. Nichts konnte den Anwalt besser charakterisieren als dieser Halsschmuck. Geld, das war das Goldene Kalb des Anwalts gewesen, der Götze, den er verehrte, den er ganz nah an seinem Herzen tragen wollte.

Jetzt hing die Kette in einem schmalen Fach seines Setzkastens und würde ihn für immer an diesen arroganten Kerl erinnern.

Auch in der Wohnung der McGee hatte er ein besonderes Andenken aufgespürt. Zunächst hatte er sich ihrem Haar zugewandt. Es war schön und hatte ihn gelockt. Die rasiermesserscharfe Klinge hatte bereits eine besonders verführerische Strähne gestreichelt, doch an diesem Punkt war er zurückgezuckt. So leicht wollte er es ihnen nicht machen. Zudem sollte gerade die Vielfalt der Dinge seinem Setzkasten einen einzigartigen Reiz verleihen.

Noch jetzt konnte er förmlich die Qualen spüren, als er durch die Räume der jungen Frau geschlichen war. Bei jedem Schritt hatte sein Bein gebrannt wie Feuer. Die Schmerzen hatten Tränen in seine Augen getrieben und fast hätte er den kleinen Teddybären im Schlafzimmer übersehen. Das kleine Plüschtier mit der Tweedweste und der kecken Mütze hatte auf dem Kopfkissen gehockt, vermutlich hatte ihn die junge Frau jede Nacht im Arm gehalten. Perfekter konnte ein Souvenir nicht sein; als er an ihm geschnüffelt hatte, konnte er den Duft des hübschen Mädchens riechen.

Der Teddy passte, als wäre er dafür gemacht, in das größte Fach des Setzkastens. Jetzt zahlte es sich aus, dass er den Kasten vor vielen Jahren selbst gebaut und sich nicht so ein billiges Normteil an die Wand gehängt hatte. Überdies hatte er damals keine Wahl gehabt, sein Erspartes hatte lediglich für das Holz gereicht.

Er schaute dem Bären in die schwarzen Glasaugen. »Du hast bestimmt eine ganze Menge mitgemacht«, sagte er und musste lächeln. Seitdem er die Filme auf dem Laptop des Anwalts angesehen hatte, kannte er das süße Geheimnis der McGee. So wusste er, dass in ihrer obersten Nachttischschublade ein Vibrator lag. Den hatte er aber nicht angerührt, der Teddy war ihm lieber gewesen.

Die Videos des Anwalts hatten ihm erneut vor Augen geführt, dass seine Vorsichtsmaßnahmen keinesfalls übertrieben waren. Um böse Überraschungen zu vermeiden, kontrollierte er akribisch den Inhalt jeder Festplatte vor dem Verkauf. Vor Abscheu schüttelte er sich immer noch, wenn er an die private Sammlung des Anwalts dachte. Nicht auszudenken, wenn die in falsche Hände geraten wäre.

Außer den Filmen hatte sich nichts Interessantes auf der Platte befunden, nur private Briefe, Rechnungen und Steuererklärungen des Mannes.

Ordentlich, wie er war, hatte er den Datenträger mit einer Spezialsoftware gelöscht. Seine schmalen Lippen verzogen sich zu einem hämischen Lächeln. Der Anwalt würde den Kram ohnehin nicht mehr benötigen.

Das Verstummen der Kaffeemaschine riss ihn aus seinen Betrachtungen. Er schlurfte in die Küche, holte sich den Kaffee und brachte gleich die Keksdose mit. Begleitet von einem beglückten Seufzer sank er in seinen Sessel, legte das angeschlagene Bein hoch und biss verzückt in einen der frisch gebackenen Kekse.

Ehe er seine Gedanken in eine andere Richtung lenken konnte, versank er abermals in Erinnerungen. Der Setzkasten hatte Erlebnisse heraufbeschworen, von denen er geglaubt hatte, dass sie für alle Zeiten in einem dunklen Winkel seines Gedächtnisses begraben lagen.

Er schloss seine Augen und sah ihn deutlich vor sich: Den kleinen Jungen, der stolz den frisch gestrichenen Holzkasten in den Händen hielt, der Heimat für seine Sammlungen werden sollte.

Missmutig kaute er auf dem zweiten Keks herum. Der Appetit war ihm vergangen, diese Rückschau schmeckte zu bitter. Mit einem Schluck Kaffee spülte er das Gebäck runter und lächelte zynisch. Ja, damals war er noch jung und dumm gewesen. Dabei hätte er es besser wissen müssen. Seine Schätze wie die Figuren aus den Ü-Eiern öffentlich zu präsentieren, war ein großer Fehler gewesen. Sobald er irgendetwas verbockt hatte oder sein Vater mit seinen schulischen Leistungen nicht zufrieden war, war der wutschnaubend in seinem Zimmer aufgekreuzt und mit den Worten: »Das nehme ich dir jetzt weg, bis du deine Noten verbessert hast«, hatte er die Kostbarkeiten aus dem Setzkasten geräumt und der kleine Junge hatte sie niemals wiedergesehen.

Nur einmal hatte er es gewagt, den Vater an die Rückgabe seiner Sammlung zu erinnern. Für diesen Moment hatte er all seinen Mut zusammengenommen und sich gut vorbereitet. Zuerst hatte er ein tadelloses Zeugnis als Beweis für seinen Fleiß vorgelegt, um anschließend mit gesenktem Kopf seine Bitte zu formulieren. Doch alles, was er damit ausgelöst hatte, waren ein Tobsuchtsanfall und eine Tracht Prügel garniert mit Fernsehverbot gewesen.

Bis zum heutigen Tag hatte er geglaubt, diese Demütigungen, die seine Kindheit überschattet hatten, erfolgreich aus seinem Bewusstsein verdrängt zu haben. Jetzt waren sie auf der Suche nach Opfern aus ihren Schlupflöchern hervorgekrochen. Er war selbst überrascht, dass ihn das kaum berührte. Schließlich gab es noch die schönen Momente in seinem Lebenslauf und an die dachte er gern zurück.

Zum Beispiel an den Tag von Vaters Tod. Gleich nach dem Aufstehen hatte der einen Schlaganfall erlitten. Da ging es ihm noch, den Umständen entsprechend, ganz gut. Egozentrisch und autoritär, wie er sein Leben lang gewesen war, hatte er es Mutter und ihm untersagt, einen Arzt zu rufen. Es sei nur ein kleiner Infekt und nach einer Mütze Schlaf auskuriert.

Mutter, die ihrem Mann während der vielen Ehejahre hörig gewesen war, hatte keine Widerworte gewagt und er selbst, damals sechzehn, hatte ohnehin keine Stimme im Familienparlament.

So gut es dem Vater stets gelungen war, dem Rest der Familie seinen Willen aufzuzwingen, das Schicksal hatte sich von seinem drohenden Blick nicht einschüchtern lassen. Am frühen Nachmittag hatte er den zweiten Schlaganfall erlitten und danach hilflos und sabbernd in seinen Kissen gelegen. Zu Protesten nicht mehr in der Lage, hatte er zulassen müssen, dass die Rettungssanitäter die Erstversorgung vornahmen und ihn anschließend wie eine leblose Puppe ins Krankenhaus fuhren. Genau an den Ort, den er um keinen Preis je hatte aufsuchen wollen.

Na ja, dachte er gemütlich lächelnd, und sein Appetit auf die Kekse kehrte zurück, lange hatte er nicht im Krankenhaus bleiben müssen. Die Hilfe war zu spät gekommen und die Ärzte hatten nichts mehr für ihn tun können.

Zwei Wochen später war von dem großen, starken Mann, der bis zu diesem Zeitpunkt sein Leben dominiert hatte, nur ein Häufchen Asche geblieben.

Er konnte sich noch sehr gut erinnern, dass er damals mehrere Tage gebraucht hatte, bis er es wirklich glauben konnte. Damals war ein einziger Gedanke unablässig durch seinen Kopf gerast: Jetzt kann Vater mir nichts mehr wegnehmen.

Als endlich die drückende Last von ihm abgefallen war, hatte er zum ersten Mal in seinem Leben das Gefühl von Freiheit gespürt. Erst da hatte er nach und nach realisiert, wie sehr er unter dem starken Willen des Vaters gelitten hatte.

Diese Erkenntnis hatte ihn dazu gebracht, sich nachts Zutritt zu dem Friedhof zu verschaffen, um den Vater ein letztes Mal zu besuchen. Vor dem Grabstein stehend, hatte er sich sein ganzes Leid von der Seele gesprochen. Der über die Jahre angesammelte Hass war nur so aus ihm herausgesprudelt.

Als er an den letzten Gruß dachte, den er seinem Vater statt Blumen hinterlassen hatte, musste er so sehr lachen, dass er sich um ein Haar an seinem Kaffee verschluckt hätte. Mit derselben Verachtung und Bösartigkeit, mit der ihn sein Vater sechzehn Jahre lang tyrannisiert hatte, hatte er auf dessen Grab gepisst.

Nie mehr war er an diesen Ort zurückgekehrt.

Mit einer müden Bewegung wischte er die Schatten der Vergangenheit beiseite. Es brachte nichts, in diese freudlosen

Abgründe zu blicken. Die vergangenen Jahre hatten ihn gelehrt, sich von der Last der Kindheit zu befreien. Inzwischen war er gelassener geworden, abgeklärter. Die neue Aufgabe hat ihm inneren Frieden geschenkt. Und er konnte sich glücklich schätzen, dass er bei einem solchen Vater seinen Verstand behalten hatte.

Jetzt musste er sich ganz auf seine Mission konzentrieren. Ihm blieb nicht die Zeit für alberne Erinnerungen. Er musste zusehen, dass sein Bein bald einsatzfähig war, es gehörte sich nicht, die Kosmetikerin weiter warten zu lassen.

Donnerstag, 17.25 Uhr

Die Länge des Films betrug nicht einmal eine Minute – für Karin war es eine Ewigkeit. Unwillkürlich, und ohne auf den Schmerz zu achten, ballte sie ihre Hände so fest zu Fäusten, dass sich die Nägel in die Binden drückten. Der Drang zur Gewalt, der sie bereits in Gorbitz überkommen hatte, schlug wie eine aufgepeitschte Welle erneut über ihr zusammen.

Mehrere Augenblicke, nachdem Sandra das Video weggeklickt hatte, stand Karin einfach nur starr da. Eine unsichtbare Hand schnürte ihr die Luft ab. Sie musste sich aufs Atmen konzentrieren und den Wunsch verdrängen, etwas zu zerschlagen. Wenn sie jetzt durchdrehte, hatte das Schwein gewonnen, das das Video eingestellt hatte.

Sandras Hände an ihren Schultern holten sie aus dem Albtraum zurück. Tief durchatmend brauchte Karin einige Sekunden, um sich zu fangen.

»Du bist ja kreidebleich.« Sandra konnte ihre Bestürzung nicht verbergen. Zog mit dem Fuß einen Stuhl heran und drückte Karin auf die Sitzfläche.

Heidelinde hielt ihr wortlos ein Glas Wasser vor die Nase.

Dankbar trank Karin mehrere Schlucke. »Ein Schnaps wäre mir jetzt lieber«, sagte sie erleichtert und stieß leise auf.

»Ich fass es nicht!« Heidelindes Miene war voller Abscheu. »Statt Hilfe zu holen, filmt irgend so ein Spanner den Überfall und lädt ihn dann auch noch ins Netz.«

»Wenn er wenigstens den vollständigen Ablauf der Vorgänge eingestellt hätte! So sieht es aus, als würde ich mal eben aus einer Laune heraus einen Unschuldigen zusammenschlagen.« Karin gab einen erstickten Laut von sich. »Gestern war wohl nicht mein Glückstag«, fügte sie hilflos hinzu. Der Panzer ihrer Selbstbeherrschung zerfiel zu Staub, Tränen rannen ihr über die Wangen und sie brach in Schluchzen aus.

Stumm sah Sandra zu der von Leid geschüttelten Freundin. Der Scheißkerl, der Karin das angetan hatte, sollte sich ja nicht zu sicher fühlen. Ganz gleich unter welchem Stein er sich verkroch, sie würde ihn aufspüren und diesem schlechten Scherz der Evolution die Hölle heißmachen.

Doch zunächst musste sie wieder Ordnung in den Laden hier bringen. Resolut übernahm sie das Kommando. »Die Suche nach dem Mörder hat absolute Priorität. Wir müssen ihn finden, ehe er erneut zuschlägt. Ablenkungen können wir uns an diesem Punkt der Ermittlungen nicht leisten und schon gar nicht, dass sich Karin stundenlang in irgendwelchen Meetings rechtfertigen muss.« Sie legte ihrer Partnerin die Hand auf den Arm. »Du machst dich erst mal dünn.« Sie zog ihre Unterlippe zwischen die Zähne. »Wenn ich es recht bedenke, ist es günstiger, wenn wir uns alle vom Acker machen, bevor jemand aus der Chefetage über das Video stolpert. Heidi«, sie wedelte energisch mit ihrem Zeigefinger, »es ist noch nicht zu spät, um bei den Leuten zu klingeln. Du schnappst dir Rolf und gemeinsam klappert ihr noch ein Stündchen das Wohnviertel von Weise nach weiteren unfreiwilligen Darstellern ab.«

Von der Oberkommissarin kam ein kurzes, zögerliches Nicken. »Rolf ist zwar ein guter Polizist, hat aber das Einfühlungsvermögen von Vlad dem Pfähler.« Sie atmete schwer. »Na ja, ich bin ja da und passe auf ihn auf.«

Sandra stutzte und sah Heidelinde prüfend an, ließ sich aber nichts anmerken. »Geh bitte bei Jan vorbei. Erkläre ihm, was hier los ist. Er soll sich ebenfalls aus der Schusslinie bringen und in seiner Bude nach Gemeinsamkeiten zwischen den Mordopfern suchen. Wenn er Hinweise findet, SMS an sämtliche Teammitglieder.«

»Darf ich auch mal was sagen?«, meldete sich Karin, die sich inzwischen von ihrem Schock erholt hatte. »Ich könnte Heidi und Rolf begleiten. Sechs Ohren hören mehr als vier.«

Sandras Laserblick taxierte sie kurz. »Du schaust immer noch aus wie der Tod auf Latschen. Morgen brauchen wir dich in Topverfassung.«

Karin holte tief Luft.

»Keine Chance.« Sandra war unerbittlich. »Du kommst jetzt mit mir nach Hause, da darfst du eventuell ein wenig im Internet stöbern, aber mehr nicht. Ich werde Adler spielen und kreise unseren Freund ein. Wäre doch gelacht, wenn wir nicht noch heute Abend auf ein kurzes Hallo bei dem vorbeischauen.«

Donnerstag, 18.30 Uhr

Während der gesamten Fahrt von der Polizeidirektion bis zur gemeinsamen Wohnung hatte Karin geschwiegen. Das Video hatte sie wachgerüttelt und sie musste sich den Dämonen, die in ihr tobten, stellen. Einen anderen Weg gab es nicht. Wenn sie normal weiterleben wollte, musste sie sich eingestehen, dass es falsch gewesen war, ihre Gefühle zu unterdrücken. Die Angst, die sie während des Überfalls ausgestanden hatte, einfach zu verdrängen, war nicht hilfreich gewesen. Tief in ihr hatte der Vorfall seine Krallen in sie geschlagen und nur auf den richtigen Moment gewartet, um erneut mit aller Kraft hervorzubrechen.

Karins erster Impuls war es, in alte Gewohnheiten zurückzufallen und allein mit ihren Problemen fertig zu werden. Doch ein Blick in Sandras traurige Augen zeigte ihr deutlich, was in der Geliebten vorging. Sandra hatte sie mit Leichtigkeit durchschaut und sich ausgeschlossen gefühlt. Ohne ein Wort zu sagen, war sie im Wohnzimmer verschwunden, hatte sich an ihren Laptop gesetzt und sich auf die Jagd begeben.

Karin bereute ihr abweisendes Verhalten. Beschämt machte sie in der Küche ein schnelles Abendbrot zurecht und trug die Platte mit den Häppchen in die Stube. Sandra griff hungrig zu und verputzte im Nu ein Schinken-Sandwich, während Karin appetitlos an ihrem Brot herumknabberte. »Was kann ich tun? Ich komme mir blöd vor, dir beim Arbeiten zuzusehen. Immerhin geht es um meinen Arsch, der in der Klemme steckt«, sagte sie schließlich und legte ihre angebissene Schnitte zurück.

»Zuerst könntest du mir erzählen, warum du dir die Haare hast abschneiden lassen. Das wäre schon mal ein Anfang.«

Karin lächelte verlegen. »Der eine Typ, der, der jetzt in U-Haft verschimmelt, hat mit seiner ekligen Zunge meine Haare abgeleckt. Das Bild habe ich einfach nicht aus dem Kopf gekriegt. Letzte Nacht habe ich meine Haare so oft gewaschen, dass ich schon dachte, sie schwimmen mit dem Duschstrahl weg – geholfen hat es nicht.«

Teilnahmsvoll legte Sandra ihre Hand auf Karins. »Fühlst du dich jetzt besser?«

Karin nickte stumm und eine Träne lief ihr übers Gesicht.

»Und was ist mit deinen Gefühlen? Der Angst? Willst du darüber sprechen?«

Karin klammerte sich an Sandras Hand, als wäre die ihr letzter Rettungsanker. Redete sich all ihren Schmerz von der Seele. Sie erzählte davon, dass sie in ihrer Angst gefangen war und von der Wut, die unkontrollierbar in ihr aufgestiegen war und es ihr ermöglicht hatte, den Angriff zurückzuschlagen. Schonungslos berichtete sie aber auch von dem Hass, der sie befallen und um ein Haar in eine mörderische Bestie verwandelt hätte.

Ergriffen und mit Tränen in den Augen hatte Sandra der Freundin gelauscht. »Ich bin zwar keine Psychologin«, meinte sie schließlich, »aber ich finde deine Reaktionen vollkommen normal. Abgesehen von deiner Fähigkeit, dich zu verteidigen. Doch das liegt an dem Wölfischen in dir.« Das Lächeln war in Sandras Gesicht zurückgekehrt.

Der Bann war gebrochen. Sandra hatte es auf ihre einzigartige Weise verstanden, den Druck von Karin zu nehmen und sie zurück auf den Boden der Realität zu holen. Karin schnäuzte sich und grinste dann zurück. »Vielleicht liegt es auch ein wenig an meinem Sportprogramm, durch das ich mich jeden Morgen quäle. Solltest du übrigens auch mal probieren. Ist manchmal ganz nützlich.«

Sandra ignorierte den Seitenhieb. »Ich geh mir was zu trinken holen. Möchtest du auch ein Glas Wein?«

»Besser nicht. Ich koche mir später Tee.«

Sofort nach Sandras Rückkehr bereute Karin ihren Entschluss. Das Bukett des dunkelroten Chianti, welcher verführerisch in Sandras Weinglas funkelte, stieg ihr in die Nase und ließ sie einen kurzen Moment zaudern. Doch Karin war viel zu stur, als dass sie ihre Entscheidung widerrufen hätte. Sie hatte beschlossen, ihrer Leber eine Schonzeit zu gönnen, und dabei sollte es bleiben. »So, nun sag, wie ich mich nützlich machen kann«, forderte sie ihre Partnerin auf und warf dem Weinglas einen sehnsüchtigen Blick zu.

»Erstell eine Liste der Hassprediger. Das Video ist bestimmt schon zig Mal geteilt worden. Aber lass den Kopf nicht hängen, wir haben schon in wesentlich schlimmeren Situationen gesteckt.«

Karin nickte, verzog sich ins Arbeitszimmer und startete ihren Rechner. In der Zeit, die ihr PC fürs Hochfahren brauchte, konnte sie gleich ein anderes Problem klären.

Sie griff zum Telefon und rief Dr. Bretschneider an.

»Hallo, Karin, was verschafft mir die späte Ehre?«, meldete sich Mario nach dem ersten Freizeichen.

Karin verlor keine Zeit mit Small Talk. »Ist dir bei der Untersuchung der Leiche des Anwalts eine Besonderheit aufgefallen, die auf einen Trophäensammler hinweisen könnte? Ein abgeschnittener Fingernagel vielleicht?«

Zwei Minuten hörte Karin am anderen Ende der Leitung nur die Stimmen von Ellen und Ben Harper, die über die Mühsal des Farmlebens sangen. Wow, dachte sie angenehm überrascht, Mario hat ja einen richtig geilen Musikgeschmack.

»Nein«, meldete sich Bretschneider zurück. »Ich bin mir absolut sicher, da fehlte nichts. Ihr habt also eine zweite Leiche.« Das war keine Frage, sondern eine Feststellung.

Mit knappen Worten informierte ihn Karin über Heidelindes Entdeckung in Pirna.

»Okay, das mit der Locke ist bei Weise ja schlecht möglich«, kommentierte der Doc knochentrocken.

Karin konnte Mario förmlich grinsen hören. Der Anwalt hatte die wenigen Haare, die auf seinem Kopf noch sprossen, raspelkurz geschoren und, laut dem Obduktionsbericht, auch die restliche Körperbehaarung entfernt.

»Danke, Mario. Ich will dich nicht weiter von Ben und Ellen abhalten. Schönen Abend noch.«

Der Doktor brummte ein paar unverständliche Worte und legte auf.

»Scheiße«, murmelte Karin. »Das macht die Sache nicht leichter.« Eine weitere Trophäe hätte ein Hinweis sein können, vielleicht sogar eine verwertbare Spur. Dass der Mörder die Haarsträhne der Prostituierten abgeschnitten hatte, stand für Karin zweifelsfrei fest. Bereits bei Heidelindes Erwähnung dieses Details, stellten sich die Härchen auf ihren Unterarmen auf – Karins interner Sensor hatte ausgeschlagen. Und auf ihre Instinkte konnte sie sich bisher immer verlassen. Sie machte sich im Geist eine Notiz, die Frage nicht aus den Augen zu verlieren.

Fürs Erste verschob Karin die Angelegenheit auf später und wandte sich ihrem Rechner zu. Der Link, den Sandra ihr geschickt hatte, führte sie schnell zu dem Video. Es war bereits über fünfzig Mal geteilt worden.

Nein, Moment mal! Karin riss erstaunt die Augen auf: vierzig Mal.

Der kleine Bums gegen meine Stirn war ja nun nicht so toll, dachte sie und rieb sich die Augen. Als sie diese wieder öffnete, lachte sie eine Siebzehn an. Karin grinste breit. Sollte ihr Schatz irgendwann bei der Polizei rausfliegen, müsste sie sich keine Sorgen machen. Unternehmen wie Facebook würden ihr ein fürstliches Gehalt zahlen.

Aber nachdem Karin den Inhalt der Kommentare, die sich unter dem ursprünglichen Video breitmachten, erfasst hatte, fiel ihr Lächeln in sich zusammen. In Sekundenbruchteilen verwandelten sich die wenigen Bissen in ihrem Magen zu einem steinharten Kloß.

Dabei waren Hasskommentare kein Neuland für Karin. Bei einigen Ermittlungen war sie bereits mit den verbalen Exkrementen menschlichen Abschaums in Berührung gekommen. Diesmal jedoch stand sie selbst am Pranger.

Sie atmete tief ein und aus, um die Beherrschung nicht zu verlieren. Einmal, zweimal, ... ihre Finger krallten sich bei jedem Atemzug um die Lehne des Stuhls. Verlier jetzt nicht die Nerven, befahl sie sich. Du musst ruhig und distanziert sein und aufmerksam die widerwärtigen Beiträge auswerten und die Nicknamen der Hetzer erfassen.

Die Kommentare einiger Trolle waren einfach nur primitiv:

henker0280: *Die Fotze sollte zu Tode vergewaltigt werden!!!*

Kellerkind-X: *Im Scheißhaus runterspülen, die Schlampe.*

Bullenhasser: *ACAB!!*

Es gab aber auch solche, die subtiler vorgingen, um sich den Anstrich der Seriosität zu verleihen:

B.M.K.-lk: *Es ist einfach widerlich, dass die Polizeigewalt in unserem Land zunimmt. Geht raus auf die Straße und kämpft für eure Freiheit!*

avenger11: *In einem Rechtsstaat muss diese Frau angeklagt und verurteilt werden. Ich bezweifle aber, dass unsere Politbonzen eine ihrer Gehilfinnen opfern werden. Müssen wir diese Ungerechtigkeiten denn noch ewig ertragen?*

FighterForEquity: *Die Polizei ist doch nur noch das Machtinstrument zum Aufrechterhalten einer überlebten Ordnung. Für den kleinen Mann sind die schon lange nicht mehr im Einsatz. Und das von unseren Steuergeldern!*

In diesem Tenor ging es seitenlang weiter. Karin fand diese kaltschnäuzige Heuchelei einfach nur ekelhaft. Solche Leute schrien am lautesten nach der Polizei, wenn sie sich bedroht fühlten, und beschwerten sich auch noch, sollten die Beamten länger als zehn Minuten benötigten, um ihnen zu Hilfe zu eilen.

Um ihre Laune anzuheben, hatte sie sich die lustigen Beiträge bis zum Schluss aufgehoben. Die fand sie immer klasse, so wohl durchdacht und ausgefeilt formuliert. Auch diesmal wurde sie nicht enttäuscht:

DeathDevil-v5: *krieg ich einen hals wenn ich seh wie die Türkschlampe auf deutesche einprüglt*

So südländisch sehe ich gar nicht aus, dachte Karin und biss sich auf den Finger, um sich das Lachen zu verkneifen. Der hat es ja nicht nur am Kopf, sondern auch an den Augen. Sie las weiter:

Bummi18: *hätzte die Sigeunerfotze in fresse haun solln*

Karin wieherte los. Sie hatte schon immer interessant und geheimnisvoll aussehen wollen, nun war es geschafft! Der nächste Kommentar bestätigte sogleich ihre Wirkung auf die Alphamännchen:

F.R. 56 t: *du bist der Hammer heirate mich*

Angelockt von Karins Gelächter kam Sandra ins Zimmer. »Du bist ja fröhlich. Darf ich mitlachen?«

Inzwischen hatte Karin vor Lachen Schluckauf bekommen und zeigte wortlos auf die letzten Beiträge. Sandra beugte sich über den Monitor und klopfte dabei auf Karins Rücken. Sie überflog die Kommentare und zog scharf die Luft ein. »Also, ich finde das nicht lustig.«

Karin holte tief Luft und setzte sich gerade hin. »Zurzeit nehme ich mir meine Lacher, wo ich sie kriegen kann.«

»Galgenhumor.« Sandra zuckte mit keiner Wimper, doch gleich darauf huschte ein Lächeln über ihr Gesicht. Sie legte ihre Hand auf Karins Wange und sagte leise: »Ich hab ihn, es ist bald ausgestanden, Süße.«

Donnerstag, 20.45 Uhr

Die Regentropfen der vergangenen Nacht hatten es nicht geschafft, Karins Blut restlos aus den Betonplatten zu waschen. Mahnend legten die verblassten Flecken Zeugnis von dem Überfall ab. Karin drückte sich eng an Sandra. Die dunklen Schatten auf den Gehwegplatten ließen sie frieren.

Um ihre Freundin von den schwarzen Gedanken abzulenken, plauderte Sandra fröhlich weiter, schlug jedoch genau wie ihre Partnerin einen großen Bogen um die ausgeblichenen Blutflecken. »Es war kinderleicht, den Verleumder aufzuspüren. Scheint ein absoluter Amateur zu sein. Ich kenne Zwölfjährige, die ihre Spuren besser verstecken.«

Karin warf da keinen Stein. Das, was Sandra mit Computern anstellte, waren für sie böhmische Dörfer.

»Der Bursche heißt Florian Kupfer. Fünfunddreißig Jahre alt«, fuhr Sandra fort. »Geht seit drei Jahren keiner geregelten Arbeit nach und bekommt Hartz IV. Auf den ersten Blick kam er mir wie der geborene Loser vor, dann habe ich tiefer gegraben und meine Einschätzung revidiert. Er ist Stammkunde bei diversen Onlineshops, aber nicht bei den billigen, nein, Breuninger oder Superdry müssen es für den Herrn von Welt schon sein. Außerdem leistet er sich fast wöchentlich ein neues PC-Game, kauft gern CDs und Videos. Diese Dinge einzeln betrachtet, fallen finanziell natürlich nicht ins Gewicht, aber die Summe macht's.«

Karin hörte zu, wundern tat sie sich allerdings schon lange nicht mehr. Dass Sandra dem Internet Informationen entlockte, von denen die Menschen dachten, sie seien privat, hatte sie als Tatsache längst akzeptiert. Und da sie inzwischen gelernt hatte, dass ihre Freundin sich auf lautlosen Katzenpfötchen im Dschungel des Netzes bewegte und keinerlei Spuren zurückließ, sorgte sie sich auch nicht mehr. Im Gegenteil, um wenigstens einen kleinen Teil der Daten von Verdächtigen zu bekommen, hätte sie tagelang Formulare ausfüllen und einem Staatsanwalt den Hintern küssen müssen. Es ist alles gut so, wie es ist, dachte sie lächelnd und drückte die Hand ihrer Partnerin.

»In den sozialen Netzwerken war der liebe Florian bis gestern relativ zurückhaltend. Hat nur ab und zu mal einen Beitrag seiner Freunde geteilt«, führte Sandra weiter aus. »Kommt mir schon komisch vor, da seine Aktion mit dem Video auf ein ziemliches Ego schließen lässt.« Sie zögerte einen Moment. »Oder eben auf das genaue Gegenteil. Eventuell ist er gehemmt und das Video war seine Chance, wenigstens einmal im Mittelpunkt zu stehen. Na ja«, sagte sie fröhlich, »wir machen in wenigen Minuten seine Bekanntschaft. Wird nett, mit ihm zu plaudern.« Ein eiskalter Unterton schwang in Sandras Stimme mit. Karin ahnte, dass ihre Freundin etwas Entscheidendes über Florian Kupfer ausgegraben hatte und dem ein sehr unangenehmes Viertelstündchen bevorstand.

Vor dem Hauseingang eines der Fünfgeschosser blieb Sandra stehen. »Hier wohnt unser Klient.«

Karin löste sich von ihrer Freundin, trat zum Klingelschild und wollte gerade den Knopf unter dem Namen Kupfer drücken, da wurde sie von Sandras Hand gestoppt. »Wir warten noch.« Ohne auf Karins verwunderte Miene einzugehen, schaute sie zur Uhr. »Rolf schlägt jeden Augenblick hier auf.«

Überrascht blies Karin die Luft aus. »Wozu brauchen wir den? Mit dem Kerl werden wir zwei schon fertig werden.«

»Wir können unmöglich allein zu ihm gehen. Er könnte gefährlich sein«, gab Sandra zu bedenken.

»Das bin ich auch.«

»Und wenn er nun einen großen bösen Wauwau hat? Haben wir alles schon erlebt. Oder ein paar Kumpels hängen bei ihm ab. Es könnte auch ein Baseballschläger neben der Tür stehen. In solchen Fällen ist Rolfs Begleitung nicht zu verachten. Zudem ist er als Kinderschreck prima geeignet.«

Karin hob genervt die Hände. »Okay, okay. Ist ja gut. Hast du noch andere Kollegen informiert?«

»Ich habe mir nur ein wenig Nachhilfe in Sachen Steuerrecht geholt.«

»Du hast Heidi angerufen?«

»Du brauchst gar nicht deine Augen zu verdrehen, sie kommt nicht hierher.« Sandra knuffte Karin mit gespielter Empörung in den Oberarm, dann wiegte sie nachdenklich den Kopf. »Heidi ist mir manchmal richtig unheimlich, weißt du. Ohne nachzudenken, hat sie mir alle relevanten Fakten durchgegeben.« Sie kicherte durchtrieben. »Aber ich glaube, eine Schwäche hat unsere hübsche Blondine.«

Karin sah sie erwartungsvoll an.

Sandra wies mit einer Bewegung ihres Kopfes auf Oberkommissar Rolf Brückner, der gerade aus seinem Opel stieg.

»Ich werd verrückt. Bist du sicher?«

»Behalte das bloß für dich!«, flüsterte Sandra schnell. »Ich glaube, unser Adonis ahnt noch nichts von seinem Glück.«

Rolf rieb sich beim Näherkommen enthusiastisch die Hände. »Ich hab gehört, hier möchte jemand eine saftige Abreibung kassieren.«

Donnerstag, 21.20 Uhr

Die Türklingel holte Florian Kupfer unsanft aus seiner angestrengten Analyse der aktuellen Lage. Er schüttelte unwillig den Kopf und starrte weiter auf den Bildschirm. Die Kerze, die er für seine kleine Privatparty neben den Monitor gestellt hatte, flackerte unbeachtet vor sich hin und der Sekt wurde langsam warm. Irgendetwas lief eindeutig schief.

Frustriert las er den gerade aufgepoppten Kommentar:

Bert84 – 11: *die schweine haben schon wieder einen meiner Posts gelöscht. Die wolln uns mundtot machen!!*

Genau da lag Florians Problem. Sämtliche Kommentare wurden gleich nach dem Einstellen gelöscht. Das ging nun schon seit über einer Stunde so. Er konnte es einfach nicht begreifen. So flott arbeiteten die Behörden eigentlich nicht, schon gar nicht nach 16 Uhr. Und die Leute von Facebook ließen sich normalerweise immer viel Zeit, ehe sie reagierten.

Es klingelte erneut, diesmal anhaltend. Wer konnte das nur sein? Florian erwartete niemanden. Genervt vor sich hin brummend latschte er zur Tür, nahm den Hörer der Gegensprechanlage ab und brüllte ungehalten »Hallo!«

Die Antwort bestand in einem Klopfen an seine Tür. Florian beugte sich vor und linste durch den Spion. Der Anblick einer bildhübschen langhaarigen Frau ließ ihn die Augen zusammenkneifen. So viel hatte er doch gar nicht getrunken! Nur zwei Bier, den Sekt hatte er nicht angerührt. Er schaute erneut – die Frau stand immer noch da und er konnte deutlich erkennen, dass sie verführerisch lächelte.

Bestimmt ein Groupie, fuhr es ihm durch den Kopf und riss die Tür weit auf.

Im nächsten Moment überstürzten sich die Ereignisse. Das Lächeln der Frau verschwand und machte einer drohenden Miene Platz. Wortlos schob sie ihn beiseite und trat in seine Wohnung. Aus dem toten Winkel neben der Tür kamen zwei weitere Personen. Ein baumlanger, finster blickender Mann und die Frau, mit der er am wenigsten gerechnet hätte.

»Nett von Ihnen, dass Sie uns hereingebeten haben«, sagte der Mann und schob ihn vor sich her ins Wohnzimmer.

Als ihn der Mann in einen Sessel drückte, überkam Florian das Gefühl, ein gähnender Abgrund tue sich unter seinen Füßen auf. Kein Ton kam über seine Lippen, fassungslos sah er zu der hübschen Frau, die seinen Monitor musterte und dabei zufrieden grinste. Erst als sich diese Polizistin, deren Gesicht Florian in den letzten Stunden ständig vor Augen gehabt hatte, vor ihm aufbaute, fand er seine Sprache wieder. »Was wollen Sie von mir? Wieso drängen Sie sich einfach in meine Wohnung? Dazu haben Sie kein Recht!«

»Schon vergessen, Sie haben uns freiwillig hereingelassen.« Mit reglosem Gesicht holte die Polizistin eine Kennkarte aus ihrer Jackentasche und hielt sie ihm vor die Nase. »Ich bin Hauptkommissarin Wolf, meine Begleiter sind die Kommissare König und Brückner. Wir haben nur ein paar Fragen an Sie.«

Florian schluckte seine Angst runter und griff an. »Verschwinden Sie auf der Stelle! Ohne einen Anwalt spreche ich nicht mit Ihnen.«

»Selbstverständlich haben Sie den Anspruch auf einen Rechtsbeistand«, übernahm die andere Frau und lächelte zuckersüß. »Hoffentlich kennt der sich mit Steuerrecht aus. Das ist nämlich sehr wichtig für Sie.«

Florian wurde plötzlich eiskalt, doch genauso schnell fing er sich. Die Alte bluffte nur, sie konnte gar nichts wissen. »Ich fordere Sie auf, auf der Stelle meine Wohnung zu verlassen. Übrigens werde ich Anzeige gegen Sie erstatten, wegen Hausfriedensbruch.«

»Warum nimmst du nicht gleich den direkten Weg über Facebook? Das passt eher zu dir.« Der lodernde Blick, den Kommissarin Wolf ihm zuwarf, sprach für sich. »Dann kannst du gleich ein bisschen dicker auftragen und musst dich nicht mit der langweiligen Wahrheit begnügen.«

»Hören Sie auf, mich zu duzen! Ich gehöre nicht zu Ihrer Truppe, bin also keiner Ihrer Handlanger«, empörte sich Florian und musterte die Polizistin frech.

»Du hast völlig recht«, mischte sich die andere Frau ein. »Wir gehen und geben die Informationen über deine Gewinne in den Online-Pokerrunden einfach ans Finanzamt weiter. Sollen die sich damit herumärgern.« Sie schnippte mit den Fingern und gab ihren Kollegen ein Zeichen, zu gehen.

»Damit können Sie mir nicht drohen.« Seine Stimme verströmte Selbstzufriedenheit. »Das ist alles ganz legal. Gewinne müssen in Deutschland nicht versteuert werden. Und nun machen Sie die Biege!«

Die Polizistin, die bereits an der Tür stand, drehte sich noch einmal um. »Pech für dich, mein Kleiner, ist nur, dass in Deutschland der Grundsatz gilt: Dummheit schützt vor Strafe nicht. Schönen Abend noch.«

Florian roch Unheil. Eine Stimme in seinem tiefsten Inneren riet ihm einzulenken. »Was meinen Sie damit?«

Die hübsche Polizistin zögerte, gab sich jedoch einen Ruck und machte einen Schritt auf ihn zu. »Eigentlich hast du es nicht verdient, dass ich dir entgegenkomme. Aber ich will mal nicht so sein.« Sie hob belehrend den Finger. »Da du dich so gut mit dem Steuerrecht auskennst …«, genüsslich ließ sie die Minuten verstreichen und die Stille ihre Wirkung tun, »weißt du sicher, dass am 31. Dezember 2012 das Finanzgericht Köln entschieden hat, dass professionelle Pokerspieler Steuern zahlen müssen.« Ihr Finger stach in seine Richtung. »Und genau das trifft auf dich zu.«

»Damit können Sie mir nicht kommen.« Erleichterung malte sich auf Florians Gesicht. »Pokern ist meine

Freizeitbeschäftigung, ein Hobby, mehr nicht. Wenn ich hier und da mal ein wenig gewinne, ist das Glück und ich muss es nicht angeben.«

»Hm, mal überlegen.« Ihr Lächeln stellte die Sphinx in den Schatten. »Falsch. Du spielst regelmäßig, lebst von den Gewinnen, demzufolge sind es gewerbliche Einnahmen und diese müssen versteuert werden.«

Er startete einen letzten Versuch. »Ich bekomme Hartz IV. Das ist mein Einkommen, davon lebe ich.«

Die Antwort amüsierte die Polizistin. »Nett von dir, das Thema anzuschneiden. Allerdings befürchte ich, dass das die Leute vom Arbeitsamt ein wenig anders sehen werden, wenn sie von deinen Ausgaben erfahren. Ich sage nur: Breuninger, Superdry, von deinen Einkäufen bei Amazon & Co. ganz zu schweigen. Das wird eng für dich, mein Freund«, fügte sie mit vor Einfühlung triefender Stimme hinzu.

Florian sah ein, dass er verloren hatte. Hier half nur noch die Flucht nach vorn. Er seufzte tief. »Was muss ich tun, damit Sie diese Infos einfach vergessen?«

»Schön, dass du mich verstanden hast. Hat aber auch gedauert.« Ihre Lockerheit war weggeblasen, die Stimme wurde gnadenlos und fordernd. Sie griff in die Tasche ihrer Jacke, holte ein Blatt Papier heraus und faltete es auseinander. »Diesen Text tippst du jetzt ab und postest ihn.«

Florian überflog die Zeilen. »Wenn ich das veröffentliche, stehe ich als kompletter Idiot da.«

Die Polizistin zuckte nur mit den Schultern.

Widerwillig stemmte sich Florian aus seinem Sessel und latschte zum Arbeitstisch. Er hatte sich in der Hoffnung gewiegt, dass dieser Post sein Leben verändern würde. Dass er endlich die Anerkennung bekommen würde, die er verdiente. Und jetzt lösten sich seine Wünsche in Luft auf. Es war zum Heulen.

Er setzte sich und begann zu tippen. Den ersten Satz brachte er mit Mühe hinter sich, dann verschränkte er die

Arme vor der Brust, drehte sich zu den drei Eindringlingen um und sagte störrisch: »Ich hab's mir anders überlegt. Von Ihnen lasse ich mir mein Leben nicht kaputtmachen. Und jetzt verschwinden Sie.«

»Wieder falsch«, klinkte sich Kommissarin Wolf ins Gespräch ein. »Nicht wir haben dein Leben ruiniert, das hast du ganz allein geschafft. Es hat dich keiner dazu gezwungen, ein Fake-Video einzustellen und die Steuer zu bescheißen. Wenn du noch ein wenig Grips übrig hast, dann weißt du selbst, dass Schadensbegrenzung deine einzige Option ist.« Sie hob die Hände. »Ist deine Entscheidung.«

Florian schloss die Augen und suchte verzweifelt nach einem Ausweg. Er wollte noch nicht aufgeben, strengte alle seine Sinne an, wartete, dass sein Gehirn eine Lösung ausspuckte. Doch da war nur Leere, nichts als dumpfe Leere. Sein Kampfgeist erlosch. Begleitet von einem resignierenden Seufzer tippte er die wenigen verbliebenen Wörter fast willenlos ab. Als er fertig war, schaute er die Polizisten einfach nur müde an.

Die langhaarige Frau blickte ihm über die Schulter und überprüfte den Text.

F. Kupfer: Sorry Leute, das Video war nur ein Fake. Die Darsteller und ich bedanken uns bei euch für euer aktives Feedback. Fun Forever!

»Na bitte, geht doch.« Sie klopfte ihm anerkennend auf die Schulter und gab Rolf einen Wink. Der trat an Florian heran und ehe dieser reagieren konnte, klickten die Handschellen.

»He! Was soll 'n der Scheiß? Ich hab doch gemacht, was Sie gesagt haben, und Sie haben mir versprochen, dass Sie die Infos nicht ans Finanzamt weiterleiten.«

»Zuhören ist wohl nicht deine Stärke? Ich habe mit keinem Wort erwähnt, dass du straffrei aus der Sache rauskommst.« Lächelnd stand die langhaarige Frau neben ihm und fuhr ungerührt fort: »Sie sind vorläufig festgenommen.

Wegen Verbreitung von Falschmeldungen und Verleumdung einer Polizeibeamtin. Ach ja, Finanz- und Arbeitsamt werden auf jeden Fall Kontakt mit Ihnen aufnehmen.«

Freitag, 18. Juli, 07.00 Uhr

Noch bevor sie ihre Augen aufschlug, spürte Karin – irgendwas war falsch an diesem Morgen. Grundsätzlich war es nicht bemerkenswert, dass im Bett neben ihr keinerlei Reaktion auf das Weckersignal erfolgte, Sandra zeigte nie die geringsten Ambitionen aufzustehen. Heute jedoch war die Stille ungewöhnlich lang anhaltend, sie dominierte den Charakter des Schlafzimmers, nicht einmal Sandras Bettdecke raschelte. Karin öffnete ihre Augenlider und war mit einem Schlag hellwach. Das Laken neben ihr war leer.

Flink sprang sie aus dem Bett und huschte zur Toilette. Nachdem sie ihr Geschäft erledigt hatte und sich gerade auf die Suche nach ihrer Liebsten begeben wollte, entdeckte sie einen Zettel auf dem Fußboden des Flurs.

Muss noch was erledigen. Sehe dich später im Büro.

Hab dich lieb, S.

Karin brummte, zuckte mit den Schultern, wusch sich und fuhr nach einem eiligen Frühstück zum Polizeipräsidium auf der Schießgasse. Da Sandra noch nicht eingetroffen war, kochte sie sich starken schwarzen Tee, um ihre Lebensgeister auf Trapp zu bringen. Dann begann sie mit einem schicksalsergebenen Stoßseufzer, den Bericht über die Ereignisse des vorangegangenen Abends zu verfassen.

Doch die Buchstaben auf dem Monitor verschwammen und ständig glitt ihr Blick zum Fenster. Karin hatte schlecht geschlafen, war mehrmals wach geworden und sofort in neuen Albträumen versunken. In ihren Träumen hatte sie sich in einem düsteren, konturenlosen Raum befunden. Sie war nicht allein in diesem Raum, eine zweite Person – es handelte sich um eine Frau – war bei ihr. Erkennen konnte sie die Frau nicht, sie war ihr vage bekannt vorgekommen, ihr Gesicht war jedoch stets abgewandt gewesen. Und jedes Mal war ein in diffuse Schatten gehülltes Monster erschienen, das mit dem Messer in der Hand auf die Frau zuschlich, mit dem Ziel sie zu töten. Es waren nur Traumbilder gewesen, aber aus einem irrationalen Grund hatte Karin furchtbare Angst um die Fremde.

Die Ursache für diese Träume war Karin natürlich völlig klar. Bereits am ersten Tatort im Haus des Anwalts hatte es Karin gespürt. Das war kein gewöhnlicher Mörder gewesen, der den Mann abgeschlachtet hatte, die extreme Grausamkeit und der Blutdurst des Täters sprachen eine andere Sprache. Dennoch hatte sie die Hoffnung gehegt, dass ihr Instinkt sie diesmal betrog und das Motiv entweder in den unsauberen Geschäften des Anwalts oder in dessen widerwärtigem Hobby zu suchen war.

Es wurde Zeit für sie sich einzugestehen, dass dies Selbstbetrug gewesen war. Heidis Entdeckung des Mordes an der Prostituierten in Pirna hatte ihre Befürchtungen zu einer grausamen Realität werden lassen. Karin verfluchte sich für ihr Versäumnis, sie hätte den Fall ganz anders angehen sollen. Zu ihrer Entschuldigung konnte sie nur den Überfall auf sich und die daraus resultierenden Probleme anführen. Gemeinsam mit Sandra musste sie noch heute Vormittag den Fall des Fake-Videos abschließen und anschließend alle Kräfte bündeln, um den Killer zur Strecke zu bringen, bevor der erneut zuschlug.

Ihre Überlegungen wurden gegenstandslos und verloren sich im Nichts, als die Tür aufging. Karin riss erstaunt ihre Augen auf und der Stift, mit dem sie gerade tief in Gedanken versunken auf dem Locher herumgetrommelt hatte, fiel ihr aus der Hand.

»Mein Gott«, war alles, was sie hervorbrachte.

»Na, das nenne ich mal einen Karrieresprung. Bis gestern war ich nur dein Schatz und heute …« Sandra konnte sich kaum das Lachen verbeißen, als sie Karins verwirrte Blicke registrierte.

Karin riss es von ihrem Stuhl, sie machte einen großen Satz und schnappte sich die Hände ihrer Freundin. »Du siehst ja unglaublich süß aus«, flüsterte sie hingerissen und staunte Sandras neuen Look an.

»Nicht wahr!?« Sandra befreite ihre Hände aus Karins Griff und drehte sich einmal im Kreis.

Karins Kehle war wie zugeschnürt. Vor Rührung sammelten sich Tränen in ihren Augen. Sie wusste, dass Sandra sich nur um ihretwillen die Haare hatte kurz schneiden lassen. »Ich hab dich nicht gar verdient«, stammelte sie.

»Oh, doch. Und zwar mit all meinen Macken.«

Karin setzte gerade zu einer passenden Antwort an, da betrat Kriminalrat Haupt den Raum. Er starrte seine Kommissarinnen kurz an, hob die Augenbrauen, ließ die optische Veränderung jedoch unkommentiert. Danach ließ er sich ohne Umstände in Karins Bürostuhl fallen. Der ächzende Hilferuf des Stuhls war nicht zu überhören.

Erschrocken setzte sich der Chef gerade hin. »Noch heute schicke ich ein Schreiben an die Verwaltung, damit ihr neue Stühle bekommt.«

»Das wird auch hohe Zeit. Was treibt dich zu uns?« Karin kannte den Grund bereits, doch sie fand es ratsamer, sich dumm zu stellen.

»Netter Versuch, Karin.« Haupt lächelte süffisant, dann schnupperte er. »Euer Tee riecht verlockend.«

Karin verstand den Wink mit dem Zaunpfahl und nach wenigen Augenblicken stand eine Tasse mit dampfendem Tee vor dem Chef.

»Den habe ich mir verdient.« Er trank einen Schluck und nickte anerkennend. »Ich komme gerade aus einer Besprechung und nun ratet, um was es da wohl ging.« Er wartete einige Sekunden, ließ die Stille ihre Wirkung tun und musterte seine Kommissarinnen demonstrativ.

Karin und Sandra wurde es abwechselnd heiß und kalt.

»Um einen verstörenden Film, der in den sozialen Medien kursierte«, beantwortete er selbst seine Frage. »Beim nächsten Mal …«, sein Tonfall klang plötzlich nicht mehr so entspannt, »lasst ihr mich nicht wieder ins offene Messer laufen! In Zukunft werdet ihr mich umgehend über alle relevanten Vorgänge, ganz gleich ob sie mit dem aktuellen Fall in Verbindung stehen oder nicht, in Kenntnis setzen.«

Karin holte tief Luft, doch Haupt stoppte sie mit einer ungeduldigen Handbewegung. »Komm mir jetzt bitte nicht mit Ausflüchten. Für einen Anruf oder eine SMS wäre Zeit gewesen. Völlig ahnungslos, durfte ich vor Dölker vom Führungsstab strammstehen. Es war sehr unangenehm, erst von Dölker von dem Film zu erfahren. Zu meinem Glück kennt der euch beide nicht so gut wie ich und war mit den Vorfällen vollkommen überfordert. Zuerst die Hasskommentare unter dem zurechtgeschnittenen Video, die sich später von Geisterhand zerstreuten, und zum Schluss die Gegendarstellung. Dölker hat die wildesten Verschwörungstheorien aufgestellt, was da abgelaufen sein könnte. Das ging bis zu Terrorismus und politischen Verschwörungen.« Widerwillig musste der Chef grinsen.

Karin nutzte die Gelegenheit und wollte etwas sagen, Haupts erhobene Hand stoppte sie zum zweiten Mal. »Ich will gar nicht wissen, wie ihr das alles gedeichselt habt. Je weniger Ahnung ich habe, umso leichter fällt es mir, mich dumm zu stellen.« Er seufzte tief. »Die Angelegenheit ist noch nicht ausgestanden. Dölker hat schon von einem Krisenstab geschwärmt. Ich werde alle Hände voll zu tun haben, um ihm dieses Vorhaben auszureden. Für euch hoffe ich …«, sein Blick ruhte auf Sandra, die ihn aus großen Augen treuherzig ansah, »dass keine Anfragen von gewissen Firmen wegen gehackter Rechner auf meinem Schreibtisch landen.«

»Was denkst du denn von mir!? Ich bin doch nicht so dämlich und hinterlasse Spur…«

Haupt würgte Sandras empörten Zwischenruf schnell ab. »Was von meinen Worten, dass ich bitte nichts von euren Umtrieben erfahren möchte, hast du jetzt nicht verstanden?« Sein Tonfall war unerbittlich. Gleich darauf klärte sich seine Miene und er verwandelte sich in den toleranten Chef zurück, der er sonst auch war. »Im Übrigen finde ich es richtig von euch, dass ihr das Problem mit dem unsäglichen Film schnell und diskret aus der Welt geschafft habt. Das hätte uns alle über Gebühr belastet und wenn uns die Medien zerfetzt hätten, wären wir nicht zum Arbeiten gekommen. Ihr schließt diese leidige Angelegenheit schleunigst ab und widmet euch danach mit aller Energie den beiden Mordfällen.«

Haupt zwinkerte zweideutig, nickte seinen Kommissarinnen aufmunternd zu und verließ den Raum mit einem Gefühl von warmer Zufriedenheit. Bisher hatte er sich auf seine zwei Mädels immer verlassen können. Und der kleine Anschiss würde sie für die nächsten drei bis vier Wochen von unüberlegten Aktionen abhalten. Im selben Augenblick schüttelte er über sich selbst den Kopf. So senil war er ja wirklich noch nicht, dass er Wunschträumen nachhing. Eine friedliche Woche wäre zur Abwechslung auch mal schön.

Karin blies erleichtert die Luft aus, nachdem sich die Tür hinter dem Chef geschlossen hatte. »Puh, das hätte leicht ins Auge gehen können.«

Sandra wollte einen zustimmenden Kommentar abgeben, doch ein Klopfen unterbrach sie. Im Türspalt erschien Rolf Brückners Gesicht. »Störe ich?«

Karin winkte ihn herein.

»Ich wollte euch nur berichten, was die Befragung von Florian Kupfer gebracht hat.«

Karin hob verwundert die Augenbrauen. »Eigentlich wollten wir das übernehmen.«

Rolf hob die Hände. »Du musst mich nicht so finster anschauen. Ich kann nichts dafür. Vor einer reichlichen Stunde ist Haupt zu mir ins Büro gekommen. Hat Druck gemacht und angeordnet, dass Jan und ich die leidige Angelegenheit unverzüglich zu einem Ende bringen sollen.« Er zuckte mit den Schultern. »Also haben wir den Knaben in die Mangel genommen. Jetzt muss noch das Protokoll geschrieben werden und dann übergeben wir die Sache an die Staatsanwaltschaft.«

Karin kam das schlitzohrige Zwinkern ihres Chefs wieder in den Sinn. Sie schaute zu Sandra, die erwiderte ihren Blick und lächelte säuerlich. Beide hätten dem Internet-Troll gern ein paar passende Bemerkungen um die Ohren gehauen.

Karin schluckte ihre Enttäuschung herunter. Genutzt hätte es ohnehin nichts. Dieser Kupfer ist ein Arsch. Und ein Arsch wird immer ein Arsch bleiben. Sie lehnte sich entspannt in ihrem Stuhl zurück, ignorierte das verdächtige Knacken und schaute Rolf auffordernd an.

»Die Nacht in der Zelle hat dem Burschen offensichtlich sehr gutgetan. Er hat ohne Punkt und Komma geredet, alles zugegeben und anschließend das Geständnis unterschrieben.«

»Wie kam es eigentlich dazu, dass er Zeuge des Überfalls auf Karin wurde und unbemerkt filmen konnte? Kannte er die beiden Schläger?«, hakte Sandra nach, der das alles viel zu schnell ging.

»Er hat angegeben, dass er eine Runde zum Spätverkauf gedreht hat, wollte sich mit Bier und Snacks eindecken«, fuhr Rolf fort. »Jan hat beim ›Night-Day-Shop‹ angerufen und es überprüft. Die haben Kupfers Aussage bestätigt. Er ist dort kein Unbekannter, kauft öfters da ein. Auf dem Rückweg hat er den Überfall beobachtet, sich hinter einem parkenden Auto versteckt und den Film gedreht.«

Sandra nickte. »Das könnte hinkommen. Ich habe mir den Film zig Mal angeschaut, der wurde wirklich aus einer niedrigen Perspektive aufgenommen.«

»Okay, dann ist das ja geklärt«, mischte sich Karin ein. »Und was ist mit den Schlägern, hatte er zu denen Kontakt?«

»Er hat es zumindest abgestritten.« Rolf zögerte, sein Blick wanderte zum Fenster, dann gab er sich einen Ruck. »Ich bin überzeugt, dass er nichts mit den Typen zu tun hat. Kupfer ist ein Feigling durch und durch, eine kleine miese Ratte, die gern im Dreck wühlt. Aber sobald es gefährlich wird, kneift so einer den Schwanz ein. Der lebt ganz gut vom Online-Poker, da lässt er sich nicht auf solche Aktionen ein, wie sie die beiden abziehen.«

Weder Karin noch Sandra widersprachen ihm. »Haken wir die Angelegenheit also ab«, sagte Karin, »und versuchen … Wie hast du ihn so treffend genannt? Ratte – das passt. Versuchen wir, die Ratte einfach zu vergessen.«

Rolf lehnte sich mit hinter dem Kopf verschränkten Händen in seinem Stuhl zurück und grinste zufrieden. »Wir werden ihn mit Sicherheit vergessen. Er uns aber bestimmt nicht.« Er gönnte sich eine Kunstpause und blickte in zwei erwartungsvolle Gesichter. »Heidi ist stocksauer auf den lieben Florian. Ich hab sie murmeln hören. Zischte etwas von unterlassener Hilfeleistung und erbärmlichem Wicht. Jedenfalls hat sie einen guten Draht zu einer Sachbearbeiterin beim Finanzamt.« Er lachte leise. »Schade, dass wir Florians Gesicht nicht sehen können, wenn die Steuerforderungen bei ihm eintreffen.«

Karin entlockte diese Nachricht kein Lächeln. Sie hatte den Fall Florian Kupfer bereits mental ad acta gelegt und ihre Gedanken kreisten erneut um die aktuellen Mordfälle. »Hat der DNA-Abgleich mit dem Genmaterial von Weises Gärtnerin etwas ergeben?«

»Hat er.« Rolf nickte nachdrücklich. »Die Spuren stammen eindeutig von Frau Wittig.«

»Ein Problem weniger, das hilft uns aber nicht wirklich weiter.« Karin überlegte kurz. »Ich trau mich gar nicht zu fragen. Hat Heidis und dein Ausflug nach Weißig gestern Abend noch was gebracht?«

Rolf schüttelte betrübt den Kopf.

Karin versank abermals in ihren Gedanken und fuhr zusammen, als ihr Dienstapparat klingelte.

Erstaunt sahen ihre Kollegen dabei zu, wie Karins Gesicht während des Gesprächs versteinerte. Nach einigen Minuten legte sie auf. »Der Mörder hat erneut zugeschlagen. Wieder in Weißig. Das Opfer ist eine junge Frau.«

Freitag, 10.00 Uhr

Die Stippvisite in der Wohnung seiner übernächsten Klientin hatte ihm die Wahrheit vor Augen geführt. Erfüllt von seinem Selbstwertgefühl betrachtete er sich im Spiegel und entdeckte die wahre Macht, die ihm innewohnte. Die Macht, ein Leben zu beenden, nur weil er es wollte.

Nur wenige Menschen sind in der Lage, zu sich selbst absolut ehrlich zu sein.

Er war es.

Bevor diese Kraft, diese Macht in ihm gereift war, hatte er sich selbst belogen. Hatte sich vorgemacht, ausschließlich des Geldes wegen zu töten, doch das war nicht wahr. Das Töten war zu einem Teil von ihm geworden, zu einem Grundbedürfnis. Und es war sein Recht, diesen Hunger zu stillen.

Als er sich durch die Räume der schönen Frau bewegt hatte, war eine Veränderung in ihm vorgegangen. Mit jeder Faser seines Körpers konnte er es spüren. Seine Empfindungen waren viel intensiver geworden. Seine Sinne erfassten die Umwelt mit einer fast schmerzhaften Klarheit. Nahmen Farben und Geräusche auf, die ihm bisher verborgen geblieben waren.

Es war nur konsequent, dass er diese Wahrheit erkannte. Sie offenbarte sich ihm ohne Vorwarnung an ihrem Wäscheschrank. Seine Hand schwebte bereits über ihren Slips, begierig wollten die Finger die Seide fühlen, Erregung aus der Berührung schöpfen. Erregung und Erleichterung. Ein unsichtbarer Bann ließ ihn jedoch innehalten. Urplötzlich wurde ihm klar, wie trivial das alles war. Geradezu lächerlich.

Nur der Moment des Todes zählte. Wenn das Blut aus dem Körper rann und das Leben mit sich nahm.

Das war der wahre Höhepunkt.

Für ihn und für sein Opfer.

Diese Erkenntnis ließ seine Erektion in sich zusammenfallen. Er vergaß die Reizwäsche, schaltete den Laptop ein und spionierte in ihren Dateien. Als er nichts Interessantes fand, wandte er sich ab, kontrollierte, dass er keine Spuren hinterlassen hatte, und verließ die Wohnung.

Er hatte lange mit sich gerungen, ob er den Ausflug wirklich wagen sollte, da sein Bein noch nicht zu hundert Prozent einsatzbereit war. Eine Flucht hätte ihn vor Probleme gestellt. Es war seine Gier gewesen, die ihn dazu getrieben hatte. Der Drang sich zu erleichtern.

Rückblickend charakterisierte er sein Verhalten als weitsichtig, hatte es ihm doch die Augen geöffnet.

Das war gut so, denn bisher war er ahnungslos von Mission zu Mission getorkelt und hatte den wahren Antrieb für sein Handeln nicht gesehen.

Dabei lag es auf der Hand. Es hätte ihm viel früher klar werden müssen. Bereits damals in jener Nacht.

Gemeinsam mit Kalle hatte er diesen Bruch geplant. Die Vorbereitungen hatten sie mit der erforderlichen Gründlichkeit durchgeführt und nichts dem Zufall überlassen. Als Telekom Techniker getarnt hatten sie ein gediegenes Einfamilienhaus ausspioniert. Dabei durch Zufall erfahren, dass die Bewohner am nächsten Tag in den Urlaub fahren wollten. Einer perfekten Aktion stand also nichts im Weg.

Pech war nur, dass das Ehepaar bei einem Online-Anbieter einen Haustausch Urlaub organisiert hatte. Während die an der Nordseeküste von Bergen aan Zee am Sandstrand lagen, wollte ein holländisches Ehepaar die touristischen Attraktionen Dresdens erkunden. Solche unglücklichen Entwicklungen konnte man auch mit der besten Planung nicht verhindern.

Im festen Glauben, die Einzigen im Haus zu sein, begannen Kalle und er – ohne besondere Vorsicht walten zu lassen – mit ihrer Arbeit im Parterre. Gerade als er mit einem Meißel einem Schrank zu Leibe rücken wollte, polterte ein zwei Meter großer blonder Hüne die Treppe herunter und brüllte sie mit seinen unverständlichen Rachenlauten an.

Kalle gab auf der Stelle Fersengeld und überließ es ihm, diesen Wüterich in den Griff zu kriegen. Der war mit einem Satz bei ihm und streckte ihn mit einer knallharten Rechten zu Boden. Benommen wollte er sich aufrappeln, um dann fluchtartig Kalles Beispiel zu folgen. Doch der Holländer war zu schnell für ihn. Schnürte ihm mit den Fingern seiner linken Hand die Gurgel ab und prügelte mit der rechten Faust auf ihn ein.

Mit einer heftigen Abwehrbewegung wollte er den Mann von sich wegstoßen, vergaß dabei, dass er den Meißel noch in der Hand hielt, und rammte dem Mann das scharfe Werkzeug in den Bauch. Dabei musste er eine Schlagader erwischt haben, denn ein großer Schwall warmen Blutes strömte über seine Hände und von da über seinen Körper.

Laut kreischend wand er sich unter dem sterbenden Mann hervor und flüchtete sich mit vor Angst weit aufgerissenen Augen in eine Ecke. Jede Synapse seines Körpers befahl ihm, auf der Stelle von hier zu verschwinden, doch er war in einer katatonischen Starre gefangen. Zitternd presste er sich an die Wand und verfolgte überwältigt von schierer Panik den Todeskampf des Holländers.

Es dauerte eine gefühlte Ewigkeit, ehe der starb. Endlich hörte das spastische Zucken auf, der blonde Mann sank schlaff in sich zusammen und mit einem letzten Seufzer verließ ihn das Leben.

Der Tod des Holländers half ihm seine Lähmung zu überwinden. Entkräftet sackte er in sich zusammen, hob die Hände und betrachtete das Blut, das von seinen Fingern tropfte. Dann rappelte er sich mühsam in die Höhe und wankte ziellos ein paar Schritte durch den Raum. Langsam begann sein Gehirn wieder zu funktionieren. Doch erst die angstvolle Stimme einer Frau, die im Obergeschoss nach einem Mathijs rief, befreite seine Lebensgeister von den Fesseln der Betäubung. Mit fiebrigen Bewegungen sammelte er sein Werkzeug ein, Kalles Ausrüstung dagegen ließ er liegen.

Nach einem schnellen Rundumblick verließ er das Haus. Zu seinem Glück befand sich das Gebäude in unmittelbarer Nähe zur Elbe. Die Gegend wirkte ausgestorben und die Nacht war sein Verbündeter. Keiner sah ihn, als er sich am Flussufer auszog, sich und seine Kleidung reinigte und dann patschnass auf dunklen Wegen zu dem Wohnmobil lief, das Kalle geklaut hatte. Als er bemerkte, dass sein Kumpel nicht zu dem Fahrzeug zurückgekehrt war, fiel ihm ein Stein vom Herzen. In rasender Hast zog er sich frische Sachen an und packte die befleckten Textilien in einen Müllbeutel. Er würde sie unterwegs bei einer Kleiderspende entsorgen.

Auf dem Weg nach Dresden analysierte er seine Lage. Dabei war er selbst überrascht, dass er sich so gut im Griff hatte, um derart ruhig und kaltblütig zu agieren. Als Erstes brauchte er ein Alibi. Die K.-o.-Tropfen, die er für alle Fälle bei sich trug, schenkten ihm den rettenden Einfall. Statt sich zu Hause zu verkriechen, steuerte er eine ihm bekannte Bar an, in der immer ein williges Mädchen zu finden war. Nachdem die Kleine versorgt war, fuhr er das Wohnmobil nach Tschechien und stellte es mit dem Zündschlüssel im Schloss einfach am Straßenrand ab. Er konnte zu hundert Prozent davon ausgehen, dass sich dafür schnell ein Liebhaber finden würde.

Der erste Zug brachte ihn zurück nach Dresden.

Als er das Mädchen friedlich schlafend in seiner Wohnung vorfand, lächelte er erleichtert. Alles lief genauso, wie er es kalkuliert hatte.

Der Gedanke an Kalle ließ ihn gleich darauf laut auflachen. Dieser Amateur hatte sich mit seiner Borniertheit das eigene Grab geschaufelt. In einer Sache waren er und Kalle nämlich stets unterschiedlicher Meinung gewesen. Auch bei dem heutigen Bruch hatte sich sein Partner über seine übertriebene Vorsicht, Handschuhe zu tragen, amüsiert. Kalle vertrat die Meinung, dass die Bullen sich nicht die Mühe machen würden, bei jedem Bruch Spuren zu sichern. »Das kostet alles Geld und das gibt Vater Staat lieber für andere Dinge aus. Diäten und so«, war seine Rede gewesen.

Die Zukunft zeigte deutlich: Er war es, der zuletzt lachte.

Da Kalle reichlich Fingerabdrücke in dem Haus hinterlassen hatte, kamen ihm die Bullen im Nu auf die Spur. Kalle musste die Schlinge gespürt haben, die sich um seinen Hals legte, und setzte sich deshalb nach Holland ab. Weit kam er nicht. In Amsterdam klickten die Handschellen.

In einer der hinteren Reihen des Gerichtssaals versteckt, verfolgte er den Prozess. Kalle schob die gesamte Schuld auf einen unbekannten Mittäter, erwähnte aber mit keinem Wort seinen Namen. Kurz hatte er geschwankt, ob er sich stellen und den Partner entlasten sollte, die Angst vor der Strafe hielt jedoch seine Lippen verschlossen.

Das Alibi hatte er vollkommen umsonst organisiert, weder er noch die Kleine aus der Bar wurden je befragt.

Bis zum Ende des Strafverfahrens und Kalles Verurteilung stand er ständig unter Hochspannung. Erst als die Angelegenheit ausgestanden war, brachen die Emotionen mit aller Wucht über ihn herein und er fand aus seiner Trance zurück. Angst und Entsetzen schlugen ihre Krallen in seine Seele. Er verlor den Appetit, magerte ab und begann unter Verfolgungswahn zu leiden. Es kam so weit, dass er sich nicht mehr überwinden konnte, seine Wohnung zu verlassen. Hinter jeder Ecke glaubte er Mathijs zu sehen, der ihn höhnisch angrinste.

Am schlimmsten waren die Nächte. Auf leisen Sohlen schlich sich der tote Holländer, groß und Furcht erregend, in seine Träume. Kämpfte immer aufs Neue mit ihm, um anschließend neben ihm im Bett zu verbluten.

Nach einem Jahr der Qual – er war nur noch ein Schatten seines ehemaligen Seins – fasste er den Entschluss, sein Martyrium zu beenden. In so einer Hölle wollte und konnte er nicht mehr leben. Er setzte sich an den Schreibtisch und schilderte die Ereignisse, die zum Tod des Holländers geführt hatten, bis ins kleinste Detail. Schonungslos ging er mit sich selbst ins Gericht und sparte keine Einzelheit aus. Wenn man seinen toten Körper fand, sollte wenigstens Kalle rehabilitiert werden.

Das Resultat dieser Beichte glich einem Wunder, es war der Fingerzeig einer höheren Macht. Tropfen um Tropfen flossen Grauen und Schuld auf das unschuldige Weiß des Papiers. Der Punkt hinter dem letzten Satz war das Amen, das ihn reinwusch.

Von den Ereignissen blieb nichts als eine Kratzspur auf seiner Seele.

Gleichsam wiedergeboren, erhob er sich von seinem Stuhl und, als wäre er nie durch ein finsteres Tal gegangen, zog er sich eine Jacke über, lief zum nächsten Supermarkt und kaufte Lebensmittel.

Die nächste Nacht schlief er tief und traumlos.

Am darauffolgenden Morgen begann er sein Leben neu zu organisieren. Er machte sich selbstständig und manchmal erlebte er sogar Momente, die ihn glauben ließen, seine Vergangenheit sei nur ein Traum. Mehrere Jahre lebte er so in den Tag hinein. Er befand sich im Puppenstadium eines Schmetterlings. Bis zu dem Moment, als Vanessa in sein Leben trat, es für immer veränderte und er begriff, dass er zu Höherem geboren war.

Freitag, 10.15 Uhr

Karl Johann war mit seiner derzeitigen Situation überhaupt nicht glücklich. Deshalb tat er das, was er in letzter Zeit ständig machte: Er hing seinen Gedanken nach und philosophierte über seine Probleme. Eine Lösung zu finden, war nicht leicht, denn in der jetzigen Welt war er ebenso gefangen wie in der vorangegangenen. Sein gegenwärtiges Dasein war zwar nicht gerade das Gelbe vom Ei, doch zurück in den Knast wollte er um keinen Preis. Eher würde er verrecken.

Karl schaute kurz zu seiner Sybille, die völlig weggetreten irgendeine blöde Realitysoap glotzte, und verdrehte die Augen. Zwei hysterisch kreischende junge Frauen gingen shoppen. Warum man sich einen derartigen Schwachsinn freiwillig antat, war ihm schleierhaft. Er saß nur hier, weil Sybille angeordnet hatte, dass sie mal wieder gemeinsam etwas unternehmen müssten. Tja, und da war Fernsehen das geringste Übel.

Warum zum Teufel war von all den Frauen, die sich in Knackis verliebten, ausgerechnet Sybille auf ihn angesprungen? Er fand, dass ein unschuldig Verurteilter das Recht hatte, eine Appetitlichere abzubekommen.

Wenn er nur an die vielen Frauen dachte, die ihm auf der Straße über den Weg liefen. Gut gewachsen, gepflegt, attraktiv. Mit was für einem Klops er sich dagegen behelfen musste! Von ihrer Fresserei und Sauferei aus dem Leim gegangen und vom vielen Rauchen faltig geworden, wirkte Sybille mindestens fünfzehn Jahre älter als die sechsundvierzig, die sie bereits auf dem Buckel hatte.

Weiber sollten nicht rauchen, sieht total unsexy aus, dachte Karl, klopfte sich eine neue Zigarette aus der

Schachtel und zündete sie an. Schnell spülte er den unangenehmen Geschmack, der sich auf einmal in seinem Mund eingestellt hatte, mit einem großen Schluck runter. Bloß gut, dass heute sein freier Tag war, da konnte er schon am Vormittag ein Bierchen zischen und war nicht gezwungen, seinen Durst mit Sybilles labbrigem Tee zu löschen.

Doch das Bier war kein wirklicher Trost. Es wurde höchste Zeit, dass er sich nach einer anderen Herzdame umsah. Bevor er jedoch seine Fühler in Richtung eines neuen Weibchens ausfuhr, war es erforderlich seine finanzielle Situation auf Vordermann zu bringen. Denn leider war er komplett von Sybille abhängig. Sie ließ ihn bei sich wohnen, hatte ihm den Job in der Autowerkstatt ihres Bruders verschafft, kochte und wusch seine Wäsche. Die letzten beiden Dinge bekäme er eventuell auch so in den Griff, doch dummerweise gehörten ein fester Wohnsitz sowie ein geregeltes Einkommen zu seinen Bewährungsauflagen. Und wenn er ehrlich zu sich war, musste er zugeben, dass er ohne Sybille immer noch gesiebte Luft atmen würde. Nur durch die feste Partnerschaft war ihm das Prädikat »resozialisierbar« verliehen worden. Ein wenig dankbar war er schon darüber. Also würde er heute Nacht, wohl oder übel, den Fleischberg wieder besteigen.

Der nächste Blick, mit dem Karl Sybille streifte, war wesentlich freundlicher. Lieb war sie ja und anhänglich. Vielleicht sollte er ihr ein neues erotisches Spiel vorschlagen? Darauf fuhr sein Dickerchen immer ab. Ob sie es allerdings geil finden würde, wenn er ein Laken mit einem Schlitz im unteren Drittel über sie legen würde, war fraglich. Nein, das würde nicht funktionieren, dachte er traurig und drückte seine Kippe aus. Somit hieß es für ihn abermals: Augen zu und durch.

»Ich geh an den Rechner. Hab morgen 'ne knifflige Reparatur. Checks lieber noch mal bei Google«, sagte er halblaut, strich Sybille über den Arm und ging in die Küche, wo auf dem Tisch sein Laptop auf ihn wartete.

Nachdem das System gestartet war, kümmerte er sich zuerst um sein Alibi. Falls es Sybille gelang, ihren fetten Hintern von der Couch zu lösen, wollte er vorbereitet sein. Mit wenigen Klicks öffnete er eine Seite, die technisch genug aussah. Anschließend nahm er seinen Funkscanner aus der Laptop-Tasche.

Erfreulicherweise hatte Sybille ebenso viel Ahnung von Technik wie Casanova von Monogamie. Sollte sie zufällig einen Blick auf das Gerät werfen, würde sie es nur verständnislos mit ihren Glubschaugen anstarren und im selben Wimpernschlag vergessen.

Eine unwissende Frau ist eine gute Frau, war schon immer Karls Motto gewesen. Man konnte nie wissen, was die Zukunft brachte. Heute war die Liebe vielleicht noch stark. Er zuckte mit den Schultern, wie heißt es doch so schön: heute Sonnenschein, morgen Hass.

Deshalb war Vorsicht ein kostbares Gut. Er durfte nie leichtsinnig werden, keine Sekunde lang. Das Abhören des Polizeifunks stand unter Strafe. Wurde man dabei erwischt, konnte das bis zu zwei Jahre Knast einbringen. Bei ihm, mit seiner Bewährung, vielleicht sogar noch mehr.

Karl stöpselte die Kopfhörer ein und nickte nachdenklich. Die Welt änderte sich rasant. Als er vor über neun Jahren in den Bau eingefahren war, hatte er dem Polizeifunk noch mit einem stinknormalen Funkgerät gelauscht. Jetzt war alles digital und verschlüsselt. BOSNet hieß heutzutage das Zauberwort – ein Digitalfunk der Behörden und Organisationen mit Sicherheitsaufgaben.

Karl musste grinsen. Als ob die Gegenseite nicht nachrüsten würde. Für knapp 300 Euro hatte er sich einen digitalen Scanner im Web besorgt. War ein Schnäppchen. Natürlich hätte er auch mehr für das geile Teil hingelegt, denn das tägliche Abhören des Polizeifunks gehörte einfach zu seinem Leben dazu. Es war wie eine Berufskrankheit. Und obwohl er sich zurzeit vornehm zurückhielt und keine krummen Dinger drehte, konnten Informationen über die aktuelle Lage niemals schaden.

Entspannt zurückgelehnt, verfolgte Karl mit süffisantem Grinsen das kriminelle Treiben der Stadt. Da er die Küchentür gut im Blick hatte, minimierte er den Browser mit der technischen Darstellung und öffnete eine Pornoseite. So konnte er sich gleichzeitig die erforderliche Stimulanz holen, um heute Abend für Sybille bereit zu sein.

Fünfzehn Minuten später wurde Karl aus der genüsslichen Betrachtung einer androgynen Frau gerissen, die sich lasziv auf einem Bett wälzte. Eine mit verstörter Stimme in den Äther gekrächzte Meldung trieb seinen Blutdruck in die Höhe. Die Nachricht löste einen Wirbelsturm an Empfindungen in seinem Hirn aus. Ein nervöses Zucken seines rechten Zeigefingers verbannte die Frau ins Nirvana des Netzes.

Karls Körper kribbelte, als würden Stromstöße aus den Ohrmuscheln direkt in seinen Kopf jagen. Das konnte doch nicht wahr sein!

Entgeistert hörte er der Übermittlung bis zum Schluss zu. Die Informationen waren eindeutig, ein Irrtum ausgeschlossen. Genau das war es, worauf er seit neun Jahren wartete. Endlich könnte er die offene Rechnung begleichen und eine Entschädigung für die vielen Jahre hinter Gittern einfordern.

Karl sprang auf. Ihn hielt nichts mehr auf dem Stuhl und schon gar nicht in dieser Wohnung. Ohne sich bei Sybille zu verabschieden, raffte er Schlüssel und Brieftasche an sich und stürmte aus der Tür.

Freitag, 11.15 Uhr

Da Karin und Sandra an diesem Tag getrennt zur Polizeidirektion gefahren waren, verteilten sie die anderen Teammitglieder kurzerhand auf ihre beiden Autos. Beim Einsteigen blieb Heidelinde stocksteif stehen und tat so, als müsse sie etwas in ihrer Tasche suchen, statt in einem der Pkws Platz zu nehmen. Sie hatte sich dabei so geschickt hingestellt, dass sie den Weg versperrte. Erst als Rolf sich auf den Beifahrersitz von Sandras SEAT gefläzt hatte, kam Bewegung in sie. Blitzschnell huschte sie in Karins Fiesta. Jan wollte zuerst protestieren, zog dann aber mit beleidigtem Gesicht ab und zwängte sich auf die Rückbank von Sandras SEAT.

Karin hob bei dem Manöver ihrer Kollegin nur amüsiert die Augenbrauen. Setzte ihre Sonnenbrille auf und startete kommentarlos den Wagen. Sie fand es ganz gut, allein mit Heidelinde zu fahren. Die war keine Plaudertasche und so konnte sie in Ruhe ihren Gedanken nachhängen. Als sie bei der Fahrt vom Parkplatz einen kurzen Blick in Richtung ihrer blonden Kollegin riskierte, bekam sie allerdings Zweifel. Heidelinde sah eindeutig so aus, als würde sie ein schweres Problem mit sich herumtragen.

Bis zur Elbüberquerung auf der Waldschlösschenbrücke herrschte jedoch Stille im Wagen. Erst, nachdem Karin die dreißiger Zone hinter sich gebracht hatte und erleichtert Gas gab, brach Heidelinde das Schweigen. »Darf ich dir eine persönliche Frage stellen?«

Karin, die sehr wohl fühlte, welche Überwindung hinter diesen Worten steckte, gab sich betont locker. »Tu dir keinen falschen Zwang an.«

»Sandra und du, ihr seid doch beste Freundinnen?«

»Ja«, antwortete Karin gedehnt. »Ich glaube, das kommt hin.«

»Ich weiß natürlich, dass euch beide viel mehr verbindet, aber darum geht es jetzt nicht.« Heidelinde holte tief Luft und nahm ihren ganzen Mut zusammen. »Was ist das für ein Gefühl, eine beste Freundin zu haben?«

»Das müsstest du doch eigentlich wissen.« Karin setzte den Blinker und zog mit einem eleganten Schwenk links an mehreren Autos vorbei, die ihrer Meinung nach zu langsam unterwegs waren. Nachdem sie sich wieder auf der rechten Fahrspur eingeordnet hatte, schaute sie unauffällig zu Heidelinde, ob ihr gewagtes Manöver Grund für deren erneute Schweigsamkeit war.

Doch Heidelinde schien die Umwelt ausgeblendet zu haben und knabberte nachdenklich auf ihrer Unterlippe herum. »Wie meinst du das?«, meldete sie sich nach einer gefühlten Ewigkeit.

»Na ja, ich dachte, wir zwei sind gute Freundinnen und zu Sandra hast du ebenfalls ein sehr gutes Verhältnis.« Da von Heidelinde kein Lebenszeichen kam, sah Karin sich genötigt weiter zu reden. »Ich sehe das so, Freundinnen sind immer füreinander da. Erinnerst du dich daran, dass du, ohne zu zögern, bereit warst, meinen Hintern zu retten, als mich ein Schwerverbrecher im Keller festgehalten hat? Dabei wusstest du genau, dass diese Sache leicht in einem Gemetzel hätte enden können. Das hat dich nicht abgeschreckt. Und na ja, mit einer Freundin kann man auch über intime Dinge quatschen. So wie wir gerade eben.«

Heidelinde ließ sich das durch den Kopf gehen. »Klingt logisch«, meinte sie nach einer Weile.

Karin gab Heidelinde einen leichten Klaps auf den Oberschenkel. »Ich denke, es wird höchste Zeit, dass wir mal gemeinsam auf Sauftour gehen. Sandra muss natürlich mitkommen, sonst bringt es ja nichts, wir zwei Sozialkrüppel würden uns den ganzen Abend lang nur anmuffeln.«

»Sobald meine Wohnung fertig eingerichtet ist, will ich eine Party geben. Ich würde mich sehr freuen, wenn du und Sandra auch kommen.«

»Liebend gern. Ich trinke Whisky mit Tonic.«

Die Ankunft in Weißig beendete ihre Unterhaltung. Karin bog von der B6 ab und bahnte sich den Weg über mehrere Straßen bis zur angegebenen Adresse. Beim Aussteigen registrierte sie drei Dinge: Das Haus des Anwalts lag gleich nebenan, Mario Bretschneiders Harley stand bereits am Straßenrand und der Sommer, der am Vortag eine kleine Verschnaufpause eingelegt hatte, war mit voller Wucht zurückgekehrt.

Trotz Sonnenbrille musste Karin blinzeln, als sie zu dem hellen Haus hinübersah. Das Anwesen wirkte gepflegt, besonders der mit Liebe angelegte Garten zog ihren Blick auf sich. Einzig das rot-weiße Absperrband verriet, dass sich hinter der idyllischen Kulisse eine schreckliche Tragödie abgespielt hatte.

Die Ankunft von Sandras SEAT unterbrach Karins Betrachtung. Sie wies die Kollegen an, sich im Haus umzuschauen und mit der Arbeit zu beginnen. Sie selbst hatte es nicht so eilig. Der kleine Vorgarten hatte ihre Aufmerksamkeit gefesselt. Die Rabatten hatte eindeutig ein Mensch angelegt, der Blumen liebte und die Fähigkeit besaß, sie geschmackvoll auszuwählen, anzupflanzen und zu pflegen. Karin schlenderte langsam zum Haus, kam allerdings nur bis zu einem hübschen Wacholderbusch, in dessen Schatten ein Liegestuhl stand. Flink lief sie zur Straße zurück, griff bei den gerade eingetroffenen Kollegen der KTU einen Schutzanzug ab, ging zurück zur Sonnenliege und legte sich ohne Umstände hinein. Der Liegestuhl war so positioniert, dass die Kommissarin eine wunderbare Aussicht auf die Blumenbeete hatte. Und nicht nur auf die. Jeder, der zum Haus des Anwalts wollte, stand damit im Fokus der Person, die im Liegestuhl lag.

So schwungvoll, wie es der Plastikoverall zuließ, stemmte sich Karin hoch und lief zum Haus. Unwillig zupfte sie dabei an der Kunststoffhülle herum. Sie hasste diese Dinger. Nicht nur, dass dieses Ganzkörperkondom ihre Bewegungsfreiheit stark einschränkte, ihr Hosenbund und der BH trieften inzwischen vor Schweiß. Bei den herrschenden Temperaturen würde sie sich in spätestens fünf Minuten wie eine ersoffene Maus fühlen.

Im Haus war es auch nicht kühler. Im Gegenteil. Überall schwirrten Beamte umher und die Gerüche und die Wärme, die sie dabei erzeugten, schafften eine Atmosphäre, die Karin an das Affenhaus im Zoo erinnerte.

Im Parterre traf sie auf zwei Streifenbeamte. »Sie waren als Erste am Tatort?«, sprach sie die beiden jungen Männer an.

Die Gesichter, die sich ihr zuwandten, wirkten ausgelaugt und verstört, mehr als ein stummes Nicken brachten die Männer nicht zustande.

Karin begann zu ahnen, was da auf sie wartete. Doch bevor sie sich diesem schrecklichen Anblick aussetzte, wollte sie ein anderes Problem klären. »Wer hat Sie alarmiert?«

Der größere der Polizisten zeigte nach oben. »Die Besitzerin des Hauses. Frau Helga Altenkirch, 85 Jahre. Hat die Leiche …«, er sah zur Uhr, »gegen 10 Uhr gefunden, der Notruf ging um 10.19 Uhr bei uns ein und wir waren genau zwanzig Minuten später vor Ort.«

»Ist sie ansprechbar?«

»Auf jeden Fall. Die steckt die Hitze und eine Leiche im Haus lockerer weg als wir.«

»Danke. Ach übrigens, Sie müssen nicht hier im Haus bleiben. Warten Sie besser draußen auf weitere Anweisungen, da geht wenigstens ein leichter Wind.«

Begleitet von dankbaren Blicken, stieg Karin die Treppe hinauf und drückte den Klingelknopf. Nach einigen

Minuten öffnete eine schmächtige Frau die Tür und bat Karin wortlos in ihre Wohnung. Sie wies mit einer matten Bewegung ihrer Hand auf das Sofa und schlurfte zu ihrem Ohrensessel zurück.

»Guten Tag, ich bin Hauptkommissarin Wolf. Entschuldigen Sie bitte die Störung und meinen Aufzug. Sind Sie in der Lage, ein paar Fragen zu beantworten?«

»Ich höre nicht mehr so gut, aber wenn Sie laut und deutlich sprechen, ist das kein Problem. Im Übrigen mache ich alles, damit das Schwein, das die liebe und fröhliche Patricia umgebracht hat, hinter Gitter kommt.«

»Danke, ich will Sie auch nicht lange aufhalten …«

Ein trockenes Lachen unterbrach Karin. »Aufhalten? Von was? Denken Sie, dass ich heute noch zur Spätschicht muss?«

Das ist ja vielleicht eine Marke, dachte Karin und verbiss sich ein Grinsen. »Es wird später noch eine Kollegin bei Ihnen vorbeikommen, die Sie genauer befragt. Ich möchte eigentlich nur wissen, wer den Garten vor Ihrem Haus pflegt.«

»Das hat Patricia immer gemacht. Sie liebte die Blumen so sehr.« Frau Altenkirchs Augen hatten sich mit Tränen gefüllt. »Früher habe ich den Garten instand gehalten. Jetzt kann ich das nicht mehr. Ich habe schon seit Jahren Arthrose in den Fingern.«

»Draußen steht ein Liegestuhl. War das Patricias Platz?«

»Den hat sie sich gleich nach ihrem Einzug gekauft. Wenn das Wetter schön war und sie Zeit dafür hatte, hat sie da gelesen.«

Karin erhob sich. »Vielen Dank. Sie haben mir sehr geholfen.«

»Warten Sie bitte noch einen Moment.« Frau Altenkirch winkte Karin zu sich heran und nahm ihre Hand. »Sie sagten, Sie sind Hauptkommissarin. Bedeutet das, dass Sie die Ermittlungen leiten?«

»Sie scheinen sich gut auszukennen. Ja, ich habe den Hut auf.«

»Dann versprechen Sie mir, dass Sie den Mistkerl finden, der das meiner jungen Freundin angetan hat.«

Karins Antwort kam zögernd. »Ich verspreche Ihnen, dass ich alles tue, was in meiner Macht steht.«

Die alte Dame hielt den Blick der Kommissarin einige Sekunden lang schweigend fest. »Das genügt mir. Sie sind ein ehrlicher Mensch, das kann ich sehen und ich weiß, dass ich mich auf Sie verlassen kann.« Dann lächelte sie, doch Karin konnte die tiefe Trauer hinter diesem Lächeln erkennen. »Gott sei Dank sind meine Augen noch in Ordnung, so kann ich täglich einige Stunden lesen. Daher kenne ich mich mit den Dienstgraden aus.«

Die Stille, die Karin in der Wohnung von Patricia empfing, wunderte sie. Normalerweise herrschte an Tatorten eine hektische Betriebsamkeit. Hier dagegen gingen sämtliche Kollegen schweigend und mit ernsten Gesichtern ihrer Arbeit nach. Der Grund dafür wurde ihr schlagartig klar, nachdem sie einen Blick auf das Opfer geworfen hatte. Wie eine abgepflückte Blume lag die bildhübsche Frau leblos ausgestreckt im Flur. Obwohl der Tod schon vor einigen Stunden zu ihr gekommen sein musste, war es dem grauenvollen Schnitter bis jetzt nicht gelungen, Patricia mit dem Stempel der Vergänglichkeit zu zeichnen. Nur aus ihren blauen Augen, die noch immer entsetzliche Panik und Schmerz verrieten, war jedes Leben gewichen. Mit ihrem Schweigen zollten die Beamten der jungen Frau ihren Respekt.

Sandra, die ganz weiß um die Nase war, hielt ein Tablet in der Hand und nickte Karin zu. »Bei der Toten handelt es sich um Patricia McGee, geboren in Brighton, Großbritannien. Sechsundzwanzig Jahre ist sie gerade mal geworden.« Sandras Stimme war leiser als gewohnt. »Gearbeitet hat sie in einer Bar in der Innenstadt. Die Eltern leben in Brighton. Du kannst dir nicht vorstellen, wie froh ich bin, dass nicht wir diesen armen Leuten die Nachricht vom Tod ihrer Tochter überbringen müssen.«

Karin konnte das sehr wohl und war darüber ebenfalls erleichtert. Wenigstens diesen bitteren Kelch mussten sie diesmal nicht leeren.

Sie ging neben Dr. Bretschneider in die Hocke und legte ihm zur Begrüßung die Hand auf die Schulter.

Der Rechtsmediziner schaute von seiner Arbeit auf. In seinen Augen spiegelte sich Trauer. »Was ist das bloß für ein Ungeheuer, dass eine unschuldige Frau derart grauenvoll abschlachtet?« Nach den gemurmelten Worten widmete er sich wieder der Untersuchung des Opfers.

Karin blendete ihre Gefühle aus und tastete jeden Zoll der Leiche mit ihrem Blick ab. Es war offensichtlich, weshalb die Beamten eine Parallele zum Fall Weise gezogen hatten. Die große Wunde im Unterleib des Opfers zeigte den Zusammenhang auf drastische Weise. Gleichzeitig nahm eine weitere Erkenntnis im Kopf der Kommissarin Gestalt an. Sie kannte Patricia von den Filmen des Anwalts. Gerade zwei Tage war es her, dass sie zugesehen hatte, wie sich die junge Frau vor dem Einschlafen selbst Lust verschafft hatte. Die Information sank bleischwer in Karins Magen. Sie würde die unschuldige Schönheit dieser Szene nie vergessen. Obwohl sich Karin dagegen sträubte, kehrten ihre Gefühle mit Macht zu ihr zurück. Unbewusst presste sie die Lippen zusammen und ballte die Fäuste, dabei schwor sie sich und Patricia, dass sie diesen Wahnsinnigen für immer aus dem Verkehr ziehen würde. Dann schluckte sie, riss sich zusammen und wurde wieder zu einer effizient funktionierenden Polizistin. Sie stand auf, ging zu einem Beamten der KTU und fragte, ob er einen sterilen Kamm für sie hätte. Ohne sich seine Überraschung anmerken zu lassen, kramte der in einem Aluminiumkoffer und förderte einen eingeschweißten Kamm ans Tageslicht. Karin bedankte sich, hockte sich erneut neben Patricias Körper und begann Strähne um Strähne von deren Haar zu untersuchen. Nachdem sie die Prozedur zwei Mal wiederholt hatte, zuckte sie enttäuscht die Schultern. »Also von diesem Kopf hat der Mörder definitiv keine Haare abgeschnitten.«

Obwohl sie es mehr zu sich selbst gesagt hatte, fühlte sich Heidelinde angesprochen. »Bei dem Anwalt hat der Mörder auch keine Haarsträhne als Trophäe mitgenommen und ich bin trotzdem absolut sicher, dass es derselbe Täter ist.«

»Bei Weise wäre es ihm auch verdammt schwergefallen.« Sandra hatte den Schock überwunden und zu ihrem gewohnt lockeren Tonfall zurückgefunden.

Es war, als würde ein Aufatmen durch den Raum gehen. Die drückende Stille verflog und alle Anwesenden wirkten auf eine gewisse Weise erleichtert. Sandra hatte es mit ihrem Hinweis auf Weises Glatze im Handumdrehen geschafft, die Atmosphäre zu entkrampfen.

Obwohl sie selbst nicht so recht daran glaubte, sagte Karin: »Wir müssen die Fälle ein weiteres Mal unter die Lupe nehmen. Nicht, dass es am Ende doch zwei Mörder sind.«

Heidelinde schüttelte entschieden den Kopf. »Du warst nicht in Vanessa Carstens Wohnung, Karin. Ich habe es deutlich gefühlt. Das Böse. Es nistet sich in den Räumen ein, für immer.«

Dr. Bretschneider sah auf und schlug in dieselbe Kerbe. »Ich habe mir den Autopsiebericht aus Pirna kommen lassen. Exakt das gleiche Vorgehen, die gleiche Tatwaffe. Und ich habe noch was für euch.« Er zeigte auf den rechten Fuß der Toten. »Es ist mir eigentlich nur aufgefallen, weil sie barfuß unterwegs war, anderenfalls hätte ich es erst in der Rechtsmedizin bemerkt. Sie hat an der Ferse Verletzungen, die auf eine Prellung schließen lassen. Vermutlich hat sie mit aller Kraft gegen etwas oder jemanden getreten. Da ich davon ausgegangen bin, dass sie sich nicht nur mit den Füßen gewehrt hat, habe ich mir auch ihre Hände genau angesehen.

Rechts ist die Haut auf den Knöcheln verletzt und ich vermute stark, dass nach dem Röntgen Brüche sichtbar werden. Ausgehend von ihrer Muskulatur – sie hat offensichtlich regelmäßig trainiert – hat ihr Angreifer vermutlich ganz schön eingesteckt. Ich empfehle euch, Ärzte und Krankenhäuser zu kontaktieren, haltet Ausschau nach einer verletzten Kniescheibe oder einem angeschlagenen Schienbein. Mit ihrer Faust hat sie auch ausgeteilt. Mit hoher Wahrscheinlichkeit hat der Mörder ein Veilchen, wenn nicht gar eine ausgewachsene Gehirnerschütterung.« Er betrachtete den Leichnam mit Anerkennung und lächelte traurig. »Das hast du gut gemacht, Mädchen.«

Karin rieb sich mit geschlossenen Augen die Nasenwurzel. »Sandra, du fährst zurück zum Revier und koordinierst das Vorgehen. Zusätzlich findest du alles über Patricia raus. Jan und Rolf, ihr fahrt mit Sandra zurück. Klemmt euch ans Telefon und ruft Arztpraxen und Krankenhäuser an.« Sie wandte sich zu Heidelinde. »Wir beiden Hübschen nehmen uns die Nachbarschaft vor. Aber zuvor rufe ich Haupt an und bringe ihn auf den aktuellen Stand. Währenddessen befragst du Frau Altenkirch.«

Die Kollegen verließen nickend den Raum. Karin gelang es gerade noch im letzten Moment, Rolf am Arm zu fassen. Sie gab ihm mit den Augen einen Wink, zog ihn in einen stillen Winkel und sprach hastig auf ihn ein. Gleich danach verließen sie, als wäre nichts gewesen, getrennt das Haus.

Freitag, 11.35 Uhr

Da Sybilles steinalter Opel Astra in einer Zeit vom Fließband gerollt war, in der Navis noch Luxus waren, fuhr Karl Johann erst einmal nach Weißig, stellte die Klapperkiste am Straßenrand ab und zog den Stadtplan zurate.

Es ist doch sehr nett von der Polizei, dass sie so präzise alle erforderlichen Daten durchgibt, dachte Karl vergnügt, faltete den Plan auseinander und suchte die Adresse. Erfreut stellte er fest, dass er kaum zehn Gehminuten von seinem Ziel entfernt war. Näher heranfahren wollte er sowieso nicht. Es war nicht erforderlich, den Bullen das Nummernschild zu präsentieren.

Er prägte sich den Weg ein, stieg aus und marschierte los. Zwei Straßen weiter sah er eine Menschenansammlung.

Wie schnell die Nachricht von einem Mord doch die Runde macht, dachte Karl und grinste dreckig. Facebook und Co. sei Dank. Etwas Besseres konnte es an einem Freitagmittag gar nicht geben. Das Wochenende war gerettet! Anstatt sich immer nur über den Klimawandel oder die ständig steigenden Preise auszutauschen, gab es jetzt eine viel interessantere Beschäftigung: den Ausflug zu einem Tatort. Mit ein wenig Glück könnte der Schaulustige sogar einen Schnappschuss vom Mordopfer machen. Das wäre die Krönung des Tages. Alle Freunde würden es liken und der erfolgreiche Fotograf bekäme ein klein wenig Aufmerksamkeit, auch wenn er sonst nichts vorzuweisen hatte.

Karl mischte sich unter die Leute, spitzte die Ohren und taxierte, hinter den Gläsern seiner Sonnenbrille versteckt, alle männlichen Anwesenden, die vom Alter und der Größe her infrage kamen.

Dass er seinem alten Freund auffallen würde, musste Karl nicht befürchten. Sein Äußeres hatte sich in den letzten Jahren grundlegend verändert. Durch die ungezählten Sportstunden im Knast war seine Silhouette schlanker geworden. Der Zahn der Zeit hatte an seinen Haaren geknabbert und die wenigen Bereiche, die noch bewachsen waren, scherte er sich raspelkurz. Zusätzlich trug er einen dichten Kinnbart, der seinen Gesichtszügen ein komplett neues Erscheinungsbild verlieh. Nicht einmal seine eigene Mutter – wenn die noch leben würde – hätte ihn wiedererkannt.

Nachdem Karl mehrmals zwischen den Menschen umhergeschlendert war, wurde er unruhig. Wo steckte der Bursche nur? Langsam drehte er sich um die eigene Achse und schielte zu den Leuten hoch, die aus den Fenstern schauten. Keiner von denen war seinem alten Freund ähnlich. War auch eine blöde Idee, schalt sich Karl. Niemals wäre sein ehemaliger Lehrling so dämlich, vor der eigenen Haustür zu morden. Immerhin hatte er den besten Ausbilder gehabt, den er kriegen konnte.

Sollte er inzwischen so abgeklärt sein, dass er nicht mehr an den Ort seiner Verbrechen zurückkehrte? Karl verdrängte diesen Gedanken. So extrem würde sich sein Charakter nicht geändert haben. Im Grund seiner Seele war er auf jeden Fall immer noch der selbstverliebte, machtbesessene Kerl, der sich am Leid seiner Opfer weidete.

Er musste einfach da sein. Hier irgendwo.

Karl presste die Lippen aufeinander und dachte nach. Clever war das Bürschchen schon immer gewesen. Der wird sich nicht auf den Präsentierteller stellen, der lauert an der Peripherie, kam ihm die Erkenntnis.

Aber wenn er sich auf der Suche nach seinem alten Freund von der Menschengruppe löste, würde Karl auffallen und eventuell Philipps Verdacht erregen. Er brauchte einen Schild.

Ein rascher Blick in die Runde und er hatte die Versammlung der Raucher entdeckt. Mit einer Zigarette in der Hand gesellte er sich dazu und bat einen älteren Herrn um Feuer. Nach ein paar Zügen und einigen fachmännischen Bemerkungen war er Mitglied des detektivischen Debattierklubs.

Ein junger, dicklicher Kerl, der ganz danach aussah, als würde er noch im Hotel Mama wohnen, weckte Karls Aufmerksamkeit. Mit unglücklicher Miene lief der Boy nervös herum, jonglierte mit seinem iPhone, als wäre es ein schussbereiter Colt, und suchte nach einem spektakulären Motiv. Karl platzierte sich neben dem Bengel und ließ die Bemerkung fallen, er hätte gehört, ein oder zwei Häuser weiter gäbe es einen versteckten Weg, auf dem die Leiche heimlich abtransportiert werden soll. Sofort verzogen sich die rosigen Fettpölsterchen im Gesicht des Mannes zu einem schwärmerischen Ausdruck. Der Freundschaftsbund war im Nu geschlossen und in Begleitung des älteren Herrn, der gemütlich mit ihnen loszuckelte, wanderten sie die Straße hoch.

Karl sah das Auto zuerst. Ein dunkelgrauer VW-Passat, so dicht an eine Mauer geparkt, dass er fast mit ihr verschmolz. Karl hatte es gewusst, er war gut, sein einstiger Lehrling. Das Fahrzeug war so gewöhnlich, dass keiner einen zweiten Blick darauf werfen würde. Und mit dem Fließheck und dem großen Stauraum konnte man allerhand transportieren. Einfach nur zweckmäßig. Er selbst hätte den gleichen Wagentyp gewählt.

Ohne sich seine Freude anmerken zu lassen, lief Karl mit seinen neuen Kameraden an dem Pkw vorbei. Ein einziger Blick genügte. Mit dem Smartphone als Alibi in der Hand saß der Mann, dem er acht Jahre Knast zu verdanken hatte, wie ein gerade heimgekehrter Anwohner hinter dem Steuer. Ein Irrtum war ausgeschlossen, dieses Gesicht würde Karl nie vergessen.

Karl lief noch bis zur nächsten Querstraße mit, wartete ein paar Minuten, täuschte dann einen Termin vor und verabschiedete sich.

Kaum war er außer Sichtweite, rannte er zu seinem Opel. Im Wagen konsultierte er erneut den Straßenplan und stellte zu seiner Erleichterung fest, dass es nur einen Weg gab, auf dem der Mistkerl das Viertel verlassen konnte. Karl fuhr dorthin, suchte sich eine Parkmöglichkeit und musste nur noch abwarten, bis ihm Philipp den Weg zu seinem Bau zeigte.

Freitag, 20.10 Uhr

Oberkommissarin Heidelinde Grün war seit Langem nicht mehr so glücklich gewesen. Sie hatte Freundinnen! Nicht einmal die schweren Einkaufstaschen, deren Henkel in die Haut ihrer Handflächen schnitten, konnten ihrem Dauergrinsen etwas anhaben.

Den Nachmittag über hatte sie gemeinsam mit Karin in Weißig Klingeln geputzt. Gegen 19 Uhr waren sie beide es gründlich leid, immer nur in verständnislose Gesichter zu starren, und beschlossen, Feierabend zu machen. Außerdem wussten sie aus langjähriger Erfahrung, dass die Menschen sehr ungehalten reagierten, wenn man sie bei ihrer Abendgestaltung störte. Und ein verärgerter Zeuge ist kein auskunftsbereiter Zeuge.

Ihre beste Freundin war so lieb gewesen, sie mit dem Auto mitzunehmen und sie vor dem KONSUM-Markt an der Pfotenhauerstraße abzusetzen, obwohl dafür ein Umweg nötig war. Karin hatte sogar angeboten, zu warten, damit sie die schweren Beutel nicht schleppen musste, das hatte Heidelinde jedoch abgelehnt. Sie war sich nicht so sicher, ob Karin eine der Freundinnen war, die mit engelsgleicher Geduld abwarten würde, bis sie sich durch das Angebot der Modezeitschriften geblättert und eine Auswahl getroffen hatte. Heidelinde war klar, dass sie mit diesem speziellen Hobby eher bei Sandra, der Freundin Nummer zwei, punkten konnte.

In ihrer neuen Wohnung angekommen, verstaute Heidelinde ihre Einkäufe und huschte anschließend unter die Dusche. Der Tag war lang und schweißtreibend gewesen. Wenn sie die Arme hob, roch es, als hätte sie unter ihren Achselhöhlen tote Frettchen versteckt.

Eine Viertelstunde später lief sie mit einem um den Kopf gewickelten Handtuch ins Wohnzimmer und schaltete ihren Laptop ein. Dabei brummte sie amüsiert. Sandra würde in Ohnmacht fallen, wenn sie wüsste, dass sie ihren Rechner nicht mit einem Passwort schützte. Aber wer sollte sich in ihrer Wohnung Zugang zu ihren Daten verschaffen wollen?

In der Zeit, die das Gerät zum Hochfahren benötigte, wollte sie sich in Ruhe mit Pflegelotion einschmieren. Heidelinde war bereits an der Tür, da stutzte sie. Sie ging zurück und schaute nachdenklich auf das Gerät. Hatte sie heute Morgen nicht wie gewohnt den Rechner an der Kante des Couchtisches ausgerichtet? Offensichtlich nicht. Wurde sie etwa langsam alt und vergesslich? Nein!

Akribisch rekapitulierte sie sämtliche Vorgänge des vergangenen Morgens. Angefangen vom Aufstehen bis zu dem Moment, als sie die Wohnung verlassen hatte. Dabei fiel ihr ein, dass sie im Wohnzimmer gefrühstückt und einen Bericht verfasst hatte. Vermutlich hatte sie in der Hektik des Aufbruchs versäumt, den Rechner nach Gebrauch ordentlich zurechtzurücken. Sie tat die Angelegenheit mit einer Handbewegung ab und ging zurück ins Bad, um ihrer Haut eine Dosis Lotion zu gönnen.

Nachdem Heidelinde ihr Verwöhnprogramm abgeschlossen hatte, ging sie an den Laptop und suchte sich ein leckeres Rezept für ihr Abendessen. Sie prägte sich die Zutaten ein, ging in die Küche und machte sich ans Werk. Während sie eifrig eine Ananas für eine exotische Reispfanne schälte und in Stücke schnitt, wanderten ihre Gedanken zu den Ereignissen des heutigen Nachmittags.

Da Karin es sehr eilig gehabt hatte, den Chef zu unterrichten, hatte sie die Befragung von Frau Altenkirch allein durchgeführt. Dabei hatte ihr ein ganz besonderes Anliegen auf den Nägeln gebrannt. Zwar war sie ebenfalls völlig perplex gewesen, dass der Mörder von Patricias Kopf keine Haarsträhne abgeschnitten hatte, doch Karins Zweifel an der Parallelität der Fälle, wurmte sie sehr. Deshalb bat Heidelinde Frau Altenkirch kurzerhand in Patricias Wohnung. Sie sollte sich umschauen, ob irgendetwas von Patricias Dingen verschwunden war. Zweimal musste sie die energische Frau nicht bitten. Die alte Dame war wild entschlossen, alles zu tun, um den Mörder aufs Schafott zu bringen.

An dieser Stelle lächelte Heidelinde. Die Ausdrucksweise der alten Frau hatte vor bildhaften Vergleichen nur so gestrotzt.

Hoch konzentriert war Frau Altenkirch mehrmals durch die Wohnung gegangen und hatte jeden Winkel aufs Genaueste untersucht. »Was die süße Kleine in ihren Schränken aufbewahrte, weiß ich nicht. Das war ihre Privatangelegenheit. Und es würde Ihnen nichts nutzen, wenn ich darin herumstöbere«, lehnte sie es vehement ab, auch nur eine Schublade, eine Schranktür zu öffnen. Heidelinde bestand auch nicht darauf. Die Frau kannte den Inhalt nicht, also was sollte es bringen?

Erschöpft brach die alte Dame die Suche schließlich ab. »Es tut mir unendlich leid, aber ich glaube nicht, dass etwas fehlt. Ich war erst vor zwei Tagen bei meiner Untermieterin zum Kaffee eingeladen. Sie hatte gebacken, Kirschkuchen.« Entzücken spiegelte sich in ihrem Gesicht, gleich darauf schüttelte sie betrübt den Kopf. »Auf solche Köstlichkeiten muss ich ab jetzt verzichten. So backen wie dieser Engel, kann kein Bäcker.«

Heidelinde ließ sich ihre Enttäuschung nicht anmerken, sie lehnte sich mit der Schulter an einen Türrahmen und zwang ein Lächeln auf ihre Lippen. »Trotzdem vielen Dank, dass Sie sich die Mühe gemacht haben.«

»Keine Ursache. Glauben Sie mir, ich hätte Ihnen so gern geholfen. Im Schlafzimmer dachte ich fast, mir wäre etwas aufgefallen, aber dem war wohl doch nicht so.«

Heidelindes Neugier war geweckt. »Darf ich fragen, was Sie bemerkt haben?«

»Ach nichts, nur der Teddybär fehlt.« Sie lachte krächzend, winkte dann ab und schlurfte in Richtung Ausgang.

Nichts hielt Heidelinde mehr in ihrer Position. Sie stieß sich ab und schnellte förmlich der Frau hinterher. »Welcher Teddybär?« Ihre Stimme klang heißer und angespannt.

Frau Altenkirch machte große Augen. »Na, das Stofftier, das immer auf Patricias Kopfkissen saß. Das hat der Mörder sicher nicht mitgenommen, was soll er denn damit anfangen?«

»Können Sie den Bären beschreiben?«

»Das ist so ein kleiner Teddy.« Sie spreizte Daumen und Zeigefinger, so weit es ging. »Ganz entzückend sieht der aus. Scotty hat Patricia ihn genannt, weil sie ihn von einem Ausflug nach Edinburgh mitgebracht hatte.«

»Wissen Sie, welche Farbe er hat?«, fragte Heidelinde und rang innerlich die Hände.

»Hellbraunes Fell. Graue Weste und Schirmmütze. Ist das wirklich wichtig?«

»In einem Mordfall ist alles von Bedeutung, jede Kleinigkeit. Außer dem Teddy ist Ihnen kein verschwundener Gegenstand aufgefallen?«

»Nein, das sagte ich bereits. Ich bin zwar alt, aber im Oberstübchen ist noch alles intakt.« Sie wandte sich ab und stieg die Treppe hinauf.

Heidelinde folgte ihr und da sie von Karin nirgendwo eine Spur entdecken konnte, setzte sie die Befragung von Frau Altenkirch fort. Ob Patricia und Weise sich kannten, wusste die Frau nicht mit Sicherheit, hielt es jedoch für unwahrscheinlich. Der Nachbar hatte zu niemandem im Viertel Kontakt gehalten. Warum sollte es bei Patricia anders gewesen sein? Fremde auf Weises Grundstück hatte sie nicht beobachtet. Dass Patricia sich verfolgt gefühlt hätte oder bedroht worden wäre, schloss sie aus. Die junge Frau hätte es ihr erzählt.

Immerhin weiß ich nun von dem Plüschtier, dachte Heidelinde nach dem Gespräch und machte sich auf die Suche nach Karin. Die fand sie im Liegestuhl und ihrer finsteren Mimik nach, hatte sie bestimmt keine guten Neuigkeiten.

Karin steckte ihr Telefon weg und wuchtete sich aus der Gartenliege. »Haupt bekommt mörderischen Druck von oben und den gibt er an uns weiter. Er versucht die Öffentlichkeit außen vor zu lassen, aber lange wird das nicht funktionieren. Sag jetzt bitte, dass du irgendwas für mich hast.«

»Habe ich sogar. Einen Teddybären.«

»Ist alles okay bei dir?«

Heidelinde atmete scharf ein und schwieg.

Karin schloss für einen kurzen Moment die Augen. »Entschuldige bitte, ich bin gerade mies drauf. Also was ist nun mit dem Vieh?«

Im Nu besänftigt berichtete Heidelinde von ihrem Gespräch mit Frau Altenkirch und schloss mit den Worten: »Wenn du mich fragst, dann liebt unser Mann die Vielfalt. Jedes Mal eine Haarsträhne als Trophäe mitzunehmen, wird ihm zu langweilig sein.«

Karin, die den Ausführungen ihrer Kollegin gespannt gefolgt war, nickte nachdenklich. »Gutes Argument. Bestimmt will er uns mit solchen Manövern zusätzlich in die Irre führen. Jedenfalls hast du das gut gemacht, Heidi.«

Restlos mit ihrer Freundin versöhnt, machte sich Heidelinde gemeinsam mit Karin auf, um in der Nachbarschaft Informationen zu sammeln. Rückschauend musste sie sich eingestehen, dass die Ausbeute ernüchternd war. Keiner hatte etwas gesehen und die wenigsten Anwohner kannten Weise. Und die paar, die ihn kannten, hatten den Anwalt nie zusammen mit Patricia beobachtet.

Um neue Energie zu tanken, beschloss Heidelinde für heute Abend das Denken einzustellen. Sie würde ihre Reispfanne mit einem wunderbaren Tempranillo genießen, dazu in ihrer neu erworbenen »Harper's Bazaar« blättern und nach einem weiteren Glas ins Bett gehen.

Die Nuance des falsch positionierten Laptops hatte sie komplett verdrängt. Es gab Schöneres und Wichtigeres. Seit heute hatte sie Freundinnen.

Mittwoch, 23. Juli, 02.50 Uhr

Ohne den geringsten Laut zu verursachen, schlich Philipp wie eine Spukgestalt um den Häuserkomplex. Gegenüber einer Parkfläche blieb er stehen und drückte sich neben dem Seiteneingang des Kosmetikstudios an die Hauswand. Im Schatten verborgen, wartete er lauschend ab, ob ihn ein schlafloser Zeitgenosse beobachtet hatte und nun Ausschau nach ihm hielt.

Mit solchen Leuten kannte er sich aus. Sie beugten sich aus dem Fenster, murmelten vor sich hin, husteten Rauchpartikel aus ihren Bronchien oder machten auf eine andere Art auf sich aufmerksam. Noch nie hatte er erlebt, dass die Unsicherheit, ob man wirklich etwas gesehen hatte oder nicht, schweigend vor sich ging.

Vielleicht waren es aber auch seine Zweifel, die ihn innehalten ließen. Ein Jahr hatte er nach der Aktion in Pirna verstreichen lassen, bis er den Anwalt aufgesucht hatte. Es war ihm leichtgefallen, sich zu gedulden. Die Erinnerung an Vanessas Sterben hatte seine Träume und Fantasien versüßt. Erst als die Bilder in seinem Kopf verblassten, verlor die Stimulanz ihre Wirkung. Nachdem es ihm nicht mehr gelang, Erleichterung zu finden, suchte er sein nächstes Opfer.

Zuvor jedoch hatte sich Philipp dem Anwalt gewidmet. Der war perfekt für seine Zwecke gewesen. Alleinlebend, ohne soziale Kontakte und in seinen Gewohnheiten berechenbar.

War Vanessas Tötung noch spontan erfolgt, ging er bei dem Anwalt streng methodisch vor. Akribisch hatte er das Umfeld des Mannes durchleuchtet, jede Kleinigkeit geplant und nichts dem Zufall überlassen.

Den Tod des Mannes hatte er fast leidenschaftslos miterlebt. Es war eine Notwendigkeit, nichts, was ihm Befriedigung verschafft hätte.

Das Sterben der McGee dagegen war von einer außergewöhnlichen Schönheit gewesen, doch es war zu schnell gegangen, das Vorspiel hatte ihm gefehlt. Dennoch war es ein erhebender Moment, den er mit allen Sinnen ausgekostet hatte.

Weshalb er sich jetzt, schon nach so kurzer Zeit, erneut nach dem Kitzel sehnte, ja ihn so dringend brauchte wie ein Junkie seinen Schuss, konnte er sich nicht erklären, und das verwirrte ihn. Irgendwie fühlte es sich nicht richtig an. Der Zeitpunkt war falsch. Nach Philipps Gefühl war es eindeutig zu früh. Ein zu geringer Abstand zwischen den einzelnen Taten erhöhte das Risiko. Lieber erst Gras über die Sache wachsen lassen.

Philipp überlegte kurz, die Angelegenheit zu verschieben, aber in seinem Inneren machte sich immer deutlicher eine vibrierende Unruhe bemerkbar. Diese Nervosität begann ihn zu beherrschen und schwächte ihn.

Das durfte er nicht zulassen! Er war es, der die Macht besaß. Die Macht zu bestimmen, wer leben durfte und wer nicht.

Zudem war da noch die Kleinigkeit mit den Finanzen. Er war gerade dabei, sich einen gewissen Wohlstand zu erarbeiten, und hatte schnell bemerkt, dass erfüllte Wünsche neue Ansprüche heraufbeschworen. Dieser Gedanke gab den Ausschlag.

Das Kosmetikstudio schien zu brummen. In der Tageskasse befanden sich nach seinen Beobachtungen immer mehrere Hundert Euro. Und da die Einnahmen, die er mit der Arbeit beim Anwalt erzielt hatte, langsam schwanden, war es höchste Zeit seine Barschaft aufzupolieren.

Entschlossen führte Philipp den Schlüssel ins Schloss und mit einem kaum hörbaren Schnappen öffnete sich die Tür.

Geräuschlos glitt er ins Innere des Hauses, schloss die Tür achtsam hinter sich und schaltete seine Minitaschenlampe an. Der bleistiftdünne Lichtstrahl leuchtete aus, was er sehen wollte, beließ den Rest der Räume jedoch in vollkommener Finsternis. Selbst das aufmerksamste Nachbarauge würde den Lichtschein von außen nicht bemerken.

Im Schein der Lampe zog er seine Schutzkleidung über und begann anschließend seinen Rundgang. Seit Philipps letztem Besuch im Kosmetikstudio waren mehrere Tage ins Land gegangen. Leider überkam manche Menschen mitunter eine abartige Lust, ihr Umfeld neu zu gestalten. Bei seiner bevorstehenden Aufgabe konnte er unvorhergesehene Hindernisse absolut nicht gebrauchen. Kam es zu einem Kampf oder müsste er fliehen, war die exakte Kenntnis der Gegebenheiten vor Ort von unschätzbarem Vorteil.

Apropos Kampf. Dass es aus heiterem Himmel zu einer handgreiflichen Auseinandersetzung kommen konnte, hatte ihm die kleine McGee schlagkräftig vor Augen geführt. Die Verletzungen, die er bei der Rangelei davongetragen hatte, waren glücklicherweise verheilt.

Aber im Nachhinein, mit dem erforderlichen Abstand, hatte er die Geschehnisse in ihrer Wohnung gründlich analysiert. Aufgrund des Zeitmangels hatte er darauf verzichtet, die Räume vor seinem nächtlichen Besuch zu besichtigen. Die McGee nur einen Tag zu beschatten, war ebenfalls nicht ausreichend gewesen, um sich ein genaues Bild ihrer Lebensumstände zu machen. Wenn er ehrlich zu sich selbst war, musste er zugeben, dass er den Kampf nur um Haaresbreite für sich entschieden hatte. Das Ergebnis hätte durchaus ein anderes sein können. Wildkatzen wie die McGee waren unberechenbar. Derartige Fehler konnte er sich nicht mehr leisten. Genau aus diesem Grund untersuchte er penibel jeden Raum des Kosmetikstudios und sah nach, ob die Einrichtungsgegenstände noch an dem Platz standen, an dem er sie in seinem Gehirn abgespeichert hatte.

Nach Abschluss seiner Begehung nickte er zufrieden. Nichts war verändert worden. Philipp wandte sich zum Ausgang und wollte genauso still verschwinden, wie er gekommen war, da ließ ihn ein mutwilliger Einfall lächeln. Er huschte geduckt zum Bedientresen. Diesen Bereich des Ladens hatte er bisher tunlichst gemieden, da er genau gegenüber einem großen Fenster lag. Mit raschem Griff schnappte er sich das Terminbuch und zog sich mit seiner Beute in den Behandlungsraum zurück. In diesem fensterlosen Raum konnte er ungestört in dem Buch blättern. Er suchte nichts Bestimmtes, es war nur Neugier. Zudem konnte er gleich mit abklären, ob die Kosmetikerin heute bis Ladenschluss ausgebucht war. Es wäre fatal, sich zu verspäten.

»Fleißiges Bienchen«, murmelte er, nachdem er gelesen hatte, dass Frau Schubert vollständig ausgelastet war. Er blätterte weiter und las auch die Kundennamen des darauffolgenden Tages. Für diese Damen sah er schwarz. Ihre Gesichter und Dekolletés würden wohl ungepflegt bleiben.

Der letzte Name auf der Liste überraschte ihn. War das Zufall oder ein Wink des Schicksals? Emotionsschübe durchströmten seinen Körper. Philipp wurde bewusst, dass nicht grundlose Neugier, sondern ein höherer Wille ihn geleitet hatte. Er wagte es kaum zu hoffen, so selten war der Name nicht, aber die stets mitteilsame Frau hatte genau mit dieser Kundin vor ihm geprahlt.

Verlieren konnte er in diesem Spiel nicht. Es bedeutete nur eine geringe Verschiebung um vierundzwanzig Stunden. Leicht zu verschmerzen.

Er lachte kurz auf, Frau Schuberts Schutzengel legte sich mächtig ins Zeug, um ihr Leben zu verlängern.

Dann durchzuckte ihn grimmige Genugtuung. Eigentlich war es völlig egal, in welchem Turnus er zuschlug. Niemand konnte ihn aufhalten. Als er das letzte Mal zu seiner Wirkungsstätte zurückgefahren war, hatte er sie gesehen, die ratlosen und erschöpften Gesichter der Polizisten. Sie hatten nicht die geringste Spur, tappten im Dunkeln und würden ihn niemals zu fassen kriegen.

Mit seiner nächsten Tat würde er ihnen ihre Machtlosigkeit klar vor Augen führen. Die Gefahr würde den Reiz erhöhen, das Prickeln verstärken.

Philipp legte das Terminbuch zurück auf den Tresen und mit sich selbst zufrieden, ging er zum Ausgang, legte seine Schutzkleidung ab, faltete sie ordentlich und steckte sie in seine Umhängetasche, danach verließ er das Kosmetikstudio. Und gerade als er abermals in die schwarzen Schatten eintauchen wollte, aus denen er gekommen war, verspürte er ein leises Kribbeln. Ganz plötzlich überkam ihn das Gefühl, beobachtet zu werden. Blitzschnell zog er sich in eine finstere Hausecke zurück und musterte die Umgebung. Kein Fenster, keinen Strauch sparte er aus. Es war der Instinkt des Raubtieres in ihm, der ihn gewarnt hatte. Irgendwo in der Dunkelheit lauerte jemand und obwohl er jeden Quadratzentimeter akribisch musterte, konnte er keine Bewegung ausmachen.

Er schloss die Augen und lauschte. Außer dem leisen Rauschen des Nachtwindes in den Blättern drang nicht das kleinste Geräusch an sein Ohr. Seine von der Jagd aufgeputschten Sinne mussten ihm einen Streich gespielt haben. Philipp zuckte die Schultern und lief zu seinem Auto, das er mehrere Gehminuten entfernt geparkt hatte.

Und sollte ihm doch jemand folgen, ein böses Lächeln spielte um seine Lippen, so würde derjenige das Ziel nie erreichen.

Donnerstag, 24. Juli, 08.20 Uhr

Fünf lange Tage hatte das Ermittlerteam jeden Stein in Weißes Wohnviertel umgedreht, die Lebensläufe der Opfer überprüft, nach Parallelen zwischen ihnen gesucht, mutmaßliche Zeugen befragt und allen Männern auf die Füße geschaut. Die Ausbeute war mager ausgefallen. Trotz intensiver Suche konnten die Beamten keine brauchbaren Zeugen aufspüren, keinerlei Verbindung zwischen den Opfern ausmachen und bei Patricias Facebook-Aktivitäten war eigentlich nur ihr Beziehungsstatus »Single« aufschlussreich gewesen. Eine Schuhgröße 48 war ihnen in Weißig nicht über den Weg gelaufen.

Karin war so verzweifelt, dass sie sich am liebsten heulend in eine Ecke verzogen hätte. Ohne wahrzunehmen, was draußen geschah, stand sie am weit offenen Fenster des Büros und schaute hinaus. Wenigstens war es nicht mehr so heiß. Der Sommer hatte kurzzeitig eine Rast eingelegt, weshalb Karin hartnäckig versuchte, die Raumtemperatur wenigstens ein paar Grad zu senken.

Vielleicht hilft es, meinen Verstand zu kühlen, dachte sie und lächelte zynisch. Um sich nicht der Hoffnungslosigkeit zu ergeben, hatte sie einen kühnen Plan ausgearbeitet, den sie heute ihren Kollegen vortragen wollte. Sie drehte sich zu ihrem Schreibtisch, nahm die bereitgelegten Unterlagen an sich und verließ das Büro, um zum Versammlungsraum zu gehen.

Karin traf zuletzt ein. Alle anderen waren bereits anwesend und eifrig mit den Getränken zugange. Zusätzlich zu den Mitgliedern des Teams hatte Karin Dr. Bretschneider und Hauptkommissar Günther Lachmann zur Besprechung gebeten.

Karin setzte sich an die Stirnseite, streckte sich nach einer Flasche Wasser, goss ihr Glas voll und eröffnete mit einem müden Lächeln die Runde. »Bisher haben wir nichts, absolut nichts. Das muss sich heute ändern. Damit will ich sagen, dass wir so lange hier sitzen bleiben, bis wir uns auf neue Ermittlungsansätze festgelegt haben. Sandra, hast du irgendetwas Neues über Patricia in den sozialen Netzwerken ausgraben können?«

»Logo. Ich finde doch immer etwas. Gestern Nachmittag ist es mir gelungen, ihr Instagram-Konto aufzuspüren. Da hat sie ein paar Fotos geteilt. Davon ist nur eins für uns relevant, das aber hat es in sich.« Sandra strahlte vor Zufriedenheit. »Ratet, wer darauf in voller Pracht zu sehen ist?«

Karin verdrehte die Augen. »Spuck's schon aus.«

»Na, du bist ja heute ein Sonnenschein.« Sandra ließ sich ihre gute Laune nicht verderben und zwinkerte ihrer Freundin zu. Sie drehte ihren Laptop so, dass alle den Monitor sehen konnten, und strahlte in die Runde. »Gestatten, das ist Scotty, Patricias Lieblingsplüschtier.«

Auf dem Bildschirm war deutlich das hübsche, lachende Gesicht von Patricia McGee zu erkennen, die einen kleinen Teddybären an ihre Wange presste. Sandra las die Bildunterschrift laut vor: »Mein zurzeit einziger Liebling, aber der ist süß für zwei!«

Trotz des fröhlichen Selfies machte sich Traurigkeit im Raum breit. Das Foto sprühte geradezu vor Leben. Patricia hatte in dem Moment, als sie den Auslöser gedrückt hatte, auf keinen Fall vermutet, dass ihr der Tod bereits über die Schulter sah.

Sandra schniefte und sprach schnell weiter: »Ich bin gestern noch nach Weißig gedüst und habe Frau Altenkirch das Foto vor die Nase gehalten. Sie hat den Teddy eindeutig wiedererkannt.«

Ein Hauch von Zufriedenheit erschien auf Karins Gesicht. »Du bist die Beste.«

»Ja, ich weiß.«

»Jan, du solltest dich in Patricias Wohnung umsehen. Hast du den Teddybären finden können?«

Der schüttelte bloß traurig den Kopf.

»Und du bist dir ganz sicher, dass du nichts übersehen hast?«, hakte Karin nach.

»Absolut.«

»Damit können wir es als gesichert ansehen, dass der Täter Trophäen von seinen Opfern sammelt. Nur er kann den Bären an sich genommen haben. Rolf, du warst deswegen gestern bei Frau Wittig. Hat Sie bemerkt, dass etwas im Haus des Anwalts fehlt?«

Karins Frage riss den Oberkommissar aus seinem dumpfen Brüten. »Fehlanzeige«, sagte er nach einem schweren Seufzer. »Zwei Stunden waren wir in dem Haus. Bea... Sorry, Frau Wittig hat gemeint, sie könnte sich am ehesten erinnern, wenn sie ihr Putzprogramm durchziehen würde, also hat sie das gesamte Haus zweimal komplett auf den Kopf gestellt. Hinterher war es klinisch sauber, sie hat jedoch nichts entdeckt, was fehlen würde. Ich meine, sie hat bei ihm geputzt. Wem, wenn nicht ihr würde ein verschwundener Gegenstand auffallen?«

»Hast du sie nach Schmuck gefragt, den der Anwalt getragen hat?«

»Natürlich. Sie meinte aber, sie hätte ihn stets nur komplett bekleidet gesehen. Und außer seiner Uhr trug er nichts um die Handgelenke. Das deckt sich mit der Aussage von Weises Sekretärin. Die Bergmann schwört Stein und Bein, dass Weise auch an den heißesten Tagen immer mit Anzug und Krawatte herumlief. Seine Eltern wussten ebenfalls nichts über irgendwelche Schmuckstücke. Wobei ich den Verdacht habe, dass es ihnen auch nicht aufgefallen wäre.«

Karin dachte kurz darüber nach. »Eine Uhr hatte er um, als wir ihn fanden. Ob er anderen Schmuck ...« Sie schlug sich mit der flachen Hand gegen die Stirn. »Mist, wir haben seinen Tennispartner vergessen. Der hat ihn auf jeden Fall ohne Anzug gesehen. Rolf, würdest ...«

»Ich habe noch einen anderen Ansatz, den ich heute verfolgen will.« Bei diesen Worten sah er Karin eindringlich an. »Das würde ich nach der Besprechung gern noch mit dir vertiefen.«

Karin verstand auf der Stelle und wechselte das Thema. »Heidi, du warst gestern ein zweites Mal bei der Vermieterin von Patricia. Hat sie wirklich nichts von dem Kampf gehört, der unter ihrer Wohnung stattgefunden hat? Die KTU ist sich in diesem Punkt absolut sicher. Es ist da ziemlich hoch hergegangen, zumal die junge Frau nachts ermordet wurde, da tragen Geräusche besonders weit.«

Heidi schüttelte den Kopf. »Frau Altenkirch hat mich mehrmals darauf hingewiesen, dass in ihrem Oberstübchen noch alles funktioniert, nur die Ohren, die wollen nicht mehr so recht. Ich habe ihr jedenfalls empfohlen, sich nach einem Hörgerät umzusehen, manchmal sind solche Hilfsmittel im Alltag ganz nützlich.«

Heidelindes trocken vorgebrachte Worte trieben ein Lächeln in die Gesichter der Anwesenden. Jedem war klar, dass sie der alten Dame tatsächlich ein Hörgerät ans Herz gelegt hatte.

Dr. Bretschneider war als einziger ernst geblieben. Lakonisch meldete er sich zu Wort. »Meine Vermutungen hinsichtlich eines Kampfes zwischen Patricia und dem Täter haben sich bestätigt. Die Röntgenaufnahmen des Mädchens zeigen mehrere Brüche der Mittelhandknochen und zwei Fingerglieder sind angeknackst. Weiterhin ist es durch eine Prellung ihrer Ferse zu Einblutungen ins Gewebe gekommen. Da die Prozesse, die das Hämoglobin abbauen, nachweislich nicht eingesetzt haben, hat sich Patricia definitiv wenige Augenblicke vor ihrem Tod gestoßen. Hat die Befragung der Krankenhäuser und der Ärzte etwas ergeben?«

»Schön wär's.« Karin zog ein saures Gesicht. »Entweder der Mistkerl kennt einen Arzt, der dichthält, oder seine Verletzungen waren nicht ganz so schwer. Die Freude, dass er sich in seinen Bau zurückgezogen hat und dort still verreckt ist, wird er uns mit Sicherheit nicht gemacht haben.«

»Patricia war eine durchtrainierte, gesunde junge Frau«, griff Bretschneider den Faden wieder auf. »Die konnte ordentlich austeilen. Es ist natürlich möglich, und in diesem speziellen Fall recht wahrscheinlich, dass der Täter einiges wegstecken kann. Die Kraft, die aufgewendet werden muss, um ein Messer von der Vagina bis zum Magen hochzuziehen, ist nicht unerheblich. Ihr müsst davon ausgehen, dass ihr auf eine Kampfmaschine trefft, wenn ihr dem Mörder gegenübertretet.« Bretschneider machte eine kurze Pause und überließ es seinen Zuhörern, diese unangenehme Tatsache zu verdauen. Er trank einen Schluck Wasser und sprach weiter: »Wider Erwarten habe ich keine Fremd-DNA unter Patricias Fingernägeln oder an ihren Füßen gefunden. Da sie jedoch zu hundert Prozent Körperkontakt zu ihrem Angreifer hatte, hat der Täter ihre Leiche entweder gründlich gereinigt oder sie hat ihn nur an den Körperstellen getroffen, an denen er durch Kleidung geschützt war. Abschließend möchte ich noch hinzufügen, dass die Vorgehensweise bei der Tötung sämtlicher Opfer sowie die Tatwaffe identisch sind. In allen drei Fällen hat der Täter ein extrem scharfes Messer, mit einer Klingenlänge von über 17 Zentimeter benutzt. An der Wunde von Patricia konnte ich Metallpartikel sichern. Konntet ihr damit etwas anfangen?« Damit wandte sich der Rechtsmediziner an Günther Lachmann.

»Konnten wir. Die Partikel bestehen aus 1095 Cro-Van Stahl. Dieses Material wird von der US-Firma KA-BAR Knifes Inc. zur Kampfmesserherstellung verwendet. Die Klingenlänge beträgt tatsächlich 18 Zentimeter. So ein

Messer kann man problemlos im Internet kaufen. Das Original kostet etwas über 100 Euro.«

»Gehe ich recht in der Annahme, dass wir so einen Kauf nicht zurückverfolgen können?« Karins Stimme war bleiern vor Resignation.

Sandra, deren Finger während Günther Lachmanns Ausführungen einen wilden Tanz auf der Tastatur vollführt hatten, nickte betrübt. »Keine Chance.«

Karin faltete ihre Hände wie zum Gebet. »Bitte, lieber Günther, sag jetzt ganz schnell, dass es an Patricias Türschloss verwertbare Spuren gab.«

»Tut mir wirklich leid. Wir konnten weder signifikante Kratzer noch andere Spuren sicherstellen, das gilt im Übrigen nicht nur für die Eingangstür, sondern für alle Räume.«

»Dann hatte unser Täter entweder einen Nachschlüssel oder er ist Profi im Schlösserknacken.« Karin machte sich eine entsprechende Notiz und schaute anschließend zu Jan. »Haben deine Besuche in Patricias Fitnessstudio und bei ihrer Arbeit etwas gebracht?«

»Außer, dass ich erfahren habe, was für eine liebenswerte Frau Patricia war, nichts. Keiner hat sie zusammen mit einem Unbekannten gesehen und sie hat auch niemandem von einer Bedrohung erzählt.«

»Die wievielte Sackgasse ist das für heute?« Karin lachte bitter auf. »Damit dürften wir das Wiederkäuen der bekannten Fakten abgeschlossen haben. Da uns das alles nicht wirklich weiterbringt, müssen wir neue Wege finden.« Es hielt sie nicht länger auf ihrem Stuhl. Sie sprang auf und begann im Raum Runden zu drehen. »Zu Beginn habe ich gesagt, dass wir nichts haben. Aber das ist nicht ganz korrekt. Ich habe nachgedacht und bin zu dem Schluss gekommen, dass wir inzwischen eine ganze Menge vorweisen können. Informationen, anhand derer wir ein Profil des Täters erstellen, ihn damit genauer definieren und letztendlich zur Strecke bringen werden.«

Jan sah irritiert auf. »Sind wir dafür qualifiziert genug? Bisher hatten wir doch für derartige Aufgaben immer Verstärkung von einem Experten für operative Fallanalysen.«

»Obwohl wir alle, die wir hier sitzen, inzwischen überzeugt sind, dass wir es mit einem Serientäter zu tun haben, und auch der Chef unserer Meinung ist, gibt es ein paar Ignoranten in der Verwaltung, die den Schuss nicht gehört haben. Das heißt im Klartext, dass wir keine Mittel für einen externen Berater zu Verfügung gestellt bekommen.« Karin hielt inne, um Luft zu holen. »Da das nicht unser erster Serientäter ist, legen wir einfach mal los: Was wissen wir über Serienmörder?« Sie sah auffordernd in die Runde.

»Dass sie geisteskranke Arschlöcher sind?«

Karin verbiss sich ein Lächeln. Das Zusammenleben mit ihr hatte Sandras Ausdrucksweise nicht gutgetan.

»Okay, dann fange ich mal an«, meldete sich Rolf ernst zu Wort.

Karin, die aus dieser Richtung keinen Beitrag erwartet hatte, sah den Oberkommissar erwartungsvoll an.

»Sandra hat vollkommen recht. Serienmörder sind Psychopathen, die ihre wahren Gelüste hinter einer Maske der Gewöhnlichkeit verbergen. Wenn einer gefasst wird, hört man von den Nachbarn oft den Spruch: ›Dem hätten wir das niemals zugetraut‹.« Rolf kratzte sich am Kopf. »Zudem sind sie zu echten Kontakten nicht in der Lage, da sie die Sozialkompetenz eines verbitterten Greises haben. Zu unserem Pech sind sie aber manipulativ. Und da sie meist überdurchschnittlich intelligent sind, täuschen sie ihre Umwelt über Jahre hinweg. Manche von denen führen eine Ehe und haben Kinder. Das macht es uns natürlich verdammt schwer einzugrenzen, ob wir einem Einzelgänger oder einem Familienmenschen auf der Spur sind. Das Mordmotiv für solche Typen ist größtenteils die Befriedigung ihres Triebes.« Der Oberkommissar lächelte unsicher. »An dieser Stelle wird es für uns problematisch. Bisher hat der Mörder einen Mann und zwei Frauen getötet. Das bedeutet, er ist nicht auf ein Geschlecht fixiert. Es könnte deshalb sein, dass er seine Opfer nicht als direkte Sexualpartner betrachtet. Möglich ist ebenfalls, dass er impotent ist und deshalb den Akt nicht vollziehen kann. Für ihn wird der Mord selbst der Höhepunkt sein. Da wir bei allen drei Opfern keinerlei Spuren einer Vergewaltigung feststellen konnten, spekuliere ich mal, dass er, ohne sich selbst zu berühren, im Moment des Todes ejakuliert. Vermutlich verfällt er dabei in einen regelrechten Machtrausch, der nach und nach sein gesamtes Wesen vereinnahmt.« Er hob die Hände. »So, das wäre es erst mal von mir.«

»Wow«, sagte Sandra schwer beeindruckt. »Bist du in deinem Zweitjob Psychotherapeut?«

Rolf winkte ab. »Ich habe vor einiger Zeit einen Lehrgang besucht.«

»Besser als du hätte ich es auch nicht formulieren können«, stellte Karin fest. »Und ich habe mich mehrere Stunden darauf vorbereitet. Ich schlage vor, dass wir auf deinem Abriss aufbauen und ein ungefähres Profil entwickeln.« Karin trat ans Whiteboard und notierte die wichtigsten Stichworte. »Punkt eins: Familienstand. Wie du schon so treffend gesagt hast, haben wir nicht die geringste Ahnung, ob er allein lebt oder nicht. Aber wir wissen etwas anderes. Da er an den Tatorten keine Spuren hinterließ und immer zuschlug, wenn seine Opfer allein und wehrlos waren, muss er sie beobachtet haben. Das erfordert ziemlich viel Zeit. Wenn er also nicht gerade Rentner, arbeitslos oder so vermögend ist, dass er nicht arbeiten muss, hat er einen Job, der ihn unbeobachtet agieren lässt und bei dem er kommen und gehen kann, wann er will.«

»Vielleicht ist er selbstständig, da hat er seine Ruhe und keiner geht ihm auf den Geist«, schlug Jan vor.

»Möglich, aber wir dürfen uns nicht darauf versteifen«, warf Heidelinde ein. »Er kann ebenso im Home-Office arbeiten, halbtags oder in Schichten.«

»Spekulationen bringen uns bei diesem Punkt nicht weiter. Wir halten einfach fest, dass er nicht von morgens bis abends in einem Unternehmen festhängt«, würgte Karin jede weite Diskussion ab und schrieb *Job?* auf die Wandtafel.

Dr. Bretschneider machte durch eine knappe Geste auf sich aufmerksam. »Zumindest eine Berufsgruppe kann ich für den Täter eliminieren. Anhand der Verletzungen, die er seinen Opfern zufügt, kann er unmöglich Mediziner sein. Die tiefen Schnittwunden wurden zu unsachgemäß ausgeführt.« Er unterbrach sich und starrte einen Moment nachdenklich vor sich hin. »Bei den Autopsien überkam mich immer das Gefühl, als hätte es der Mörder darauf angelegt, möglichst viel Blut fließen zu sehen. Mit dem erforderlichen Wissen wäre dieses Ziel wesentlich einfacher zu erreichen gewesen. Ein Stich in die Bauchaorta lässt die Quelle sprudeln und führt innerhalb kurzer Zeit zum Tod.«

Karin schnippte mit den Fingern. »Genau darauf wollte ich hinaus. Wenn wir alle unsere Ideen in einen Topf werfen, entdecken wir Zusammenhänge und kriegen den Kerl bei den Eiern. Mario, ich denke, du bist seinem Motiv schon sehr nahegekommen. Halten wir also fest: Der Typ ist blutgeil. Dass er zusätzlich seine Portokasse aufbessert, indem er seine Opfer bestiehlt, können wir als Zweitmotiv verbuchen.« Sie unterbrach sich, ging zu ihrem Platz, trank einen Schluck und notierte anschließend: *Motiv: Blutgier.* »Deshalb zieht er auch mit einem überdimensionierten Kampfmesser los. Eine lange, scharfe Klinge ergibt die größtmögliche Sauerei. Wenn wir also seine Blutgier als Beweggrund für das Morden in den Fokus rücken, dann können wir die anderen Motive, die sich in unserem Fall bisher angeboten haben, erst mal in den Hintergrund schieben. Wir werden unsere Zeit in den nächsten Tagen nicht mehr mit Weises krummen Geschäften und seinen perversen Filmchen verplempern. Aber …«, Karin hob den Finger, »ganz vergessen werden wir diese Dinge natürlich nicht. Es wäre fatal, wenn wir unsere gesamte Kraft auf das eben entdeckte Motiv konzentrieren und am Ende unrecht haben.«

Ruhiger geworden setzte sich Karin wieder auf ihren Stuhl. »Kommen wir jetzt zum nächsten Punkt, den Rolf schon formuliert hat: Unser Mann ist clever. Dazu extrem organisiert und vorsichtig. Wenn dem nicht so wäre, hätten wir Spuren gefunden. Obwohl er triebgesteuert ist, mordet er nicht im Affekt. Sogar bei Patricia hat er sich die nötige Zeit gelassen, um die Tat akribisch zu planen. Obwohl er da unter Zeitdruck stand.«

»Hab ich was verpasst?«, fragte Sandra, aufrichtig erstaunt.

»Karin hat im Liegestuhl gesessen«, verkündete Heidelinde trocken, für sie war die Sache sonnenklar.

»Da ich nicht mit im Liegestuhl sitzen durfte, würde ich schon ganz gern aufgeklärt werden.«

»Tut mir leid«, sagte Karin zerknirscht. »Das habe ich vergessen zu erwähnen. Mir ist die Liege im Vorgarten von Frau Altenkirch aufgefallen. Jedenfalls hat man von dort einen super Blick auf Weises Garten und den Weg zu seinem Haus. Laut Frau Altenkirch war der Gartenstuhl Patricias Lieblingsplatz. Ich vermute, dass sie den Mörder gesehen hat. Das war dem natürlich bewusst und, ehe sie plaudern konnte, hat er sie aus dem Weg geräumt. Sie war einfach zur falschen Zeit am falschen Platz und das war ihr Todesurteil.«

»Aha«, kommentierte Sandra trocken, erhob sich, schrieb *organisiert* auf das Whiteboard und blieb neben der Tafel stehen.

»Das bringt uns zu der Frage, wie der Mörder ins Haus gekommen ist. Er muss sich unter einem Vorwand Zutritt verschafft haben«, schaltete sich Rolf wieder ein. »Zeuge Jehova, Handwerker, Mitarbeiter eines Telefondienstes, Vertreter, um nur einige Möglichkeiten zu nennen.«

Karin schnaufte kurz. »Wenn wir das wüssten, wären wir einen großen Schritt weiter. Halten wir uns lieber weiter an das, was wir wissen. Ich hatte bereits das erste Mal, als wir in Weises Haus waren, das dumme Gefühl, dass wir es mit einem Serientäter zu tun haben. Fragt mich jetzt aber bitte nicht warum.«

Sandra grinste. »Der Instinkt der einsamen Wölfin.«

Karin überging die Erwähnung ihres Spitznamens mit einem Lächeln. »Wie ihr wisst, hinterlassen Serienmörder gern Botschaften. Teils um ihre Überlegenheit zu demonstrieren, teils, weil sie geschnappt werden wollen, um ihre fünf Minuten perversen Ruhm auszukosten. Nicht so unser Mann, der will keine Aufmerksamkeit. Im Gegenteil, der will nicht geschnappt werden, der will in aller Seelenruhe weiter Leute abmurksen. Das ist einer der Gründe, warum ich zu spät begriffen habe, dass es sich um einen Serientäter handelt.«

»Unser Profil ist gar nicht schlecht«, sagte Heidelinde nachdenklich. »Ich glaube, wir sind ziemlich nah dran. Allerdings fehlt uns noch der Auslöser. Keiner fängt aus heiterem Himmel an zu morden. Es muss vor einem Jahr etwas passiert sein, dass er seine lang gehegten Fantasien in die Tat umsetzte. Meiner Meinung nach liegt die Quelle bei Vanessa Carsten in Pirna. Es ist möglich, dass Rolf den Anlass bereits genannt hat: eine Impotenz des Mörders. Eventuell war er Kunde von Frau Carsten und die hat sich über ihn amüsiert, weil er nicht in der Lage war, einen hochzukriegen. Und dadurch ist etwas in ihm losgetreten worden.« Sie hob die Hände. »Doch das sind alles Spekulationen.«

»Respekt, Heidi«, ergriff Sandra das Wort, »an deinen Überlegungen ist was dran. Mein Gefühl sagt mir aber, dass die eigentliche Ursache noch viel weiter zurückliegt. Vielleicht war er vor Jahren an einem Verbrechen beteiligt, bei dem Blut floss, ist vor einem Jahr durchgedreht, dabei auf den Geschmack gekommen und macht jetzt weiter. Dafür spricht seine Erfahrung im Schlösserknacken. Ich denke, der Typ hat eine lange kriminelle Vergangenheit. Auf jeden Fall werde ich die Suche nach vergleichbaren Verbrechen zeitlich weit nach hinten verlagern.« Sie fügte Auslöser und Vergangenheit zu den Notizen hinzu.

»Ich finde, wir sind einen Schritt weitergekommen«, sagte Karin und ein Hauch von Optimismus hatte sich in ihre Stimme geschlichen. Sie fotografierte das Whiteboard mit ihrem Smartphone und tippte mehrmals darauf herum. »So, ich habe unser Profil zu der Fallakte hinzugefügt. Jetzt haben wir ständig darauf Zugriff und können es gegebenenfalls ergänzen. Verliert aber unsere vorherigen Ermittlungsansätze nicht gänzlich aus den Augen«, fügte sie mahnend hinzu. Danach überlegte sie kurz und kam zum Ende: »Jan, du fährst zu Weises Tennispartner und befragst ihn, ob der Anwalt Schmuck trug, denn dass unser Mörder Trophäen sammelt, können wir als gesichert verbuchen. Sandra und Heidi, ihr grabt in den Tiefen der Vergangenheit. Irgendetwas werdet ihr schon ausbuddeln. Darüber hinaus müssen wir uns alle vor Augen führen, dass der Täter zurzeit durch die Stadt streift und nach einem weiteren Opfer Ausschau hält oder es bereits belauert.«

Karin nickte ihren Mitarbeitern zu, gab Rolf ein Zeichen und verschwand mit ihm im Schlepptau durch die Tür.

Donnerstag, 17.30 Uhr

Aus verquollenen Augen schaute Karl Johann dem Rauch seiner Zigarette hinterher. Die grauen Schwaden zogen durch die leicht geöffnete Seitenscheibe in die Nacht und wurden sofort von den dicht fallenden Tropfen zerhackt. Sein Kopf war schwer und die Müdigkeit zog an seinen Lidern, trotzdem war er stinksauer. Nur wegen dieses Hurensohns wartete er zum dritten Mal vor diesem dämlichen Kosmetikstudio.

Nachdem Karl Philipps Adresse herausgefunden hatte, war er zu dessen ständigem Schatten geworden. Tagelang hatte er vor dem Haus seines ehemaligen Freundes herumgelungert, bis der vor zwei Nächten endlich seine Nase aus der Wohnung gesteckt hatte. Karl hatte ihn bei dem Einbruch in das Kosmetikstudio beobachtet und da war es für ihn klar gewesen, dass Philipp am folgenden Tag zuschlagen würde.

Da Karl annahm, dass Philipps Aktion erst am späten Nachmittag steigen würde, hatte er sich gestern Vormittag zur Abwechslung mal in der Autowerkstatt sehen lassen. Sybilles Bruder hatte zwar mit den Zähnen geknirscht und einen dummen Spruch nach dem anderen losgelassen, ihn aber ansonsten in Frieden gelassen.

Am späten Nachmittag hatte Karl am Küchentisch Position bezogen und Polizeifunk gehört. Als aber gegen Mitternacht immer noch keine Meldung durch den Äther bis zu seinen Kopfhörern gedrungen war, hatte er sich kurz entschlossen hinters Steuer geklemmt und war zum Kosmetiksalon gefahren. Vollkommen fassungslos hatte er am Ziel feststellen müssen, dass nichts, aber auch absolut nichts passiert war. Das kleine Viertel hatte in tiefem Schlaf gelegen.

Irgendetwas lief eindeutig falsch, überlegte Karl. Dieses Verhalten entsprach ganz und gar nicht Philipps Handlungsmuster. Wenn Räume gecheckt waren, wurde der Bruch in der darauffolgenden Nacht durchgeführt. Und das war auch logisch, denn in vierundzwanzig Stunden konnte eine Menge passieren. Karl hatte selbst erleben müssen, dass ihn ein überprüftes Einfamilienhaus zwei Tage später mit leeren Fenstern angestarrt hatte, weil die Bewohner ausgezogen waren. Diese Lehre hatte er seinem Schüler so oft eingehämmert, bis der sie verinnerlicht hatte.

Warum also war dieser kleine Scheißer davon abgewichen?

Karl drückte seine Zigarette aus und drehte die Scheibe hoch. Weitere Kippen musste er sich verkneifen. Rauchzeichen waren nicht hilfreich, wenn man ungesehen bleiben wollte. Der Verzicht fiel ihm schwer und um seine überspannten Nerven halbwegs zu beruhigen, dachte er erneut an die vorletzte Nacht zurück.

Trotz der Jahre hatte sich Philipp nicht verändert. Seine Instinkte funktionierten immer noch perfekt. Als sein ehemaliger Freund das Haus durch den Seitenausgang verlassen hatte, hatte Karl Philipps Gefahrensensor ausschlagen sehen. Flink war Philipp in den Schatten geglitten und stocksteif stehen geblieben. Karl hatte sich das Lachen kaum verbeißen können, während der Bursche die gegenüberliegende Straßenseite mit ihren kaum hüfthohen Sträuchern gemustert hatte. Dabei hätte er nur die Hand ausstrecken müssen, um die Tür von Sybilles Astra aufzureißen. Doch das Schicksal hatte es gut mit Karl gemeint. Sybilles Verflossener war ein kaputter Freak gewesen, der auf getönte Scheiben stand. In diesem Fahrzeug war Karl für seine Umwelt unsichtbar.

Jedenfalls ging Karl fest davon aus, dass der Drecksack heute Nachmittag die Operation durchführen würde. Sonst hätte er das Risiko des Einbruchs vor zwei Nächten völlig umsonst auf sich genommen. Deshalb hatte Karl bereits um 16 Uhr Sybilles Astra so abgestellt, dass er den Seiteneingang zum Kosmetikstudio gut im Blick hatte.

Wenn es nur bald so weit wäre! Karls Nerven lagen inzwischen blank. Er schraubte die Thermoskanne auf und goss sich den Kunststoffbecher voll Kaffee. Der wievielte es war, wusste er nicht. Den gesamten Tag über hatte er versucht, sich mit Kaffee auf den Beinen zu halten. Mit Kaffee und Zigaretten. Jedenfalls fühlte sich sein Magen an, als hätte er statt des nachtschwarzen Gesöffs Salzsäure in sich reingekippt.

Dass Karl es überhaupt durchgestanden hatte, den Vormittag über stupide an Karossen herumzuschrauben und zusätzlich die dummen Sprüche von Sybilles Bruder kommentarlos wegzustecken, grenzte an ein Wunder. Viel lieber hätte er dem dämlichen Wichser seine Faust so lange ins Gesicht gedroschen, bis der für immer sein dreckiges Maul gehalten hätte.

Zähneknirschend hatte er sich zusammengerissen. Er musste cool bleiben und seinen Plan durchziehen. Alles andere hatte null Priorität. Denn sobald er die offene Rechnung mit seinem alten Partner beglichen hatte, konnten ihn Sybille und ihr bescheuerter Bruder mitsamt seiner Autowerkstatt am Arsch lecken.

Karl war sich sicher, in Philipps Wohnung würde ausreichend Bargeld auf ihn warten. Er kannte dessen Hamsterverhalten und sein gesundes Misstrauen gegenüber Banken. Und war Karl erst im Besitz der Kohle, konnte ihn keiner mehr aufhalten. Dann hieß es: Arrivederci Sybille und Regenland. Karl schloss für einen Moment die Augen und träumte von Sonne und schlanken jungen Frauen mit dicken Titten.

Sekunden später fuhr er hoch. Da war er doch tatsächlich eingenickt. Das durfte nicht passieren. Schnell stürzte Karl einen weiteren Kaffee runter und stieß gleich darauf sauer auf. Das widerliche Gebräu fraß sich unaufhaltsam durch seine Magenschleimhaut, hielt ihn jedoch nicht mehr wach. Karl versuchte es mit Bewegung. Streckte seine Arme lang aus und öffnete und schloss seine Finger abwechselnd zur Faust. Fünf Minuten später fühlte er sich tatsächlich erfrischt.

Karl schielte zur Uhr am Armaturenbrett. Zehn nach sechs. Seine Anspannung stieg ins Uferlose. Philipp musste jeden Augenblick auftauchen.

Um sich abzulenken, wollte er das Radio einschalten, zuckte aber zurück. Die Musik könnte nach draußen dringen; hunderte Roststellen hatten den Astra hellhörig werden lassen.

Karl lehnte sich im Sitz zurück und begann, die Steine einer Umgrenzungsmauer zu zählen. Er war gerade bei sechsunddreißig angekommen, als sein treuloser Freund urplötzlich am Seiteneingang auftauchte. Bruchteile von Sekunden später schlüpfte der bereits durch die Tür.

Einmal tief ein- und ausatmend schloss Karl die Augen. Adrenalin rauschte durch seine Adern. Sein Körper kribbelte und er bekam vor Erregung Gänsehaut. Genau wie in alten Zeiten. Nur, dass er diesmal nicht mit einbrach. Er würde ausschließlich beobachten, nicht agieren.

Dreißig Minuten später öffnete sich der Seiteneingang einen Spalt und sein ehemaliger Partner huschte aus dem Haus. Karls Blicke folgten ihm bis zur nächsten Seitenstraße, dann bog Philipp ab und wurde für ihn unsichtbar.

Jetzt hatte Karl alle Zeit der Welt. Vermutlich würde es einige Zeit dauern, bis jemand die Sauerei entdeckte. Wann das vonstattenging, war ihm herzlich egal. Er machte es sich möglichst bequem. Endlich konnte er sich eine Mütze voll Schlaf gönnen, das Gejaule der Sirenen würde ihn pünktlich wecken.

Karl kam es vor, als wären maximal zwanzig Minuten vergangen, als kaltes flackerndes Licht die Dunkelheit im

Auto zerriss. Benommen fuhr er hoch und starrte aus dem Fenster. Inzwischen hatte die Nacht ihre dunkle Leinwand über den Himmel gespannt. Ein halbes Dutzend Einsatzwagen der Polizei blockierten die umliegenden Straßen. Lediglich das Blaulicht und die Straßenlampen erleuchteten die Szenerie. Ein Blick zur Uhr verriet ihm, dass er fast fünf Stunden geschlafen hatte.

Ächzend kam Karl hoch und verzog gequält das Gesicht. Jeder einzelne Muskel seines Körpers schrie vor Schmerz. Für ein Schläfchen im Auto war er eindeutig zu alt. Bevor die Muskelkrämpfe einsetzten, musste er sich unbedingt strecken, um langwierige Verspannungen zu vermeiden. Viel gab es ohnehin nicht mehr für ihn zu tun. Er wollte nur die Bestätigung, dass sein alter Freund ebenfalls da war und sich an dem Schauspiel ergötzte.

Zischend zog Karl die Luft ein, als er seinen Kopf drehte, um die Gegend nach Philipp abzusuchen. Sein Nacken war steif und brannte höllisch. Lange musste er sich nicht verrenken. Lediglich zwei Fahrzeuge standen zwischen ihm und dem dunkelgrauen Passat.

Eigentlich hätte Karl nicht warten müssen, er hatte gewusst, dass Philipp auftauchen würde. Doch die Gewissheit war viel wert, denn dieses Verhalten zeigte, dass sein alter Partner auch die anderen Gewohnheiten beibehalten hatte.

Es ist doch sehr schön, dass Menschen berechenbar sind, freute sich Karl und massierte seine Nackenmuskeln.

Jetzt verfügte er über genügend Informationen, nur eine Kleinigkeit musste er sich noch besorgen. Danach war es Zeit für ein Rendezvous mit seinem ehemaligen Partner. Wenn es nach Karl ginge – eine kleine Abreibung und die entsprechende Entschädigung waren ausreichend. Es musste nicht zum Äußersten kommen und wenn doch …

Er lächelte. Einen Mörder aus dem Verkehr zu ziehen, war sehr löblich.

Donnerstag, 18.00 Uhr

Marleen Schubert lächelte unbeschwert. Feierabend. Na ja, noch nicht ganz. Da ihr lieber Dirk heute Spätdienst hatte, wollte sie im Geschäft bleiben und die Abrechnung erledigen, bis er sie abholen kam. Dann konnte sie morgen pünktlich ins Wochenende starten.

Der Tag war eigentlich gut gelaufen. Es gab für sie keinen Grund, sich zu beschweren. Ihre Kundinnen waren alle nett – mehr oder weniger. Die Frau jedoch, hinter der sich die Tür gerade geschlossen hatte, war Marleens absoluter Liebling. Jedes Mal gelang es dieser Kundin vom ersten Moment an, Licht und Wärme in ihrem Kosmetikstudio zu verbreiten. Dass sie zusätzlich beim Trinkgeld nie knauserte, erhöhte Frau Schuberts Zuneigung in nicht unbeträchtlichem Maße. Jedenfalls hatte dieser Sonnenschein für einen ausgesprochen angenehmen Tagesausklang gesorgt.

Fröhlich eine Melodie summend, ging Marleen in den Behandlungsraum, wechselte den Bezug auf der Liege, säuberte gründlich sämtliche Ablagen, ordnete ihre Utensilien und wischte den Boden. Danach zog sie sich um, lief zurück nach vorn und setzte sich an ihren Arbeitsplatz. Flink startete sie die Software und begann eifrig zu tippen. Sie ließ sich auch durch das seltsame Rascheln, das aus den hinteren Räumen bis zu ihr drang, nicht in ihrer Konzentration stören. Erst als das Geräusch sie abermals von ihrer Arbeit ablenkte, löste Marleen unwillig den Blick vom Monitor. Sie schloss die Augen und lauschte.

Da war es wieder! Es klang eindeutig nach Plastik, als wenn man eine Kunststofftüte auspackte.

Vermutlich haben sich wieder ein paar Beutel mit Wattebällchen selbstständig gemacht, vermutete Marleen und musste lächeln; das komische Geräusch erinnerte sie an ihr Meerschweinchen Stupsi. Der pfiffige kleine Kerl hatte gelernt, dass sein Grünfutter aus Kunststoffbeuteln kam. Und sobald er das charakteristische Knistern vernahm, machte er in seinem Stall Männchen und pfiff vergnügt.

Ein plötzlicher Knall verjagte jeden Gedanken an Stupsi. Jetzt ist etwas Großes umgefallen, fuhr es Marleen durch den Kopf. Ihr Lächeln erstarb und machte einer besorgten Miene Platz.

Sie fuhr von ihrem Stuhl hoch und rannte nach hinten. Dort sah sie die Bescherung. Ein Karton mit Kosmetika war aus dem Regal gefallen.

»Scheiße«, fluchte sie los, doch dann weiteten sich ihre Augen vor Verwunderung. Wie war es der Kiste nur gelungen, sich selbstständig aus dem Regalfach zu stürzen? Ein Erdbeben konnte es schlecht gewesen sein. Das wäre ihr aufgefallen.

Das Rascheln hinter ihr beendete Marleens Ursachenforschung. Erschrocken fuhr sie herum und erstarrte.

Schlagartig wurden ihr mehrere Dinge auf einmal klar: Der Karton war nicht von allein aus dem Regal gefallen, die Abrechnung hatte sie völlig umsonst gemacht und sich zu früh auf das Wochenende gefreut.

Donnerstag, 20.10 Uhr

Am Nachmittag hatte es zu regnen begonnen, zuerst in einzelnen Schauern, die sich später zu einer permanenten Flut ausgeweitet hatten. Schweigend saßen Karin und Rolf in dessen Opel Frontera und warteten darauf, dass ihre Zielperson endlich den Weg nach Hause fand.

Bevor sie losgefahren waren, hatten sie ihre Köpfe über Google Maps gesenkt und die Abfangposition ausgewählt. Wortkarg, wie Rolf nun einmal war, hatte er einige spärliche Informationen über die Ergebnisse seiner Nachforschungen verloren. Daher wusste Karin, dass sich der zweite Kerl, der an dem Überfall auf sie beteiligt gewesen war, gern in der Neustadt herumtrieb und, da ihm sein Führerschein wegen Trunkenheit am Steuer entzogen worden war, sich von seinen Kumpels von A nach B chauffieren ließ. Davon ausgehend bestimmten sie einen möglichen Punkt, an dem seine Kumpane ihn absetzen würden. Bei diesem Mistwetter würde er anschließend auf direktem Weg zu seiner Wohnung laufen. Natürlich war es möglich, dass er einen anderen Weg einschlug, aber da sie auf sich allein gestellt waren, hatten sie keine andere Wahl, als auf ihr Gefühl zu vertrauen.

Gleich nachdem Rolf seinen Wagen am Wölfnitzer Ring geparkt hatte, war Karin den mutmaßlichen Weg ihrer Zielperson abgelaufen und hatte sich jede Einzelheit genau eingeprägt. Danach war sie zurück zum Auto geeilt, hatte die Lehne ihres Sitzes abgesenkt und es sich bequem gemacht.

Um ihrem Partner nicht auf den Geist zu gehen, betrachtete sie still die Tropfen an der Frontscheibe, welche zu kleinen Bächen zusammenflossen, und gab sich alle Mühe, das tobende Chaos in ihrem Kopf zu sortieren. Es war nicht einfach, ihrer zwiespältigen Gefühle Herr zu werden. Zum einen war da dieser hartnäckige Stachel des schlechten Gewissens, der ständig an ihre Pflicht appellierte. Doch sie tröstete sich mit dem Gedanken, dass sie heute Abend sowieso nichts Konstruktives zur Ermittlung in den aktuellen Mordfällen beitragen könnte. Dazu war sie einfach nicht konzentriert genug. Dass sie jedoch Rolf mit eingespannt hatte und ihn dadurch ebenfalls von den Ermittlungen abzog, belastete sie schon ein wenig. Auf der anderen Seite war sie es sich schuldig, den Schlägertyp von der Straße zu nehmen. Immerhin stellte er ebenso wie der Serienmörder eine Gefahr für seine Mitmenschen dar. Es mussten nicht erst weitere Frauen von diesem Mistkerl überfallen werden. Frauen, die nicht wie sie in der Lage waren, einen Angreifer erfolgreich abzuwehren.

Allerdings gestand es sich Karin ein, dass sie auch nach Vergeltung suchte. Sie wollte den Verbrecher für die Angst büßen lassen, die sie ertragen hatte, wollte ihn leiden sehen, so wie sie gelitten hatte.

Außerdem, und diese Überlegung beruhigte sie enorm, wenn sie den Mann nicht dingfest machten, wer dann? Karin hatte sich die Fahndungsprotokolle angesehen. Die Kollegen hatten zwar alle Hebel in Bewegung gesetzt, den Burschen aufzuspüren, aber eingeschränkt durch lästige Vorschriften konnten sie nicht mit der erforderlichen Effizienz durchgreifen. Und so spazierte der Kerl weiter unangefochten durch die Stadt.

Rolf dagegen standen dank seiner Informanten ganz andere Möglichkeiten zur Verfügung. Da Karin durch ihr Ehrenwort, das sie Haupt gegeben hatte, die Hände gebunden waren, hatte sie den Oberkommissar gebeten, sich unter der Hand ein wenig umzuhören. Sie hatte ihn nicht zweimal bitten müssen, Rolf hatte sich mit Feuereifer über diese Aufgabe hergemacht.

Karin drehte den Kopf und warf ihrem Kollegen einen verstohlenen Blick zu. Es war ein widersprüchlicher Mann, der da an ihrer Seite saß.

Noch vor ein paar Jahren war ihr Verhältnis zu Oberkommissar Brückner eher zwiespältig gewesen. Seine sexistischen Witze und sein oftmals rüder Umgang mit Zeugen hatten sie abgestoßen. Karin hatte, wann immer es ging, den Kontakt zu ihm gemieden. Daher wäre sie in ihren schlimmsten Albträumen nicht darauf gekommen, ihn um Hilfe zu bitten. In den letzten Jahren hatte sie allerdings öfter mit Rolf zusammenarbeiten müssen. Dabei lernte sie andere Seiten ihres Kollegen kennen. Bei gemeinsamen Ermittlungen erwies er sich zunehmend als verlässlicher Partner und Karin korrigierte ihre negative Einstellung.

Und auch Rolf hatte sich geändert. Sein großspuriges Wesen war einer stillen Nachdenklichkeit gewichen. Karin spürte, dass ihr Kollege Probleme mit sich herumschleppte. Aber so vertraut waren sie bisher nicht, als dass sie ihn danach gefragt hätte.

An dieser Stelle musste sie sich ein Grinsen verbeißen. Kameradschaftlicher kann die Beziehung zwischen zwei Polizisten eigentlich nicht werden, wenn sie gemeinsam krumme Dinger drehten. Und sie wollte lieber gar nicht wissen, welche Vorschriften sie mit Rolf gerade in trauter Einigkeit verletzte. Dass ihr Kollege mit der heutigen Aktion seinen Hintern für sie riskierte, war ihr nur zu gut bewusst. Vielleicht wäre es besser, wenn sie nie erfuhr, was Rolf alles getan hatte, um das Schlupfloch des Burschen ausfindig zu machen. Ärger mit Haupt konnte sie momentan überhaupt nicht gebrauchen. Doch die Neugier in ihr drängte die Vorsicht zurück.

»Rolf!?«

Der Oberkommissar gab ein undefinierbares Brummen von sich.

»Ich bin dir natürlich sehr dankbar, dass du mir hilfst. Hoffentlich hast du dich dabei nicht in Schwierigkeiten gebracht.«

»Komm schon, Karin. Du weißt doch, wie's läuft. Hast ja schließlich selbst Informanten.«

»Aber bisher habe ich die nicht verprügelt, wenn sie nicht kooperierten.«

Rolf lachte hart auf. »Ich weiß, du gehst subtiler vor. Psychoterror nennt man das, glaube ich.«

Karin stutzte, dann wieherte sie los. »Wir sind schon zwei Kräfte«, brachte sie hervor, nachdem sie sich beruhigt hatte. »Jedenfalls hast du bei mir was gut. Was wissen wir eigentlich über den Typ, auf den wir hier warten?«

»Alexander Gelashvili. Angeblich Georgier.«

»Dem Namen nach könnte es hinkommen.«

»Wenn der denn stimmt. Jedenfalls ist Gelashvili ein kleiner mieser Gauner. Wird angeblich in seinem Heimatland verfolgt. Kassiert hier Sozialleistungen, dealt nebenbei und ist schon mehrfach beim Klauen erwischt worden. Seine Bagatelldelikte stehen alle im System.« Brückner schnaufte wütend. »Mein Informant hat mir allerdings gesteckt, dass du nicht sein erstes Opfer warst. Erwischt worden ist er leider bis jetzt nicht und es wird immer noch geprüft, ob er eine Aufenthaltsgenehmigung erhält.«

»Die kann er sich auf jeden Fall abschminken. Wie wollen wir vorgehen?«

»Da wir keinen Durchsuchungsbefehl haben, schnappen wir ihn uns auf der Straße.«

Karin musste unwillkürlich schmunzeln. »Und wenn uns der Chef fragt, sind wir zufällig hier lang gefahren, ich habe ihn wiedererkannt und da haben wir ihn hopsgenommen.«

»Ich sehe, wir sind auf einer Linie.«

Da alles besprochen war, nervte Karin ihren maulfaulen Kollegen nicht länger und schaute angestrengt aus dem Fenster. Rolf kannte Gelashvili nicht, also musste sie Alarm geben, sobald der auftauchte. Doch das Einzige, was sie innerhalb der nächsten dreißig Minuten beobachten konnte, war der Regen, der auf die Frontscheibe prasselte. Karin wurde langsam nervös. Geduld war noch nie ihre Stärke gewesen. Unruhig rutschte sie auf ihrem Sitz hin und her und fluchte lautlos. Nach weiteren zwanzig Minuten Tropfengucken brauchte sie dringend Ablenkung. Mit einem gemurmelten: »Ich mach mal ein bisschen Musik«, begann sie im Handschuhfach nach CDs zu suchen.

Amüsiert schaute Rolf ihrem Treiben eine Weile zu, dann erbarmte er sich schließlich. »Mein Radio hat USB.« Nach dieser Feststellung griff er in seine Hosentasche, förderte einen Stick ans Tageslicht und steckte ihn in die Buchse.

Begierig widmete sich Karin dem Gerät und startete die Wiedergabe. Bereits die ersten Töne, die den Wagen füllten, ließen sie schaudern. »Das ist doch Helene Fischer. Hast du nichts anderes?«

»Da ist noch das neue Roland Kaiser Album und Andrea Berg drauf.«

Karin zuckte mit den Schultern. »Mach dir nichts draus. Jeder hat Fehler.« Sie entfernte den Stick, warf ihn achtlos ins Handschuhfach und begann, die Radiosender zu durchsuchen. Es dauerte ein paar Minuten, bis sie endlich Musik zur Beruhigung ihrer Nerven fand. Aufatmend sank sie in die Polster zurück, als Mark Knopflers Gitarre *Brothers In Arms* anstimmte.

Für wenige Minuten war Karins Leben wieder in Ordnung. Selig, mit geschlossenen Augen, lauschte sie den Klängen, bis dröhnende Technobeats sie in die trostlose Wirklichkeit zurückholten. Ein aufgemotzter nachtschwarzer Golf fuhr langsam an ihnen vorbei und obwohl die abgedunkelten Fenster des VWs geschlossen waren, drang die Musik bis ins Innere des Frontera. Das Fahrzeug stellte sich genau vor Rolfs Opel an den Straßenrand, hinten öffnete sich eine Tür und ein Mann stieg aus dem Wagen. Die wenigen Augenblicke, bis er sich seine Kapuze tief ins Gesicht zog, genügten Karin. Das Gesicht ihres Peinigers hatte sich tief in ihr Gedächtnis gegraben.

Der Mann blieb stehen und sah dem davonfahrenden VW kurz hinterher, dann trabte er im Laufschritt die Straße entlang.

Ohne sich darum zu kümmern, ob Rolf ihr folgte, schlängelte sich Karin geschmeidig aus dem Fahrzeug und jagte dem Mann nach. Durch ihre tägliche Joggingrunde in bester Form holte sie schnell auf. Der prasselnde Regen half, ihre schnell nahenden Schritte zu übertönen. So ahnte Gelashvili nichts von der drohenden Gefahr.

Ihr Tempo beibehaltend, griff Karin in die Jackentasche, holte ihren Teleskopschlagstock heraus und ließ ihn mit einer schwungvollen Bewegung ausfahren. Als sie nah genug an Gelashvili herangekommen war, schleuderte sie den Stock zwischen seine Beine. Der Kerl hatte keine Chance, die Balance zu halten, er stolperte und schlug lang hin. Sekundenbruchteile später hockte Karin auf ihm, zerrte seine Arme auf den Rücken und legte ihm Handschellen an. Das Klicken beim Einrasten der Schließsperre war Musik in ihren Ohren.

»Ich sehe, du hast bereits alles erledigt.« Rolf hielt Karin galant die Hand hin und half ihr auf, dann packte er den Mann und stellte ihn unsanft auf die Füße.

Aus Gelashvilis Nase rann ein dünner Blutfaden. Er bewegte benommen seinen Kopf und stöhnte leise. Sein Leid entlockte Karin nur ein müdes Lächeln. Mitleid hatte sie keins für ihn übrig, immerhin war sie selbst wegen ihm im Dreck gelandet.

»Das kommt davon, wenn man vor der Polizei wegläuft«, stellte Rolf höhnisch fest.

»Nicht weggelaufen. Die mir Stock zwischen Beine geworfen.« Der Schläger funkelte Karin hasserfüllt an. Es dauerte einige Sekunden, bis ihm dämmerte, woher er sie kannte. »Heiliger Georg, die Bitch.«

Fast beiläufig rammte ihm Rolf die Faust in die Magengrube. »Keine dummen Sprüche. Und jetzt entschuldigst du dich bei der Dame.« Er hielt den sich vor Schmerzen krümmenden Kerl mit eisernem Griff fest, anderenfalls hätte der zum zweiten Mal den Beton geküsst.

Japsend holte Gelashvili tief Luft und wollte lautstark seinen Protest formulieren, doch Rolfs drohende Miene, ließ ihn den Mund sofort wieder schließen. »Wird's heute noch oder willst du 'nen Nachschlag?«

Das »Sorry« kam trotzig und gepresst.

»Geht doch. Und nun los, sonst wachsen uns noch Kiemen.«

Resigniert gab Gelashvili auf. Seine Gestalt sackte zusammen und widerstandslos lief er mit den Beamten zum Wagen.

Rolf machte sich nicht die Mühe, Gelashvilis Kopf beim Einsteigen mit der Hand zu schützen. Ein schneller Schubs und der Schläger lag auf der Rückbank.

»Falls es noch nicht bis zu dir vorgedrungen ist, wen du vor einer reichlichen Woche überfallen hast. Ich bin Kriminalhauptkommissarin Wolf«, sagte Karin fast freundlich und drehte sich auf dem Beifahrersitz, sodass sie Gelashvili gut im Blick hatte. »Wir fahren jetzt zur Polizeidirektion, dort legst du ein umfassendes Geständnis ab und schon bist du uns los.«

»Scheißendreck.« Gelashvili hatte sich in eine Sitzposition gequält und schaute störrisch drein.

Sein starker Akzent jagte Karin einen eiskalten Schauer über den Rücken. Die Stimme ließ die Bilder des Überfalls vor ihren Augen aufleben. Damit der Kerl nichts von ihrer Schwäche bemerkte, knuffte sie Rolf verstohlen auf den Oberschenkel.

Der ergriff umgehend die Initiative. »Wenn du denkst, dass wir uns stundenlang mit einem Haufen Dreck wie dir rumärgern, hast du dich gewaltig geirrt.« Er drehte sich langsam um, legte seinen Arm gemütlich auf die Rückenlehne und grinste den Schläger breit an. Dann wandte er sich an Karin. »Planänderung. Wir bringen den Burschen erst mal über Nacht in die U-Haft. Heute Nachmittag sind dort ein paar rechte Schläger eingezogen, zu denen stecken wir ihn.«

»Gute Idee.« Karin brummte zustimmend. »Wenn er morgen noch dazu in der Lage ist, redet er wie ein Wasserfall.«

»He, das nicht machen! Ich reden.« Gelashvilis Verstand kollabierte fast vor Todesangst. Er warf den Polizisten gehetzte Blicke zu und nickte fortwährend eifrig.

Drohend hob Karin den Zeigefinger. »Überlege es dir nur nicht anders. Die braunen Jungs warten bereits auf dich und ich denke nicht, dass sie mit dir gemeinsam die Internationale singen.« Sie zwinkerte ihm fröhlich zu und gab Rolf mit einem Fingerschnippen das Zeichen zum Losfahren.

Donnerstag, 23.50 Uhr

Gleich, nachdem Karin am Tatort eingetroffen war, marschierte sie auf direktem Weg zu Sandra. Sie ahnte, dass ihre Partnerin in den kommenden Stunden allen Beistand brauchte, den sie nur kriegen konnte. Mit Frau Schubert hatte sie eine Freundin verloren.

Nach ihrem Einzug, vor mehr als drei Jahren, hatte Sandra sämtliche Kosmetikerinnen in Laubegast ausprobiert. Hängen geblieben war sie schließlich bei Marleen Schubert. Die beiden Frauen hatten sich gut verstanden und Sandra war der festen Überzeugung, dass ihre Haut bei Marleen in den besten Händen war. Demzufolge ging Karin davon aus, ihre Freundin am Boden zerstört vorzufinden.

Zu ihrem Erstaunen war das Gegenteil der Fall. Statt der erwarteten Trauer funkelte grenzenlose Wut in Sandras Augen. Effizient hatte sie den Ablauf am Tatort organisiert und behielt, getrieben von einer fieberhaften Anspannung, sämtliche Vorgänge im Blick. Ihre Partnerin wurde vom Schock, Entsetzen und rasendem Zorn auf den Täter beherrscht.

Sandra konnte nicht trauern. Noch nicht.

Also trauerte Karin für sie. Trat zu ihr, ergriff ihre Hand und drückte sie.

»Das ist kein Zufall. Das Schwein hat sie umgebracht, weil ich zu ihr ging.« Sandras Stimme wurde brüchig vor Aufregung. »Ich brauche den Doc nicht, um zu wissen, wann sie ermordet wurde. Ich war heute ihre letzte Kundin. Gleich danach muss er sie getötet haben. Das Dreckschwein spielt mit uns.«

Sandras Zittern und ihre gestresste Miene verrieten Karin, dass ihre Freundin kurz vorm Durchdrehen stand.

Spontan drückte Karin ihre Liebste fest an sich. Es war ihr in diesem Moment scheißegal, was die anwesenden Beamten von ihnen dachten. Sandra brauchte sie und das war es, was für sie zählte.

Mehrere Minuten standen die Frauen eng aneinandergepresst einfach nur da. Als Karin spürte, dass Sandras Zittern nachließ, löste sie sich aus der Umarmung und blickte der Freundin tief in die Augen. »Wir kriegen ihn. Er will uns seine Macht demonstrieren und dabei wird er Fehler machen.« Sie schwieg einen Augenblick und musterte Sandra prüfend. »Stehst du das durch oder willst du lieber nach Hause gehen?«

Energisch schüttelte Sandra den Kopf. »Ich muss arbeiten, muss mich ablenken und ich will den Mistkerl zur Strecke bringen. Erst wenn wir ihn haben, kann ich abschalten.«

Karin nickte langsam. Sie würde genauso reagieren. Mit einem Blick gab sie Sandra zu verstehen, dass sie ihre Freundin verstand, und schaute sich anschließend suchend um.

»Marleen liegt hinten«, sagte Sandra dumpf.

Bei einem Techniker versorgte sich Karin mit einem Schutzanzug, schlüpfte hinein und drehte zuerst eine Runde durch den vorderen Raum.

Neben einer groß gewachsenen, jedoch offensichtlich durstigen Birkenfeige befand sich Frau Schuberts Arbeitsplatz, an dem sie noch gestern den Papierkram erledigt hatte. Karin beugte sich über die Tischplatte und, ohne etwas zu verändern, betrachtete sie lange die Dokumente, die darauf lagen, und den Monitor. Danach ging sie zum Bedientresen, entdeckte das Anmeldebuch und blätterte darin. In Sekundenbruchteilen rasten die Gedanken durch ihren Kopf und erste Puzzlesteine formten sich zu einem Bild. Fünf Minuten später lief sie zu den zwei hinteren Räumen. Den ersten Bereich kannte sie von ihrem letzten Besuch. Hier hatte Frau Schubert vor einer reichlichen Woche ihre Nägel manikürt. Karin blieb am Eingang stehen, ließ ihren Blick wandern und schüttelte schließlich den Kopf.

Den anderen Raum hatte Frau Schubert als Lager genutzt. In einem IKEA-Regal, das eine komplette Wandseite einnahm, waren Handtücher und jede Menge Kosmetika in den Fächern verstaut.

Davor, auf dem Boden, lag Marleen Schubert.

Bevor Karin mit ihrer Arbeit begann, blieb sie still vor der ermordeten Frau stehen. Sie dachte an die kurze Zeitspanne zurück, die sie bei ihr im Kosmetikstudio verbracht hatte. Die Frau war voller Lebensfreude gewesen, offenherzig und ein gesunder Tatendrang hatte in ihren Augen geleuchtet. Seltsam, dachte Karin, wie schnell das alles vorbei sein kann. Der Tod hatte Marleen die Seele geraubt. All ihre Träume, Sehnsüchte und Gedanken fortgewischt.

Karin faltete die Hände, formulierte in Gedanken ein tonloses Gebet und nahm Abschied von Marleen Schubert.

Gleich darauf straffte sie sich und verwandelte sich in die professionelle Ermittlerin zurück, die hier einen Job zu erledigen hatte. Sie hockte sich neben die Leiche, setzte ihre Lesebrille auf und betrachtete die große Wunde, die sich vom Unterleib bis zur Bauchmitte zog.

Eindeutig dieselbe Handschrift, stellte Karin fest und kniff vor Abscheu ihre Augen zu Schlitzen zusammen. Der schreckliche Anblick ließ in ihr den Wunsch aufkommen, um sich zu schlagen. Die große Blutlache machte alles noch schlimmer und ließ sie leise fluchen. »Du bist wieder voll auf deine Kosten gekommen, was?« Mit Inbrunst wünschte sie dem Mistkerl die Pest an den Hals.

Karin schluckte ihre Wut herunter. Dafür war Zeit, wenn sie dem Mörder gegenüberstand. Jetzt musste sie Fakten sammeln.

Sie richtete sich auf und suchte mit ihren Augen jeden Quadratzentimeter des kleinen Lagers ab. Der heruntergefallene

Karton war ihr bisher entgangen. Er lag gleich neben der Tür vor dem Regal. Karin stellte sich auf die Zehenspitzen und schaute sich das betreffende Fach an, in dem die Kiste gestanden haben musste. Danach bückte sie sich und kontrollierte das Gewicht des Kartons. Da er bis oben hin mit Kosmetikflaschen gefüllt war, wog er bestimmt drei Kilo. Von allein konnte der nicht heruntergefallen sein. Nachdenklich knabberte Karin auf ihrer Unterlippe. Nach und nach formte sich ein Bild in ihrem Kopf.

Eine leichte Berührung auf ihrer Schulter ließ sie den Kopf drehen. Trotz der Handschuhe erkannte sie Sandras schlanken Finger.

»Hast du was entdeckt?« Sandra hatte sich gefangen und, obwohl ihre Augen vor Trauer glänzten, versuchte sie sich an einem Lächeln.

»Den Tathergang kann ich zumindest nachvollziehen. Und, dass unser Täter hier am Werk war, hast du vermutlich bereits selbst gesehen.«

Sandra nickte und ihr Lächeln wurde bitter.

»Du hast auf jeden Fall recht. Der Zeitpunkt des Mordes kann kein Zufall sein. Frau Schuberts Anmeldebuch liegt auf dem Tresen. Ich vermute, dass der Mörder zuvor dem Kosmetikstudio einen Besuch abgestattet hat. Da hat er deinen Namen entdeckt und es für eine gute Idee gehalten, die arme Frau gleich nach deinem Abgang zu töten.«

»Ganz meine Meinung. Ich frage mich nur, woher der meinen Namen kennt?«

»So unbekannt bist du nicht, Schatz. Unsere Fotos und Namen standen schon oft in der Zeitung, vom Internet ganz zu schweigen. Ich denke, der Kerl hat ein ausgeprägtes Ego. Solche Typen lungern gern an Tatorten rum, weiden sich am Gewusel der Polizisten und verfolgen ihre Taten in der Tagespresse und im Netz.«

»Möglich«, sagte Sandra gedehnt. »Es kann aber auch sein, dass er Frau Schubert persönlich kannte. Und meine liebe Marleen hatte einen großen Fehler.« Sandra sah Karin vielsagend an. »Sie war schwatzhaft bis zum Gehtnichtmehr.«

»Wenn wir ihn haben, fragen wir ihn«, meinte Karin lakonisch. »Aber die Räume haben mir noch mehr erzählt. Ich glaube, Frau Schubert hat gerade an ihrer Abrechnung gesessen. Der Mörder verschaffte sich durch den Seiteneingang Zutritt, warf eine Kiste aus dem Regal, um sie nach hinten zu locken. Der vordere Bereich ist ja wie ein Aquarium. Durch die riesigen Scheiben können Vorbeieilende von draußen alles sehen. Keine gute Voraussetzung für einen Mord. Wer hat Frau Schubert eigentlich gefunden?«

»Ihr Mann. Er ist Internist im Joseph-Stift und hatte heute Spätdienst. Wegen einer Not-OP ist er später losgekommen, seine Frau hat er gegen 23 Uhr gefunden.«

»Hast du schon mit ihm geredet?«

Sandra schüttelte den Kopf. »Er ist gleich, nachdem die Streife kam, zusammengebrochen. Ich habe im Krankenhaus angerufen, sie haben ihn ruhiggestellt. Vor morgen früh ist er nicht ansprechbar. Zusätzlich habe ich die Gelegenheit genutzt, um mich vorsichtig nach seiner Arbeitszeit zu erkundigen. Die OP-Schwester hat mir bestätigt, dass er während der Tatzeit operiert hat.« Sie überlegte einen Augenblick. »Das war eigentlich unnötig, ich weiß, aber ich bin nun mal gründlich.«

»Dann besuchen wir den armen Kerl morgen gleich als Erstes«, sagte Karin und schaute zu Frau Schubert. »Weißt du, wie alt sie war?«

»Vierzig.«

»Wow, das hätte ich jetzt nicht gedacht. Die Frau ist sogar als Leiche noch attraktiv, ich hätte sie glatt auf Mitte dreißig geschätzt.«

»Kosmetikerinnen wirken jünger«, stellte Sandra fest. »Glaub mir, ich kenne einige.«

Das Eintreffen von Doktor Bretschneider beendet ihren Dialog. »Guten Abend, die Damen. Aber, wenn ich mich hier so umschaue, ist an dem Abend nichts wirklich gut.« Der Rechtsmediziner drängte die Kommissarinnen sanft zur Seite und begann mit der Untersuchung der Toten. »Morgen Mittag habt ihr den Bericht.«

Karin und Sandra sahen sich an und nickten synchron. Hier gab es nichts mehr für sie zu tun und im Weg stehen wollten sie nicht. Nach einer kurzen Verabschiedung verließen sie den Kosmetiksalon.

Ohne auf den Regen zu achten, blieb Karin einige Meter von dem Kosmetikstudio entfernt stehen. Sie hatte nur mit halbem Ohr zugehört, während Marleen ihr Leben vor ihr ausgebreitet hatte. Aber eine Sache, die ihr die Kosmetikerin anvertraut hatte, war sehr wichtig gewesen. Karin könnte sich ohrfeigen, dass sie nicht aufmerksamer gewesen war. Doch so sehr sie sich bemühte, es gelang ihr nicht, sich auf diese Information zu besinnen. Wie Schmetterlinge auf einer Blumenwiese flatterten ihre Gedanken eigenwillig umher. Sowie sie nach einem haschen wollte, verschwand er im Dunkel.

Freitag, 25. Juli, 03.30 Uhr

Triumph und Agonie. Zwei Dinge, die gegensätzlicher nicht sein konnten, waren in derselben Sekunde untrennbar miteinander vereint gewesen.

Für ihn war es die Erfüllung verbunden mit grenzenloser Erregung, während er ein Schauspiel genossen hatte, welches in dieser Intensität nur wenigen Menschen vergönnt war. Als ihr Blut aus der Wunde strömte und er die Hitze des Lebenssaftes durch die Handschuhe spürte, als er das Leben aus den Augen seines Opfers weichen sah, war dies der Moment, für den es sich zu leben lohnte.

Für die Kosmetikerin war es der Todeskampf, der Schlusspunkt ihres Lebens. Sie war das Opfer, an dem er sich nährte.

Bereits das Vorspiel hatte in ihm den Kitzel der Lust geweckt, als ihre Augen sich erst vor Verwunderung und später vor Entsetzen weiteten.

Der Anblick seines Schutzanzuges offenbarte ihr die Wahrheit. Er konnte es in ihrem Blick lesen: Sie begriff, warum er, gehüllt in einen Anzug aus Plastik, zu ihr gekommen war.

Dieser Overall sollte hauptsächlich verhindern, dass er Spuren hinterließ. Die kleine McGee war die Erste gewesen, in deren Augen er die wahre Bedeutung dieses Überzugs gesehen hatte. Als sie ihn sah, hatte sie gewusst, dass sie sterben würde. Das Grauen der Todgeweihten hatte in ihren Pupillen aufgeleuchtet und sich in sein Gedächtnis gebrannt.

Seitdem trug er den Overall mit Stolz. Es war die Maske des Todes.

Schlafen konnte er nicht. Die Ereignisse des gestrigen Abends ließen ihn nicht los. Er stand unter Hochspannung und das Glücksgefühl in der Magengegend wärmte ihn. Mit einem Glas Sekt in der Hand saß er in seinem dunklen Wohnzimmer und schaute aus dem Fenster auf die Straßenlaterne, die den gegenüberliegenden Wohnblock erhellte.

Heute Nacht feierte er. Gründe dafür gab es einige.

In seinem Setzkasten hatte eine neue Trophäe Einzug gehalten. Neben Frau Schuberts Monitor hatte er eine Figur aus einem Überraschungsei entdeckt. Bei Google hatte er den Namen des kleinen Kerls gefunden. Schönling hieß der Zwerg, der sich eifrig den Bart kämmte. Den materiellen Wert der Figur konnte er vernachlässigen, der ideelle Wert dagegen war immens. Augenscheinlich hatte der Zwerg der Kosmetikerin etwas bedeutet, da er mit seiner begeisterten Bartpflege ein Symbol für ihr Studio darstellte. Auch er würde die Figur für immer wertschätzen, war sie doch eine bleibende Erinnerung an einen unbezahlbaren Augenblick.

Mit hämischer Freude hatte er von seinem Fahrzeug aus die Bullen beobachtet. Hatte die Techniker gesehen, die mit trüben Mienen ihr Equipment nach stundenlanger Arbeit zurück in ihre Transporter geräumt hatten. Er fand ihre Plackerei amüsant. Sie würden ihn niemals kriegen.

Finanziell hatte sich die Aktion ebenfalls ausgezahlt. 475 Euro waren zwar nicht gerade üppig, aber da er von vornherein nicht mit mehr gerechnet hatte, war er zufrieden.

Das Verschmelzen von Lustbefriedigung und Broterwerb betrachtete er als einen bemerkenswerten Schachzug. Die Diebstähle waren eigentlich ein Widerspruch zu seiner Hauptintention, aber für die Bullen bedeutete das eine Diskrepanz, an der sie bestimmt ganz schön zu knabbern hatten. Ihm war es jedoch auf diese Weise möglich seine Missionen zu finanzieren. In den vielen Stunden, die er für die Beobachtung seiner Opfer aufwenden musste, konnte er keine Aufträge annehmen, was ein Loch in seine Kasse riss. Außerdem war er ein vorausschauender Mensch. Bei seiner

Tätigkeit bestand trotz aller Vorsicht die Möglichkeit, dass er umziehen musste. Ein wenig Startkapital war da von Vorteil.

Er war glänzender Laune und so verzogen sich seine schmalen Lippen zu einem verächtlichen Lächeln. Bisher hatten sich die Bullen einzig durch Inkompetenz hervorgetan, vor denen war er sicher. Nicht umsonst hatte er falsche Fährten gelegt. Darin war er ein Meister.

Den Anwalt hatte er eigentlich nur aus diesem Grund getötet. Erregt hatte ihn der Mann nicht. Es waren Frauen, die ihn anzogen. Dieser Kerl jedoch, den ihm das Schicksal auf einem Silbertablett präsentiert hatte, war perfekt für ein Ablenkungsmanöver. Durch und durch verkommen, hatte dieses Subjekt den Tod mehr als verdient. Ehe sich die Bullen durch die lange Liste seiner Schandtaten gearbeitet hatten, war selbst die geringste Spur zu Staub zerfallen. Und wenn er es recht bedachte, dann sollte ihm der Anwalt dankbar sein. Seine Hand hatte ihm einen guten Tod geschenkt. Er musste nicht die Gebrechen des Alters kennenlernen und dahinsiechen, sondern war durch die Klinge ehrenwert abgetreten.

Plötzlich kam ihm ein Gedanke, der ihn wohlig aufseufzen ließ. Er konnte es selbst nicht fassen, wie genial er doch war. Mit Macht riss es ihn aus seinem Sessel. Zwei lange Schritte und er stand vor seinem Arbeitstisch, fuhr den Rechner hoch und wartete ungeduldig, bis das Betriebssystem gestartet war. Mit der aus dem Haus des Anwalts mitgenommenen Spiegelreflexkamera hatte er in weiser Voraussicht die ermittelnden Beamten fotografiert.

Der Gedanke an die Kamera ließ einen schlechten Beigeschmack in seinem Mund entstehen. Er hatte gewusst, dass der Anwalt weiteres hochwertiges Equipment besaß. Leider hatte er weder die Spezialkamera noch das Nachtsichtgerät finden können. Schade, diese Geräte hätten ein paar Scheine in seine Kasse gespült.

Egal. Jetzt würde er ein weiteres Meisterstück vollbringen. Er startete die Bildbearbeitungssoftware und zauberte mit einigen Mausklicks ein Ergebnis, das ihn selbst begeisterte. Bevor er das Foto druckte, streifte er Latexhandschuhe über die Hände und legte das Bild anschließend sorgsam in einen Kunststoffbeutel.

Seine kleine intime Feier musste er leider unterbrechen, aber sein Trick würde die Bullen ablenken und er konnte sich auf seine tatsächliche Aufgabe konzentrieren. Machtlos würden sie zusehen müssen, wie er eine aus ihren Reihen pflückte, und sie nicht das Geringste dagegen tun konnten.

Er zog sich rasch um, verließ die Wohnung und ging zu seinem vor dem Haus parkenden Passat. Dass die Beamten mit der Spurensuche im Kosmetikstudio fertig waren, wusste er. Probleme konnten einzig die Mieter der umliegenden Häuser verursachen. Ein Mord weckte nun einmal die Informationsgeilheit der Menschen. Doch das Risiko war überschaubar. Bisher hatte ihn noch nie jemand bei seinen Besuchen gesehen.

Freitag, 08.15 Uhr

»Puh.« Sandras Stöhnen klang kläglich. »Heute ist es wirklich unerträglich schwül. Wir sind erst ein paar Meter gelaufen und schon läuft mir die Brühe in die Kimme. Möchte gern mal wissen, warum ich überhaupt geduscht habe.«

Karins zustimmendes Brummen klang ähnlich mitleiderregend. Auch ihr lief der Schweiß in Strömen über den Körper.

Der Guss der letzten Nacht hatte den Boden durchnässt und sorgte gemeinsam mit dem stetig fallenden Nieselregen und den warmen Temperaturen für ein tropisches Klima. Obwohl sie ihr Schlafzimmerfenster über Nacht weit offen gelassen hatten, war die Hitze nicht aus den Räumen gezogen. Beide hatten sich ruhelos im Bett gewälzt und waren ihren düsteren Gedanken nachgehangen.

Jetzt waren sie vollkommen ausgelaugt, litten unter dem Schlafmangel, und ein weiterer aufreibender Arbeitstag dehnte sich vor ihnen aus.

Um nicht umsonst ins Krankenhaus zu fahren, hatte Sandra während des Frühstücks im Joseph-Stift angerufen und sich erkundigt, ob Herr Schubert ansprechbar war. Zu ihrer Verwunderung hatte sie erfahren, dass der sich selbst für gesund erklärt und entlassen hatte.

»Oberärzte dürfen so was, ohne später Konsequenzen befürchten zu müssen«, hatte Sandra trocken kommentiert und anschließend ihre gesamten Überredungskünste aufgeboten, um die Privatnummer von Herrn Schubert zu erfahren. Die Stationsschwester hatte sich diesem Wunsch lange verweigert, erst als Sandra mit einem intimen Plausch in der Polizeidirektion gedroht hatte, war die Information durch die Leitung geflossen.

Herr Schubert selbst war wesentlich umgänglicher. Ohne zu zögern, hatte er von sich aus, ein Treffen im Kosmetikstudio vorgeschlagen.

Da der Tatort nur wenige Gehminuten von Karin und Sandras Wohnung entfernt war, hatten sie das Auto stehen lassen und sich zu Fuß auf den Weg gemacht.

Sandra beschloss, die Zeit zu nutzen. »Und hast du gestern mit Rolf den zweiten Schläger hopsgenommen?« Sie gab ihrer Freundin einen auffordernden Klaps aufs Hinterteil und grinste sie breit an.

»Woher willst du eigentlich wissen …?«

»Also hör mal, du und Rolf, ihr steckt verschwörerisch die Köpfe zusammen und müsst dann am späten Abend noch mal ganz dringend los. Und keiner darf wissen, wohin die Reise geht. Wenn da in meinem Hinterkopf nicht eine komplette Flutlichtanlage aufleuchten würde, könnte ich meinen Job an den Nagel hängen.«

»Mein Fehler«, räumte Karin ein. »Ich hätte mir denken können, dass du mich auf Anhieb durchschaust. In Zukunft lasse ich solche Mätzchen.«

»Kluge Entscheidung, Süße. Und nun spann mich nicht länger auf die Folter.«

Karin hob die Hände. »Viel war da nicht. Rolf hat seinen Informanten Dampf gemacht, mit deren Hilfe den Kerl aufgespürt und gleich ein paar Infos über ihn zusammengetragen. Wir haben dem Typen aufgelauert, ihn uns geschnappt und ihm ein wenig die Hölle heißgemacht. Er fand es dann richtig gut, mit uns zu kooperieren. Wir haben seine Aussage aufgenommen, er hat sie unterschrieben und jetzt liegt seine Akte bei der Staatsanwaltschaft.«

Sandra lächelte still in sich hinein. Sie konnte sich lebhaft vorstellen, was da abgelaufen war. Wenn zwei Typen wie ihre Süße und Rolf einen Straftäter in die Mangel nahmen, hatte der keine schöne Zeit.

»Jedenfalls ist das leidige Thema damit abgeschlossen und wir können uns ganz auf unseren Serienmörder konzentrieren«, riss sie Karins Stimme aus ihren Gedanken.

»Wer ist denn der zuständige Staatsanwalt?«

»Frau Faust.«

Sandra lachte laut auf. »Gründlich bist du, das muss man dir lassen.« Sie wusste um das fast freundschaftliche Verhältnis zwischen Karin und der Staatsanwältin. Frau Faust würde über den Überfall auf Karin derart empört sein, dass es ihr ein innerer Vorbeimarsch werden würde, das maximale Strafmaß durchzudrücken.

Inzwischen waren sie beim Kosmetikstudio angelangt. Herr Schubert erwartete sie im vorderen Bereich. Der Internist, ein mittelgroßer, schlanker Mann mit dichtem grauem Haar, musterte sie intensiv.

»Haben Sie bereits eine Spur? Wissen Sie, wer meiner Frau das angetan hat?«

Ehe Karin ihm antwortete, stellte sie zu ihrer grenzenlosen Erleichterung fest, dass die KTU die Räume freigegeben hatte. Es wäre ihr unangenehm gewesen, das Gespräch mit einem Rüffel wegen unberechtigten Betretens eines Tatorts einzuleiten. Sie legte sich eine elegante Formulierung zurecht, doch Sandra sprang für sie in die Bresche.

»Zuerst einmal möchte ich Ihnen in unserer beider Namen mein tief empfundenes Beileid aussprechen. Bestimmt hat Ihnen Ihre Frau von mir erzählt. Ich war mehr als nur eine Kundin für Ihre Frau, wir waren Freundinnen.«

Sandras mitfühlenden Worte zeigten Wirkung. Herr Schubert entspannte sich und seine Miene wurde eine Spur freundlicher.

»Sie können mir glauben, dass ich diesen Fall persönlich nehme. Und ich versichere Ihnen, dass wir alles in unserer Macht stehende tun werden, um den Täter zur Strecke zu bringen. Wir sind ihm dicht auf den Fersen.«

»Dann können Sie nur hoffen, dass Sie ihn schnell finden«, knurrte Herr Schubert böse. »Wenn ich das Schwein vor Ihnen in die Finger kriege, dann gnade ihm Gott.«

Sandra musste an sich halten, um nicht die Augen zu verdrehen. Solche Sprüche kannte sie zur Genüge. Meist wurden sie nur so dahingesagt, Herr Schubert dagegen schien seine Worte ernst zu nehmen, sein wild entschlossener Blick sprach Bände. Sie bemühte sich um eine ruhige Stimme. »Sie haben zwei Söhne, Herr Schubert?«

Zustimmendes Nicken.

»Dann wollen wir hoffen, dass Sie den Mörder frühestens im Gerichtssaal sehen.«

»Wie kann ich das verstehen?«

»Ein paar Informationen haben wir bereits über den Täter. Ich will Ihnen nicht zu nahetreten, Sie sind ein kräftiger Mann, aber ich befürchte, dass Sie diesem Verbrecher nicht gewachsen sind. Achten Sie auf sich. Ihre Söhne brauchen Sie.«

Der Arzt wurde nachdenklich, aber sein Stolz ließ es nicht zu, dass er sich etwas anmerken ließ. Auch dieses Verhalten war Sandra bekannt. Es war die ewige Kriegerseele, die manche Männer von der Steinzeit bis in die Gegenwart hinübergerettet hatten.

Sandra verbiss sich ein Lächeln, das in ihr hochstieg und begann mit der Befragung. »Geht es Ihnen so weit gut, dass Sie unsere Fragen beantworten können?«

Schubert winkte ab. »Fragen Sie.«

»Hat Ihre Frau Ihnen gegenüber erwähnt, dass sie sich verfolgt fühlte, oder hatte sie Feinde?«

Der Mann schüttelte nur den Kopf.

»Hatten Sie bereits Gelegenheit festzustellen, ob im Geschäft etwas fehlt?«

»Ich bin nur wenige Minuten vor Ihnen eingetroffen. Darf ich mich denn schon umschauen?«

Karin hätte um ein Haar laut aufgelacht, die Frage kam ein bisschen spät. Sie riss sich zusammen und, um nicht die gesamte Zeit passiv neben Sandra rumzustehen, gab sie ihm die Erlaubnis. Eigentlich war sie heilfroh, dass Sandra die Befragung übernommen hatte. Sie hatte sich bereits vor Jahren neidlos eingestanden, dass ihre Freundin um einiges feinfühliger als sie selbst war. Aus diesem Grund wählte sie bei Befragungen gern die Beobachterrolle.

Herr Schubert hatte sich tatsächlich gut im Griff, denn er ging bei seiner Suche streng methodisch vor. Nach einer halben Stunde hatte er sämtliche Räume untersucht. »Ob Kosmetika fehlen, kann ich nicht sagen. Um diese Dinge hat sich meine Frau allein gekümmert. Ihre persönlichen Gegenstände müssten alle noch da sein, nur die Geldkassette ist leer.«

Karin hatte nichts anderes erwartet. »Können Sie sagen, um welche Summe es sich ungefähr handelt?«

Herr Schubert dachte ein paar Sekunden nach. »Gestern war Donnerstag. Da hat Marleen neun Stunden gearbeitet. Pro Kundin eine Stunde zu 50 Euro. Also fehlen circa 450 Euro.« Er war ehrlich erschüttert. »Ist meine Frau etwa wegen läppischer 450 Euro ermordet worden?« Sein Gesicht wurde totenbleich.

»Es wurden schon für viel geringere Beträge schreckliche Verbrechen begangen«, antwortete Sandra mit düsterer Stimme.

»Sie haben mir bis jetzt nur drei Fragen gestellt«, wunderte sich Herr Schubert und warf den Kommissarinnen einen argwöhnischen Blick zu. »Benötigen Sie für eine qualifizierte Mordermittlung nicht wesentlich mehr Informationen?«

»Wir sind bereits über die Anfangsphase der Untersuchungen hinaus. Dabei konnten wir Sie als möglichen Verdächtigen ausschließen. Davon abgesehen werden natürlich sämtliche Kundinnen und Kunden des Kosmetikstudios befragt und deren Hintergrund durchleuchtet.« Sandra hörte selbst, dass ihre Antwort gestelzt klang, doch sie konnte dem Mann ja schlecht mitteilen, dass sie keine Fragen zu dem Eheleben der Schuberts und dem privaten Background der Familie stellen musste. Die Kosmetikerin hatte sie noch zu Lebzeiten mit allen Details versorgt.

Während Sandra sich abstrampelte, Herrn Schubert zu beruhigen, schlenderte Karin zu dem Empfangstresen, um die gestrige Kundenzahl zu überprüfen. Eigentlich war es egal, ob der Täter 300 oder 450 Euro aus der Kassette entwendet hatte, manchmal jedoch zahlte sich Gründlichkeit aus.

Erstaunt stellte sie fest, dass das Buch bei den Terminen des zurückliegenden Monats aufgeschlagen war. Karin wusste genau, dass sie gestern Nacht bis zur Seite der aktuellen Woche geblättert hatte. Sie zuckte mit den Schultern. Bestimmt hatte einer der Techniker versucht, Fingerabdrücke von dem Papier zu nehmen.

Karin schlug die Seite der aktuellen Woche auf und zeigte nicht die geringste Reaktion, als sie entdeckte, dass jemand ein Foto zwischen die Seiten gelegt hatte. Aber als ihr Verstand das Motiv verarbeitet hatte, kroch ihr die Botschaft des Bildes wie ein eisiger Windhauch in die Seele. Blitzschnell streifte sie ein Paar Latexhandschuhe über, schlug das Buch zu und steckte es samt Foto in ihren Rucksack.

Sie hoffte inständig, dass Sandra nichts von ihrer Aktion mitbekommen hatte. Unschuldig schaute sie zu ihrer Freundin. Das Lächeln, das um deren Mundwinkel spielte, ließ Karins Hoffnung in sich zusammenfallen.

Freitag, 08.30 Uhr

Missmutig schaute Kriminalkommissar Jan Klingenberg die Straße entlang. Auf der rechten Seite zählte er sieben Hauseingänge, das war noch überschaubar. Die gegenüberliegende Straßenseite dagegen war dicht bebaut. Und wenn er dieses Wohnviertel abgehakt hatte, musste er am anderen Ende der Straße weitermachen.

Er seufzte tief, zuckte mit den Schultern und murmelte: »Einer muss es ja machen.« Eingebrockt hatte ihm diese Sisyphusarbeit seine Chefin. Karins knappe SMS mit der Anweisung, die Anwohnerbefragung durchzuführen, bedeutete im Klartext, dass er sich den gesamten Tag über die Hacken ablatschen durfte.

Zum wiederholten Mal fühlte sich Jan unterfordert. Ständig bürdete ihm Karin die Laufarbeit auf, als ob er seine Fachkompetenz nicht oft genug unter Beweis gestellt hatte. Er musste einen Weg finden, ihr zu imponieren.

Selbstverständlich würde er die Anwohnerbefragung mit der gewohnten Gründlichkeit durchführen. Doch die Gedanken sind frei, tröstete er sich und so konnte weiter daran arbeiten, den schwarzen Schleier wegzureißen, der sein Gedächtnis verhüllte.

Zwei Dinge gab es, an die er sich auf Teufel komm raus nicht mehr erinnern konnte: Zuerst war da ein vermeintlich unwichtiges Detail, das er bei seiner Durchsuchung im Haus des Anwalts bemerkt hatte. Doch so sehr Jan versuchte, seine grauen Zellen in Schwung zu bringen, das Bild blieb verschwommen.

Und der zweite Punkt, der bewirkte, dass sich die Gedanken des jungen Kommissars ständig nur im Kreis drehten, war eine von Rolfs Äußerungen bei der letzten Besprechung gewesen, die er einfach vergessen hatte.

Dummerweise arbeitete Jans Gehirn seit dem letzten Joint auf Sparflamme. Aber er wusste, sobald es ihm gelang, die Informationen aus seinem Kopf herauszukitzeln, würden die restlichen Fakten von ganz allein an die richtige Stelle rutschen. Sie würden sich zu einer Gesamtheit fügen und er konnte allein losziehen und sich den Täter schnappen.

Wenn er dies auf die Reihe bekam, und daran zweifelte Jan keine Sekunde, hatte er die Beförderung zum Oberkommissar in der Tasche.

Freitag, 09.30 Uhr

Gleich nachdem sie dem Kosmetikstudio den Rücken gekehrt hatten, griff Sandra nach Karins Händen und sah sie stumm aus großen Augen an.

Irgendwie hatte Karin gehofft, dass ihr noch ein wenig Zeit bleiben würde, ehe sie die Freundin mit der brutalen Wahrheit konfrontieren musste. In ihrem Inneren lachte sie sich jetzt dafür aus. Sandra war noch nie auf eins ihrer Ablenkungsmanöver hereingefallen und durchschaute sie immer auf der Stelle.

Widerwillig entzog sie Sandra ihre Hände, zog ein frisches Paar Handschuhe über, holte das Buch aus ihrem Rucksack, schüttelte es, fing geschickt das Foto auf und hielt es ihrer Partnerin kommentarlos hin.

Als Sandra realisiert hatte, was auf dem Foto zu sehen war, huschten ihre Augen verstört zwischen ihrer Geliebten und dem Bild hin und her. Dabei begann sie zu zittern und wurde leichenblass.

Schnell steckte Karin Foto und Buch weg und drückte die Freundin fest an sich. »Es tut mir so leid, Schatz. Glaub mir, keiner weiß besser als ich, durch welche Hölle du jetzt gehst.«

Wie ferngesteuert glitt Sandras rechte Hand unter ihre Sommerjacke und fasste nach dem Griff ihres Revolvers. Das Berühren der Waffe gab ihr ein Stück Sicherheit zurück.

Karin nutzte die Gelegenheit. »Wir fahren jetzt auf direktem Weg zur Polizeidirektion. Dort kommt er nicht an dich ran und du machst das, was du am besten kannst. Du nimmst das Foto unter die Lupe und findest alles darüber raus, was es gibt. Wenn wir Glück haben, hat er seinen ersten Fehler gemacht und wir kriegen ihn bei den Eiern.«

Ohne auf Sandras Zustimmung zu warten, drängte Karin sie in Richtung des Fiestas und hielt ihr die Tür der Beifahrerseite auf. Sekunden später knallte sie hinter sich die Autotür zu, stocherte zornig mit dem Schlüssel nach der Zündung und ließ dann Dampf ab: »Wenn ich das Dreckschwein in die Finger kriege, mache ich ihn fertig.«

Im Büro flüchtete sich Sandra, immer noch völlig erschüttert, hinter ihre Monitore und bat leise: »Wenn du mir bitte das Foto geben würdest.«

Erneut zog Karin die Latexhandschuhe über die Hände und diesmal schob sie das Foto vorsichtig in einen Beweismittelbeutel. Nachdem sie den auf Sandras Tisch platziert hatte, stürzte sich die Freundin sofort in die Arbeit.

Karin ließ sich von der bemühten Geschäftigkeit nicht täuschen. Sie konnte deutlich sehen, wie aufgewühlt Sandra war, und als sie die Tränen bemerkte, die über die Wangen ihrer Partnerin rannen, begann ihr Kinn zu beben. Es war höchste Zeit, die Geliebte auf andere Gedanken zu bringen. Karin sank in ihren Bürostuhl, schloss die Augen, atmete tief durch und versuchte den Aufruhr in ihrem Kopf zu bändigen. Schließlich kam ihr der rettende Einfall. Sie begann, im Aktenschrank neben ihrem Schreibtisch zu kramen. Nach mehreren Minuten präsentierte sie stolz eine Flasche Whisky. »Im Glas gefangener Sonnenschein. Diesen außergewöhnlichen Scotch bewahre ich schon seit vielen Jahren für absolute Notfälle auf. Und ich glaube, bei dem heutigen Desaster ist er angebracht.« Sie nahm ein Glas aus dem Schrank und schenkte eine ordentliche Portion der goldgelben Flüssigkeit ein. »Trink, Schatz. Das Zeug ist gut für deine Nerven und, wenn du das Glas leer getrunken hast, wird dein Nabel vor Glück bläulich schimmern.«

Sandra nickte dankbar und nahm einen herzhaften Schluck. Nach wenigen Sekunden schob sie ihr Shirt hoch und schaute kritisch auf ihren nackten Bauch. »Bis jetzt schimmert nichts.« Gleich darauf wurde sie traurig. »Hier.« Sie drückte mit dem Finger auf die Stelle über ihrer Scham. »Hier will er das Messer ansetzen und dann höher scheiden.«

Karins Augen glitzerten feucht vor Mitgefühl. »Vorher muss der Dreckskerl erst mal an mir vorbei und außerdem hast du noch deine Manuli.«

Sandra überging Karins Spottnamen für ihren Revolver, nickte aber zu deren Worten. »Hast recht. Wir lassen uns von dem Hurensohn nicht einschüchtern.« Sie schnallte das Holster ab, zog die Waffe heraus und legte sie griffbereit auf die Tischplatte.

Obwohl die Situation bedrückend war, lächelte Karin. Ihr Schatz und deren Faible für diese Knarre war eine Story für sich. Der Revolver MR 73 war ein französisches Modell der Firma Manurhin. Es handelte sich um eine Präzisionswaffe, die in Sandras Händen absolut tödlich war. Gegen wie viele Dienstvorschriften Sandra verstieß, weil sie diesen Revolver mit sich führte, konnte Karin nicht sagen. Eins wusste sie aber mit Sicherheit, wenn jemand aus der Chefetage dahinterkam, bedeutete das eine Menge Ärger für Sandra. Die ließ das jedoch völlig kalt. Sie liebte diese Waffe und trainierte regelmäßig mit ihr auf dem Schießstand. Bei Schießwettbewerben der Polizei räumte Sandra stets die Hauptpreise ab, auch wenn sie bei diesen Veranstaltungen brav ihre ungeliebte Zweitwaffe, die vorgeschriebene Heckler & Koch SFP9, verwendete.

Jedenfalls, und das war für Karin das Wichtigste, lag die Manuli jetzt in unmittelbarer Nähe von Sandras Fingern. Und das bedeutete mehr Schutz für die Freundin als eine Kompanie Leibwächter.

»Ich drehe mal die Runde bei den Kollegen«, sagte Karin und riss sich von dem Anblick ihrer Geliebten los. »Mal sehen, ob es etwas Neues gibt.«

Sandra sah nur kurz auf und nickte knapp. Sie war bereits in die Welt der Bits und Bytes versunken und jagte dort dem Serienmörder hinterher.

Fünf Minuten später öffnete sich die Tür wieder und Karin stand strahlend im Büro. »Ich war nebenan bei Rolf und habe ihm von dem Foto erzählt. Er lässt seine Tür offen und sollte irgendjemand, der hier nicht hergehört, Anstalten machen, dich zu besuchen, nimmt Rolf ihn in die Mangel.« Nach diesen Worten verschwand sie und ließ Sandra zurück, die wehmütig zur Tür schaute. Karin fehlte ihr schon jetzt. Sie brauchte ihre Partnerin, ohne Karin würde sie diese Belastung niemals durchstehen. Tapfer ignorierte sie ihre Panik, schaltete ihre Sinne auf Höchstleistung und kehrte an die Arbeit zurück. Am schwersten fiel es ihr, das Foto immer wieder aufs Neue zu betrachten. Der Anblick bereitete ihr furchtbare Angst. Der Täter hatte ihren Kopf mithilfe einer Bildbearbeitungssoftware auf den toten Körper von Marleen Schubert montiert. Dafür hatte er Fotos von sehr guter Qualität verwendet und die Bildmontage professionell ausgeführt. Und er hatte erreicht, was er bezwecken wollte, die Botschaft des Fotos war eindeutig: Du bist die Nächste!

Freitag, 12.30 Uhr

Würde man Oberkommissarin Heidelinde Grün fragen, wie sie ihre eigenen Leistungen bei der aktuellen Ermittlung einschätzte, dann bekäme man ein »Sehr gut« zur Antwort. Zufrieden stellte dieses Resultat Heidelinde allerdings nicht. Für gewöhnlich vergab sie für ihr Engagement und die von ihr gelieferten Ergebnisse ein »Hervorragend«.

Dieses Manko wurmte sie schrecklich und als Entschuldigung konnte sie nur anführen, dass die Umstände sie über Gebühr abgelenkt hatten. Es war aber auch alles auf einmal auf sie eingeströmt: die neue Wohnung, das unerwartete Glücksgefühl, beste Freundinnen zu haben, und letztendlich der Zwiespalt, in den Rolfs Anziehungskraft sie fortwährend stürzte.

Heidelinde schaute aus dem Fenster ihres Büros und ließ die bisherigen Ereignisse des Tages Revue passieren.

Um ihr Erfolgsniveau auf das gewohnte Level zu heben, war sie an diesem Morgen bereits um fünf Uhr aufgestanden. Nach einem hastigen Frühstück brach sie auf, wobei der zwanzigminütige Fußmarsch durch die verregnete Stadt ihr Selbstwertgefühl zurechtrückte. Sie fand ihre gute Laune wieder und klopfte sich zum wiederholten Mal für ihre vorausschauende Planung bei der Wohnungssuche innerlich auf die Schulter. Ein kurzer Arbeitsweg, den sie per pedes bewältigen konnte, war eins ihrer Hauptkriterien für die Auswahl der neuen Behausung gewesen.

Sie ließ die Synagoge rechts liegen und erreichte wenig später den Tschirnerplatz. Bisher hatte der Anblick des Polizeipräsidiums ihre Schritte stets beflügelt und sie hatte sich auf die vor ihr liegenden Aufgaben gefreut. Heute jedoch löste das Gebäude Unbehagen aus. Heidelinde blieb stehen und ein kalter Schauer rieselte über ihren Rücken. Mit seinem Festungscharakter wirkte das Bauwerk hinter den stetig ziehenden Regenschleiern wie ein Spukschloss aus einem Horrorfilm.

Gleich darauf lachte sie über sich selbst, für derartige Fantasien war sie eindeutig nicht mehr jung und naiv genug. Entschlossen streifte Heidelinde die dunkle Ahnung ab; ihr Weg würde nicht geradewegs in die Verdammnis führen, sobald sie das Gebäude betrat. Mit wiedergefundenem Elan sprang sie die Stufen hinauf, drückte die Tür auf und nickte dem Beamten am Einlass freundlich zu. Eifrig fahndete sie den gesamten Vormittag nach Parallelen zwischen alten Raubmorden und der aktuellen Mordserie. Dabei dehnte sie den Zeitrahmen und den Radius, den sie um die Stadt zog, ein weiteres Mal aus.

Jetzt, endlose Stunden später, erschöpft vom endlosen Starren auf den Monitor, brannten Heidelindes Augen und sie gähnte ausgiebig. Angesichts der Tatsache, dass sie der Wecker zu nachtschlafender Zeit aus ihrem warmen Bett geholt hatte, wunderte sie das aber nicht weiter.

Sie raffte sich auf und warf ihre private kleine Kaffeemaschine an. Dieses Teil hatte sie sich postwendend angeschafft, nachdem sie an ihrem ersten Arbeitstag die Plörre aus dem Automaten gekostet hatte.

Nachdenklich versenkte sie ein zusätzliches Stück Zucker in ihrem Becher und rührte um. Das monotone Klacken des Löffels, dem einer Uhr nicht unähnlich, holte die wahre Ursache für ihre Distanz zu den Morden ans Tageslicht.

Normalerweise gelang es Heidelinde sich in den jeweiligen Täter hineinzufühlen, sich mit dessen Motiven zu identifizieren, seine Vorgehensweise zu verstehen, um ihn so letztendlich einzukreisen. Bei diesem Fall wollte ihr das partout nicht gelingen. Eine undurchdringliche Barriere stand zwischen ihr und dem Mörder. Die Ursache dafür konnte Heidelinde nicht benennen. Es war ihr selbst vollkommen unbegreiflich. Sie erinnerte sich auch nicht mehr, wann ihr dieses Unbehagen zum ersten Mal bewusst geworden war. Aber es kam bei jedem Versuch aus dem Nichts zum Vorschein. Es begann mit Herzrasen und gleich darauf musste sie sich zwingen, umgehend an etwas anderes zu denken, damit sie nicht von einer Panikattacke heimgesucht wurde.

Aufgrund dieser beängstigenden Erfahrung hatte sie letztlich die Versuche eingestellt, sich in den Kopf des Täters hineinzuversetzen. Und obwohl sie sich mit aller Kraft dagegen sträubte, geriet sie unweigerlich in seinen Sog. Es kam ihr fast so vor, als würde eine unheilvolle Verbindung zwischen ihr und diesem Monster bestehen. Bereits dieser kleine gedankliche Abstecher hatte die inzwischen bekannte Angst ausgelöst.

Trotz der Hitze begann Heidelinde zu frösteln. Sie stand auf, holte eine Jacke aus dem Schrank und biss die Zähne zusammen. Vielleicht sollte sie mit ihren Freundinnen mal über ihr Problem reden? Die wüssten sicher Rat.

Heidelinde schlürfte an ihrem Kaffee und stürzte sich von Neuem auf ihre Suche. Wenn sie diesem Mörder nicht auf der psychologischen Schiene beikommen konnte, dann eben durch konkrete Fakten. Diese Einsicht spendete ihr Trost. Fakten waren etwas Reales, nichts Verwaschenes – keine Spekulationen oder Eingebungen. Und überhaupt, auf diesem Gebiet lag ihre eigentliche Stärke. Keiner im Team ging Probleme so analytisch an wie sie. Na ja, Sandra … vielleicht.

Nach einer weiteren Stunde konzentrierter Recherche landete Heidelinde einen Treffer. Da sie selbst nicht mehr mit einem Erfolg gerechnet hat, blieb ihr vor Staunen der Mund offen stehen. Sie schloss ihn rasch und las sich ein zweites Mal in aller Ruhe durch, was in einem Bericht des Polizeireviers Riesa stand.

Als sie fertig war, schnurrte sie zufrieden wie eine Katze, der es endlich gelungen war, die Tür zum Vogelbauer zu öffnen.

Hervorragend! Sie hatte ihre Leistungen zurück auf das gewohnte Level gewuchtet. Schnell stellte sie ein ausführliches Dossier zusammen, legte es auf dem Server ab und machte sich eilig auf den Weg zu ihren Freundinnen.

Freitag, 14.15 Uhr

Außer, dass Jans Wangenmuskeln vom ständigen freundlich Tun total überreizt waren und langsam zu zucken begannen, hatte die Befragung in der Nachbarschaft des Kosmetikstudios nichts gebracht. Viele Türen blieben vor ihm verschlossen und wenn jemand da war, hatte der weder etwas gehört, noch gesehen.

Leicht gefrustet wollte sich Jan gerade einem weiteren Wohnblock zuwenden, als er eine Omi bemerkte, die ihren mit Einkäufen voll beladenen Rollator auf das Haus gegenüber dem Kosmetikstudio zuschob. Mit drei schnellen Schritten war Jan bei ihr, zwang sein Dauergrinsen zurück ins Gesicht und stellte sich vor.

Die ältere Dame nahm die Hände von den Griffen ihrer Gehhilfe und stemmte sie energisch in die Hüften. »Na, das wird ja höchste Zeit!«

Ach du Scheiße, schoss es Jan durch den Kopf. Die ist dement oder hysterisch. Bestimmt ist das eine von denen, die jedes Mal, wenn nachts im Hausflur das Licht angeht, die Polizei rufen.

»Wie meinen Sie das?«, fragte er vorsichtig und trat, immer schön weiterlächelnd, Schritt für Schritt die Flucht nach hinten an.

»Na, hören Sie mal. Wenn Sie von der Polizei sind, müssten Sie eigentlich von dem Aufruhr letzte Nacht etwas mitbekommen haben. Es sei denn, Sie sind geistig minderbemittelt.« Sie wedelte energisch mit ihrem Zeigefinger. »Da ist es Ihre verdammte Pflicht, die Anwohner über die Vorfälle zu informieren.«

Jan zog scharf die Luft ein. Lehrerin, tippte er spontan.

Die Frau klopfte ungeduldig mit ihrem Fuß auf den Boden. »Also, ich höre!«

Jan erwog kurz, sie mit der üblichen Floskel abzuspeisen, da sie aber sowieso in der heutigen Zeitung über den Mord lesen würde, warf er ihr ein paar Brocken hin.

Ihre Reaktion folgte auf der Stelle. Fassungslos riss sie die Augen auf, kam jedoch rasch zu sich. »Mein Gott! Die arme Frau Schubert. Ich habe mir meine Nägel bei ihr machen lassen. In was für Zeiten leben wir eigentlich?«

Jan konnte deutlich sehen, dass es in ihrem Kopf rumorte, als sie diesen Gedanken zu Ende dachte. Panik flackerte in ihren Augen, ihre Hand schnellte nach vorn und packte Jan am Arm. »Kommt der Mörder heute Nacht zurück, um sich das nächste Opfer zu holen?«

Nie hätte Jan damit gerechnet, dass die eben noch so forsche Frau zum zitternden Bündel mutieren würde. Zeit für Schadensbegrenzung. »Keine Sorge. Das passiert auf gar keinen Fall. Dieser Täter schlägt nicht zweimal am selben Ort zu.«

Die Frau ließ Jan los, legte ihre rechte Hand auf die Brust und seufzte schwer. »Wenn Sie das sagen.« Doch wirklich beruhigt, sah sie nicht aus.

Jan überlegte kurz, ob es nicht Zeit für einen taktischen Rückzug war, dann besann er sich auf seine Aufgabe. »Sie scheinen über eine gute Auffassungsgabe zu verfügen. Ist Ihnen in den letzten Tagen etwas Ungewöhnliches aufgefallen?«

Das Kompliment entfaltete unmittelbar seine Wirkung. Die Sorge trat in den Hintergrund und machte der inzwischen gewohnten Selbstsicherheit Platz. »Mir entgeht tatsächlich nichts so leicht. Ich habe jahrelang beim Zoll gearbeitet. Da bekommt man einen scharfen Blick für Unregelmäßigkeiten.« Sie holte tief Luft. »Ein Auto, das hier nicht hergehört, hat in den letzten zwei Nächten gleich um die Ecke geparkt.« Sie wies mit dem Daumen hinter sich. »Es ist mir aufgefallen, weil Jugendliche mit solchen Wagen durch die Gegend rasen.«

»Können Sie das Fahrzeug näher beschreiben? Welche Marke zum Beispiel.«

Sie schüttelte entschieden den Kopf. »Da fragen Sie die Falsche. Ich interessiere mich nicht für Autos. Es ist mir eben nur wegen der Scheiben aufgefallen.«

Jan verstand nur Bahnhof. »Was war denn mit den Scheiben?«

»Na, die waren schwarz, wie bei den Autos von den Jugendlichen, bei denen die Musik immer so dröhnt.«

Weitere Informationen konnte ihr Jan trotz kräftigen Nachhakens nicht entlocken. Er bedankte sich, schrieb zur Vorsicht ihre Personalien auf und dachte nach. Dass der Killer so dumm war und ein derart auffälliges Fahrzeug benutzte, konnte er sich nicht vorstellen. Wieder eine Sackgasse.

Missmutig wandte er sich ab und steuerte mit hängenden Schultern auf den nächsten Abschnitt des Wohngebiets zu. Ihm spukten immer noch seine zwei Fragen im Kopf herum, vielleicht, mit etwas Glück, bekam er durch einen Zufall den entscheidenden Denkanstoß geliefert.

Bevor er an einen weiteren Hauseingang herantrat, entschied er sich doch, Karin anzurufen. Jede Information konnte wichtig sein.

Es klingelte eine Weile, dann sprang die Mailbox an; die Chefin hatte ihr Handy ausgeschaltet.

Na, die hat ja Nerven, dachte Jan, ist mitten in einer Ermittlung nicht erreichbar. Er zuckte mit den Schultern und tippte eine SMS. So eilig war es nun auch nicht, vermutlich hat es sowieso nichts mit dem Fall zu tun.

Freitag, 14.25 Uhr

Mit einem Lächeln, das schon von Weitem ihren Triumph verkündete, marschierte Heidelinde ins Büro der Kommissarinnen und langte stumm über die Schulter ihrer Chefin. Mit ein paar Mausklicks präsentierte sie die Ergebnisse ihrer Recherche auf dem Monitor.

Sprachlos lasen Karin und Sandra den Text. Heidelindes Bericht war wie immer vorbildlich und ließ keine Wünsche offen. Sämtliche Fakten waren glasklar herausgearbeitet und deuteten eindeutig auf einen Mann namens Karl Johann hin.

Dieser war vor mehreren Jahren in der Gegend zwischen Leipzig und Dresden in etliche Einfamilienhäuser eingebrochen und hatte alles, was von Wert war, mitgehen lassen. Vor reichlich neun Jahren hatte ihn das Glück verlassen. Er war bei einem Einbruch ertappt worden, es kam zu einem Kampf, bei dem Johann seinen Gegner erstochen hatte. Interessant war dabei, dass die zugefügte Wunde den Verletzungen der aktuellen Opfer glich. Johann hatte sich nach der Tat abgesetzt, war jedoch kurze Zeit später in Holland geschnappt und nach Deutschland überführt worden. Hier wurde ihm am Dresdner Landgericht der Prozess gemacht. Obwohl Johann die Tat hartnäckig leugnete, sprachen ihn die Richter aufgrund der Beweislage schuldig. Da ihm kein Vorsatz nachzuweisen war, wurde seine Strafe für den Totschlag im Affekt auf fünfzehn Jahre festgesetzt. Infolge guter Führung wurden ihm nach acht Jahren solide Chancen für eine Resozialisierung bescheinigt und er wurde auf Bewährung entlassen. Für die Wiedereingliederung sprach ebenfalls, dass er sich in einer festen Partnerschaft befand und eine Arbeit nachweisen konnte.

Am Ende von Heidelindes Ausführungen waren die Daten zum derzeitigen Wohnsitz von Johann, seiner Arbeitsstelle und Angaben über seine Lebenspartnerin aufgelistet. Natürlich inklusive eines Fotos des Verdächtigen.

Bemerkenswert für die Ermittlerinnen war vor allem die Tatsache, dass Johann vor einem reichlichen Jahr entlassen worden war. Kurz danach wurde Vanessa Carsten auf bestialische Weise ermordet.

Nachdem Karin und Sandra den Bericht gelesen hatten, sagten sie eine ganze Weile erst mal gar nichts. Diesen Durchbruch mussten sie zunächst einmal sacken lassen.

Karin brach die Stille. »Gute Arbeit, Heidi.« Dann musterte sie ihre beiden Kolleginnen scharf. »Aus welchem Grund liegen uns diese Fakten erst nach elf Tagen vor?«

Sandra, die ihre gute Laune wiedergefunden hatte, hob lässig die Schultern. »Da eine gewisse Hauptkommissarin darauf bestanden hat, sämtliche Einbrüche mit in die Recherche einzubeziehen, war das Datenvolumen einfach zu gewaltig. Um diese Masse an Informationen überschaubar zu halten, mussten wir die Suche eingrenzen. Das heißt, wir haben zu Beginn mit einem Zeitrahmen von fünf Jahren gearbeitet und den Radius um Dresden Stück für Stück ausgedehnt.«

Karin hob kapitulierend die Hände. »Okay. Ich werfe das Handtuch.« Danach stützte sie ihre Ellbogen auf den Tisch und faltete die Hände. »Was schlagt ihr vor? Überwachen oder sofort verhören?«

»Ich bin dafür umgehend zu Johann zu fahren«, sagte Heidelinde. »Mit etwas Glück verstrickt er sich in Widersprüche oder wir finden Beweise in seiner Wohnung. Zum Beispiel eine Haarlocke oder einen Teddybären.«

Sandra stimmte ihr nickend zu. »Wenn wir ihn beschatten, besteht die Möglichkeit, dass er seinen Bewachern durchs Netz schlüpft, sich absetzt und erneut zuschlägt. Ich möchte keine weiteren Menschen mit aufgeschnittenen

Leibern sehen.« Trotz der Wärme hatte sie Gänsehaut auf den Armen.

Ohne das zu kommentieren, stand Karin auf, trat ans Fenster und schaute hinaus. Sie machte sich die Entscheidung nicht leicht. Die Ausgangslage war zu heikel, als dass sie ihrem spontanen Naturell einfach nachgeben und durch eine unüberlegte Handlung das Leben ihrer Kollegen gefährden durfte. Dieser Mörder war ein extrem gefährlicher, unberechenbarer und zu allem entschlossener Gegner.

Sie drehte sich zu ihren Kolleginnen um und lehnte ihren Hintern ans Fensterbrett. »Heidis Bericht deutet eindeutig auf Johann als Täter hin. Aber es sind alles nur Indizien, keine Beweise. Mit dieser Faktenlage bekomme ich sowieso keine Überwachung genehmigt und einen SEK-Einsatz ebenfalls nicht. Uns bleibt eigentlich nichts anderes übrig, als auf einen munteren Plausch bei dem Kerl vorbeizuschauen und auf den Busch zu klopfen.« Sie blickte zur Uhr. »Auf Jan müssen wir verzichten. Der ist auf keinen Fall mit der Befragung der Anwohner fertig. Wir drei und Rolf, das müsste genügen, um mit einem einzelnen Mann fertigzuwerden. Heidi, vergiss deine Knarre nicht.«

Karins letzter Satz kam dem Befehl zum Aufbruch gleich. Sie sammelten Rolf ein und fuhren mit zwei Fahrzeugen zu der von Heidelinde ermittelten Adresse. Während der Fahrt informierte Sandra Haupt über den Einsatz.

Am Ziel im Stadtteil Strehlen angekommen, wies Karin ihre Mitarbeiter an zu warten. Sie lief bis zum Ende des Hauses und schaute um die Ecke. Daraufhin verzog sie ärgerlich das Gesicht. Wie sie befürchtet hatte, verfügten die Wohnblocks über Hinterausgänge. Dadurch war sie gezwungen, ihre überdies dürftige Personaldecke noch weiter auszudünnen. Nach kurzer Überlegung entschied sie, Rolf als Wachposten aufzustellen. Dadurch ging ihr zwar die Schlagkraft des Oberkommissars verloren, aber für ihren Plan war das Vorgehen günstiger.

Eine Viertelstunde später stiegen die Frauen das Treppenhaus hinauf. Es roch penetrant nach gebratenen Zwiebeln. Zusammen mit der abgestandenen Luft ergab das eine Mischung von betäubender Wirkung. Karin versuchte, ausschließlich durch den Mund zu atmen, und verfluchte mit jeder Stufe innerlich ihre Dienstwaffe, die sie zwang, an derart unerträglich schwülen Tagen eine Jacke zu tragen.

Im dritten Stock angekommen, wischte sie mit einem Taschentuch über ihre Stirn und lockerte die Heckler & Koch im Holster. Sandra, die neben ihr stand, zog ihren Revolver und schob ihn in den Hosenbund. Karin schaute ihren Kolleginnen in die Augen und nachdem die ihre Bereitschaft signalisiert hatten, hob sie ihren Finger zum Klingelknopf.

Bevor sie ihn drückte, atmete sie einmal tief durch und fragte sich zum gefühlt tausendsten Mal, ob sie richtig entschieden hatte. Aber es war zu spät für einen Rückzug, die Geräusche in der Nachbarwohnung verrieten, dass schon jetzt jemand durch den Spion luchste.

Das Klingeln war kaum verstummt, als ein mittelgroßer Mann, dem eine Zigarette aus dem Mundwinkel hing, schwungvoll die Tür öffnete. »Hoppla«, meinte er und musterte die drei Frauen grinsend, »ihr seid auf keinen Fall Sybille.«

Karin zückte ihre Kennkarte, stellte sich und ihre Kolleginnen vor und bat darum, eintreten zu dürfen.

Das Grinsen des Mannes fiel in sich zusammen und zwischen seinen Augenbrauen formte sich eine tiefe Falte. »Warum sollte ich die Bullen reinlassen? Ich bin ein freier Bürger und niemandem Rechenschaft schuldig.«

»Es handelt sich nur um eine Routinebefragung«, stellte Karin klar. »In Ihrem eigenen Interesse ist es besser, wenn wir das nicht in der Öffentlichkeit durchführen.« Sie warf einen bezeichnenden Blick zur Nachbartür.

»Zufällig kenne ich meine Rechte. Ich muss nicht mit Ihnen reden. Hab heute ohnehin Besseres vor. Also schwirren Sie ab.«

»Laut Paragraf 18 des Sächsischen Polizeigesetzes sind wir berechtigt, Sie zu befragen, da die vorliegenden Tatsachen die Annahme rechtfertigen, dass Sie zu einem aktuellen Fall sachdienliche Angaben machen können«, mischte sich Heidelinde ein. »Wenn Sie sich weigern, hier und jetzt mit uns zu sprechen, sind wir autorisiert, Sie vorzuladen. Kommen Sie dem nicht nach, haben wir das Recht die Vorladung zwangsweise durchzusetzen, da unmittelbare Gefahr für andere Menschen besteht.« Ihre Miene war Entschlossenheit pur.

Karin schloss vor Wonne die Augen. Sie liebte Heidis fotografisches Gedächtnis und es war ihr jedes Mal ein Fest, dieses wandelnde Lexikon an der Seite zu haben.

Johann schluckte seinen Ärger runter. Sein Gesichtsausdruck wechselte in Sekundenbruchteilen von feindlich zu umgänglich und er bat sie fast charmant in die Wohnung.

Misstrauisch kniff Karin ihre Augen zusammen. Der Mann könnte jedem Schauspieler mühelos Konkurrenz machen. Seine Hände, die in den Hosentaschen Tango tanzten, verrieten allerdings einiges über seine Gemütsverfassung. Dann begutachtete sie seine Füße. Wow, sind die gigantisch, fuhr es ihr durch den Kopf. Das könnte tatsächlich eine 48 sein. Sie war richtig sauer, dass sie ihn nicht zwingen konnte, seine Pantoffeln auszuziehen damit sie seine Füße ausmessen konnte.

Na ja, vielleicht ergibt sich später eine Gelegenheit, tröstete sie sich und begann, mit ihren Blicken jeden Winkel des Zimmers abzutasten. Die Erfahrung hatte sie gelehrt, dass die Bewohner durch die Gestaltung ihres persönlichen Umfelds eine ganze Menge über sich preisgaben.

Die Einrichtung überraschte sie. Dem Mobiliar war zwar anzusehen, dass es einige Jahre auf dem Buckel hatte, aber die einzelnen Stücke passten zueinander. Sogar die gigantische Sammlung von kitschigen Porzellankatzen fügte sich gefällig ein. Eigentlich recht gemütlich, lautete Karins

Resümee. Sie wusste, dass Psychopathen dazu neigten, zwanghaft Ordnung zu halten. Dafür konnte sie jedoch keinerlei Anzeichen entdecken.

Auf Johanns auffordernde Handbewegung hin, nahmen Karin und Heidelinde nebeneinander auf dem Sofa Platz. Sandra setzte sich stocksteif in einen Sessel und machte ein unglückliches Gesicht. Es war ihr unmöglich sich mit der Waffe im Hosenbund anzulehnen.

Johann schien ihre verkrampfte Haltung nicht aufzufallen. Er sah die Kommissarinnen der Reihe nach an und hüstelte dann nachdrücklich.

Heidelinde sammelte sich eine Sekunde, bevor sie zu sprechen begann. »Herr Johann, bei Ihrem Prozess vor über neun Jahren haben Sie ausgesagt, dass nicht Sie Herrn van Leeuven getötet haben, sondern Ihr Partner.«

Genervt zog Johann scharf die Luft ein und wollte seinem Unmut Luft machen, doch Heidelinde stoppte ihn mit einer knappen Handbewegung. »Einen Moment bitte, ich bin noch nicht fertig. Dieser mysteriöse Kumpel ist es, der mir Probleme bereitet, Ihren Fall zu verstehen. Vor Gericht haben Sie ausgesagt, dass Sie den Namen Ihres Mittäters nicht kannten.« Heidelinde legte ganz bewusst eine Pause ein, bevor sie fortfuhr. »Finden Sie es nicht selbst ein wenig seltsam, mit einem Ihnen unbekannten Mann auf Einbruchstour zu gehen? Also für mich wäre das nichts. Man weiß nie, an wen man da kommt.«

Johanns Frust war unverkennbar. Mit einer fahrigen Bewegung drückte er seine erst halb aufgerauchte Zigarette aus und blaffte: »Wenn ich Sie vorhin richtig verstanden habe, wollten Sie Auskünfte zu einem aktuellen Fall. Was haben Ihre Fragen also mit meiner Vergangenheit zu tun? Ich hab meine Strafe abgesessen und bin wieder ein unbescholtener Bürger.«

»Unbescholten?« Karin zog amüsiert eine Braue hoch. »Herr Johann, ich bitte Sie! Unbescholten bedeutet anständig oder ehrenhaft. Sie sind vorbestraft, das ist etwas ganz anderes.« Ihr Lächeln löste sich auf. »Ich denke, für Sie ist es auf jeden Fall besser, unsere Fragen zu beantworten. Sie sind auf Bewährung draußen. Da macht es sich nicht so gut, wenn man der Polizei seine Mithilfe verweigert.«

»Kommen Sie schon«, nahm Sandra den Faden auf, »für den Totschlag können Sie nicht erneut verurteilt werden. Machen Sie Ihrem Herzen Luft und verraten uns den Namen Ihres ehemaligen Kumpans.«

Der Mann musterte Sandra mit einem harten Blick, dann lachte er bitter auf. »Glauben Sie mir, ich habe es mehr als tausend Mal bereut, dass ich damals mit diesem Typen losgezogen bin. Aber es war so. Ich habe ihn in der Kneipe kennengelernt, fand ihn ganz in Ordnung und da er dringend Geld brauchte, habe ich ihn mitgenommen. Ich konnte ja nicht ahnen, dass der Kerl bei der kleinsten Schwierigkeit völlig ausflippt.«

Karin konnte ein Lachen nicht unterdrücken. »Da waren Sie sozusagen der arme Samariter, der für sein Mitgefühl schamlos ausgenutzt wurde?«

»Sie können sich Ihr Gekicher sparen, es war tatsächlich so. Na ja,« gab er zu, »selbstlos war es nicht. Ich konnte einen Helfer gut gebrauchen. Zu zweit räumt sich eine Bude schneller aus und man kann wesentlich mehr wegtragen. Und so dämlich, nicht nach seinem Namen zu fragen, war ich nicht. Er hat gesagt, dass er Karsten Heide heißt. Seinen Ausweis habe ich mir natürlich nicht zeigen lassen. «

Schlagartig wurde Karin klar, dass der Mann log. Ein kaum hörbares Zittern in seiner Stimme, ein kurzes Flackern der Augen und sie wusste es so deutlich, als wäre in roter Leuchtschrift das Wort »Lügner« auf seiner Stirn erschienen.

Heidelinde holte eine Mappe aus ihrer Tasche, schlug sie auf, nahm ein Phantombild heraus und hielt es Johann hin. »Dieses Bild wurde auf Ihre Angaben hin erstellt. Ist das richtig?«

Johann nahm ein Brillenetui vom Tisch, setzte seine Lesebrille auf und betrachtete die Zeichnung eines jungen Mannes. Dann nickte er. »Man hat nach ihm gefahndet. Aber Ihre Kollegen waren nicht in der Lage, ihn aufzuspüren.«

Heidelinde würdigte das keiner Antwort. Sie wollte das Thema wechseln, doch das Knirschen des Schlüssels an der Wohnungstür ließ sie aufhorchen.

Einen Moment später stand eine korpulente, verlebte Frau im Wohnzimmer und schaute die drei Kommissarinnen verwundert an. »Hallo, Karl. Du hast Damenbesuch!? Willst du mir die Ladys nicht vorstellen?«

Johann schien die Situation nichts auszumachen, er genoss die Unsicherheit seiner Partnerin sichtlich. »Das ist die Polizei, Liebes. Die wollen mal nachschauen, ob ich mich auch gut führe.«

Durch Heidelindes Zuarbeit wusste Karin, dass die Frau Sybille Fichtner hieß. Sie musterte die Dame des Hauses interessiert. Was zum Teufel konnte eine Frau dazu bringen, sich in einen Schwerverbrecher zu verlieben? Diese Frage hatte sie sich schon oft gestellt, jedoch noch nie eine befriedigende Antwort darauf erhalten.

»Entschuldigen Sie den Überfall, Frau Fichtner«, meldete sich Sandra und ließ ihren Charme spielen. »Es handelt sich um eine Routinebefragung. Wir werden Sie bestimmt nicht lange aufhalten.«

»Dann haben Sie sicher nichts dagegen, wenn ich mich dazugeselle.« Frau Fichtner holte sich einen Stuhl vom Esstisch, setzte sich neben Johann, ergriff demonstrativ dessen Hand und feuerte eifersüchtige Blicke ab.

Heidelinde sprach einfach weiter, so, als wäre das Gespräch nicht unterbrochen worden. »Herr Johann, ich komme jetzt zum eigentlichen Grund unseres Besuches und beantworte damit Ihre Frage, was Ihre Vergangenheit mit unserem aktuellen Fall zu tun hat. Es handelt sich um mehrere Morde, die in Dresden verübt worden sind.

Auffällig dabei ist die Vorgehensweise des Täters, die auf frappierende Weise dem Mord ähnelt, der damals von Ihnen oder eben Ihrem Kumpan begangen wurde.« Sie hielt inne und schaute Johann durchdringend an.

Karin rieselte ein Schauer des Genusses über den Rücken. Heidi konnte mit ihrer geschwollene Ausdruckweise auch den verstocktesten Täter verunsichern. Und das völlig unabsichtlich.

Nervös steckte sich Johann eine neue Zigarette an. Dann lachte er. Das tiefe, heisere Lachen eines langjährigen Rauchers. »Und, nur weil da draußen jemand rumläuft und Leute absticht, klopfen Sie an meine Tür. So selten ist ein Messer als Mordwaffe nun wirklich nicht.«

»Da haben Sie recht.« Heidelinde ließ sich nicht beirren. »Jedoch entspricht die Ausführung der Stiche exakt dem Muster, welches bei Ihrem Fall vor reichlich neun Jahren festgestellt wurde. Dazu kommt, dass der erste Mord drei Monate nach Ihrer Entlassung verübt wurde. Merkwürdiger Zufall, finden Sie nicht?«

Johann schwieg provokant und blies eine Rauchwolke über den Couchtisch.

Damit konnte er Heidelinde nicht aus dem Konzept bringen. Gnadenlos setzte sie das Verhör fort. Sie nannte ihm das Datum des Mordes an Vanessa Carsten und fügte hinzu: »Wir wüssten gern, wo Sie sich am vierzehnten, siebzehnten und vierundzwanzigsten Juli abends und nachts aufgehalten haben.«

Ohne mit der Wimper zu zucken, stand Johann auf, ging zur Schrankwand und holte eine kleine Ledermappe. Er schlug sie auf und nahm eine Kalendereinlage des vergangenen Jahres heraus. »Also an dem ersten Datum vor einem Jahr war ich mit ein paar Arbeitskollegen und dem Chef zum Bowling. Mein Chef ist übrigens der Bruder meiner Lebensgefährtin.«

Das wissen wir doch längst, dachte Karin und fragte ganz nebenher: »Sie heben alte Kalender auf?«

»Glauben Sie mir, wenn man einmal unschuldig verurteilt wurde, ändern sich die Gewohnheiten. Ich schreibe mir seit meiner Entlassung alle Termine auf. Man weiß nie, wozu man sie noch mal braucht.« Er griff hinter sich und nahm den aktuellen Kalender von der Flachstrecke. »Am Vierzehnten und Siebzehnten war ich zu Hause. Sybille wird Ihnen das gern bestätigen.«

Die dachte kurz nach und nickte dann entschieden. »Richtig, da haben wir gemeinsam ferngesehen.«

»Für den Vierundzwanzigsten muss ich passen. Da war ich abends bei Karstadt einkaufen. Allein. Ich konnte ja nicht wissen, dass ich für diesen Abend ein Alibi benötige«, fügte Johann zuckersüß hinzu.

»Wir hätten gern die Daten Ihres Chefs und Ihrer Arbeitskollegen.« Heidelinde schluckte ihre Enttäuschung herunter.

»Selbstverständlich, gern.« Johann gab sich keine die Mühe, den Sarkasmus in seiner Stimme zu verbergen. Er nahm einen Notizblock zur Hand, schrieb die Namen auf und schob Heidelinde den Zettel zu.

»Da Sie unschuldig sind, würde es Ihnen da etwas ausmachen, wenn wir einen Blick in Ihre Wohnräume werfen?«, fragte Sandra und präsentierte Johann ein harmloses Lächeln.

»Das können Sie vergessen.«

»Na, schön«, sagte Karin. »Vielen Dank für Ihre Auskünfte. Eventuell sieht man sich wieder.«

Wenige Minuten später bat Karin ihre Kolleginnen, schon mal zum Auto zu gehen, und marschierte hinters Haus. Sie kam ohne den Oberkommissar zurück und setzte sich kommentarlos hinters Steuer.

»Was meint ihr?«, kam Heidelindes Frage von hinten. »Ist er unser Mann oder nicht?«

Karin zuckte mit den Schultern. »Keine Ahnung, die Schuhgröße könnte passen. Wenn seine Arbeitskollegen das

Alibi bestätigen, sieht es jedoch traurig für uns aus. Aber eins weiß ich, in Bezug auf seinen Kumpan hat der gelogen; es wundert mich, dass die Porzellankatzen dabei nicht der Reihe nach vor Abscheu gekotzt haben.«

Freitag, 17.15 Uhr

Bisher fand es Rolf noch nie unangenehm, jemanden vom Auto aus zu überwachen. Er konnte währenddessen Radio hören, die Leute beobachten und seinen Gedanken nachhängen. Es gab stressigere Tage in seinem Arbeitsleben. Bisher jedenfalls.

An so einem schwülen Tag stellte sich die Angelegenheit ganz anders dar. Ihm blieb nichts weiter übrig, als still zu dulden und in diesem Brutkasten vor sich hin zu grillen. Dabei ertrank er fast in seinem Schweiß. Sehnsüchtig betrachtete er seine Klimaanlage, aber da die ausschließlich bei laufendem Motor arbeitete, konnte er sie vergessen. Er durfte um keinen Preis Aufmerksamkeit erregen.

Dreißig Minuten später begann Rolf klatschnass und entnervt die Minuten zu zählen, bis ihn endlich jemand ablösen kam. Inzwischen hatte er den Glauben an den Sinn dieser Aktion verloren. Da der Wohnblock über einen Hinterausgang verfügte und er sich schlecht aufteilen konnte, standen seine Chancen fifty-fifty. Natürlich war Karin das bewusst gewesen, als sie ihn gebeten hatte, den Job zu übernehmen. Aber der Ausgang der Befragung hatte ihre Erfolgsaussichten, eine qualifizierte Überwachung genehmigt zu bekommen, auf Atomteilchengröße geschrumpft.

Einzig sein Parkplatz gegenüber dem Wohnblock gab ihm Auftrieb. Dadurch hatte er den Hauseingang zu Johanns Wohnung gut im Blick. Vor dem Haus stand ein Einkaufswagen. Gerade als Rolf überlegte, ob ein Kunde den nur abgestellt hatte, damit ein anderer ihn wegräumen durfte oder er für weitere Einkäufe reserviert war, öffnete sich die Haustür und seine Zielperson kam zum Vorschein.

Rolfs Verlangen, das aufgeheizte Fahrzeug zu verlassen, war so groß, dass er sich zwingen musste abzuwarten, ob Johann das Auto nehmen würde. Erst als der an dem Astra vorbeigelatscht war, stieg Rolf aus und beobachtete Johann, der schräg zwischen Schule und Spielplatz quer über den Innenhof lief. Da nur wenige Leute unterwegs waren, wartete Rolf, bis sich seine Zielperson eine größere Strecke entfernt hatte, und ging ihm dann hinterher. Während er Johann folgte, dachte er dankbar an Heidelinde. Der Bericht seiner Kollegin war perfekt. Neidlos gestand Rolf sich ein, dass er gewisse Details niemals berücksichtigt hätte, zum Beispiel Wagentyp und Kennzeichen vom Fahrzeug der Lebensgefährtin miteinzubeziehen.

Na, der hat es jedenfalls nicht eilig, dachte der Oberkommissar, als er dabei zusah, wie Johann gemütlich in Richtung Parkhaus spazierte. Mit einem Mal schoss Rolf eine böse Vorahnung durch den Kopf. Der Drecksack wird doch nicht etwa einen Mietwagen im Parkhaus stehen haben? Dann sitze ich schön in der Tinte.

Zu seinem Glück waren seine Befürchtungen haltlos. Johann ließ das Parkhaus links liegen und marschierte geradewegs über den Parkplatz zum Otto-Dix-Center. Vielleicht will er zur Straßenbahnhaltestelle, mutmaßte Rolf.

Zum zweiten Mal hatte er falsch gelegen. Der Verdächtige verschwand durch die Glastür im Einkaufszentrum. Rolf beschleunigte seine Schritte. Jetzt musste er den Abstand verringern, sonst könnte ihm Johann im Menschengewühl schnell verloren gehen. Erneut war seine Sorge umsonst. Nur ein paar einzelne Käufer zuckelten die Gänge entlang.

Rolf blieb einen Augenblick erschrocken stehen. Mein Gott, was ist denn hier passiert? Seit seinem letzten Besuch im Otto-Dix-Center waren etliche Jahre vergangen; damals lag ein Geschäft am anderen. Heute starrten ihn nur heruntergelassene Jalousien an, die davon kündeten, dass sich hier eine weitere Einkaufspassage in den letzten Zuckungen wand.

Johann schien sich nicht im Geringsten für seine Umwelt zu interessieren. Ohne nach links oder rechts zu schauen, hielt er direkten Kurs auf Kaufland.

Um seine Tarnung als Kunde zu perfektionieren, organisierte sich Rolf einen Einkaufswagen. Blieb ab und zu an einem Warenregal stehen und verlor seine Zielperson dabei keinen Augenblick aus den Augen.

Johann dagegen hatte sich keinen Einkaufswagen geholt und stromerte unentschlossen durch die Gänge. Nachdem er sich mehrere Minuten am Süßwarenregal herumgedrückt hatte, machte er plötzlich kehrt, lief schnell zurück zum Eingang und verließ den Laden am Informationsschalter.

Seine überraschende Aktion erwischte Rolf kalt. Er musste sich sputen, um nicht den Anschluss zu verlieren. Er ließ seinen Einkaufswagen einfach stehen und rannte Johann nach. Wieder vor dem Markt sah er seine Zielperson am Ende des Ganges links abbiegen. Rolf stürmte hinterher, doch als er durch die Glastüren ins Freie trat, war Johann verschwunden. Verzweifelt blickte Rolf in alle möglichen Richtungen, die Johann eingeschlagen haben könnte. Eine Spur war nicht auszumachen. Auf gut Glück rannte er zuerst durch den überdachten Gang zwischen den Häusern der Seniorenresidenz und schaute in beide Richtungen den Otto-Dix-Ring hinunter.

Kein Johann.

Rolf setzte alles auf eine Karte, hastete zum Parkhaus, jagte daran vorüber zum Plattenweg, der durch den Innenhof führte. Als er Johann in Höhe des Spielplatzes wiedersah, blieb er kurz stehen. Sein Schnaufen klang eindeutig erleichtert.

Johann hatte inzwischen die überflüssige Hast abgelegt und zu seinem Bummelschritt zurückgefunden.

Der hat bestimmt etwas vergessen, seinen Geldbeutel vielleicht, mutmaßte Rolf. Warum sonst sollte er zurück zu seiner Wohnung latschen?

Am Hauseingang angekommen blieb Johann plötzlich stehen, drehte sich um und winkte Rolf fröhlich zu.

»Scheiße«, entfuhr es dem Oberkommissar. Der Drecksack hat mich die ganze Zeit gelinkt. Stinksauer und ohne Johann eines Blickes zu würdigen, lief er zu seinem Wagen und fuhr davon.

Auf dem Weg zur Polizeidirektion trommelte Rolf grübelnd auf dem Lenkrad herum. Was hat dieser Scheißkerl mit seinem Manöver bloß bezweckt? Wenn er mir zeigen wollte, wie clever er ist, hätte es völlig ausgereicht, zum Wagen zu kommen und an die Scheibe zu klopfen.

Freitag, 23.30 Uhr

Warum zum Henker musste diese kleine Ratte nur so melodramatisch sein? Vermutlich litt er an totaler Selbstüberschätzung.

Karl konnte es nicht fassen. Wegen Gunnars Ego stand er sich zu nachtschlafender Zeit auf einer Waldlichtung die Beine in den Bauch. Er war doch kein verdammter Lederstrumpf! Ihre Angelegenheiten hätten sie durchaus auf einem stinknormalen Parkplatz in der Stadt abwickeln können. Natürlich ließ ihn der Spinner auch noch warten, damit er dann mit wichtiger Miene verkünden konnte, dass er das Terrain gecheckt hatte.

Karl spuckte aus. Sind alle gleich diese Versager. Nur Stroh im Schädel, aber den Al Capone raushängen lassen. Mit einer wütenden Bewegung schlug er nach einer Mücke, die ihn gerade in den Nacken gestochen hatte. »Scheiß Vieh«, fluchte er lautlos. War ja klar, dass ihn diese Mistbrut begeistert als Frischblutlieferung willkommen heißen würde.

Karl sah zur Uhr. Fünf lange Minuten wartete er nun bereits auf seinen ehemaligen Zellenkumpel. Wie er den kannte, würde es noch mindestens zehn Minuten dauern, bis der einen bühnenreifen Auftritt hinlegte.

Die vollen acht Jahre im Knast hatte er mit Gunnar Bock eine Zelle geteilt. Abgesehen von den ständigen Sexgeschichten, die ihm der kleine Mann den ganzen Tag über aufgetischt hatte, war es ein erträgliches Auskommen gewesen. Paradox an der ganzen Sache war, dass Gunnar, der Möchtegerncasanova, bei den starken Jungs einen gewaltigen Schlag hatte. Leider nicht in der Form, wie der mickrige Gunnar das gerngehabt hätte. Statt Achtung vor seinem angeblichen Verbrechernimbus zu haben, wollten ihm die Brüder an die Wäsche. Ohne Karls Schutz hätte der kleine Ganove kein Jahr im Bau überlebt. Spätestens nach der dritten Gruppenvergewaltigung hätte Gunnar aus seinem Bettlaken ein schönes Seil gebastelt und sich am Fenstergitter aufgeknüpft.

Es war kein Mitleid gewesen, das Karl bewogen hatte, sich die aufgeblasenen Schläger vorzunehmen und ihnen zu zeigen, wer härter zuschlagen konnte. Es waren die gemeinsamen Pokerrunden mit Gunnar. Sie spielten immer nur um Cent Münzen, es war jedoch die einzige positive Abwechslung in all den Jahren.

Na ja, und Gunnars Geschichten. Die waren ebenfalls recht unterhaltsam. Der Wicht erzählte Karl oft und weitschweifig von seiner tragenden Rolle im organisierten Verbrechen. Prahlte von begangenen Auftragsmorden, Banküberfällen und dergleichen mehr. In Wahrheit war Gunnar ein kleiner Hehler, bei dem man von Diebesgut bis hin zu Waffen alles kaufen konnte.

Und genau aus diesem Grund stand Karl jetzt auf dieser blöden Waldlichtung und kämpfte einen aussichtslosen Kampf gegen blutgierige Insekten. Wenn Gunnar nicht bald aufkreuzt, drehe ich ihm den Hals um, schwor er sich. Gleich darauf musste er grinsen. Soll er doch seinen Spaß haben, hat ja sonst nicht viel Freude im Leben. Außerdem durfte Karl ihn um keinen Preis verärgern. Doch in dieser Beziehung war auf Gunnar Verlass. Der hielt den Mund.

Eigentlich ist es meine Schuld, gestand Karl sich ein. Ich kenne das kleine Wiesel, warum bin ich also nicht fünfzehn Minuten später am Treffpunkt erschienen?

Um seine Stimmung ein wenig aufzuhellen, dachte er an das dumme Gesicht des Bullen, der ihn heute Nachmittag beschatten wollte. Ausgerechnet ihn! Aber das konnte er den Bullen streng genommen nicht anrechnen. Woher sollten sie seine Vergangenheit kennen? Das war damals alles streng geheim. Nie hatte es darüber Aufzeichnungen gegeben und wenn, waren sie spätestens neunundachtzig vernichtet worden.

Mit dem kleinen Rundgang zu Kaufland hatte Karl gleich zwei Ziele mit einer Klappe geschlagen. Zum einen wollte er der Polizei nachdrücklich vor Augen führen, dass er sehr wohl in der Lage war, einen Verfolger zu identifizieren, und sie sich solche stümperhaften Aktionen verkneifen konnten. Zum anderen wollte auch er mal ein bisschen Spaß haben. Und den hatte er gehabt. Das dumme Gesicht des Bullen war unbezahlbar gewesen.

Jedenfalls schien er sein Ziel erreicht zu haben. Als er losgefahren war, hatte er die Umgebung gründlich gecheckt und auf dem Weg hierher war ihm kein Verfolger aufgefallen.

Sybille würde ihm ebenfalls keine Schwierigkeiten machen. Durch den Besuch der Bullen völlig aufgewühlt, war sie dankbar über jeden Tropfen Alkohol gewesen. Vor morgen früh wachte die nicht auf.

Obwohl eigentlich alles gut lief, hatte Karl ein mulmiges Gefühl beschlichen. Dass die Bullen bei ihm aufgekreuzt waren, hatte ihm zu denken gegeben. Offensichtlich waren sie schlauer, als er angenommen hatte. Zudem hatte er sehr wohl bemerkt, wie diese Kommissarin mit den nachtschwarzen Augen seine Füße fixiert hatte. Ein böser Verdacht war daraufhin in ihm aufgestiegen. Sollte Philipp etwa den alten Trick ausgegraben haben, um den Verdacht auf ihn zu lenken? Zutrauen würde er es dem Burschen.

Vielleicht war es damals ein Fehler gewesen, den Jungen nicht anzuschwärzen. Leider war Karl altmodisch und seine Ehre bedeutete ihm eine ganze Menge.

Karl hatte Philipp auf der Straße kennengelernt. Er war einer von den Heimatlosen gewesen. Trieb ohne Ziel durchs Leben. Schaffte geradeso die Ausbildung, lungerte lieber herum, als zu arbeiten. Karl hatte den jungen Streuner bei der Hand genommen, ihn ausgebildet und ihm so einen Sinn im Leben gegeben. Sie wurden Freunde und einige Jahre später wurde Philipp zu dem Sohn, den er nie hatte.

Karl spürte Verbitterung in sich aufsteigen. Und wie hatte Philipp es ihm gedankt? Mit schnödem Verrat. Hatte ihn im Knast schmoren lassen. Dabei hätte ein Wort von ihm genügt, um ihn zu entlasten.

Ein leises Rascheln schreckte Karl aus seinen Gedanken und löschte die Schatten der Vergangenheit aus.

Vor Stolz grinsend stand Gunnar Bock vor ihm. Es freute den kleinen Mann sichtlich, dass es ihm gelungen war, Karl zu überraschen. Karl dagegen zog ein mürrisches Gesicht. Er durfte sich nicht ablenken lassen, wenigstens bis diese Sache ausgestanden war. »Ich dachte schon, du kommst nicht mehr«, tadelte er Gunnar milde.

»Ich musste erst die Gegend checken. Man weiß nie, wer alles nachts durch den Wald pirscht.«

»Ja, ja, schon gut. Hast du, um was ich dich gebeten habe?«

Gunnar holte einen großen, gefütterten Briefumschlag aus seiner Umhängetasche und reichte ihn Karl.

Routiniert überprüfte Karl die Makarow und die zugehörige Munition. Zufrieden nickend steckte er die Pistole ein, gab Gunnar einen Klaps auf die Schulter und wandte sich ab.

Aufgeregt trippelte ihm Gunnar nach und hielt ihn am Shirt fest. »He, das Ding hat mich 'nen Batzen Geld gekostet.«

Karl warf ihm einen ernsten Blick zu. »Du bist mir was schuldig, vergiss das nicht.«

»Ich bin dir ja dankbar. Aber ich hätte das damals auch allein geregelt bekommen«, rief der kleine Mann und versuchte sich in der Pose des harten Gangsters.

»Und wie, wenn ich fragen darf?« Karl wusste genau, was jetzt kommen würde, und verdrehte die Augen.

»Ich hab Freunde. Mächtige Freunde, die hätten mich rausgehauen.«

»Na ja«, brummte Karl nicht unfreundlich. »Jedenfalls haben die es prima verstanden, sich im Knast unsichtbar zu machen. Lass gut sein, Gunnar. Wir sind quitt.«

Erleichtert ließ Gunnar die Schultern sinken, offensichtlich war er froh, so billig davongekommen zu sein. »Willst du nicht wenigstens 'n paar Probeschüsse abfeuern?«

Karl, der bereits die Wagentür geöffnet hatte, drehte sich um und lachte. »Ich vertrau dir.«

Im Fahrzeug warf er seinem Zellenkumpel einen Abschiedsblick zu und hoffte, dass er den nie wiedersehen musste. Mit Amateuren Geschäfte zu machen, war ihm zu riskant.

Probeschüsse im Wald?! Da konnte er sich ja gleich stellen. Im ländlichen Raum wohnen Jäger und Förster, die konnten sehr wohl den Knall einer Pistole identifizieren. Zudem fällt bei dieser Stille ein Schuss auf. In der Stadt dagegen nicht. Da wird ständig an jeder Ecke zu jedem noch so nichtssagenden Anlass geknallt.

Sonnabend, 26. Juli, 11.00 Uhr

Wochenende. Andere Menschen schliefen an den zwei Tagen länger, frühstückten gemütlich und genossen die freie Zeit. Jan dagegen hatte die Arschkarte gezogen und musste zum zweiten Mal durch die Wohnviertel latschen und die Mieter befragen, die er gestern nicht angetroffen hatte.

Nach einem Vormittag treppauf, treppab spendete ihm allein ein Gedanke Trost: Beim nächsten Besuch im Fitnessstudio konnte er sich Laufband und Stepper schenken. In seinem Magen dagegen hatte sich ein schwarzes Loch gebildet. Zeit fürs Mittagessen, beschloss Jan und lief zur nächstgelegenen Hauptstraße.

Er wurde schnell fündig und kaufte in einem Supermarkt ein. Da er von Gesprächen und Gesichtern vorerst genug hatte, suchte er sich ein ruhiges Plätzchen für sein Mahl. Der kleine Park um das Kriegerdenkmal kam ihm wie gerufen. Er setzte sich auf eine Bank und streckte seufzend die Beine aus. Hungrig von seinen Wienern abbeißend, verschwendete er keinen Gedanken an den Fall. Er wollte seinen Kopf von jeglichem Müll befreien, um klarer denken zu können. Wenn er weiterhin krampfhaft seinem Unterbewusstsein die vergessenen Details zu entreißen versuchte, würden sie sich nur immer weiter seinem Zugriff entziehen. Jan ließ einfach los und hoffte, dass die Erleuchtung ganz von selbst an die Oberfläche trieb.

Beim Kauen schloss er die Augen und ließ sich die Sonne ins Gesicht scheinen. Als er bemerkte, dass ihm der Schweiß in dünnen Bächen über den Rücken lief, musste er grinsen. Obwohl ihm die Befragung der Anwohner zum Hals heraushing, hatte er seinen Job so gründlich gemacht, dass ihm völlig entgangen war, dass die gleißende Sonne gierig die

Feuchtigkeit aus dem Boden zog. Die Schwüle war fast unerträglich.

Jan öffnete seinen O-Saft und trank durstig. Nach dem Essen wollte er sich unbedingt noch etwas Kühles besorgen. Ein Eis wäre gut.

Nachdem er Wiener und Brötchen verdrückt hatte, ging es ihm besser. Er spülte das Essen mit dem restlichen Saft runter und rülpste leise. Anschließend quälte sich Jan lustlos in eine aufrechte Haltung und bummelte los.

Er verließ den Park in Richtung Einkaufsmarkt und überlegte gerade, welche Eissorte er sich gönnen sollte, da bemerkte er am Straßenrand einen weißen Lieferwagen. Jan blieb stehen und starrte auf den Aufdruck an der Fahrzeugseite. Es handelte sich um eine Malerfirma.

Plötzlich kapierte Jan. Das Bild, das er in der Küche des Anwalts gesehen hatte, stand glasklar vor seinen Augen. Die Wandfarbe im Küchenschrank! Die fehlenden Pinsel! Im Haus eines Mannes, dessen handwerkliche Fähigkeiten gegen null tendierten.

Rolfs Worte waren das Nächste, was seine Gehirnzellen ihm zuschrien: Ein Handwerker war bei Weise ein- und ausgegangen.

Es dauerte einige Augenblicke, bis sich Jan der Tragweite seiner Erkenntnisse bewusst wurde. Doch als es ihm endlich aufging, überzog Gänsehaut seinen Körper. Er würde den Täter noch heute schnappen.

Das Eis war vergessen. Er machte kehrt, ignorierte die Hitze und rannte zu seinem Smart, im Revier würde er sich unauffällig die restlichen Informationen beschaffen.

Als Jan den Wagen startete, lächelte er. Er konnte das Klicken der Handschellen bereits hören.

Sonnabend, 11.10 Uhr

Als Karl beim Aufbruch Sybille einen Kuss auf die Wange gedrückt hatte, wusste nur er, dass es ein Abschied für immer war. Er war gegangen, ohne sich noch einmal umzusehen, und bis auf zwei Fuffis, die er aus der Wirtschaftskasse stibitzt hatte, nahm er nichts aus dem gemeinsamen Heim mit. Philipp würde ihn mit den finanziellen Mitteln ausstatten, die er für einen stilvollen Abgang benötigte.

Ja, und nach dem Besuch bei seinem Ziehsohn würde ihn sein Weg geradeaus in ein neues Leben führen. Er war auf der Zielgeraden!

Letzte Nacht hatte Karl lange wach gelegen, sein Gehirn konnte einfach nicht abschalten. Schlussendlich hatte er einen Entschluss gefasst: Wenn es sich umgehen ließe, würde er Philipp nicht töten. Bei Mord pflegten die deutschen Justizbehörden hartnäckig zu sein und Karl verspürte nicht die geringste Lust, sein Südseeparadies in Handschellen zu verlassen. Natürlich war ihm klar, dass sein alter Partner die Haftentschädigung nicht freiwillig rausrücken würde; glücklicherweise verfügte Karl über eine große Palette von Überzeugungsmaßnahmen, die Philipp auf die Sprünge helfen würden. Auf der kurzen Fahrt zu Philipps Wohnung erwog Karl mehrere Möglichkeiten. Seine bisherigen Beobachtungen zeichneten das Bild eines einsamen Mannes. So war es bereits früher gewesen. Philipp liebte die Einsamkeit. Karl beschloss, die Gunst des Schicksals zu nutzen und seinen Ziehsohn einfach zu überraschen. Dazu musste er einen Moment abpassen, in dem Philipp nicht zu Hause war. Da er den gesamten Tag Zeit hatte, würde ihn das vor keine großen Probleme stellen.

Nachdem Karl den Astra abgestellt hatte, begab er sich auf eine Runde durch das Wohngebiet. Genaue Ortskenntnisse waren bei seinem Vorhaben ein Muss.

Während er den Bürgersteig entlangschlenderte, suchte seine Hand unbewusste den Griff der Makarow. Die Waffe war ihm vertraut wie ein alter Freund. Jahrelang hatte sie ihn auf seinen Einsätzen begleitet.

Seltsam, dass es einer Pistole gelang, seine Gedanken auf Wanderschaft zu schicken. In eine Zeit, die seit dreißig Jahren Geschichte war. Damals war er ein junger Mann gewesen, voller Ideale, bereit sein Leben für den Sozialismus in die Waagschale zu werfen. Stark, geschickt und scharfsinnig gelang es ihm rasch die Rangleiter bis zum Unteroffizier emporzuklettern. Bereits nach relativ kurzer Zeit bot man ihm an, im »Luftsturmregiment 40« Dienst zu tun. Die Ausbildung in dieser Spezialeinheit war hart, so hart, dass sie verdammt nah an der Grenze zum Unmenschlichen lag. Aber Karl wurde nicht von dem mörderischen Strudel verschlungen, wie es einigen seiner Kameraden passiert war. Im Gegenteil, furchtlos hatte er diese Hölle durchschritten und war als Sieger daraus hervorgegangen. Seine Vorgesetzten waren mit seinen Leistungen mehr als zufrieden und als Lohn winkte die Offizierslaufbahn. Karl hatte seine Zukunft abgesteckt und sein Leben lag in einer glatten Bahn vor ihm.

Zu Karls Leidwesen zerstörten die Herbsttage 89 seine Perspektiven radikal. Ehe er die Wende richtig begriffen hatte, war er eine arbeitslose Kampfmaschine mit Offizierspatent. Fortan schlug er sich mit schlecht bezahlten Jobs in der Sicherheitsbranche durchs Leben. Karl blieb sich treu, gab nicht auf und zog ein Maximum an Kenntnissen aus seiner letzten Tätigkeit. Mitte der neunziger Jahre wechselte er die Seiten und wurde bald zu einem der versiertesten Einbrecher Sachsens.

Zu dieser Zeit lernte er Philipp kennen, bildete ihn aus und zu zweit ergaben sie ein gutes Gespann. Bis zu jenem verhängnisvollen Tag, als ein Mann sie völlig unerwartet bei ihrer Tätigkeit störte. Während seiner Ausbildung hatte Karl gelernt, wann es besser war, eine Aktion abzubrechen und sich zurückzuziehen. Dummerweise folgte Philipp seinem Beispiel nicht. Als Karl dies bemerkte, beschloss er, sehr viel Land zwischen sich und seine alte Wirkungsstätte zu bringen. Zu seiner großen Verwunderung wurde er in Holland verhaftet. Nie hätte er vermutet, dass die deutsche Justiz einen Einbrecher quer durch Europa verfolgen würde. Erst bei den Verhören in der Untersuchungshaft wurde Karl mit Schrecken klar, dass er auf einen bodenlosen Abgrund zutrieb.

Noch bis zur Urteilsverkündung hatte er verzweifelt gehofft, Philipp würde ihn aus dieser Zwangslage befreien. Die Enttäuschung zermürbte ihn noch heute.

Karl seufzte schwer und kehrte allmählich in die Gegenwart zurück. Sieh nach vorn, ermahnte er sich. Du hast einen Plan, also halte dich daran und setze ihn um.

Er drehte weiter seine Runde und checkte aufmerksam die parkenden Fahrzeuge. Zurück am Ausgangspunkt, hatte er Philipps Opel weder vor dem Haus noch in den Seitenstraßen entdecken können.

Diese Gelegenheit ungenutzt verstreichen zu lassen, wäre pure Dummheit. Er brach auf der Stelle den Erkundungsgang ab und lief schnurstracks zu Philipps Wohnung. Dort angekommen schaute er unauffällig zu den Fenstern hoch. Die waren geschlossen.

Der Vogel ist ausgeflogen, dachte er in sich hineinlächelnd und lief zur Haustür. Eine Familie, die sich gerade zu einem Ausflug aufmachte, öffnete ihm die Tür. Karl bedankte sich freundlich und stieg zur Wohnung seines alten Partners hoch. Ein knapper Blick zum Türschloss ließ ihn grinsen. Der Schuster hat die schlechtesten Latschen, ging es ihm durch den Kopf. Dann holte er das passende Werkzeug aus seiner Tasche und öffnete die Tür schneller als die Bewohner mit einem Schlüssel.

Sonnabend, 12.25 Uhr

Wie von Dämonen gehetzt, stürmte Jan die Treppe zu seinem Büro hoch, das er sich mit Heidelinde teilte. Er rief der Kollegin ein knappes »Hallo« zu, weckte seinen Rechner, loggte sich ins Netzwerk ein und rief die Daten von Anwalt Weise auf.

Heidelinde, die sich gerade einen Kaffee machte, schaute kopfschüttelnd zu ihm hin. So kurz angebunden war Jan im Normalfall nicht. Da musste etwas Schwerwiegendes vorliegen. Sie zog ihre perfekt geschwungenen Augenbrauen hoch, schnappte sich den Kaffee und wandte sich zum Gehen. »Falls du mich brauchst, ich bin bei Sandra. Karin hat angeordnet, dass sie nicht allein sein soll. Du weißt schon …«

Jetzt hatte sie Jans Aufmerksamkeit. Widerwillig löste er seinen Blick vom Monitor. »Nein, ich weiß nicht. Was ist denn los?«

»Ach ja, du warst ja nicht da. Der Serienmörder hat Sandras Ermordung angekündigt.«

Jan hob gleichgültig die Schultern. »Na ja, das ist ja jetzt bald vorbei«, nuschelte er mehr zu sich selbst. Gleich darauf vergaß er seine Kollegin, wandte sich dem Bildschirm zu und öffnete die nächste Akte.

Normalerweise hätte Heidelinde Jan einen Kaffee angeboten, aber er war patzig zu ihr und sie konnte es nicht ausstehen, wenn man sie ignorierte. Sauer auf ihren dummen Stolz, der es ihr verbot, Jan zu fragen, was er da eigentlich trieb, würdigte sie ihn keines weiteren Blickes.

Beleidigt huschte sie durch die Tür und lief den Gang entlang zum Gemeinschaftsbüro ihrer Freundinnen. Ihre Hand schwebte bereits über der Klinke, da kam ihr ein

Einfall. Hastig stellte sie ihren Becher auf einem Fensterbrett ab und sprintete zur Treppe. Wenn sie sich beeilte, könnte sie in fünfzehn Minuten zurück sein, ihr Kaffee wäre da noch lauwarm.

Sonnabend, 12.25 Uhr

Karin fand, dass es höchste Zeit für gute alte Polizeiarbeit war. Da sie Sandra in guten Händen wusste – Heidelinde würde besser auf sie achtgeben als ein Spezialeinsatzkommando –, war sie unbesorgt zu der Bowlingkneipe gefahren, in der vor einem Jahr Johann mit seinen Kollegen Bier getrunken und Kugeln über eine Bahn geschoben hatte.

Sandra hatte bereits sämtliche Teilnehmer kontaktiert und die hatten Johanns Alibi bestätigt. Das sind Kollegen, sagte sich Karin, und die lügen schon mal füreinander. Genauso unsicher war die Aussage von Frau Fichtner. Eine Lebensgefährtin ist unter Umständen zu einigem bereit, wenn es sich um das Wohl des Liebsten handelt. Es konnte also nicht schaden, ein wenig herumzuschnüffeln.

Karin stellte ihren Fiesta ganz bewusst ein Stück weit entfernt von der Bowlingbahn ab. Bereits seit Tagen war sie nicht dazu gekommen, allein umherzustreifen. Die kleine Portion Einsamkeit fehlte ihr. Immer wenn sie durch Wohngebiete, Parkanlagen oder über freies Land lief, klärten sich ihre Gedanken. Probleme, die sie mit sich herumschleppte, lösten sich dann von allein. Und zurzeit gab es einige Fragen, auf die sie keine Antworten parat hatte. Sie spürte jedoch, dass sie dem Killer ein bedeutendes Stück nähergekommen waren. Heidis Ermittlungserfolg war ein Durchbruch. Auch wenn Johann nicht der Killer sein sollte, befand sich dieser auf jeden Fall in seinem Dunstkreis.

Karin war inzwischen fest davon überzeugt, dass Johann log. Aber warum? Aus welchem Grund sollte er einen Mörder decken und für den acht Jahre in den Knast wandern? Vielleicht irgendeine verquere Form von Ganovenehre? Karin wusste es nicht. Dagegen sprach natürlich, dass

Johann viel zu clever war, um Sentimentalitäten nachzuhängen. Rolf an der Nase herumzuführen, dass der noch Stunden später vor Wut kochte, war eine Leistung. Der Oberkommissar war ein Ass, wenn es galt, Leute zu beschatten.

Karin bog in ein kleines Wohngebiet ein und musste lächeln. Rolf war nicht der Einzige geblieben, den Johann fast in den Wahnsinn getrieben hatte. Sandra hatte sich sofort in die digitale Welt gestürzt, um mehr als nur die offiziellen Daten über den Kerl im analogen Diesseits sichtbar zu machen. Als sie nach Stunden angestrengter Suche frustriert aufgab, standen die Strähnen ihres Pixie-Cuts in alle Himmelsrichtungen. Im Lebenslauf des Mannes gab es große Lücken, die sie trotz intensivster Bemühungen einfach nicht mit Informationen füllen konnte.

Karin wüsste zu gern, was der Typ in seinen jungen Jahren getrieben hatte. Vermutlich würden sie es nie erfahren. Dass aber viel mehr in ihm steckte als ein gewöhnlicher Einbrecher, lag auf der Hand.

Sie kehrte dem Wohnviertel den Rücken und stoppte an einer roten Fußgängerampel. Das Wummern von Bässen machte sie auf einen schwarzen Golf aufmerksam, der mit mindestens achtzig Sachen die Straße entlangbretterte. Karin war heilfroh, dass sie brav stehen geblieben war. Der Fahrer hätte wegen ihr auf keinen Fall gebremst. Der hätte sie plattgemacht. Davon war sie überzeugt.

Die dunkel getönten Scheiben des Wagens versetzten ihr einen Stich. In Gedanken ohrfeigte sie sich selbst, dass sie gestern vergessen hatte, den Akku ihres Handys zu kontrollieren. So war ihr Jans Anruf entgangen. Erst am Abend hatte sie das Malheur bemerkt und seine SMS gelesen. Die Information über ein Fahrzeug mit getönten Scheiben konnte sich als wichtig erweisen. Vor allem, weil der Astra von Frau Fichtner ebenfalls mit getönten Scheiben durch die Gegend fuhr. Das konnte kein Zufall sein. Karin hatte die

Zeugin bereits angerufen und sich mit ihr für den kommenden Vormittag verabredet. Gemeinsam würden sie einen Ausflug zu Johanns Wohnung machen. Wenn die alte Dame das Auto wiedererkannte, verflüchtigte sich eins der Alibis von Johann. Das gäbe ihnen die Möglichkeit sich den Burschen im Revier vorzuknöpfen. Dort müsste er dann eine sehr gute Erklärung abliefern, weshalb er sich während des Mordes an Frau Schubert vor dem Kosmetikstudio rumgetrieben hatte.

Karin schaute zur Uhr und seufzte. Sie bummelte bereits eine halbe Stunde durch die Gegend. Zeit ihren kleinen Ausflug abzubrechen und zur Bowlingbar zu laufen. Doch bis dahin waren es noch ein paar Meter und sie konnte das nächste Problem angehen.

Seit sie die unselige Fotomontage von Sandras Kopf auf Frau Schuberts Körper entdeckt hatte, glaubte sie, ein Flüstern in ihrem Hinterkopf zu hören. Es wurde von Stunde zu Stunde lauter und verdrängte nach und nach alle anderen Gedanken. Warum Sandra? Da passte etwas nicht.

Serienmörder waren gut in ihrem Job, sagte sich Karin. Sonst wäre die Serie nach dem ersten oder spätestens dem zweiten Mord zu Ende. Solche Killer suchten ihre Opfer mit Sorgfalt aus. Das hatte dieser Täter ebenfalls getan. Bei Frau Schubert wusste Karin es mit Sicherheit. Er war auf jeden Fall vorher in ihrem Kosmetikstudio gewesen, um den optimalen Zeitpunkt für das Verbrechen auszukundschaften. Bei Vanessa Carsten und dem Anwalt muss die Tat ähnlich abgelaufen sein. Der Zustand des Tatorts sprach eindeutig dafür, dass er sich ausgekannt hatte.

Es gab allerdings nicht den geringsten Hinweis dafür, dass Sandra in letzter Zeit beobachtet worden war. Karin war fast immer mit ihr zusammen gewesen und einen Schatten hätte sie gespürt.

Karin konnte es drehen und wenden, an der Drohung stimmte etwas nicht. Irgendetwas lief da verkehrt. Doch sie musste objektiv bleiben, durfte sich nicht vom Zweckoptimismus leiten lassen und sich selbst betrügen. Solange es keinen Beweis dafür gab, dass sie sich irrte, musste sie davon ausgehen, dass Sandra in tödlicher Gefahr schwebte.

Inzwischen war sie an ihrem Ziel angekommen. Karin hatte keinen Appetit und beschloss, die Angelegenheit schnellstmöglich abzuhandeln. Eigentlich war es ja nur eine Frage, die ihr auf der Seele brannte.

Sie setzte sich an einen freien Tisch und zückte ihre Kennkarte, als die Kellnerin ihr die Speisekarte reichen wollte. »Ich würde gern mit jemandem sprechen, der hier schon vor einem Jahr bedient hat.«

»Da haben Sie Glück. Ich kellnere jetzt seit fünf Jahren in dem Laden.«

Karin nannte das Datum des betreffenden Tages und kam gleich zur Sache. »Ich benötige Auskünfte zu einem Firmenvergnügen einer Kfz-Werkstatt. Die Herren hatten an diesem Abend einen Bowlingabend gebucht.«

Die gut aussehende Frau legte nachdenklich einen Finger an die Lippen. »Ja«, sagte sie gedehnt, daran kann ich mich erinnern.«

»Haben Sie einen Moment Zeit für mich?«

»Wenn Sie etwas bestellen, kriege ich das hin.«

Notgedrungen entschied sich Karin für einen Salat und ein alkoholfreies Weizen. »Bringen Sie für sich auch was mit, geht auf Staatskosten«, fügte sie hinzu und lächelte sarkastisch über ihren Spruch. Ehe sie sich der Mühe unterziehen würde, seitenweise Formulare für ein Essen auszufüllen, zahlte sie lieber selbst. Das war nervenschonender.

Kurze Zeit später brachte die Frau Karins Bestellung. Für sich selbst hatte sie ebenfalls ein Weizen und einen randvoll gefüllten Teller mitgebracht. »Ich werd nicht so oft von einer Behörde eingeladen, da nutze ich das jetzt mal schamlos aus. Außerdem hab ich seit heute Morgen nichts mehr zu beißen bekommen.« Sie seufzte vor Genuss und fiel hungrig über ihr Essen her.

Interessiert beobachtete Karin sie einen Moment, bevor sie ein Salatblatt mit der Gabel aufspießte. Die Frau schien unkompliziert zu sein, mit der würde sie klarkommen. Karin schätzte sie auf Anfang vierzig und die Fältchen um ihre Augen sahen aus, als kämen sie vom Lachen. Die unter ihren Mundwinkeln dagegen sprachen von Resignation.

»Zurück zu diesem Bowlingabend. Einer der Männer hieß Karl Johann. Können Sie sich eventuell an den erinnern, Frau …?«

»Probst. Aber Sie können Nina sagen. Und natürlich erinnere ich mich an Karl. So ein Schnuckelchen vergisst man nicht so schnell.« Sie schnitt ein Stück von ihrem Fleisch ab, betrachtete es begeistert und schob es in den Mund.

Karin verkniff sich einen verständnislosen Blick. Ihr Fall war Johann nicht, sie wusste aber, dass einige Frauen auf diesen Typ Mann abfuhren. Den ewigen Jungen und coolen Abenteurer.

»Ist es möglich, dass Johann an dem Abend unbemerkt für zwei Stunden verschwunden ist?« Im Vorfeld des Gesprächs hatte Karin den Routenplaner befragt, Zeit für den Mord und eventuelle Vertuschungsmanöver einbezogen und eine halbe Stunde hinzugerechnet. Das Resultat betrug zwei Stunden. Die Zeit, die Johann benötigt hätte, um sich von der Feier wegzuschleichen, nach Pirna zu fahren, Frau Carsten umzubringen und den Rückweg zu bewältigen.

Nina schüttelte vehement den Kopf. »Das wäre mir nicht entgangen, glauben Sie mir. Ich war doch scharf auf das Schnuckelchen, hab ihn die ganze Zeit im Auge behalten. Leider …« Sie schaute Karin treuherzig an und hob die Schultern. »Bevor Sie mich jetzt verurteilen, ich lebe allein mit meinem Sohn. Der ist Autist. Raten Sie, wie gut meine Chancen stehen, einen Partner zu finden. Ich habe gelernt, mir mein Vergnügen dort zu holen, wo andere es liegen lassen.«

Karin trank von ihrem Bier und ließ Nina reden.

»Zu meinem Pech war Kalles Chef an dem Abend da …«

»Haben seine Arbeitskollegen ihn so genannt, Kalle?«, wollte Karin wissen.

Nina nickte und schluckte einen großen Bissen runter. »Kalle wäre ebenfalls nicht abgeneigt gewesen. Hat mir von seiner Lebensgefährtin erzählt. Muss nicht gerade die wahre Erfüllung sein. Jedenfalls hat Kalle seinen Frust über die verpatzte Gelegenheit dann im Alk ertränkt. Später, als seine Kollegen auch breit waren, hab ich mich zu ihm gesetzt und wollte ihn trösten. Kalle hatte echt ein hartes Leben. Sein Ziehsohn hat ihn verraten, obwohl er für den alles getan hat. Fand ich echt scheiße von dem Typ.«

Karin blies die Backen auf. Diese Information hier einfach so vor die Füße geworfen zu bekommen, damit hatte sie nicht im Traum gerechnet. Aufgeregt griff sie nach Ninas Arm. »Hat Johann erzählt, bei welcher Gelegenheit sein Ziehsohn ihn verraten hat?«

Verblüfft sah Nina sie an. »Nein. Kalle war ja schon hacke, viel hab ich von seinem Gestammel sowieso nicht verstanden, eben nur das, was ich Ihnen schon gesagt habe.«

Karin lehnte sich zurück, vergaß den Salat samt Weizen und atmete tief durch. Danach hatte sie es sehr eilig, bat um die Rechnung und bedankte sich bei Nina.

Das Trinkgeld fiel so reichlich aus, dass Ninas Augen aufleuchteten. Sie war der Kellnerin sehr dankbar und trotz ihrer Hast nahm sie sich die Zeit für eine letzte Bemerkung: »Sie können froh sein, dass es mit Johann an dem Abend nicht geklappt hat. Das Schnuckelchen hat acht Jahre wegen Totschlags abgesessen und nur seiner Lebensgefährtin hat er es überhaupt zu verdanken, dass er auf Bewährung rauskam.«

In Ninas Miene malte sich fassungsloses Entsetzen.

Sonnabend, 12.30 Uhr

Nachdem Philipps Euphorie verflogen war, kehrte die Erinnerung an das beklemmende Gefühl mit Macht zurück. Er war sich inzwischen sicher, irgendwer hatte in der Dunkelheit vor dem Kosmetikstudio gelauert und jeden seiner Schritte verfolgt. Noch immer konnte er die stechenden Blicke des unsichtbaren Beobachters spüren.

Ein Polizist konnte es jedenfalls nicht gewesen sein, auch kein zufälliger Zeuge. In beiden Fällen hätten die Bullen längst bei ihm auf der Matte gestanden. Aber wer zur Hölle hatte ihn dann in jener Nacht bespitzelt?

Philipp hatte sich lange über dieses Problem den Kopf zerbrochen. Nach reiflicher Überlegung war er zu dem Ergebnis gekommen, dass der Spion ganz bewusst vor dem Kosmetikstudio gelauert hatte. Und wenn es so war, dann konnte es für diesen nur ein Motiv geben: Rache.

Dass diese Gefahr eines Tages real werden könnte, damit hatte er rechnen müssen. Seine Opfer lebten schließlich nicht in einer isolierten Welt. Sie besaßen Geschwister, Eltern, Geliebte und Freunde. Einer von denen war ihm auf die Spur gekommen oder hatte einen Privatdetektiv engagiert.

Philipp hatte auf diese Erkenntnis umgehend reagiert und die Vorbereitungen für einen schnellen und sicheren Abgang getroffen. Viel war dafür nicht zu tun, denn bereits nach der leidigen Angelegenheit mit Vanessa stand für solche Fälle ein Wohnmobil bereit.

Gestern war er zum Stellplatz gefahren, hatte den Caravan betankt, gründlich durchgecheckt und Lebensmittel, Medikamente sowie Verbandszeug eingelagert. Auf die letzten beiden Dinge legte er seit dem kleinen Malheur mit der McGee großen Wert.

Seinen Passat hatte er in der Innenstadt abgestellt und war mit dem Wohnmobil zurück zu seiner Wohnung gefahren. Zu seiner Freude hatte er eine Lücke am Straßenrand gefunden, die groß genug für dieses Gefährt war und in Sichtweite zu den Fenstern seiner Wohnung lag.

Den heutigen Vormittag nutzte er dafür, sein mobiles Heim einer Grundreinigung zu unterziehen. Beim Fensterputzen kam ihm unwillkürlich Vanessa in den Sinn. Obwohl er angestrengt versuchte, die hübsche Prostituierte aus seinen Gedanken zu verjagen, verweigerte die sich hartnäckig seinen Bemühungen. Philipp gab nach und ließ die Erinnerungen zu.

Er hatte Vanessa Carsten auf dem Asia Markt hinter der Grenze kennengelernt. Sie gefiel ihm, folglich flirtete er mit ihr. Woraufhin sie mit erschreckender Sachlichkeit seine Annäherungsversuche mit dem Hinweis auf ihr Gewerbe beendete. Das stieß Philipp keineswegs ab, ganz im Gegenteil, es kam ihm entgegen. Da er keinerlei Interesse an einer Partnerschaft hatte, war eine Geschäftsbeziehung in seinem Fall optimal.

Die ersten Treffen verliefen zur beiderseitigen Zufriedenheit. Doch sein Unvermögen bei einem späteren Date löste die Katastrophe aus. Vanessa verlor die Professionalität. Es war nur ein leichtes Kräuseln ihrer Nase, das sie verriet.

Der Spott traf ihn tief in seiner Seele. So war es auch schon in seiner Kindheit gewesen. Wenn Vater ihn vor anderen bloßstellte, seine Schwächen hervorhob, ohne seine Stärken zu erwähnen.

Er ließ sich nichts anmerken, tat, als hätte er es nicht registriert. Aber insgeheim beschloss er Vanessas Tod.

Zum nächsten Stelldichein erschien er im Plastikoverall.

Der Anblick eines Mannes, der betont unauffällig die Straße entlangschlenderte, ließ Philipp aus der Tagträumerei hochschrecken. Er fixierte ihn genauer. Nach einigen

Minuten stieg eine ungute Erinnerung in ihm hoch. Den Kerl kannte er.

Augenblicke später lüftete sich der Schleier seines Gedächtnisses und ein unterdrücktes Kichern ließ Philipps Körper beben. Er konnte es nicht fassen, des Rätsels Lösung war so einfach. Kalle hatte ihm nachgespürt.

Mit einem Lächeln beobachtete er seinen Ziehvater. Als der zu den Fenstern seiner Wohnung hochsah und wenig später das Haus betrat, stellte Philipp einen Klapphocker ans Fenster. Bevor er Karl folgte, wollte er in Ruhe abwarten, ob der allein unterwegs war.

Sonnabend, 13.05 Uhr

Mit den Worten »Ich glaube, du brauchst dringend Nervennahrung« legte Heidelinde eine Tafel Nussschokolade vor Sandras Tastatur.

Die warf ihrer Kollegin einen argwöhnischen Blick zu. »Welche Gesetze muss ich dafür brechen?«

Heidelinde zog mit dem Fuß den Besucherstuhl heran, schob ihn neben Sandra und setzte sich. »Ich bin neugierig und benötige deine Hilfe.«

»Ich bin ganz Ohr.« Sandra riss das Papier auf, brach einen Riegel von der Schokolade ab und schob ihn in den Mund. »Möchtest du auch?« Sie hielt Heidelinde die Tafel hin.

Nach einem kurzen Zögern brach sich Heidelinde ebenfalls ein großes Stück ab und beide kauten in vereintem Genuss.

»Jan war vorhin im Büro. Der war echt merkwürdig, hat nebulöse Sprüche geklopft und war patzig zu mir. Ich glaube, der kocht sein eigenes Süppchen. Kriegst du raus, was der sich am Computer angesehen hat?«

Sandra lächelte nur, klickte mehrmals mit der Maus und holte schließlich mehrere Dokumente auf den Monitor. »Nichts Besonderes. Die Steuerunterlagen von Anwalt Weise und Frau Schubert.« Bei den letzten Worten war ihre Stimme traurig geworden, sie schniefte und die Schokolade schrumpfte erneut.

Mit dieser Information konnte Heidelinde nichts anfangen. »Weiter nichts?«, murmelte sie enttäuscht.

»Tut mir leid. Aber eine neue Info hat Jan eingestellt. Karin hatte ihn doch zu diesem Klügel, Weises Tennispartner, geschickt, um herauszufinden, ob der Anwalt Schmuck getragen hat.« Sie las eifrig weiter und vergaß ihre Umwelt.

Nach einer Weile wurde das Heidelinde zu dumm, energisch rüttelte sie ihre Kollegin am Arm. »Und hat er?«

»Entschuldige.« Sandra schreckte hoch. »Laut Klügel trug Weise eine Goldkette mit einem Krügerrand als Anhänger.«

»Hm.« Heidelinde fasste ihre langen blonden Haare zu einem Pferdeschwanz. »Schick bitte die Dokumente auf Karins Rechner.« Nachdenklich schob sie den Besucherstuhl zurück in die Ecke und ging zu Karins Arbeitsplatz.

»Schon erledigt. Viel Spaß!«

Statt einer Antwort brummte Heidelinde ein paar unverständliche Worte. Doch gleich darauf kam ihr ein anderer Gedanke. »Warum hat der Mörder den Computer aus dem Kosmetikstudio nicht mitgehen lassen?«

Sandra lachte laut. »Der stammt noch aus der Steinzeit. Wenn er den verscherbeln will, bekommt der Ankäufer einen Lachkrampf.«

»Bei euch ist es ja lustig«, sagte Rolf, der gerade das Büro betrat. »Darf ich mitlachen?«

Sandra winkte ab. »Kannst du gern, aber es ging nur um historische Computer.«

Sich mit Sandra über Rechentechnik zu unterhalten, war das Letzte, was Rolf sich angetan hätte. »Ich wollte mich nur abmelden. Hab heute noch was vor.«

»Ein Rendezvous?«, schnurrte Sandra lasziv.

Heidelindes Kopf schnellte ruckartig in die Höhe.

»Richtig geraten.« Rolf gluckste amüsiert. »Ich muss meinen Alten Herrn zum Bahnhof bringen, der fährt zu einem Klassentreffen.«

Sandra winkte ihm vergnügt mit der Hand. »Na, dann bis morgen.«

In der Hoffnung, dass Sandra ihre Aufregung nicht bemerkt hatte, sprach Heidelinde ein neues Thema an. »Konntest du aus der widerlichen Fotomontage Informationen ziehen?«

Sandras Lächeln brach in sich zusammen. »Ich habe das Bild gescannt und den Hintergrund geschärft, dadurch weiß ich, dass er mich vor dem Haus des Anwalts fotografiert hat. Somit ist klar, dass er zu dem Typ Mörder gehört, der sich an Tatorten aufgeilt. Jetzt ist das Foto bei der KTU. Fingerabdrücke sind keine darauf, das haben die Jungs schon festgestellt. Sie werden noch die Tinte analysieren und herausfinden, mit welchem Druckermodell er das Bild gedruckt hat. Momentan hilft uns das nicht weiter. Wenn wir ihn jedoch irgendwann mal haben, kann es als Beweis vor Gericht verwertet werden.«

Nach diesen Worten breitete sich Stille aus. Während der nächsten dreißig Minuten kamen die einzigen Geräusche vom leisen Summen der Computer, dem Klacken der Tastaturen und dem Rascheln des Schokoladenpapiers, wenn Sandra ihren Nerven auf die Sprünge half.

Heidelindes flüsternde Stimme durchbrach schließlich das Schweigen. »Ich fürchte, ich weiß, was der Lümmel entdeckt hat.«

Der Tonfall ihrer Kollegin ließ ein ungutes Gefühl in Sandra aufsteigen. Sie musterte Heidelinde besorgt.

Nach einem Räuspern fuhr Heidelinde in normaler Lautstärke fort: »Ich habe nach Gemeinsamkeiten in den Unterlagen von Frau Schubert und Weise gesucht. Da gibt es nur eine einzige Sache. Beide haben von demselben Maler, Philipp Gerlach, ihre Räume renovieren lassen.«

Ein paar Minuten brauchte Sandra, um die Information sacken zu lassen. »Weshalb ist uns das nicht schon eher aufgefallen?« Sie zog eine Schnute. »Weil du die Steuerunterlagen des Anwalts durchgesehen hast und ich die von Frau Schubert. Und weil keiner den Akten fürs Finanzamt große Bedeutung zugemessen hat«, beantwortete sie selbst ihre Frage. Gleich darauf setzte sie sich kerzengerade auf. »Das erklärt natürlich einiges. Die Zugangsmöglichkeit zu den Wohnräumen, die Ortskenntnis und das notwendige

Wissen über die Gewohnheiten der Opfer.« Sie starrte einige Sekunden vor sich hin. »Bevor ich Karin von der Kette lasse, sichere ich das aber noch ab.« Ihre flinken Finger begannen auf die Tastatur einzuhacken.

Blitzschnell holte Heidelinde zum zweiten Mal den Besucherstuhl aus seiner Ecke und setzte sich neben Sandra. Ihre Hand griff zur Schokolade, die Packung war allerdings inzwischen leer.

»Ich will doch mal sehen, wen Jan in letzter Zeit so alles angerufen hat«, murmelte Sandra und, ohne ihren Blick vom Monitor zu lösen, öffnete sie eine Schublade, holte eine weitere Tafel Schokolade heraus und legte sie vor Heidelinde. »Ich denke, heute brauchen wir beide ganz viel Nervennahrung.«

Beim Kauen überlegte Heidelinde, ob Sandra wohl auch ihre Anrufe kontrollieren könnte. Wenn der ganze Trubel hier vorüber war, musste sie sich unbedingt danach erkundigen. Eventuell stand der Kauf eines Zweittelefons an.

Wenig später hatte Sandra das Ergebnis vor sich. »Er hat nur ein Gespräch geführt.« Sie blickte zur Uhr. »Vor einer Stunde. Mal sehen, ob ich rauskriege, wem diese Nummer gehört.« Nach wenigen Augenblicken kam ihre nächste Meldung: »War ein Kinderspiel, Festnetz. Die Nummer gehört einer Annika Frisch. Ich finde es ausgesprochen nett von der frischen Annika, dass sie noch im Telefonbuch steht. Ich sage dir die Nummer mal an.«

Heidelinde stellte den Lautsprecher des Telefons an, nahm den Hörer ab und tippte die Zahlen ein. Nach dem zweiten Signalton meldete sich eine Frauenstimme.

»Guten Tag. Entschuldigen Sie bitte die Störung. Mein Name ist Grün, ich bin Kriminaloberkommissarin und habe eine Frage an Sie.«

»Verarschen kann ich mich allein.« Die Leitung war tot.

Heidelinde seufzte und wählte erneut. »Bitte legen Sie nicht auf«, sagte sie hastig, nachdem die Frau abgenommen hatte. »Es geht um Jan Klingenberg. Er ist mein Kollege und ich befürchte, er befindet sich in großer Gefahr. Wir benötigen dringend Ihre Hilfe.«

Stille am anderen Ende. Dann, nach mehreren tiefen Atemzügen: »Und wer sagt mir, dass das kein Fake ist.«

Sandra riss der Geduldsfaden. »Hauptkommissarin König. Wenn Sie nicht mit uns zusammenarbeiten, ist das unterlassene Hilfeleistung und Sie machen sich strafbar.«

»Warum reden Sie nicht gleich mit mir? Ihren Namen hat Jan erwähnt. Was wollen Sie wissen?«

»Jan hat Sie heute gegen 12.45 Uhr angerufen. Um was ging es bei dem Anruf?«

»Um nichts Besonderes. Er wollte, dass ich ihm den Grundriss einer Wohnung schicke. War das falsch?«

»Ich brauche Straße und Hausnummer.«

Frau Frisch gab die Daten durch.

Sandra bedankte sich knapp, würgte sämtliche Fragen der Frau ab, legte auf und wandte sich an ihre Kollegin. »Sagt dir die Adresse was?«

Heidelinde nickte stumm. In ihren Augen stand das blanke Entsetzen. »Dieselbe Adresse steht auf den Malerrechnungen.«

Mit fliegenden Fingern griff Sandra zu ihrem Smartphone. Sie hatte gerade das Display entsperrt, als ihr Telefon anfing zu pfeifen. Vor Schreck hätte sie es beinah fallen gelassen. Sie musste nicht nachschauen, wer die Anruferin war, das Pfeifen hatte sie für Karins Anrufe reserviert.

Das Gespräch dauerte keine Minute.

»Wir fahren los«, sagte Sandra mit dumpfer Stimme und ihre Lippen wurden schmal.

Heidelinde reagierte nicht sofort. Erst nach ein paar Sekunden legte sie ihre Hand auf Sandras Arm. »Ich finde, du solltest es wissen. Dieser Maler hat auch meine Wohnung tapeziert.«

Sonnabend, 13.50 Uhr

Auf dem Weg zu ihrem Fiesta hatte Karin eine Menge Stoff zum Nachdenken. Dass Karl Johann sich um einen Jugendlichen gekümmert hatte, veränderte die Angelegenheit von Grund auf. Zwangsläufig musste Johann eine enge Beziehung zu seinem Ziehsohn aufgebaut haben. Karin stellte sich die Frage, ob das auf freiwilliger Basis geschehen war. Da nach Auskunft der Kellnerin Johann noch nach Jahren über den Verrat des Jungen erschüttert war, nahm Karin das einfach an.

Durch den täglichen Umgang mit Verbrechern verschiedenster Couleur, glaubte sich Karin auf ihr Urteilsvermögen verlassen zu können. Deshalb ging sie davon aus, dass Johann wesentlich mehr Zeit mit seinem Ziehsohn verbracht hatte als mit einem x-beliebigen Einbrecherkumpel. Gerade um nicht zusammen gesehen zu werden, beschränkten Ganoven ihre Kontakte auf ein Mindestmaß. Bei diesen beiden war das anders gewesen und wenn sie einen so langen Weg zusammen gegangen waren, mussten sie zwangsläufig Spuren hinterlassen haben.

Im Knast hatte Johann keinen Besuch bekommen, das war bereits von Heidelinde überprüft worden. Karin grinste sarkastisch. Sie fand das hässlich von Johanns Ziehsohn, er hätte die Suche dadurch ungemein vereinfacht. Allerdings ist es möglich, überlegte Karin weiter, dass sich die beiden Kerle vor Johanns Knastaufenthalt eine Wohnung geteilt haben.

Karin griff zu ihrem Smartphone, rief Sandra an und bat sie, die früheren Adressen von Johann auf Mitbewohner zu überprüfen.

Sandras Antwort verschlug ihr die Sprache. »Das können wir uns sparen, Süße. Der Typ heißt mit Sicherheit Philipp Gerlach.«

Nachdem Sandra hastig sämtliche Informationen durchgegeben hatte, rannte Karin, lästerliche Flüche ausstoßend, zu ihrem Fahrzeug.

Sonnabend, 14.00 Uhr

Seitdem Kalle im Haus verschwunden war, hatte sich nichts mehr getan. Philipp beschloss trotzdem auf seinem Sitz auszuharren, da er nicht ausschließen konnte, dass Kalle Kumpane hatte. Was sein Ziehvater bei ihm zu finden hoffte, konnte er sich lebhaft vorstellen. Doch da Kalle Enttäuschungen gewohnt war, würde ihn die Tatsache, dass er kein Geld finden würde, nicht umbringen.

Philipp gratulierte sich zu seinem genialen Weitblick. Bereits gestern hatte er seine gesamte Barschaft sicher im Wohnmobil versteckt. Kalles völlig unerwarteter Auftritt brachte ihn jedoch zum Grübeln. Philipp war davon ausgegangen, seine Vergangenheit hinter sich gelassen zu haben. Dass sie jetzt wie mit kalten Leichenfingern nach ihm griff, konnte nichts Gutes bedeuten. Schnell verdrängte er die bösen Vorahnungen. Es war ihm bisher stets gelungen, aus jeder noch so brenzlichen Angelegenheit unversehrt hervorzugehen, da würde er wohl mit dem unbedeutenden Problem »Kalle« fertig werden.

Ein anthrazitfarbener Smart, der gerade vor das Haus fuhr, fesselte Philipps Aufmerksamkeit. Das Auto hatte er hier noch nie gesehen und er kannte die Fahrzeuge der anderen Mieter, das gehörte nun mal zu seinem Gewerbe. Sein Interesse stieg, weil niemand Anstalten machte, aus dem Wagen zu steigen. Die Minuten schlichen dahin und nichts geschah. Das sah verdächtig nach Observierung aus. Und tatsächlich, als sich nach einer gefühlten Ewigkeit ein schlaksiger Typ aus dem Smart schälte, bestätigten sich seine Befürchtungen: Der junge Typ stank meilenweit nach Bulle. Philipp schüttelte abschätzig den Kopf, während er dem Kerl beim Öffnen der Haustür zusah. Ein Profi war das eindeutig nicht, denn der hätte nicht so viel Zeit dafür benötigt.

Mit einem erfreuten Seufzer stützte Philipp seine Unterarme auf die Tischplatte, das könnte interessant werden.

Er griff nach seinem O-Saft, doch seine Hand erstarrte mitten in der Bewegung. Ein vager Verdacht nahm in seinem Kopf Gestalt an. Die mit Schaumgummi für seine Schuhgröße angepassten Arbeitsschuhe waren als falsche Spur für die Bullen gedacht gewesen. Dass er ausgerechnet Kalles Quadratlatschen dafür als Größe ausgewählt hatte, war mehr Zufall als Absicht gewesen. Sollte sich dieser Schachzug als Bumerang erweisen? Philipp kratzte sich nervös an der Nase. Möglich wäre es schon. Ermittler suchen nach Fällen mit identischer Vorgehensweise; vielleicht waren sie dabei auf Kalle gestoßen? Scheiße, genauso wird es abgelaufen sein. Sie haben ihn beschattet und der Idiot lockt sie in meine Wohnung. Wütend ballte er die Hände zu Fäusten und musste sich beherrschen, nicht um sich zu schlagen.

Doch das war nur ein Augenblick. Umgehend besann sich Philipp auf seine Abgeklärtheit, seine Macht und darauf, dass er immer alles unter Kontrolle hatte.

Mehrere konzentrierte Atemzüge später schaute er entspannt durchs Fenster und wartete darauf, was weiter passieren würde.

Sonnabend, 14.05 Uhr

Jan stand unter Hochspannung. Seine Hände, die er krampfhaft um das Lenkrad gekrallt hatte, waren schweißnass. In wenigen Minuten würde er im Alleingang den Serienmörder festnehmen, dann die Einsatzzentrale verständigen und den Mann zur Polizeidirektion überstellen lassen.

Er hatte sich bereits eine schöne Legende zurechtgebastelt, weshalb er die Aktion als Einzelkämpfer und unbedingt sofort hatte durchführen müssen. Sein Lächeln war siegesgewiss, vermutlich würde eh keiner danach fragen. Die Kollegen würden voll Anerkennung auf seine Schultern klopfen, eine erleichterte Sandra würde ihn an sich drücken und in Karins schwarzen Augen würde ein warmer Schein aufleuchten. Eventuell bekäme seine Chefin sogar ein schlechtes Gewissen, weil sie ihn ständig unterschätzt hatte. Jedenfalls war die Beförderung zum Oberkommissar dann nur noch eine Formalität.

Jan atmete mehrmals tief durch. Ein wenig ruhiger musste er schon werden. Wenn er dem Mörder seine Pistole vor die Nase hielt, durften seine Hände nicht zittern.

Die fiebrige Erregung war über ihn gekommen, als er die Akten des Anwalts durchgesehen und die Bestätigung seines Verdachts auf dem Monitor entdeckt hatte. Es war erstaunlich einfach gewesen. Ein paar Klicks mit der Maus und er hatte in Weises Steuerunterlagen die Renovierungsarbeiten aufgespürt. Der Name des Handwerkers lautete Philipp Gerlach und seine Anschrift stand im Kopf der Rechnung. Die Stichprobe in den Unterlagen von Frau Schubert war eigentlich eine Formsache. Im Kosmetikstudio hatte Philipp Gerlach ebenfalls den Pinsel geschwungen.

Jan lächelte triumphierend, was war er doch raffiniert. Innerhalb weniger Stunden hatte er die Verbindung zwischen den Morden aufgeklärt und ein weiteres Rätsel gleich mit gelöst. Für den Täter war es denkbar einfach gewesen, sich Zugang zu den Wohnungen der Opfer zu verschaffen. War ein Handwerker mehrere Tage in einer Wohnung tätig und man verspürte keine Lust, wertvolle Urlaubstage zu verplempern, musste man ihm notgedrungen einen Schlüssel überlassen. Den nachzumachen, war ein Kinderspiel. Es gab ausreichend Schlüsseldienste, die sich herzlich wenig darum scherten, ob Schlüssel zu einem Schließsystem gehörten. Deshalb war es für Gerlach ein Leichtes gewesen, sich jederzeit Zutritt zu den Behausungen seiner Opfer zu verschaffen.

Somit stand es für Jan felsenfest, er hatte den gesuchten Serienmörder bei den Eiern. Ein Irrtum war unmöglich, jedes Indiz passte wie die Faust aufs Auge.

Obwohl er sich den Grundriss von Gerlachs Wohnung schon mehrfach angesehen hatte, holte er ihn erneut mit einem Wischen auf das Display seines Smartphones und studierte ihn gründlich. Dass seine derzeitige Flamme gerade bei der Wohnungsgesellschaft beschäftigt war, zu der die Häuser in diesem Wohngebiet gehörten, bedeutete unheimliches Glück für Jan. Ja, Fortuna war ihm gewogen.

Als er fertig war, schloss Jan die Augen und ging noch einmal in sich, ob er auch wirklich nichts übersehen hatte. Dann nickte er, alles war perfekt.

Bevor er ausstieg, riskierte er noch einen letzten Blick hoch zur Wohnung des Mannes. Die Fenster waren weiterhin geschlossen. Okay, dachte Jan, bei so einer Hitze lasse ich meine Fenster auch lieber zu.

Er überprüfte seine Dienstwaffe, stieg aus, lief zur Haustür und öffnete diese mit einem Schlüssel-Pick. Die Grundlagen dafür hatte ihm Karin beigebracht. Ehrgeizig hatte er diese Fertigkeiten natürlich weiter perfektioniert.

Jede sich bietende Gelegenheit hatte er zum Üben genutzt. Zuerst an seinen eigenen Schlössern, später bei denen seiner Freundinnen. Inzwischen waren verschlossene Türen keine Barrieren mehr für ihn.

Jan stieg leise die Stufen zu Philipp Gerlachs Wohnung hinauf, schob alle Bedenken, die noch in seinem Kopf lauerten, beiseite und klingelte. Danach setzte er ein unschuldiges Gesicht auf, behielt aber den Türspion scharf im Auge.

Jan zählte bis hundert, und da sich nichts rührte, klingelte er erneut. Wieder keine Reaktion. Ohne zu zögern, schob er den Pick ins Schloss und stellte erfreut fest, dass seine Hände nicht mehr zitterten. Warum auch? Wenn er es im rechten Licht betrachtete, was sollte ihm passieren? Gerlach war nicht zu Hause und somit hatte Jan den Überraschungseffekt auf seiner Seite. Er konnte sich in Ruhe in der Wohnung umsehen und einen guten Platz auswählen, wo er auf den Heimkehrer warten und ihn sofort außer Gefecht setzen konnte. Und sollte Gerlach wider Erwarten nicht der gesuchte Serienmörder sein … Jan zuckte mit den Schultern. Der Mann war selbstständiger Handwerker, da genügte ein knapper Hinweis auf seine guten Kontakte zum Finanzamt und Gerlach würde auf eine Anzeige wegen Hausfriedensbruch verzichten.

Vorsichtig drückte Jan die Tür auf, zog seine Pistole und spähte über den Lauf in den schmalen Flur. Dieser zog sich in die Länge und war ausschließlich mit einer Garderobe möbliert. Rechts ging die Küche ab, die Tür stand offen. Jan schaute hinein, konnte jedoch keine Menschenseele entdecken.

Der nächste Raum war das Badezimmer. Langsam drückte Jan die Türklinke und schob die Tür auf. Der Geruch nach abgestandener Feuchtigkeit quoll ihm entgegen. Er ging hinter dem Türrahmen in Deckung und schaute hinein. Keiner da.

Jetzt hatte er nur noch zwei Räume vor sich. Am Ende des Flures ging es laut Grundriss ins Wohnzimmer und von da aus ins Schlafzimmer. Die Tür zum Wohnzimmer war angelehnt. Jan stieß sie mit dem Fuß auf und peilte die Lage. Absolute Stille empfing ihn. Auf Zehenspitzen schlich er weiter zur Schlafzimmertür, legte seine Hand auf die Klinke und drückte sie nach unten.

In dem Augenblick, als die Tür aufschwang und Jan in das Zimmer schauen wollte, traf ihn ein harter, brutaler Schlag auf den Hinterkopf. Er taumelte nach vorn, streckte seine Hände zu den Seiten aus und versuchte, sich am Türrahmen festzuklammern. Seine Finger fanden keinen Halt, stattdessen sah er verwundert den Fußboden in Zeitlupe auf sich zukommen. Bevor er auf dem Parkett aufschlug, versank sein Geist in tiefschwarzer Dunkelheit.

Sonnabend, 14.35 Uhr

Nach dem Telefonat mit Sandra hatte Karin sofort Jans Nummer gewählt und wütend die seelenlose Automatenstimme weggedrückt. Natürlich war das Handy des Idioten ausgeschaltet. Als Nächstes hatte sie die Einsatzzentrale verständigt und war zu der angegebenen Adresse im Stadtteil Leubnitz gerast. Bei Gerlachs Wohnung angekommen, erfuhr sie, dass das SEK wegen des Einsatzes bei einem Fußballspiel erst in zwanzig Minuten eintreffen würde. Karin hätte vor Frustration heulen können. So lange konnte sie auf keinen Fall warten. Jans Leben hing am seidenen Faden.

Doch bei der zu erwartenden Gefahrenlage wollte sich Karin nicht in die Nesseln setzen. Es standen Menschenleben auf dem Spiel und dafür wollte sie nicht allein die Verantwortung tragen. Sie rief Haupt an, schilderte ihm die Lage und der gab notgedrungen grünes Licht für einen sofortigen Zugriff.

Während sie im Auto wartete, schimpfte sie sich eine blöde Kuh. Das Offensichtliche hatte genau vor ihren Augen gelegen, sie hatte es nur nicht erkannt. Frau Schubert hatte ihr lang und breit von der Renovierung des Kosmetikstudios erzählt. Warum zum Teufel war sie nicht in der Lage gewesen, eine Verbindung zum Handwerker herzustellen?

Die Ankunft von Sandra und Heidelinde erlöste sie von den Selbstvorwürfen. Sie stieg aus und zu dritt liefen sie auf direktem Weg zum Hauseingang.

Karin kochte vor Wut. Auf dem Weg zu Gerlachs Wohnung kam sie an Jans Smart vorbei und musste sehr an sich halten, ihm keine Delle ins Blech zu treten. Dieser dämliche Kerl mit seinem krankhaften Ehrgeiz! Nur weil der auf dem

Schießstand ab und zu ins Schwarze traf und regelmäßig ins Fitnessstudio ging, war er noch lange kein Actionheld. Karin war es unbegreiflich, wo der dumme Junge seine Selbstüberschätzung hernahm. Wie konnte er nur glauben, Gewohnheitsverbrechern vom Schlag eines Gerlach oder Johann gewachsen zu sein?

Doch ihre Wut verblasste im Vergleich zu der panischen Angst, die sie um Jan ausstand.

»Wenn der Idiot sich hat umlegen lassen, scheuere ich ihm eine«, zischte sie zornig.

Vor der Haustür ging Karin in die Knie und führte den Pick ins Schlüsselloch ein. Während sie ihn gefühlvoll über die Stifte streifen ließ, verfluchte sie sich dafür, dass sie Jan den Umgang mit diesen Einbrecherwerkzeugen beigebracht hatte. Vermutlich hatte er sich auf dieselbe Weise Zutritt verschafft.

Karin seufzte erleichtert auf, als sie in das Treppenhaus hineinhorchte. Kein Laut war zu hören. Eine geräuschvolle Auseinandersetzung mit einem Mieter war das Letzte, was sie zurzeit gebrauchen konnten.

An der Wohnungstür wiederholte Karin ihre Prozedur mit dem Schlüssel-Pick. Kurz vor der entscheidenden letzten Drehung des kleinen Dietrichs sah sie zu ihren beiden Kolleginnen hoch. Die hielten ihre Waffen schussbereit und nickten entschlossen.

Karin öffnete lautlos das Schloss, kam federnd in die Höhe, zog mit einer gleitenden Bewegung ihre Heckler & Koch und drängte als Erste in die Wohnung.

Als sie in den schmalen Flur hineinsah, wich ihr alles Blut aus dem Gesicht. Das schreckliche Bild, das ihre entsetzten Blicke erfassten, verbreitete eine lähmende Kälte in ihrem Inneren.

Sonnabend, 14.35 Uhr

Lange hatte sich Philipp nicht gedulden müssen. Ein Fiesta donnerte die schmale Straße entlang und fädelte sich in eine Lücke. Gleich darauf kam von der anderen Seite ein himmelblauer SEAT. Den Autos entstiegen drei Frauen. Diese Ladys kannte Philipp, alle drei waren an den Tatorten ein- und ausgegangen. Sie gehörten offensichtlich zu den oberen Chargen der Ermittler.

Mit scheinheiliger Miene faltete er seine Hände und sprach ein Gebet für Kalle. Für den sah es wirklich schlecht aus. Anschließend räumte er die Keksdose und das inzwischen leere Glas in den Schrank. Sollte die Lage für ihn bedenklich werden, musste er unverzüglich verschwinden.

Das Aufräumen half ihm, sich zu beruhigen, doch die Gedanken an das in seiner Wohnung stattfindende Begängnis quälten ihn wie ein schmerzender Zahn. Dieses Eindringen in seine Privatsphäre empfand er als unrecht. Er hatte immer darauf geachtet, nicht zu Hause zu töten. Hatte streng die Arbeit vom Privaten getrennt. Und jetzt kam die Polizei und steckte ihre Nase in Dinge, die sie absolut nichts anging. Philipp lächelte traurig, um seine Trophäen und das Fotoalbum war es schade. Nur die Aussicht auf eine neue, noch glanzvollere Zukunft tröstete ihn. Egal wo es ihn hin verschlug, er würde ein jungfräuliches Betätigungsfeld vorfinden und neue Erinnerungsstücke sammeln.

Sonnabend, 14.45 Uhr

Kurz flackerte ein Ausdruck der Angst über Karins Gesicht. Doch Johanns heißeres Lachen verwandelte ihren Schock blitzartig in kalte Entschlossenheit.

»Machen Sie keine Dummheiten!«, forderte sie den Mann auf, zielte auf die Stelle zwischen seinen Augen und versuchte Jans Anblick auszublenden. Mehr tot als lebendig hing der in Johanns starken Armen. In der anderen Hand hielt der Mann eine Makarow, die auf Jans Schläfe gerichtet war.

»Kommen Sie, Herr Johann. Machen Sie sich nicht unglücklich. Wir wissen inzwischen, dass Sie die Menschen nicht umgebracht haben. Legen Sie einfach Ihre Waffe weg und wir reden in Ruhe über alles.«

Johanns Reaktion beschränkte sich auf ein verächtliches Grinsen.

Karin fiel es schwer, die Panik aus ihrer Stimme herauszuhalten, als sie die Muskeln an Johanns linkem Unterarm anschwellen sah und er den Druck auf Jans Hals verstärkte. Wie unabsichtlich trat sie einen Schritt nach vorn und stellte sich halb in den Eingang zur Küche. Mit der Waffe im Anschlag stieß sie die Tür auf und schaute in den Raum. »Gesichert«, sagte sie automatisch zu ihren Kolleginnen.

Die nutzten die Gelegenheit, um nachzurücken und strategisch günstige Positionen einzunehmen. Geschmeidig glitt Sandra neben sie, stützte sich mit der linken Schulter gegen die Wand des Flurs und hielt ihren Revolver fast lässig in der Hand. Heidelinde, die bis jetzt im Treppenhaus gestanden hatte, trat ein und schloss die Wohnungstür hinter sich. Sie lehnte sich mit dem Rücken dagegen und zielte ebenfalls mit ihrer Dienstwaffe auf Johann.

So, als sei Sandra zum Kaffee eingeladen, lächelte sie Johann freundlich an. »Wo haben Sie denn Philipp gelassen? Musste er aufs Klo?«

Sandras nachtschwarzer Humor kam bei dem Einbrecher an. Automatisch zuckten seine Mundwinkel nach oben und er grunzte belustigt.

»Eigentlich sollte das eine Angelegenheit zwischen Philipp und mir werden. Spätestens als ihr Kollege hier reingeplatzt ist, war die Sache allerdings gestorben. Philipp kann Bullen kilometerweit riechen. Eigentlich schade«, er grinste immer noch, »ich hatte mir so ein gemütliches Versteck in der Speisekammer gesucht, die dieser Amateur hier«, er drückte noch ein wenig stärker zu, »bei seiner Wohnungsbesichtigung übersehen hat.« Er zeigte mit dem Kinn in Richtung Küche und schaute Karin dabei an. »Wenn Sie reingehen, hinten links. Lohnt sich, Philipp hat köstlichen Käse und Parmaschinken gebunkert.« Er lachte, als hätte er gerade den besten Witz aller Zeiten gemacht. »Ich wollte mich eben vom Acker machen, als ich Sie anrücken sah. Sie sind selbst schuld an dem Schlamassel. Wären Sie nur fünf Minuten später auf der Bildfläche erschienen, hätten Sie Ihren Kollegen bis auf eine kleine Beule unversehrt vorgefunden.«

»Ich mache Ihnen einen Vorschlag«, sagte Karin, die inzwischen von Johanns Geschwätz die Nase voll hatte. »Wenn Sie uns unseren Kollegen übergeben, gebe ich Ihnen mein Wort, dass ich mich mit der Staatsanwaltschaft zusammensetze und dort Ihren Fall vortrage. Ich gehe inzwischen davon aus, dass nicht Sie vor neun Jahren den Mann bei dem Einbruch getötet haben. Wenn das Urteil revidiert wird, bekommen Sie Haftentschädigung und sind wieder ein unbescholtener Bürger. Bei der Geiselnahme unseres Kollegen werden diese Umstände selbstverständlich ebenfalls berücksichtigt. Sie dürften mit einer kurzen Bewährungsstrafe davonkommen.«

»Aus welchem Grund sollte ich Ihnen vertrauen?«, wollte Johann kampflustig wissen. »Ich kenne mich mit Ihren Methoden aus. Sie und Ihresgleichen haben mich bereits einmal nach Strich und Faden verarscht. Wenn ich jetzt meinen Trumpf aus der Hand gebe, wandere ich ein.« Seine Miene war entschlossen, in den Augen lag ein kalter Glanz. »Ich sag Ihnen, was jetzt passiert.«

Ehe die Beamtinnen reagieren konnten, nahm Johann den linken Arm vom Hals seines Gefangenen, stützte diesen an der Wand ab, drückte den Lauf jedoch weiter fest gegen Jans Schläfe. Gleich darauf langte er mit atemberaubender Schnelligkeit an ein Futteral, welches er an seinem Unterschenkel trug, zog ein Messer heraus und zog die Klinge mit einem schnellen, harten Ruck über den Oberschenkel seines Opfers. Wenige Augenblicke später spritzte das Blut aus der tiefen Wunde.

»Sie machen jetzt, so schnell Sie können, dass Sie fortkommen, steigen in Ihr Auto und drehen eine Runde um den Block.« Johanns Augen glitzerten zynisch. »Dann kommen Sie zurück und retten Ihren Kollegen.«

In Karins Kopf überstürzten sich die Gedanken explosionsartig. Fieberhaft rekapitulierte sie ihr Wissen über Arterienverletzungen. Jan verlor pro Minute 400 bis 500 Milliliter Blut. Ab drei Liter Blutverlust drohte der Tod. Jan blieben noch sechs Minuten. Um zum Fahrzeug zu gelangen, außer Sichtweite zu fahren und erneut die Treppe hochzustürmen, benötigten sie, wenn alles gut ging, ebenfalls mindestens sechs Minuten.

Das Ergebnis ihrer Rechnung war simpel: Einer der beiden Männer musste sterben. Jan oder Johann.

Karin zögerte keine Sekunde und zielte auf Johanns Stirn.

Der ließ seine Blicke über die Gesichter der drei Frauen huschen. In ihm stieg die dumpfe Ahnung auf, dass er einen schweren Fehler begangen hatte. Gefängnis war keine Option. Er musste alles auf eine Karte setzen. Johann schützte mit dem bewusstlosen Polizisten seinen Oberkörper und riss die Makarow in Sandras Richtung. Mit seinem langjährigen Verbrecherinstinkt hatte er sie anhand ihrer entspannt professionellen Haltung längst als die gefährlichere Schützin eingestuft. Sie musste er zuerst ausschalten. Der Zeigefinger seiner rechten Hand krümmte sich …

Doch gegen Sandra hatte er nicht die geringste Chance. Deren geübte Reflexe reagierten mit der Präzision eines tödlichen Uhrwerks. Sie sah den Lauf in ihre Richtung schwenken und zog den Abzug durch, ehe sie überhaupt daran dachte, zu schießen. Das 9-Millimeter-Projektil durchschlug Johanns Stirnbein, hinterließ eine Schneise der Zerstörung in seinem Gehirn und trat am Hinterkopf aus. Johann war tot, bevor er auf dem Boden aufschlug.

Blitzschnell hechtete Karin zur Badtür, trat sie ein und fixierte den Raum über den Lauf ihrer Heckler & Koch. Heidelinde drängte sich an ihr vorbei und stürmte mit vorgehaltener Waffe ins Wohnzimmer. Gleich darauf brüllte sie »Gesichert!« und kam zurück in den Flur gerannt.

Karin hatte Jan inzwischen lang auf den Boden gelegt, riss ein Schubfach aus der Flurkommode, schob es unter Jans Oberschenkel, hob das verletzte Bein vorsichtig an und legte es darauf ab. Als sie ein sauberes Stofftaschentuch aus ihrer Tasche gezogen hatte, bemerkte sie Heidelinde, die mit fliegenden Fingern Jans Gürtelschnalle öffnete und ihm mit einem kraftvollen Ruck den Lederriemen von der Hose riss.

Die beiden Frauen verstanden sich ohne Worte. Karin drückte das Tuch fest gegen die heftig blutende Wunde und Heidelinde arretierte es mit dem Gürtel. Der provisorische Verband tat seine Wirkung, das Blut floss nur noch in dünnen Fäden.

Über Karins Gesicht glitt ein Lächeln der Erleichterung, als ihre Finger an Jans Schlagader einen schwachen, aber stetigen Puls fühlten. Im Hintergrund hörte sie Heidelinde mit neutraler Stimme die Einsatzzentrale informieren und einen Notarzt anfordern.

Karin wandte sich um und zuckte zusammen. Sandra saß zitternd mit kalkweißem Gesicht auf dem Boden. Erschrocken ging Karin neben der völlig apathischen Freundin in die Knie und begann, sie hastig abzutasten.

»Sie ist nicht verletzt«, sagte Heidelinde ungewohnt sanft. »Johann konnte nicht mehr schießen, es ist der Schock.«

Karin sprang auf, drückte sich an Johanns Leiche vorbei und schaute sich suchend im Wohnzimmer um. Auf der Couch entdeckte sie eine Wolldecke. Sie schnappte sich das Teil, schlug es um Sandras Schultern und wickelte sie fest darin ein. Um der Freundin weitere Wärme zu spenden, schlang sie die Arme um Sandra und rieb mit den Händen kräftig über deren Oberkörper. Vor Sorge stiegen Tränen in Karins Augen, sie schluckte sie runter und begann, zärtliche Worte in Sandras Ohr zu flüstern, dabei streichelte sie ihre Partnerin fortwährend.

Trotz des furchtbaren Erlebnisses spielte ein leichtes Lächeln um Heidelindes Lippen. Sie ließ die beiden allein und lief langsam durch die Wohnung. In Küche, Speisekammer, Toilette und Schlafzimmer konnte sie nichts Besonderes entdecken. Die Räume waren ordentlich, aber unpersönlich eingerichtet. Sie glichen einer Übergangsbleibe – einem Quartier, in dem man nur eine kurze Zeit verbringt und deshalb weder Geld noch Mühe investiert.

Im Wohnzimmer sah es ähnlich aus. Nur der Setzkasten, der gegenüber einem Sessel an der Wand hing, offenbarte einen Blick in die seelischen Abgründe des Bewohners. Mit vor Entsetzen geweiteten Augen stand Heidelinde vor dem schrecklichen Schrein und betrachtete die makabren Reliquien.

Gegen die Angst, die dabei in ihr hochstieg, war sie machtlos. Nur unter Aufbietung all ihrer Kräfte gelange es Heidelinde, Haltung zu bewahren und die ankommenden Einsatzkräfte einzuweisen.

Sonnabend, 15.15 Uhr

Der flackernde Schein blauer Lichter ließ Philipp zum Fenster seines Wohnmobils eilen. Zwei Rettungswagen und mehrere Einsatzfahrzeuge der Polizei verstellten den engen Straßenzug. Gleich darauf klopfte es an die Fahrertür. Ein Polizist forderte ihn auf, sein Wohnmobil wegzufahren.

Philipp nickte freundlich, erkundigte sich nach den Vorfällen, bekam keine Antwort, rangierte umgehend seinen Caravan aus der Parklücke und stellte ihn zwei Straßen entfernt ab.

Nach kurzem Kampf, bei dem die Neugier über die Vorsicht siegte, lief er zurück und stellte sich zu dem Häuflein der ersten Gaffer. Er kam gerade rechtzeitig, um die Sanitäter zu beobachten, die zwei Personen zu den Ambulanzfahrzeugen trugen. Philipp stellte sich auf die Zehenspitzen und schaute über die vor ihm stehenden Leute hinweg. Wenn er es richtig erkannt hatte, lagen der junge Bulle und eine der drei Frauen auf den Tragen.

Nervös wartete Philipp auf das weitere Geschehen. Eine Kommissarin verließ das Haus und drängte sich in den Krankenwagen, indem die Frau abtransportiert wurde. Philipp spreizte fünf Finger, ebenso viele Menschen waren durch die Haustür gegangen. Er knickte drei Finger ein, blieben zwei.

Erst nach einer gefühlten Ewigkeit trat die dritte Polizistin auf die Straße und wies andere Beamte ein. Philipp spürte, dass sein Mund staubtrocken wurde. Vor Anspannung wurde ihm schlecht und er befürchtete, sich übergeben zu müssen. Gerade als er überlegte, ob es besser wäre, zu verschwinden, ehe noch jemand auf ihn aufmerksam würde, hielt das Fahrzeug eines Bestattungsunternehmens vor dem Haus.

Schlagartig fiel sämtlicher Ballast von seiner Seele ab. Philipp hatte genug gesehen. Entspannt schlenderte er zu seinem Wohnmobil und, ohne sich noch einmal umzusehen, verließ er seine Wohngegend für immer.

Mit der einen Hand das Steuer haltend, spielte er mit der anderen in der Hosentasche. Der Schlüssel, den er eingesteckt hatte, zeugte von seiner Cleverness. Hätte er den nicht mitgenommen, müsste er bei seinem nächsten Besuch auf die altbewährte Methode mit der Kreditkarte zurückgreifen, so war es jedoch bequemer.

Jetzt musste er nur noch den Abschiedsgruß an die Polizei besorgen und anschließend auf Nimmerwiedersehen aus der Stadt verschwinden.

Sonntag, 27. Juli, 14.00 Uhr

Völlig erledigt drückte Heidelinde die Wohnungstür hinter sich zu und warf ihren Schlüssel auf den Flurtisch. Nach der gestrigen Aktion in Gerlachs Wohnung war Karin mit dem Rettungswagen mitgefahren und nicht mehr von Sandras Seite gewichen. So war die gesamte Arbeit an ihr hängen geblieben und sie selbst erst spät in der Nacht ins Bett gekommen. Heute Morgen hatte sie die Fahndung nach Philipp Gerlach organisiert und den Vormittag mit den Kollegen der KTU in der Wohnung des Killers verbracht. Gleich nachdem Günther Lachmann, der Chef der KTU, ihr zu verstehen gegeben hatte, dass sie erst mal nicht mehr gebraucht wurde, war sie schneller verschwunden als ein Teenager, den die Mutter zur Hausarbeit verdonnern wollte.

Wenigstens den Rest des Sonntags wollte es sich Heidelinde schön machen. Sie hängte ihre leichte Sommerjacke an die Garderobe, schnallte ihr Holster ab und legte es auf den Flurtisch. Dabei warf sie ihrer Waffe einen bitterbösen Blick zu. Nur weil sie über ihrem schicken Spaghettiträger Shirt eine Jacke tragen musste, konnte die Sonne ihren Körper nicht ausreichend mit Vitamin D versorgen.

Heidelinde wandte sich ab, die Kanone konnte sie auch später in den Safe packen. Jetzt gab es Wichtigeres zu tun. Gemächlich lief sie auf ihren Balkon, beugte sich über die Brüstung und schaute eine reichliche halbe Stunde verträumt in den Innenhof hinunter. Ein wohliger Seufzer kam über ihre Lippen, als sich ihre Verspannungen lösten. Auf der üppig mit Pflanzen dekorierten Oase würde sie den Nachmittag verbringen und in Gesellschaft eines Schoppen Roséweins und mehrerer Modezeitschriften Sonne tanken. Die negativen Gedanken würden sie verlassen und mit

Sicherheit vergaß sie den Serienkiller, seine grausamen Morde und dass ebendieser Mann ihre Wohnung renoviert hatte. Der Kerl war auf der Flucht und hatte Besseres zu tun, als ihr nachzustellen. Und darüber war sie sehr froh, denn mittlerweile war ihr bewusst geworden, dass ihre Ängste von der Bekanntschaft mit diesem Mann ausgelöst worden waren. Sie musste instinktiv das Böse, das ihm innewohnte, gespürt haben. Ob er es auch auf sie abgesehen hatte, würde sie wohl nie erfahren. Und das war ganz in ihrem Interesse. Sie verspürte nicht die geringste Lust, als Leiche in seinem Fotoalbum Einzug zu halten.

Heidelinde ging ins Wohnzimmer, streifte ihre Kleidung ab und warf sie achtlos über einen Sessel. Dabei bemerkte sie, dass ihre Hände leicht zitterten. In ihr stiegen Zweifel auf. Log sie sich selbst an? Konnte es sein, dass sie sich irrte und immer noch auf Gerlachs Liste stand? Sie beschloss zur Vorsicht ihre Waffe in ständiger Reichweite zu halten. Schnurstracks marschierte sie in den Flur und griff nach dem Holster. Als sie es anhob, jagte ein eisiger Schauer über ihren Rücken. Die Waffe war fort.

Das leise, merkwürdig nach Plastik klingende Rascheln erzählte ihr deutlich, warum.

Sonntag, 14.00 Uhr

Langsam und widerwillig fand Sandra aus dem Schlaf in die Realität zurück. Eigentlich wollte sie gar nicht wach werden und hielt deshalb ihre Augen sicherheitshalber geschlossen. Vielleicht, mit etwas Glück, schlafe ich gleich wieder ein, dachte sie. Doch ohne ihr Zutun begannen ihre Sinne, die Arbeit aufzunehmen. Ihr Körper verriet ihr, dass sie lag, ihre Finger ertasteten Leinen und ihre Nase signalisierte eine Geruchsmischung aus Desinfektions- und Reinigungsmitteln. Krankenhaus, entschlüsselte ihr Verstand die Botschaften. Das war keine beruhigende Erkenntnis. Sandra öffnete nun doch die Augen, um zu prüfen, was Sache war. Die weißen Wände um sie herum bestätigten ihre Vermutung. Der Infusionsgalgen und der Beistellwagen neben ihrem Bett waren da nur noch das i-Tüpfelchen.

Beunruhigt drehte Sandra den Kopf und blickte in die schönsten schwarzen Augen, die sie auf der Welt kannte. Eine Welle der Erleichterung durchflutete sie. Schlagartig fühlte sie sich beschützt und in Sicherheit. Wenn Karin bei ihr war, würde alles gut werden.

»Hallo, Süße«, versuchte sie zu flüstern, brachte jedoch nur ein Krächzen zustande.

Karin, die mit einem Buch in der Hand auf einem Stuhl neben ihrem Lager gewacht hatte, sprang auf, setzte sich aufs Bett und schloss die Freundin fest in die Arme. »Willkommen in der Welt der Lebenden, Schatz.«

Eine Zeit lang hielten sich die beiden Frauen umarmt, froh beieinander zu sein. Dann wurde Sandras Durst so unerträglich, dass sie Karin sanft von sich schob und krächzend um Wasser bat. Während sie gierig trank, startete Karin einen kleinen Monolog: »Ich soll dir Grüße ausrichten.

Vom Chef und von Heidi.« Karin deutete mit einer Handbewegung zum Tisch. »Die Rosen sind von ihr. Rolf war heute Morgen auch da. Er hat für dich eine Schachtel Pralinen mitgebracht und ich soll dir sagen, dass du schnell in Ordnung kommen sollst.«

Sandra stellte den leeren Becher weg, legte ihre Hand auf Karins Arm und schaute sie traurig an. »Du sagst nichts über Jan. Hat er es nicht geschafft?«

»Sein Zustand ist kritisch. Morgen, sagen die Ärzte, wissen wir mehr. Praktisch verdankt er es allein dir, dass er noch lebt. Weil du Johann so schnell ausgeschaltet hast, ist er nicht verblutet, aber die kleine Beule hat sich als schwere Kopfverletzung herausgestellt.« Bei den Worten »kleine Beule« malten Karins Finger Anführungszeichen in die Luft. »Johann hat ihm den Lauf seiner Makarow so heftig auf den Hinterkopf geschmettert, dass Jan Glück hat, wenn nichts zurückbleibt.« Plötzlich liefen Tränen über Karins Wangen. »Ich bin schuld. Ich hätte mir den langen Schlaks viel eher vorknöpfen sollen und ihm seinen übertriebenen Ehrgeiz austreiben müssen.« Sie schniefte und hob die Schultern. »Wahrscheinlich hatte ich nur so viel Geduld mit ihm, weil ich in seinem Alter genauso war. Und wenn einer seine Neigung zu Einzelgängen verstehen kann, bin ich das wohl.«

»Nein, Süße, das darfst du dir nicht vorwerfen!« Sandra zwang sich zum Aufsetzen und sah Karin eindringlich an. »Wir alle haben gewusst, dass Jan Probleme hat, und keiner von uns hat eingegriffen. Wenn er wieder gesund wird – und das will ich ihm schwer geraten haben –, knöpfen wir ihn uns zusammen vor. Dann bläuen wir ihm Teamgeist ein, bis er lacht.« Erschöpft von ihrer Rede ließ sich Sandra zurück ins Kissen sinken. »Kannst du mir bitte mal verraten, weshalb ich mich so schwach wie ein frisch geschlüpfter Spatz fühle.«

Karin wischte mit einer energischen Handbewegung ihre Tränen fort und grinste schief. »Beruhigungsmittel gegen deinen Schock, Süße.«

Nun begann auch Sandra zu weinen. »Es ist ein beschissenes Gefühl, einen Menschen getötet zu haben. Ich weiß nicht, ob ich das verkraften kann.«

»Doch, das kannst du. Ich habe da nämlich ein ausgezeichnetes Mittel.«

Ein Hoffnungsschimmer leuchtete in Sandras Augen auf.

»Jan hat bei seiner Befragung im Wohngebiet eine Zeugin aufgerissen. Der betreffenden Dame war am Tag des Mordes ein Auto mit getönten Scheiben aufgefallen, das sie zuvor nie in der Gegend gesehen hat. Da haben bei mir sämtliche Lampen im Hirn aufgeleuchtet. Jedenfalls habe ich Rolf zu der Frau geschickt, der ist mit ihr zum Haus von Frau Fichtner gefahren und dort hat sie in dem Astra das Fahrzeug eindeutig wiedererkannt.« Karin schnaufte empört. »Das musst du erst mal sacken lassen. Karl Johann hat in aller Gemütsruhe dabei zugesehen, wie Philipp Gerlach in das Kosmetikstudio eingedrungen ist, wohl wissend, dass der Frau Schubert umbringen wird. Und trotzdem keinen Finger gerührt, um das Verbrechen zu verhindern. Dabei hat Johann hundertpro gewusst, was Philipp treibt.«

Karin sprang auf und tigerte im Zimmer umher, um sich zu beruhigen. Ihre Stimme zitterte vor Wut und Entsetzen. »Was für ein Mensch muss man sein, um einen Mord zuzulassen?«, schrie sie frustriert. Sie trat ans Fenster und schaute lange schweigend hinaus, dann setzte sie sich und sagte mit bebender Stimme: »Die Stadt hat sich verändert. Sie ist härter und brutaler geworden. Keiner nimmt mehr Rücksicht auf den anderen. Johann ist da leider keine Ausnahme. Egoismus bestimmt zunehmend das Handeln der Menschen.«

Einen Moment lang war es still. Karins Worte hingen bleischwer in der Luft. Nach einem tiefen Atemzug setzte sie hinzu: »Um es auf den Punkt zu bringen, du hast also nicht den edelsten aller Erdenbewohner ins Jenseits befördert. Karl Johann war kein Typ für eine Heiligsprechung. Und es ist fraglich, ob Heidi, du und ich ohne deine Treffsicherheit noch am Leben wären. Von Jan ganz zu schweigen.« Sie beugte sich über Sandra und drückte sie an sich. »Danke, dass du unsere Ärsche gerettet hast.«

Sandra schniefte bekümmert. »Meinen Job kann ich bestimmt vergessen. Wer weiß, was bei den Ermittlungen herauskommt?«

»Erstens war es eindeutig Notwehr«, wischte Karin die Bedenken der Freundin beiseite. »Du hattest weder eine Wahl noch die Zeit, dir eine Alternative auszudenken. Und zweitens«, ihre Stimme wurde geheimnisvoll, »habe ich heute Vormittag ein längeres Telefonat mit Staatsanwältin Faust geführt. Sie ist absolut meiner Meinung.«

Sandra atmete erleichtert auf. »Was wäre ich nur ohne dich?«

»Eine einsame Sandra«, stellte Karin trocken fest. »Haupt vertritt übrigens dieselbe Meinung. Ich habe ihm heute Morgen die Ereignisse geschildert und Heidi hat sie Wort für Wort bestätigt.« Karin tätschelte beruhigend Sandras Hand. »Ein paar Sitzungen beim Polizeipsychologen und die Sache ist ausgestanden. Eine Sache gibt es da allerdings ...«, sie breitete bedauernd die Hände aus, »von deiner heiß geliebten Manurhin wirst du dich wohl verabschieden dürfen. Der Chef versucht die Tatsache, dass dein Revolver keine genehmigte Dienstwaffe ist, unter den Tisch zu kehren. Aber ab jetzt darfst du nur noch mit einer Heckler & Koch Leute erschießen.«

Karin hoffte, dass ihr Witz Sandra über den Verlust der geliebten Waffe hinwegtrösten würde, zu ihrem Erstaunen nahm Sandra die Nachricht gefasst auf. »Denkst du denn, ich könnte den Revolver jemals wieder in die Hand nehmen, nachdem ich damit einen Menschen getötet habe?« Sie sah Karin aus großen Augen an und sagte mit einem verlegenen Lächeln: »Vielleicht schauen Heidi und Haupt heute noch mal bei mir vorbei. Ich möchte mich gerne bei ihnen bedanken.«

Karin lächelte vage. »Da würde ich mir an deiner Stelle keine großen Hoffnungen machen. Im Grunde genommen darfst du keinen Besuch bekommen.«

Sandra stutzte und kicherte gleich darauf in sich hinein. »Du hast bestimmt deinen Charme versprüht und die armen Schwestern mit deinen schwarzen Äuglein in Grund und Boden gestarrt, bis die angstschlotternd nachgegeben haben.«

»Und das war nicht einfach, kann ich dir sagen. Krankenschwestern sind eine widerspenstige Spezies.« In munterem Tonfall wechselte Karin das Thema: »Heidi hätte gar keine Zeit gefunden, stundenlang mit dir zu quatschen. Sie war zusammen mit den Kollegen der KTU in Philipp Gerlachs Wohnung. Es gibt keine Zweifel mehr, dass Gerlach unser gesuchter Serienkiller ist.« Karin holte ihr Smartphone aus dem Rucksack, öffnete die Fotogalerie und reichte Sandra das Mobiltelefon. »Heidi hat mir Fotos geschickt. Auf dem ersten Bild siehst du seine Ausgehschuhe, Größe 48. Fein säuberlich mit Schaumgummi ausgepolstert, dass man auch mit wesentlich kleineren Füßen bequem in ihnen laufen kann. Vermutlich wollte er eine falsche Spur legen.«

Sandra war bereits beim zweiten Foto und drehte schaudernd den Kopf weg.

»Ich sehe, du bist schon bei seinem Setzkasten angekommen. Perverser geht's nicht. Frau Carstens Haarlocke, der Krügerrand des Anwalts, Scotty von Patricia und ein Ü-Ei-Zwerg, der mit Sicherheit von Frau Schuberts Arbeitsplatz stammt. Die Trophäen haben ihm allerdings nicht genügt. Stell dir vor, der Kerl hat zusätzlich ein Fotoalbum angelegt, in das er akkurat die Fotos der Leichen eingeklebt hat.« Karin versagte die Stimme, sie konnte die Gräuel nicht mehr ertragen. Erst nach einigen Augenblicken fand sie die Kraft weiterzusprechen. »Die Duplikate der Wohnungsschlüssel seiner Opfer lagen ordentlich beschriftet in einem Schrankfach. Warum er die aufgehoben hat …?« Karin zuckte mit den Schultern. »Vermutlich leidet der Mann unter einer ausgeprägten Sammelleidenschaft. Auf den nächsten Fotos siehst du seine DVD und Büchersammlung.« Karin wartete ab, bis Sandra die Bilder betrachtet hatte. »Die meisten Filme sind Krimis. CSI, Bones usw. Bei den Büchern handelt es sich um Sachliteratur über Polizeiarbeit. Gerlach muss sie aufmerksam gelesen haben. Er war sich der forensischen Spuren und der damit verbundenen Risiken außerordentlich bewusst, die KTU hat in seiner Wohnung mehrere Kunststoffoveralls gefunden. Die hat er bestimmt bei den Morden getragen, sonst wäre DNA an den Tatorten gefunden worden. Die Untersuchung seiner Wohnung ist aber noch lange nicht abgeschlossen. Mal sehen, was noch alles zutage gefördert wird.«

»Weißt du, was ich gern wissen möchte? Warum hat Johann den Gerlach damals nicht verraten. Acht Jahre für einen anderen unschuldig in den Knast gehen, da muss einfach etwas dahinterstecken.« Sandra verzog den Mund und schaute Karin fragend an.

»Das wird wohl ewig ein Geheimnis bleiben«, meinte Karin orakelhaft. »Ich kann nur vermuten, dass eine verquere Form von Gaunerehre dahintersteckt. Eventuell hat Johann die ganze Zeit über gehofft, dass Gerlach aufkreuzt und die Schuld auf sich nimmt. Tja,« sie hob die Hände, »und dann war es eben zu spät. Als ihm das klar geworden ist, hat er begonnen, sein Rachesüppchen zu kochen. Er muss seinen Ziehsohn beschattet haben und sein Besuch war zweifellos kein Rendezvous aus Leidenschaft. Dafür spricht die Makarow. Ob Johann Gerlach foltern, umlegen oder ausrauben wollte, werden wir leider nie erfahren.« Karin grinste fröhlich, spreizte Daumen und Zeigefinger zu einer Pistole und knickte den Zeigefinger mehrfach ein.

»Du bist unmöglich, weißt du das?« Trotz ihrer Worte gelang es Sandra nicht, eine strafende Miene aufzusetzen, und sie erwiderte stattdessen das Grinsen ihrer Geliebten. Gleich darauf fiel ihr etwas ein. »Hat Heidi sich sehr gegen den Polizeischutz gesträubt?«

Karin versteifte sich. »Was meinst du?«

»Na, Gerlach ist doch der Maler, der ihre Wohnung vorgerichtet hat. Und bisher hat er alle seine Opfer durch seinen Job gefunden.«

Als wäre eine Sprungfeder in ihrem Hintern ausgelöst worden, fuhr Karin in die Höhe. »Davon hat Heidi mir kein Wort gesagt.« Sie raffte ihren Rucksack vom Stuhl und jagte, ohne sich zu verabschieden, zur Tür.

»Macht denn hier eigentlich jeder, was er will?«, hörte Sandra sie auf dem Flur schimpfen, dann fiel die Tür ins Schloss.

Mühsam setzte sich Sandra auf den Bettrand und wollte sich gerade in die Höhe stemmen, da trat eine Schwester ins Zimmer. »Wo wollen wir denn hin?«, fragte sie streng und verschränkte die Arme unter ihrem üppigen Vorbau.

»Ich muss los«, erklärte Sandra mit schwacher Stimme. »Karin begibt sich in große Gefahr.«

»Nichts wird! Sie bleiben schön im Bett. Und eins können Sie mir glauben, nicht ihre Freundin gerät in Gefahr, sondern der, der sich mit ihr anlegt.«

Sonntag, 14.40 Uhr

Das eigenartige Knistern jagte Heidelinde einen eiskalten Schauer über den Rücken und ein dumpfer Phantomschmerz begann, in ihrem Unterleib zu wühlen. Fast glaubte sie, das Messer zu spüren, das in wenigen Sekunden ihre Eingeweide zerschneiden würde. Ihre Muskeln verkrampften vor Angst, stocksteif blieb sie stehen und war für einen Moment nicht in der Lage, sich zu bewegen. Doch als die Schrecksekunde vorüber war, lief ihr analytischer Verstand erneut wie ein geöltes Uhrwerk. Unmittelbar wurden ihr die Zusammenhänge klar. Sie wusste nur zu gut, was das Rascheln ausgelöst hatte. Sie hatte die Overalls in Gerlachs Wohnung gesehen und konnte sich noch sehr gut erinnern, dass er bei ihr in der Wohnung, bekleidet mit ebenso einem Schutzanzug, auf der Leiter gestanden hatte. Der nächste Gedanke ließ das Blut in ihren Adern gefrieren. Sie hatte sich geirrt, Philipp Gerlach hatte sie nicht vergessen.

Heidelinde tat ihm nicht den Gefallen, sich umzudrehen und dadurch zu seiner Beute zu werden. Ihr eiserner Wille brachte ihren Körper umgehend unter Kontrolle und blitzartig rannte sie ins Badezimmer. Mit aller Kraft trat sie die Tür hinter sich zu und donnerte sie ihrem Verfolger an den Kopf. Gerlach wurde für einen Moment außer Gefecht gesetzt und so bekam Heidelinde die Gelegenheit, die Tür zu verriegeln. Natürlich war ihr klar, dass die dünne Tür den Mörder nicht lange aufhalten konnte. Fieberhaft flogen ihre Blicke umher und suchten das Bad nach Waffen ab.

Das Erste, was infrage kam, war ihr Handtuch. Mit einer knappen Bewegung beförderte sie es in die Badewanne und drehte das Wasser auf. Während sich das Frotteetuch voll Wasser saugte, öffnete sie ihren Spiegelschrank.

»Komm raus, meine Schöne. Ich will nur mit dir reden«, drang die Stimme des Eindringlings durch die geschlossene Tür. Es klang obszön wie eine billige Anmache.

Heidelinde ließ sich nicht stören, stellte ihr Haarspray auf den Boden und suchte nach dem schlimmsten Schimpfwort, das ihr Vokabular zu bieten hatte. »Wichser«, brüllte sie schließlich in Richtung Tür und legte ein Stück Seife neben das Spray.

Sie ignorierte das wuchtige Donnern, das nach ihren Worten an der Tür einsetzte, öffnete ihren Waschkorb, wühlte hektisch darin herum und zog mit einem boshaften Lächeln eine ihrer langen Wollsocken heraus. Fieberhaft riss sie die Seifenschachtel auf und ließ das Stück Seife in die Socke gleiten.

Jetzt war sie gerüstet! Mit dieser Bewaffnung konnte sie einen kleinen Krieg beginnen.

Ihr Lächeln erstarb, als sich das Kampfmesser neben dem Schloss durchs Holz bohrte. »Du mieses Dreckschwein!«, schrie sie empört. »Meine schöne neue Wohnung!« Die Worte gingen im Krachen des splitternden Holzes unter. Unverzüglich drückte sich Heidelinde zwischen Türrahmen und Badewanne mit dem Rücken an die Wand, griff sich das nasse Handtuch und drehte es zusammen.

Nach einem heftigen Tritt des Killers flog die Tür nach innen auf und krachte gegen die Wand. Mit vorgehaltenem Messer stürmte Gerlach voller Wut ins Zimmer und blickte wild um sich.

Heidelinde nutzte ihre Gelegenheit und griff an. Ohne zu zögern, peitschte sie dem Mörder das nasse Frotteetuch mit voller Kraft an den Kopf. Überrascht von dem Schlag, taumelte der in den Flur zurück. Heidelinde ließ das Handtuch fallen, setzte ihm nach und sprühte dem Mistkerl eine enorme Dosis Haarspray in die Augen.

Das Messer entfiel der Hand ihres Gegners und aufjaulend schlug er die Hände vors Gesicht. Heidelinde stieß sein

Mordinstrument mit dem Fuß weg und nahm Maß. Mit zusammengekniffenen Augen zielend wirbelte sie die Socke mit der Seife in ihrer rechten Hand, dann mit einer eleganten Bewegung aus dem Handgelenk knallte sie ihre provisorische Keule Gerlach mit aller Wucht an die Schläfe.

Wie in Zeitlupe sanken die Hände des Mannes herab, sein Gesicht verzog sich zu einer Maske des Erstaunens und, ohne einen Laut von sich zu geben, sackte er in sich zusammen.

Heidelinde verlor keine Zeit, sprang über ihn hinweg, rannte zu ihrer Handtasche, holte sich die Handschellen und fesselte die Hände des Mörders auf dem Rücken. Anschließend tastete sie ihn hastig ab, bis sie ihre Pistole in seiner Hosentasche fand. Voller Ungeduld zerrte sie anschließend an dem Overall, schaffte es jedoch nicht, das Plastik zu zerreißen. Sie streckte sich nach Gerlachs Messer und säbelte damit ein Loch in seine Kunststoffhülle. Die Pistole in der Hand haltend, sank sie aufatmend zu Boden und lehnte sich erschöpft an den Flurschrank.

Das Schnappen des Türschlosses ließ Heidelinde hochfahren. Die Hand mit der Waffe schwang zur Tür. Sollte das Schwein einen Kumpan haben, würde sie den postwendend in die Hölle schicken; für eine weitere körperliche Auseinandersetzung fehlte ihr die Kraft.

Doch an diesem Tag musste Heidelinde keine weitere Schlacht schlagen. Karin war der neue Eindringling. In der einen Hand die Dienstwaffe, in der anderen eine Kreditkarte haltend, stand sie im Flur.

Erleichtert ließ Heidelinde die Waffe sinken und ein befreiendes Lachen stieg in ihrem Hals auf. Ohne etwas dagegen tun zu können, prustete sie beim Anblick von Karins verwunderter Miene los.

Die überschaute die Situation mit einem Blick. Sah den bewusstlosen und gefesselten Mann, seine Kopfwunde, sein Blut, das Heidelindes nagelneue Auslegware einsaute, und ihre nackte Kollegin, die mit den Nerven völlig am Ende hysterisch lachte.

Karin ging in die Knie und nahm die Freundin fest in den Arm. »Das hast du sehr fein gemacht«, flüsterte sie anerkennend.

Heidelinde, dankbar über den Halt, schmiegte sich fest an ihre Chefin. Die Anspannung löste sich allmählich. Sie schloss die Augen und ein warmes Glücksgefühl durchströmte sie. Sie hatte den ungleichen Kampf nicht nur unversehrt überlebt, es war ihr – jeder Logik zum Trotz – sogar gelungen, als Siegerin daraus hervorzugehen.

Unendlich froh darüber, Heidelinde lebend vorgefunden zu haben, schloss Karin die Augen und schämte sich der Tränen nicht, die über ihr Gesicht rannen. Ihr fiel der Traum wieder ein, der vor wenigen Nächten ihren Schlaf gestört hatte. Auf einmal ergab alles einen Sinn: Die diffusen Schatten, die das Monster mit dem Messer umhüllt hatten, waren das Symbol für Gerlachs Ganzkörperoverall gewesen, und die Frau, die er bedroht hatte, Heidi. Ihr Unterbewusstsein hatte die Zusammenhänge gedeutet und ihr die Fakten vor Augen geführt, die sie während der Ermittlungen wahrgenommen, aber nicht erkannt hatte. In Zukunft wollte sie ihre Träume ernster nehmen.

Danksagung

Ein Buch zu schreiben, gelingt nicht ohne Hilfe. Deshalb möchte ich mich an dieser Stelle bei allen bedanken, die mich dabei unterstützt haben.
An erster Stelle geht mein Dank an meine liebe Frau Kerstin für ihren Rückhalt und das erste und damit schwerste Lektorat.
Meine Wissenslücken in medizinischen Fragen schlossen Frau Ulrike Krumbach, FÄ für Allgemeinmedizin, und Caroline Rockstroh.
Die Informationen über Ergebnisse einer gerichtsmedizinischen Untersuchung verdanke ich meiner lieben Freundin Franziska Steinhauer, Master of Forensic Sciences & Engineering.
Meine Fragen zur Polizeiarbeit beantwortete mir mit großer Sachkenntnis Polizeihauptkommissar Konti.
Sämtliche fachlichen Fehler, die im Text vorkommen, gehen auf mein Konto.
Großer Dank gebührt Frau Angellika Bünzel für ihr gründliches Lektorat und ihre Geduld.
Weiterhin geht mein Dank an das Team der edition krimi. Besonders möchte ich an dieser Stelle Sandra Thoms nennen, die die Organisation optimal koordinierte und mir bei Problemen den Rücken stärkte.
Ein ganz herzliches Dankeschön an Anja Bauer, die in ihrem Blog eine liebevolle Charakterisierung von Karin & Sandra zusammengetragen hat. Wer solche Leser hat, verliert nie die Lust am Schreiben!

Die im Roman agierenden Personen entspringen meiner Fantasie. Ähnlichkeiten mit lebenden Personen sind rein zufällig und nicht von mir beabsichtigt.

Andreas M. Sturm

Weitere Titel von Andreas M. Sturm bei edition krimi

englische Broschur
380 Seiten, Band 1
13,00 EUR
ISBN 978-3-9467-340-00
lieferbar

Ebook epub
9,99 EUR
ISBN 978-3-94282-991-5

Andreas M. Sturm
Vollstreckung. Ein Dresden-Krimi mit Wolf und König

Am helllichten Tag wird an einer Dresdner Tankstelle ein Mann ermordet. Niemand hat etwas beobachtet, nur eine Kundin erschien der Kassiererin auffällig. Hauptkommissarin Karin Wolf und ihre Kollegen tappen über die Identität und die möglichen Beweggründe der Verdächtigen völlig im Dunkeln. Erst als ein zweiter Mord geschieht, erkennen sie, dass die Spur zu der mutmaßlichen Mörderin über ein Vergewaltigungsverbrechen führt, das bereits drei Jahre zurück liegt. Die Kriminalisten müssen zu ihrem Entsetzen feststellen, dass einer der Vergewaltiger aus den eigenen Reihen zu stammen scheint. Und dieser Mann nimmt nun ebenfalls die Verfolgung der Unbekannten auf. Wird es Karin Wolf und ihren Mitstreitern gelingen, einen der beiden Täter dingfest zu machen, bevor weiteres Blut vergossen wird?

kartoniertes Buch
330 Seiten, Band 3
14,00 EUR
ISBN 978-3-946734-04-8
lieferbar

Ebook epub
9,99 EUR
ISBN 978-3-946734-45-1

Andreas M. Sturm
Leichentuch. Ein Dresden-Krimi mit Wolf und König

Am Nachmittag des Weihnachtstages wird ein Mann in seinem Auto ermordet. Der dicht fallende Schnee verhüllt das Opfer wie mit einem Leichentuch. Erst als Tauwetter einsetzt, wird das Verbrechen entdeckt. Die Ermittlungen führen Karin Wolf, Sandra König und ihre Kollegen in einen abscheulichen Sumpf aus Kindesmissbrauch und Erpressung.

Hauptkommissarin Karin Wolf widmet dem Fall jedoch nicht ihre volle Aufmerksamkeit, da ihrem Intimfeind Witkowski die Flucht aus dem Strafvollzug gelungen ist und er sich sofort auf einen Rachefeldzug begibt. Bei der Jagd nach dem Kriminellen muss Karin erschüttert feststellen, dass ein Mitglied ihres Teams für Witkowski arbeitet. Für die Kommissarin beginnt ein Kampf um Leben und Tod, denn sie selbst steht ganz oben auf der Liste des Killers.